U0124451

含瓦斯煤岩固气耦合失稳
理论与实验研究

尹光志　鲜学福　王登科　张东明　著

国家重点基础研究发展计划(973 计划)项目(2011CB201203)
国家重点基础研究发展计划(973 计划)项目(2005CB221502)
国家自然科学基金资助项目(50874124)
重庆市自然科学基金计划重点项目(CSTC，2008BA6028)

科学出版社

北　京

内 容 简 介

　　本书系统介绍了含瓦斯煤岩固气耦合失稳理论及实验研究成果。全书共7章：第1章介绍了含瓦斯煤岩相关领域的研究历史与现状；第2章研究了含瓦斯煤岩的力学性质、蠕变特性和渗透特性；第3章研究了含瓦斯煤岩的流变本构模型；第4章研究了含瓦斯煤岩的弹塑性耦合损伤本构模型；第5章研究了含瓦斯煤岩的固气耦合动态模型；第6章研究了含瓦斯煤岩的失稳机制，提出了含瓦斯煤岩的失稳准则和判据；第7章介绍了自行研制的煤与瓦斯突出模拟实验系统，并对煤与瓦斯突出进行了实验研究。

　　本书可供采矿工程、安全技术及工程、岩土工程等相关领域的科研人员使用，也可作为高等院校相关专业研究生和本科生的教学参考书。

图书在版编目(CIP)数据

含瓦斯煤岩固气耦合失稳理论与实验研究/尹光志等著 . —北京：科学出版社，2011

ISBN 978-7-03-031737-7

Ⅰ.①含… Ⅱ.①尹… Ⅲ.①瓦斯煤层采煤法-研究 Ⅳ.①TD823.82

中国版本图书馆 CIP 数据核字（2011）第 121224 号

责任编辑：沈　建／责任校对：陈玉凤
责任印制：赵　博／封面设计：陈　敬

科 学 出 版 社 出版

北京东黄城根北街 16 号
邮政编码：100717
http://www.sciencep.com

中国科学院印刷厂 印刷
科学出版社发行　各地新华书店经销

*

2011 年 6 月第 一 版　　开本：B5（720×1000）
2011 年 6 月第一次印刷　　印张：15 1/4
印数：1—1 500　　　　　　字数：294 000

定价：**65.00 元**

（如有印装质量问题，我社负责调换）

前　言

　　我国是世界上煤与瓦斯突出最严重的国家之一。近年来,随着开采深度的增加、瓦斯压力的增大和开采条件的日趋复杂,煤与瓦斯突出发生的强度及造成的伤亡不断增长,煤与瓦斯突出的预测和防治工作十分严峻。煤与瓦斯突出机理的综合作用假说表明,煤与瓦斯突出是地应力、瓦斯压力和煤岩的物理力学性质等因素的综合作用的结果。因此研究与这些内容相关的含瓦斯煤岩的力学性质、本构模型及失稳破坏准则,对进一步揭示煤与瓦斯突出机理和防治煤与瓦斯突出有着十分重要的作用。

　　全书共7章:第1章回顾了与含瓦斯煤岩研究相关的岩石流变理论、岩石损伤本构、瓦斯渗流及固气耦合等方面的研究历史与现状。第2章利用自主研制的含瓦斯煤岩三轴蠕变瓦斯渗透实验系统,对含瓦斯煤岩的力学性质、蠕变特性和渗透特性进行了系统深入的实验研究。在含瓦斯煤岩力学性质的实验研究中,分析了围压和瓦斯压力对含瓦斯煤岩变形和强度特性的影响,得出了相关规律;分析总结出了含瓦斯煤岩三轴压缩下的破坏形式。在含瓦斯煤岩蠕变特性的实验研究中,根据实验结果得出了含瓦斯煤岩蠕变规律;详细分析了含瓦斯煤岩衰减蠕变阶段和稳态蠕变阶段的蠕变变形和蠕变速率,得到了偏斜应力、围压和瓦斯压力三者对蠕变速率的影响规律;分析总结出了含瓦斯煤岩加速蠕变阶段的启动条件及该阶段的蠕变速率特征。在含瓦斯煤岩渗透特性的实验研究中,根据实验结果总结出了围压和瓦斯压力对含瓦斯煤岩渗透率的影响规律,分析了 Klinkenberg 效应和应力-应变全过程对含瓦斯煤岩渗透率影响。第3章基于实验结果,利用模型辨识方法提出了一种能反映含瓦斯煤岩加速蠕变的改进的黏弹塑性模型,将之与伯格斯体一起组成了一维含瓦斯煤岩的非线性黏弹塑性流变模型,进而推导出了含瓦斯煤岩三维非线性黏弹塑性流变模型,并利用实验结果进行了验证;利用常微分解的稳定性理论,对含瓦斯煤岩非线性黏弹塑性流变模型进行了稳定性分析,得到了含瓦斯煤岩的流变失稳条件。第4章在不可逆热力学框架内,利用连续介质损伤力学方法建立了用以描述含瓦斯煤岩的弹塑性变形、瓦斯吸附效应、体积膨胀、围压敏感、弹性模量的退化、各向异性损伤、应变强化及软化、非关联塑性流动等物理现象及力学行为的弹塑性耦合损伤本构模型,并对之进行了实验验证。第5章通过在多孔介质有效应力原理中引入煤岩吸附瓦斯的膨胀应力,建立了含瓦斯煤岩的固气耦合动态模型,该模型不但考虑了含瓦斯煤岩在变形过程中孔隙度和渗透率的动态变化特征,而且还反映了瓦斯气体可压缩性和煤岩骨架可变形的特点,从而更真实全面地反映了含瓦斯煤岩的固气耦合效应；利用 COMSOL-Multiphysics 有限元软件根据所提出的含瓦斯煤岩的固气耦合本构模型建立了有限元模型，得到了含瓦斯煤岩固气耦合动态模型的数值解，同时还分析了 Klinkenberg 效应对含瓦斯煤岩渗透率的影响。第 6 章通过利用初等突变理论建立了基于试验机-试样分析系统的含瓦斯煤岩蠕变破坏的尖点突变失稳模型，得出三轴压缩条件下含瓦斯煤岩蠕变失稳破坏条件；在总结国内外关于岩石类材料的强度准则及实验结果基础上，提出了一种符合含瓦斯煤岩三轴应力条件下变形的强度判据，该判据不但能描述三轴压缩下中间主应力的影响及含瓦斯煤岩非线性应变强化特征，而且还可以描述含瓦斯煤岩的拉伸破坏。第 7 章介绍了自行研制的煤与瓦斯突出模拟实验系统，并对煤与瓦斯突出进行了实验研究；分析了煤体在不同含水率和不同荷载条件下对煤与瓦斯突出强度等的影响。

应该指出，含瓦斯煤岩固气耦合失稳理论与实验相研究是一个长期过程，今后还需要做更多更深入的研究来充实和完善含瓦斯煤岩固气耦合的相关理论，以更好地服务于生产实践。由于作者的水平有限，书中难免存在不足之处，敬请批评指正。

最后，作者对重庆大学煤矿灾害动力学与控制国家重点实验室、复杂煤气层瓦斯抽采国家地方联合工程实验室、西南资源开发及环境灾害控制工程教育部重点实验室所提供的大力支持和帮助表示感谢！

作　者

2011 年 4 月

于重庆大学

目　　录

第1章 绪 论

1.1 引 言

煤与瓦斯突出是指煤矿井下采掘过程中在很短时间内从煤（岩）壁内部向采掘空间突然喷出大量的煤和瓦斯混合物的现象[1~3]。自1834年法国鲁阿雷矿发生世界上第一次煤与瓦斯突出以来，至今约有19个国家发生了煤与瓦斯突出[4]。我国是世界上煤与瓦斯突出最严重的国家之一。新中国成立以来，我国煤矿发生煤与瓦斯突出次数占全世界突出次数的1/3以上[5]。我国有记载的第一次煤与瓦斯突出是1950年5月2日在辽源富国西二井距地表350m处煤巷掘进时发生的；规模最大的一次是1975年8月8日在四川三汇坝一井+280m水平主平洞揭煤时发生的，突出煤岩12780t，喷出瓦斯量达1400000m³。煤与瓦斯突出是一种极其复杂的矿山动力现象，它能摧毁井巷设施、破坏矿井的通风系统，严重时能导致人员伤亡、瓦斯爆炸等灾难性后果。因此煤与瓦斯突出是威胁煤矿安全最严重的灾害之一[2~4,6~8]。近年来，随着开采深度的增加、瓦斯压力的增大和开采条件的日趋复杂，煤与瓦斯突出发生的强度及造成的伤亡不断增长[9]。因此，煤与瓦斯突出的预测和防治工作十分严峻。

自20世纪以来，国内外学者提出了几十种关于煤与瓦斯突出机理的假说，归纳起来主要有以下几种类型[2,3,10~17]：

（1）瓦斯作用假说。这类假说认为煤体内储存的高压瓦斯是突出中起主要作用的因素。其主要代表有"瓦斯包说"、"粉煤带说"、"煤孔隙结构不均匀说"等。

（2）地应力作用说。这类假说认为在煤与瓦斯突出过程中起主导作用的是高地应力。主要代表有"岩石变形潜能说"、"应力集中说"、"应力叠加说"等。当巷道接近具有高应变能的岩层时，这时岩层将像弹簧一样张开，导致煤体破裂，引起煤与瓦斯突出。

（3）综合作用假说。这类假说认为煤与瓦斯突出是由地应力、瓦斯压力及煤的物理力学性质等因素综合作用的结果。这类假说较全面地考虑了突出发生的作用力和介质两个方面的主要因素，因而得到了国内外大多数学者的认可。主要代表有"振动说"、"游离瓦斯说"、"分层分离说"等。

煤与瓦斯突出是煤岩变形与瓦斯流动相互影响下，煤岩体发生突然破裂所引发的矿山灾害动力现象。在综合作用假说基础上，前人已经做出了很多卓有成效的研究[18~21]，这些研究成果为进一步认识和掌握煤与瓦斯突出机理打下了良好的理论基础。但是煤与瓦斯突出机理的研究是一个长期的过程，需要更多更深入的后继研究工作来不断完善突出机理理论，以更好地服务于生产实践。本书将从流变理论、岩石损伤本构和固气耦合等方面开展实验和理论研究，并辅以数值分析手段，对含瓦斯煤岩的力学性质及失稳规律进行研究，以期充实和完善煤与瓦斯突出机理的基础理论。

1.2 国内外研究现状

1.2.1 岩石流变理论研究进展

在采矿工程中，采掘空间形成后，围岩的变形可以持续很长时间，并会带来巷道变形失稳、工作面垮塌、煤与瓦斯延迟突出等后果，长期影响煤矿井下工人的安全性作业。因此与煤岩相关的岩石流变性能研究一直都受到重视。岩石流变学的重要研究内容之一就是准确描述岩石的流变变形特性及其力学行为，并建立起相关的流变本构模型。国内外学者进行了长期的研究，采用多种途径和方法来获取不同类型的岩石流变本构模型，取得了很多有益的成果。归纳起来，大致分为以下几个方面。

1. 经验模型

经验流变模型通常是在岩石流变试验的基础上，根据试验数据建立岩石的应力、应变（或应变速率）与时间的函数关系式。对不同的岩石以及不同的条件，采用不同的经验模型。几种常见的蠕变经验公式有对数函数型、幂函数型、指数函数型以及多项式等类型，描述岩石变形-时间曲线全过程的蠕变方程一般可表示为[22]

$$\varepsilon = \varepsilon_e + \varepsilon(t) + At + \varepsilon_T(t) \tag{1.2.1}$$

式中，ε 是总应变；ε_e 是弹性应变；$\varepsilon(t)$ 是描述初始蠕变的函数；A 为常数；At 和 $\varepsilon_T(t)$ 分别为描述等速蠕变和加速蠕变的函数。

一般而言，大多数的经验模型只对岩石的瞬态蠕变和稳态蠕变阶段进行描述。如吴立新等通过对煤岩进行流变试验研究发现煤岩流变符合对数型经验公式，求出了各级应力水平下煤岩对应的流变经验公式参数集[23]；张学忠等基于辉长岩单轴压缩蠕变试验结果，拟合出蠕变曲线的经验公式[24]；Okubo 等利用伺服控制的刚性试验机测得不同岩石的压缩蠕变全过程曲线，在试验基础上提出了一个反映岩石蠕变破坏全过程的非线性本构模型[25]；芮勇勤等根据对露天矿蠕动边坡中软弱夹层流变特性的研究，建立了软弱夹层的流变本构方程[26]；Cruden 将岩石蠕变过程分为减速和加速两个阶段，提出了一个幂函数型的经验方程用以描述减速蠕变和加速蠕变变形[27]；Saito[28]、Zavodni 等[29]、Varnes[30]、Yang 等[31]分别提出了对数及指数型经验方程来描述岩石的加速蠕变阶段；Fernandez 等[32]、Wawersik 等[33]、Haupt 等[34]等提出了指数型经验方程用以描述岩盐的蠕变和松弛现象；Shin 等[35]利用幂函数经验型方程描述了六种岩石的蠕变变形及强度特征；Dubey 等[36]根据实验结果提出了一种指数型经验函数，成功地描述了结构各向异性对岩石蠕变的影响；Bérest 等[37]提出了一个指数与幂函数相结合的经验型方程用于描述岩石的极缓慢蠕变过程。

尽管岩石流变经验模型与具体的试验吻合得较好，但它通常只能反映特定应力路径及状态下岩石的流变特性，难以反映岩石内在机理及特征，若推广到其他条件时往往会带来较大的误差，甚至得出完全错误的结论。此外岩石流变经验模型无法描述加速流变阶段，这也是石流变经验模型建立中的一个重要缺陷。然而岩石流变经验模型直观明显，可直接使用，亦为工程设计人员乐意采用，但由于无法给出用于工程实践的流变力学参数，因而不便于工程应用。

2. 元件组合模型

根据流变实验曲线，元件模型一般都是采用模型基本原件[包括胡克体（H）、牛顿体（N）和圣维南体（S）三种元件]之间的不同组合来模拟岩石的流变行为。岩石流变元件模型中典型的模型有麦克斯韦模型、开尔文模型、宾汉模型、伯格斯模型、理想黏塑性体、西原模型、刘宝琛模型等。元件组合模型所构建的是一种微分形式的流变本构模型，它具有概念直观、简单形象、物理意义明确等优点，因而在工程实践中得到了广泛的应用。

在建立元件组合模型的过程中，首先通过室内蠕变、松弛等试验获得岩石的应力-应变-时间曲线，分析时间对应力-应变曲线的弹性阶段、弹塑性阶段的影响，建立由上述三种元件串联或并联组成的模型用以模拟实际岩石的应力-应变关系，并据此来调整模型的参数和组合元件的个数，使得模型的应力-应变曲线和试验结果相一致。然而，由于岩石流变力学性质的复杂性，采用单一的元件模型通常不能对其进行准确的描述，于是人们便将若干个相同模型串联或并联构成更复杂的广义模型，如广义麦克斯韦模型、广义开尔文模型、广义伯格斯模型等即属于这类模型。此外，还有一类模型叫层叠模型[38~40]，是由若干个并联的组合模型层叠而成，每层元件体的应变相同，总应力为各分层应力之和。层叠模型所用的基本元件与广义模型一样，也属于广义模型的范畴。由以上三种基本元件组合而成的一维流变模型的本构方程的通式可以表示如下[41]：

$$A\sigma_s + p_0\sigma + p_1\dot{\sigma} + p_2\ddot{\sigma} + \cdots = q_0\varepsilon + q_1\dot{\varepsilon} + q_2\ddot{\varepsilon} + \cdots \qquad (1.2.2)$$

式中，σ_s、σ 和 ε 分别表示屈服强度、应力和应变；B、p_i 和 q_i 为岩石的材料参数（$i=1,2,\cdots$）。

根据叠加原理,根据式(1.2.2)可以推导出三维情况下的流变本构模型[42]。但流变元件模型均是由模型元件线性组合而成,因此无论模型中元件有多少、模型怎样复杂,最终却不能描述加速流变阶段,所以线性流变元件模型力学性质单一,通过调整参数有时仍无法定量模拟实测的应力-应变-时间曲线。所以用岩石线性流变元件模型难以反映岩石的复杂特性,只能适用于有限的范围。

由于岩石材料力学行为的非线性特征,发展了一些非线性流变元件模型理论,即通过将线性元件用非线性元件代替,从而采用与其他黏性和塑性元件的串并联组合得到的新的非线性流变元件模型。具有代表性的有:孙均就岩石非线性流变理论作了探讨[41];曹树刚等将西原模型与塑性体并联的牛顿黏滞体用非牛顿体黏性元件代替,建立了一种改进的西原模型[43,44];邓荣贵等根据岩石加速蠕变阶段的力学特性,提出了一种新的综合流变力学模型[45];韦立德等根据岩石黏聚力在流变中的作用建立了新的一维黏弹塑性本构模型[46];陈沅江等提出了蠕变体和裂隙塑性体两种非线性元件,建立了一种可描述软岩的新的复合流变力学模型[47,48];张向东等基于泥岩的三轴蠕变试验结果,建立了泥岩的非线性蠕变方程,并以此分析了围岩的应力场和位移场[49];王来贵等以文献[43]、[44]改进的西原正夫模型为基础,建立了参数非线性蠕变模型[50];杨彩红等采用负弹性模量和非理想黏滞体模型,提出了一种改进的蠕变模型[51];尹光志等根据实验结果提出了含瓦斯煤岩的蠕变模型,并进行了实验验证[52~54];Boukharov 等[55]提出了一种具有一定质量的能反映岩石变形膨胀的黏壶元件,建立了能反映不同蠕变阶段变形的非线性蠕变模型,并据此预测了岩石的长期强度和蠕变破坏时间;Cristescu 等[56]、Pellet 等[57]分别建立了能反映岩石流变行为的黏塑性本构模型;Sterpi 等[58]利用非关联流动法则建立了能反映岩石体积膨胀的弹黏塑性流变模型;Nomura 等[59]建立了能反映煤岩流变特性的黏弹性模型;Chopra[60]提出了能反映岩石高温条件下瞬态蠕变变形的黏弹性模型;Xu 等[61]利用黏弹性模型分析了高边坡岩体的长期稳定性,并结合工程实践证实了模型的合理性;Tomanovic[62]建立了适用于软岩的流变本构模型。

由于岩石非线性流变元件模型有助于从概念上认识变形的弹性部分和塑性部分,且数学表达式通常能直接描述蠕变、应力松弛及稳定变形,所以许多岩石力学研究工作者用非线性流变元件模型来解释岩石的各种特性,因而岩石非线性流变元件模型可以将复杂的性质用直观的方法表现出来,所以岩石流变的非线性元件模型仍是目前岩石流变力学理论研究中的一个重要方向。

3. 损伤流变模型

大多数地质材料内部包含了从微观到细观到宏观的各种尺度的缺陷,地质材料的变形特性与破坏强度在很大程度上受到了这些内在缺陷的影响和制约,其失稳过程总是伴随着原生裂隙的演化、发展和贯通而产生的。损伤力学是固体力学的一个分支学科,是应工程技术的发展对基础学科的需求而产生的。随着岩石力学的不断发展,损伤力学作为一个重要的理论手段逐渐应用到建立岩石流变本构模型用以反映不同岩石不同情况下的流变力学特性当中来。近十几年来,在岩石损伤流变模型的研究与应用方面取得了不少进展。缪协兴等[63]根据岩石蠕变试验结果,总结出了用以描述损伤历史的蠕变模量为参数的岩石蠕变损伤方程;郑永来等[64]将黏弹性模型与损伤模型相结合,提出了一种可以反映岩石变形与强度应变率效应的黏弹性连续损伤本构模型;浦奎英等[65]在试验的基础上建立了一种非线性流变损伤模型,该模型能够反映岩石变形的全过程特征,并能模拟岩石损伤破坏及裂缝扩展过程。秦跃平等[66]提出了两个损伤产生的基本假设,推导了适合于任何应变连续加载和卸载过程的损伤演化统一微分方程。杨春和等[67]通过对盐岩蠕变试验过程中的损伤特性进行分析,建立了一个反映盐岩蠕变全过程的非线性蠕变本构方程。肖洪天等[68]建立了裂隙岩体的损伤流变本构模型,并采用该模型对长江三峡永久船闸高边坡的稳定性进行了分析;任建喜[69]对单轴压缩岩石蠕变损伤扩展特性进行了实时分析实验,得到了岩石蠕变损伤演化全过程的细观机理,研究了蠕变损伤演化过程中裂纹宽度、长度的演化规律;曹树刚等[70]提出了煤岩蠕变损伤的偏应力检测法;韦立德等[71]基于细观力学建立了岩盐蠕变损伤本构模型;徐卫亚等[72]通过在衰减和稳态蠕变阶段引入非线性函数,建立了绿片岩的蠕变损伤本构关系;朱昌星等[73]在非线性黏弹塑性流变模型基础上建立了非线性蠕变损伤模型;Chan 等[74,75]和 Fossum 等[76]将连续介质损伤力学应用于盐岩的流变分析中,研究了损伤引起的非弹性流动;Lux 等[77]采用连续介质损伤力学,提出了考虑盐岩的延展性变形、变位、变形硬化和变形恢复、损伤及损伤复原机制的模型;Aubertin 等[78,79]建立了盐岩以内部状态变量表述的蠕变方程,并引入损伤变量建立了新的流变模型,可描述软岩在硬化和软化过程中的半脆性特性,还能用于延性和脆性范围;Yahya 等[80]建立了用内变量表述能够描述盐岩塑性、蠕变和松弛特性的统一表达式,并给出了材料参数的确定方法;Betten 等[81]在各向同性材料假说基础上建立了能反映拉伸和压缩条件下宏观裂纹扩展的连续损伤蠕变力学模型;Qi 等[82]在连续损伤力学基础上,利用各向异性拉伸损伤变量建立了反映高温条件下的单晶材料各向异性损伤模型;Bellenger 等[83]利用不可逆热力学理论建立岩石的唯象蠕变损伤演化模型,并给出了数值计算结果;Shao 等[84,85]根据蠕变和松弛实验曲线,建立了能反映岩石塑性变形、损伤演化、体积膨胀、围压影响及率相关的蠕变损伤本构模型;Challamel 等[86,87]根据实验结果,建立适用于准脆性岩石的三维蠕变损伤本构模型,并对模型进行了稳定性分析;Fabre 等[88]建立了岩石的各向异性黏塑性损伤流变模型;Fu 等[89]以软岩为研究对象,建立了适用于扰动载荷条件下的蠕变损伤模型。

利用损伤力学方法建立起来的流变本构模型能很好地分析岩石在各种载荷条件下微裂纹的扩展和传播所引起的力学效应,但是却无法有效处理宏观裂纹的扩展过程。岩石在一定的载荷作用下,其变形过程中除了会出现微裂纹的发生、扩展和传播,随着变形的不断增大最终会出现宏观裂纹的产生和扩展,而且由此还会产生变形的各向异性以及裂纹扩展的各向异性等。尽管损伤流变模型经过一定简化后所建立起来的一系列各向同性和各向异性损伤流变模型在描述岩石的流变特性中取得了成功,但是将岩石整个流变变形过程完全视为一个损伤过程而忽视宏观裂纹的影响来处理,还是具有一定的局限性。

4. 断裂流变模型

由于注意到损伤力学在岩石流变处理方面具有一定的局限性,于是有学者就开始采用断裂力学为主的方法来构建岩石的流变模型,由此便产生了断裂流变模型。断裂力学是研究含裂纹材料的强度和裂纹扩展的学科,它是固体力学的一个分支,它是以研究材料内部裂纹的扩展为基本出发点和归属,对各种裂纹尖端的应力进行计算,建立起表述裂纹扩展的断裂判据,以此衡量岩石材料的破坏。于 20世纪 50 年代开始形成的断裂力学自建立以来,经过不断发展先后出现了线弹性断裂力学、黏弹性断裂力学、概率断裂力学以及模糊概率断裂力学等分支[90~92]。同时断裂力学在岩石力学工程领域也得到了长足发展,并取得了很多有成效的成果。Kranz[93,94]用 SEM 方法研究了花岗岩在荷载作用下裂纹的蠕变扩展,发现在外荷载作用下裂纹长度和裂纹数随时间增加,且随时间的延长,裂纹之间、裂纹与空洞之间的相互作用加剧,而在加速蠕变阶段,裂纹之间的连接、归并比单一裂纹的扩展更为重要;Korzeniowski[95]对因环境条件恶化致使岩体中裂隙随时间不断演化,进而产生宏观断裂扩展,最终导致岩体由局部破坏发展到整体失稳过程进行了探讨;Chan 等[96~98]提出了一种盐岩蠕变、损伤断裂多机制耦合模型,该模型可以较为满意地描述盐岩的蠕变损伤特性;Miura 等[99]提出了一个微观断裂流变模型用以预测硬岩在压缩应力条件下的蠕变破坏时间,并分析了高应力条件下由应力腐蚀导致的微裂纹扩展以及微裂纹之间的影响过程;Barpi 等[100,101]分析了混凝土的应变软化和蠕变行为之间的相互影响,利用耗散原理建立了微观断裂力学流变模型;Denarié 等[102]在实验和数值结果基础上对混凝土的蠕变变形特征进行了分析,同时分析了混凝土变形过程中的黏弹性响应和断裂不同阶段中的蠕变变形与裂纹扩展的相互作用;Chen 等[103]在三点弯曲蠕变断裂实验基础上,利用灰色预测理论建立了应力强度因子与受载持续时间的数学关系,提出了砂岩在蠕变变形中微裂纹启动准则和传播机制。陈有亮等[104~106]在传统断裂力学基础上,研究了三点弯曲和直接拉伸下的蠕变断裂特性,提出了岩石起裂的蠕变断裂准则以及裂纹时效扩展机理;邓广哲等[107]对裂隙岩体的蠕变过程中裂隙起裂、扩展以及贯通导致岩体局部破坏向整体失稳全过程性态进行了研究,揭示了岩体裂隙蠕变过程与裂隙岩体蠕变过程对应关系的本质与机制;杨松林等[108,109]和徐卫亚等[110,111]采用黏弹性断裂力学理论系统地研究了断续结构岩体的黏弹性力学特性。

同损伤流变模型一样,断裂流变模型也有其本身的不足,由于研究的尺度不同,断裂流变模型只能描述宏观裂纹的演化情况。所以在描述岩石的流变特性方面,断裂流变模型还有待进一步完善。

5. 其他流变模型

除上面叙及的四种主要的岩石流变模型之外,还有一些其他的流变模型。一种是将损伤力学与断裂力学结合起来提出的一种损伤断裂耦合流变模型,以克服单独采用损伤力学或断裂力学理论来建立流变模型的不足。Costin[112]采用损伤力学和断裂力学相结合的方法,研究了脆性岩石的时效变形和破坏特征,并从实验结果分析提出"蠕变损伤"具有应力阈值的重要结论;Murakami 等[113]在连续损伤力学基础上利用有限元方法讨论了裂纹尖端应力场的奇异性,分析了基于网格划分的裂纹尖端应力场的敏感性,建立了新的适用于蠕变断裂计算的蠕变损伤模型;Pedersen 等[114]利用损伤力学与断裂力学相结合的方法分析了混凝土材料在不同饱和状态下的动静态力学响应,建立了混凝土黏弹性、黏塑性连续动态模型;陈卫忠等[115]基于损伤力学中等效应变概念,采用黏弹性理论和有限元法,对三峡船闸高边坡在施工开挖过程中的节理裂隙损伤耦合效应及其时效特征进行了分析研究。另一种是积分形式的流变模型,积分型流变模型是一种数学模型,其本构方程、蠕变方程和松弛方程都是积分方程形式[116]。积分型本构模型是根据遗传流变理论,在蠕变方程(或松弛方程)和 Boltzmann 叠加原理基础上导出的,它考虑了既往荷载和变形的历史过程。如果蠕变核或松弛核取不同形式,则可得到不同的本构方程。张学忠等[117]和宋飞等[118]建立的就是这类流变模型。还有一种是基于经典弹塑或弹黏塑性理论建立起来的流变模型。如 Chen 等[119]、Jin 等[120]、Nicolae[121]、Munteanu 等[122]、Grgic 等[123]建立的就是这类模型,而且这类模型在工程数值分析中应用较多。

1.2.2 岩石损伤本构模型研究现状

在外载和环境的作用下,由于细观结构的缺陷(如微裂纹、微孔洞等)引起的材料或结构的恶化过程,称为损伤。Kachanov[124,125]在研究蠕变断裂时最初提出了"连续性因子"的概念。Rabotnov[126,127]在 Kachanov 的研究基础上做了进一步推广,提出了"损伤因子"的概念,为损伤力学奠定了基础。后经Lemaitre 等[128,129]、Chaboche[130,131]、Krajcinovic 等[132~134]学者的努力,逐渐形成了损伤力学这门新的学科。损伤力学的研究方法根据其研究尺度可以分为微观方法、细观方法与宏观方法。

微观损伤力学是在分子、原子层次上研究材料的物理过程,用量子力学、统计力学方法确定损伤对微观结构的影响,并推测其宏观力学效应[135]。但是微观损伤理论还不够完善,而且统计量过大,所以只能够定性地处理材料某些损伤现象。细观损伤力学既没有连续介质损伤力学中的唯象学假设,同时也略去物体损伤的微观物理过程,而是从颗粒、晶体、微裂纹、孔洞等细观结构层次研究各类损伤的形态、分布及演化特征,从而预测材料的宏观力学特性。1975 年,Gurson[136,137]发展了一套比较完整的细观本构模型,用以描述微孔洞损伤对材料变形行为的影响,这是细观损伤力学的一个重大进展。Grady 等[138]将细观裂纹密度定义为裂纹影响区的岩石总体积与岩石体积之比,激活的裂纹数服从双参数 Weibull 分布,由此建立岩石细观裂纹损伤演化方程。Costin[139]从脆性材料微裂纹发育的角度建立了一个微裂纹损伤模型,用于分析脆性岩石的变形和破坏。Hult[140]依据孔洞的形态、尺寸和密度定义了细观损伤变量,并根据孔洞的自相似扩展原理,直接建立了损伤率与应变率之间的关系。Gilormini 等[141]、Tvergaard[142]、Nemat-Nasser 等[143]分析了岩石、混凝土这类脆性材料在受载变形过程中微裂纹的形成和扩展过程,并建立了相关模型。Schlangen 等[144,145]利用格构模型结合试验分析了脆性材料的细观断裂机制。在国内,谢和平最早从事岩石损伤力学方面的研究,他基于岩石微观断裂机理和蠕变损伤理论的研究,把岩石蠕变大变形有限元分析和损伤分析结合起来,形成了岩石损伤力学的思想体系[146]。近十几年来,基于岩石的细观结构,人们提出了许多研究岩石损伤过程的细观力学模型,典型的有岩石细观裂纹损伤模型[147,148]、唐春安等[149]提出的随机力学特性模型、周维垣等[150]提出的一种描述岩石、混凝土类材料断裂损伤过程区的细观力学模型和刘齐建等[151]提出的岩石细观统计损伤模型。杨小林等[152]基于现有岩石爆破机理和岩石细观损伤力学建立了损伤模型和断裂准则,阐述了岩石爆破损伤断裂的细观理论。肖洪天等[153]通过分析双向应力状态下裂纹的闭合、滑移现象,将变形分为岩石介质的变形,张开裂纹的闭合、滑移引起的变形和由于分支裂纹扩展引起的变形等 3 部分来研究,最后将 3 种机制引起的变形进行叠加,得到细观岩石力学模型。杨强等[154]采用二维格构模型在细观尺度上模拟岩石类材料的破坏过程。凌建明[155]利用电子显微镜对不同类型的岩石材料进行即时加载观测,建立了脆性岩石细观损伤模型。李广平等[156]提出真三轴条件下的岩石细观损伤力学模型,建立了岩石的损伤演化方程,给出了损伤柔度的求解公式。杨更社等[157]分别对岩石的初始细观损伤特性和细观损伤扩展力学特性进行即时 CT 识别研究,提出了用 CT 定义的损伤变量,并在研究用有效模量法确定的损伤变量和新定义的损伤变量的关系基础上建立了岩石损伤本构关系模型。葛修润和任建喜等[158,159]也对岩石进行了CT 识别研究,在把应力-应变关系分段的基础上用拟合法进行了岩石损伤本构关系建模。岩石细观损伤模型研究是一个充满挑战性的领域,虽然有些细观分析取得了较为成熟的成果,但还有不足之处。因此,对于一些有待深入研究的问题,仍然需要不断地探索更严密的理论,构造更符合所研究岩石的损伤本构模型来解决。当前岩石细观损伤力学数值模拟主要沿着三个方向进行[160]:一是岩石细观模型的建立,即如何构筑一个包含必需信息的细观模型来反映岩石的特征;二是将连续介质力学、损伤力学和计算力学相结合去分析细观尺度的变形、损伤和破坏过程;三是基于对细观结构和细观本构关系的认识,将随机分析等理论方法与计算力学相结合去预测岩石的宏观性质和本构关系,对岩石试件的宏观响应进行计算仿真。

　　宏观损伤力学[即通常所说的连续介质损伤力学(CDM)],基于连续介质力学与不可逆热力学理论,认为包含各类缺陷、结构的介质是一种连续体,损伤作为一种均变量在其中连续分布,损伤状态由损伤变量进行描述,然后在满足力学、热力学基本公设和定理的条件下,唯象地推求损伤体的本构方程和损伤演化方程。目前,CDM 理论基本上都用张量形成的损伤张量进行表述,理论上讲,损伤张量阶次的增加可以更多地考虑损伤的影响因素,损伤分析自然也就越来越细。CDM中引入损伤张量的最大优点是可以方便地处理各向同性或各向异性材料的各向异性损伤。近年来,各向异性损伤理论及各类模型的建立已成为 CMD 的核心和发展前沿。Krajcinovc[161]考虑了应变对损伤的影响,并基于应变提出了一种损伤势函数,建立了岩石的弹塑性损伤模型;Rousselier[162]针对弹性应变能较小的情况提出了相应的自由比能函数和损伤势函数,建立了效果很好的岩石损伤本构模型;Marigo[163]较好地考虑了损伤对材料力学性质的影响,引入了损伤力阈值概念,建立了弹性材料的损伤本构模型;Lemaitre[164]假设自由比能可以分为弹性部分和塑性部分,而且损伤只与弹性自由比能部分耦合,建立小应变等温情况下的连续损伤力学模型;Shen 等[165]在不可逆热力学理论的基础上,提出用"损伤能耗散率"的概念表征各向异性损伤材料的力学响应,并由广义弹性损伤理论推导了损伤能耗散率张量;Simo 等[166]分别以应变和应力为基础提出了弹塑性损伤模型,很好地处理了在体积应变为压应变时假设损伤不发挥作用的过程;Singh 等[167]建立了脆性岩石材料的连续损伤模型,并利用有限元方法模拟了破坏及局部化变形的发展过程;Nawrocki 等[168]根据黏塑性变形与损伤的耦合建立了岩石的本构模型;Borst 等[169]建立了岩石、混凝土的塑性损伤模型,利用有限元模型分析了这类材料的断裂效应;Chandrakanth 等[170]利用内变量理论和总应变相等的原理,建立了可以描述延性材料非线性塑性应变的连续各向同性塑性损伤模型;Könke[171]建立了延性材料的细观损伤与宏观损伤的耦合模型,并用数值方法分析了损伤的演化过程;Zhao[172]分析了岩石的破坏方式的演化,建立了分形损伤本构模型,并推导了各向同性与各向异性损伤因子的演化方程;Chiarelli 等[173]根据实验结果,建立了黏土岩的各向异性弹塑性损伤模型;Salari 等[174]建立了地质材料的耦合弹塑性损伤模型,并用有限元方法对材料的失稳破坏进行了预测分析;Challamel[175]等建立基于应变的各向异性损伤模型,并分析了损伤单边效应对准脆性材料力学行为的影响；Shao 等[176]采用非关联塑性流动法则,建立了脆性材料在非饱和情况下的耦合弹塑性损伤模型。Mohamad-Hussein 等[177]在实验结果的基础上分析了混凝土的弹塑性行为,建立了在压缩载荷条件下的非局部损伤模型；Voyiadjis 等[178]利用普分析方法,建立了岩石混凝土材料在拉伸和压缩两种应力条件下的弹塑性各向异性损伤模型。在国内,秦跃平等[179]分析了岩石全应力-应变曲线的峰值点参数,用数学方法证明了损伤变量定义的随意性和不同损伤变量的等效性；崔崧等[180]在平面应变条件下,考虑了裂纹面之间摩擦滑动的影响,建立了摩擦诱导的塑性理论；韦立德等[181]在连续介质损伤力学框架内提出了考虑损伤的 Helmholtz 自由比能函数,推导了损伤演化方程和塑性应变演化方程；尹光志等[182]借助内时理论,在 Helmholtz 自由能中引入损伤变量,在不可逆热力学原理基础上推导出了含瓦斯煤岩的内时本构方程,同时在实验基础上还建立了用于描述含瓦斯煤岩三轴压缩下力学特性的弹塑性耦合损伤本构模型[183],该模型不但可以描述塑性变形和煤岩材料损伤之间的耦合效应,而且还可以充分反映含瓦斯煤岩的诸如弹塑性变形、体积膨胀、围压敏感、弹性模量的退化、各向异性损伤、材料的应变强化及软化等物理现象及力学行为。

采用 CMD 建模的缺点是所建议的自由比能函数和损伤势函数缺乏力学依据,为此,力学界开始探讨在引进细观力学基础上提出考虑各向异性的自由比能函数和损伤势函数,但对塑性的考虑还是很少见。在 CDM 建模过程中,由自由比能函数确定损伤本构关系,由损伤势函数确定损伤演化方程,因此自由比能函数和损伤势函数的确定是最为关键的两步。

1.2.3　稳定性问题研究现状概述

岩石力学系统运动稳定性的研究任务是从系统运动的概念出发,建立一个描述岩石变形、破坏等稳定性问题的模型,提出岩石力学系统稳定性的判别条件和准则,找出影响岩石力学系统稳定性的主要因素和控制参量,同时将理论应用于工程实践,对工程地质力学系统失稳灾害进行评价。稳定性问题一般分为结构(或几何)稳定性问题和材料稳定性问题。结构稳定性是指结构在平衡状态下的稳定性问题,包括力学系统的稳定性,弹性体与弹性系统的稳定性及结构的塑性稳定性等。而材料的稳定性是指材料的应力-应变曲线在到达最大应力(峰值应力)以后,会不会发生在应力下降的情形下而变形继续增长,有所谓软化(弱化)的现象以及在软化变形阶段材料的稳定性问题。岩石类脆性材料在刚性实验机中会出现应变软化现象,在韧性金属中由于多次重复加载、内部损伤积累也可能出现应变软化现象[184]。

对于结构稳定性的研究,国内外学者很早就开始采用各种方法来进行探索。

Cook[185]、Salamon[186]、Hudson 等[187]指出,在不对系统提供额外能量的条件下,如果试验机不能使试样产生进一步的位移,则平衡状态是稳定的。Bažant 等[188]分析了试样与若干弹簧串、并联组成的系统的稳定性,得到了系统的稳定性条件。Petukhov 等[189]对采矿工程中的岩爆及支撑压力等问题进行了大量的研究,将非稳定性与外力功增量和动能增量联系起来,定义非稳定为在外部条件不变的情况下外力功超过了内能增量,给出了外力功增量和内能增量的一般表达式。Ottos-en[190]给出了一维拉杆在应变软化阶段的拉伸变形率(速度)与应力率之间的关系,得到了系统的稳定性准则,使用不同的方法,这一稳定性准则已由 Bažant[191]和 Sture 等[192]建立。Bažant[193]给出了二阶功(功的二阶变分)的一般表达式,若二阶功大于零,则系统处于稳定状态,并提出了单轴拉伸条件下的稳定性准则。Labuz 等[194]分析了试验机-三轴压缩试样系统的稳定性,提出了系统的总位移的表达式和临界软化的增量稳定性条件。De Borst 等[195]得到了拉杆在应变软化阶段发生弹性回跳的条件。对于直接剪切试样,Pamin 等[196]采用相同的方法得到了与单轴拉伸试样类似的弹性回跳条件。Zhang 等[197]得到了单轴拉伸条件下试验机-混凝土试样系统的稳定性条件,系统总势能的一阶变分为零对应平衡条件。唐春安等[198]采用尖点突变模型研究了试验机-试样系统的失稳机制,给出了失稳前后试样的突跳变形量和能量释放率的定量表达式。金济山等[199]在分析试验机-试样系统的稳定性后,考虑了围压的作用,但从分析结果看,围压对失稳判据并无影响。梁冰等[19,200]根据煤体变形破坏与瓦斯渗流之间的相互影响,采用 Dirichlet 势能最小原理建立了煤与瓦斯突出的固流耦合失稳理论。丁继辉等[201]在有限应变条件下,给出了应力二阶功的一般表达式。利用二阶功小于零的条件来判断平衡状态的非稳定性。曾亚武等[202]得到了两种加载方式时试验机-试样系统的外力在虚位移上所做的功与物体内能的增量之差的表达式,利用该差大于零来判断系统的稳定性。潘岳等[203]分析了试验机-试样系统的能量变化关系,得到了试样失稳破裂终止总位移、试样脆性破坏时试验机释放的弹性能和受到的惯性力以及试验机压头最大名义位移的表达式。王学滨[204]利用能量原理分析了岩石试样在拉伸和压缩应力条件下局部化时剪切带内的失稳问题,提出了岩石破裂的失稳判据。

对材料非稳定性的研究,有一系列不同的术语和概念,例如变形非稳定性、变形分叉、变形局部化、剪切带、相变带、临界损伤等。这些概念从不同的角度探索着非稳定性发生时和发生后材料的性态,这反映了材料非稳定性问题所表现出的多样性和研究途径的多样性。目前在岩土工程应用的最多的是塑性屈服理论,典型代表是 Drucker[205]和 Hill[206]所做的关于弹塑性变形材料的稳定性一系列的工作。通常认为,关于剪切带分叉的一般理论框架都是基于 Hill 对弹塑性体稳定和分叉分析的结论[207,208]。目前,非连续分叉理论常用来分析材料的局部化带的形成。宏观局部化带的形成是一种材料塑性失稳现象,是分叉理论研究的一个前沿领域。Thomas[209]提出了关于固体失稳问题的运动间断面的几何和运动学条件。Rudnicki 等[210]、Rice 等[211]、Vardoulakis[212~215]应用这一理论,采用不同的模型,研究了在平面应变、三轴压缩、双轴压缩条件下砂土产生局部化的条件。在这些研究中,均没有考虑局部化带的厚度和微结构,是一阶变形率占主要地位的传统的弹塑性体模型。应用 Cosserat 连续介质理论,Muhlhaus 等[216]、Vardoulakis[217]、Bažant[193]分析了局部化带的厚度。Valanis[218]、Vermeer[219]和 Nova[220]也先后对局部化带的厚度进行了研究。尹光志等[221]通过弹塑性分析获得了平面应变状态下岩石剪切面倾角的解析表达式。张永强等[222]应用统一强度理论分析了非相关流动情形的弹塑性材料平面应力非连续分叉的方位角以及相应的最大硬化模量的统一解析解,揭示了分叉研究中选择符合材料特性的强度准则的重要性。曾亚武等[223]采用不连续分叉理论,分析了轴对称状态下岩石材料的破坏形式,表明岩石材料在单轴压缩状态下的脆性破坏总是张破裂的,而在三轴压缩状态下的脆性破坏是剪切破坏。赵吉东等[224]针对岩石混凝土材料提出了损伤局部化分叉模型,根据材料发生损伤局部化分叉充要条件,对平面应变和平面应力情况下单轴拉伸、纯剪以及单轴压缩情况下的局部化结果进行了分叉分析。徐松林等[225,226]采用对称性群论和反对称变形分叉分析方法对岩土材料的局部化变形分叉进行了研究。潘一山和王学滨等[227~229]应用塑性梯度理论广泛研究了岩石类材料的局部化变形行为。尹光志等[230~232]在煤岩细观实验和 CT 实验结果基础上,建立了煤岩分叉失稳力学模型,分析了裂纹和 CT 数的演化过程。张东明[233]进行了平面应变条件下的泥砂岩变形局部化及失稳破坏的实验研究,并建立了弹塑性变形局部化力学模型,提出了相关的失稳准则。黄滚[234]根据岩石平面应变和三轴实验结果,建立不同应力状态下的岩石非关联弹塑性本构模型,并提出了岩石试样的分叉失稳条件。吕玺琳等[235]分析了岩石变形分叉参数的变化特性。

1.2.4　瓦斯渗流及固气耦合研究现状

煤岩是一种典型的多孔介质。如地下岩层中石油、天然气资源的开采,地下煤层和瓦斯资源的开采,地下水资源的开采以及污染物传质输运等,都涉及多孔介质中能量与物质的传输过程,渗流力学是研究流体在多孔介质内运动规律的科学。自 1856 年法国工程师达西(Darcy)提出线性渗流定律以来,渗流力学一直在向前发展,并不断地与其他学科交叉而形成许多新兴的边缘学科。如瓦斯渗流力学是由渗流力学、固体力学、采矿科学以及煤地质学等学科互相渗透、交叉而发展形成的一门新兴学科。瓦斯渗流力学是专门研究瓦斯在煤层这个多孔介质内运动规律的科学,有时也称为瓦斯流动理论。周世宁等[236]从渗流力学角度出发,认为瓦斯的流动基本上符合达西定律,把多孔介质的煤层看成一种大尺度上均匀分布的虚拟连续介质,在我国首次提出了线性瓦斯流动理论。郭勇义[237]就一维情况,结合相似理论,研究了瓦斯流动方程的完全解,采用 Langmuir 方程来描述瓦斯的等温吸附量,提出了修正的瓦斯流动方程式。谭学术[238]针对瓦斯的气体状态方程,认为应用瓦斯真实气体状态方程更符合实际,提出了修正的矿井煤层真实瓦斯渗流方程。孙培德[239]在总结前人研究成果的基础上,进一步修正和完善了均质煤层的瓦斯流动数学模型,发展了非均质煤层的瓦斯流动数学模型,并应用计算机进行了数值模拟的对比分析。随着计算机应用的普及和计算技术的日益发展,应用计算机研究瓦斯流场内压力分布及其流动变化规律已成为可能。尹光志等[240, 241]以典型煤与瓦斯突出矿井松藻矿务局打通一矿原煤制备的试样为研究对象,利用自制的三轴渗透仪及材料试验机,对突出煤进行了渗透实验研究,得出了突出煤的渗透率受围压和瓦斯压力的影响规律。Yu 等[242,243]分别利用有限元法和边界单元法实现了对瓦斯渗流的数值模拟。罗新荣[244]、张广洋[245]、胡耀青等[246]、孙培德等[247]、卢平等[248]主要考虑了 Klinkenberg 效应、孔隙压力、有效应力、吸附膨胀等因素等对瓦斯渗透率的影响,并给出了多种形式的渗透率计算公式。另外,林柏泉等[249]、姚宇平等[250]、许江等[251]、梁冰等[252]、卢平等[253]、苏承东等[254]、尹光志等[255]研究了含瓦斯煤岩的变形特性、力学特性、流变特性等,为研究固气耦合瓦斯流动理论提供了实验依据。

最早研究流体-固体变形耦合现象的是 Terzaghi[256],并首先将可变形、饱和的多孔介质中流体的流动作为流动-变形的耦合问题来看待,提出了著名的有效应力的概念,建立了一维固结模型。Biot 将 Terzaghi 的工作推广到了三维固结问题,并给出了一些经典的、解析型的公式和算例[257~259],奠定了地下流固耦合理论研究的基础,随后将三维固结理论推广到各向异性多孔介质的分析中[260]。Verrujit 进一步发展了多相饱和渗流与孔隙介质耦合作用的理论模型[261],在连续介质力学的系统框架内建立了多相流体运动和变形孔隙介质耦合问题的理论模型。此后,一方面随着社会的发展各行各业对流固耦合力学提出了新的课题,如石油天然气开采、煤矿的煤与瓦斯突出、开采引起的地面沉降等问题;另一方面实验测试和计算机技术的发展也为这些问题提供了解决条件。因此,流固耦合理论的研究得到了长足的发展[262~264]。在油藏工程方面,Rice 等[265]、Wong[266]、Settal 等[267]在开采机理、热流固耦合理论及工程应用方法等方面做了很多研究工作。Lewis 等[268,269]长期致力于石油开采领域的热流固耦合理论研究,发展了以流体孔隙压力、温度和孔隙介质位移作为基本变量的流固耦合模型,并利用该模型分析了流固耦合作用对油气生产的影响。Bear[270]研究了地热开采,地下污染物传递中的流固耦合问题。王自明[271]、孔祥言等[272]对油藏的热流固耦合作用进行了研究,建立了非完全耦合与完全耦合两类热流固耦合数学模型。在煤矿瓦斯灾害防治工程领域,赵阳升[273,274]、梁冰等[275]、刘建军等[276,277]、汪有刚等[278]、丁继辉等[279]、李祥春等[280]、尹光志等[281]建立了等温条件下煤层瓦斯流固耦合模型。Lewis[268,269]、周晓军等[282]、丁继辉等[279]、张玉军[283]、郭永存等[284]将参与耦合的单相流体转向了多相流体的耦合计算,更加真实地反映了各流体之间的相互影响。随着计算机技术的进步,许多学者对流固耦合数学模型进行了多方法的数值求解[264,273,275,278,280,281,283,285～288],但是对流固耦合力学作用的研究,在目前计算机技术条件下,相对重要的是对物理过程的描述。对于瓦斯吸附膨胀变形与有效应力计算研究方面,自 Terzaghi 提出有效应力公式以来,人们已经对其进行了多种形式的修正。Bishop[289]、陈正汉等[290]、徐永福[291]、江伟川等[292]提出了不同形式的非饱和土的修正公式,但迄今为止,关于非饱和土有效应力计算公式还缺乏统一认识。在煤层瓦斯流动理论中,Éttinger[293]和 Borisenko[294]先后研究了吸附膨胀应力和瓦斯孔隙压力对煤体变形的影响。赵阳升等[295]通过试验研究提出了煤层瓦斯有效应力计算修正公式。李传亮等[296]提出了双重有效应力概念和计算公式;George 等[297]研究了煤粒瓦斯解吸收缩对有效应力和渗透率的影响。吴世跃等[298]根据表面物理化学和弹性力学原理,推导了煤体吸附膨胀变形、吸附膨胀应力及有效应力计算公式,并表明理论计算结果和试验结果基本一致。对于渗透率和孔隙率与固体变形和有效应力的关系研究方面,人们通过广泛的研究,给出了多种形式的计算公式,但还未取得一致认识。林柏泉等[299]研究认为渗透率与孔隙压力呈指数关系;Harpalani 等[300]研究了裂隙网络渗透率和孔隙率与煤基质收缩之间的关系;赵阳升等[295]通过试验研究给出了煤样渗透率与孔隙压力和有效体积应力之间呈复杂指数函数关系;方恩才等[301]给出了含瓦斯煤有效应力与变形特性之间的关系;孙培德[302]在实验基础上研究了含瓦斯煤在变形过程中变化规律,并给出了计算公式;卢平[248]给出了渗透率与固体变形的关系式;傅雪海等[303]研究了煤层渗透率与骨架压缩和煤基质收缩之间关系;李传亮等[304]研究了多孔介质的流变模型;李培超等[305]研究了饱和多孔介质的流固动态耦合模型;王学滨等[306,307]研究了多孔介质剪切带的孔隙特征;Zhu 等[308]研究了煤层的瓦斯流动与变形的耦合效应;Barry 等[309]研究了可压缩与饱和流体在多孔介质中的流动;李春光等[310]研究了多孔介质空隙率与体积模量的关系;隆清明等[311]通过实验研究了瓦斯吸附作用对煤渗透率的影响规律。

第 2 章　含瓦斯煤岩力学性质、蠕变特性以及渗透特性的实验研究

在开采过程中,人们经常会发现:富含瓦斯气体的煤层往往强度较低,易于开采;在含瓦斯煤层打钻过程中,当瓦斯压力高、地应力大时,往往易于卡钻;在瓦斯压力区,煤壁瓦斯涌出常常出现忽大忽小的现象。这些现象都与含瓦斯煤岩的力学特性、渗透特性以及蠕变特性有着密切的关系[312]。当煤层吸附瓦斯后,会导致煤岩本身的力学性质的改变[20],如吸附膨胀变形产生膨胀应力、煤岩强度降低等,还会导致煤岩中应力场和瓦斯压力场的变化。根据煤与瓦斯突出机理研究成果可知,煤与瓦斯突出基本上是地应力、瓦斯压力和煤岩的物理力学性质三者的综合作用结果[1~3]。在煤与瓦斯突出过程中,主要是含瓦斯煤岩的力学性质、蠕变特性以及渗透特性对突出的发生和发展在起作用[16, 312]。因此,研究含瓦斯煤岩的力学性质、蠕变特性和渗透特性对于进一步揭示煤与瓦斯突出机理有着十分重要的作用。

由于原煤煤样的采集、加工难度较大,而且有关研究也表明,型煤煤样与原煤煤样的力学特性在变化规律上具有良好的一致性[251,255],所以本书利用型煤煤样来研究含瓦斯煤岩的力学性质、蠕变特性及渗透特性。

2.1　实验系统描述

为了研究含瓦斯煤岩的力学性质、蠕变特性及渗透特性,我们自行研制了含瓦斯煤岩的三轴蠕变瓦斯渗流装置。在实验过程中,将三轴蠕变瓦斯渗流装置、材料试验机和其他仪器一起组合成整个实验系统。该实验系统由加载系统、测量系统和瓦斯供给系统组成,如图 2.1.1 所示。加载系统由材料实验机和三轴瓦斯渗流装置构成,测量系统由位移传感器、动态应变仪和气体流量计组成,瓦斯供给系统由高压瓦斯罐和减压阀构成。系统工作状态如图 2.1.2 所示。该系统主要能完成以下实验功能:

(1) 围压三轴蠕变实验。

(2) 围压三轴蠕变渗流实验。

(3) 围压三轴单调压缩实验。

(4) 围压三轴单调压缩渗流实验。

(5) 围压三轴渗流实验。

　　该系统能提供的轴压为 0～125 MPa,围压为 0～10 MPa,瓦斯压力为 0～5 MPa。实验系统的精度如下:材料实验机的载荷精度为±0.00001 kN,材料实验机的位移精度为±0.001 mm,瓦斯气压表的精度为±0.1 MPa,油压表的精度为±0.1 MPa,动态应变仪的精度为±5 mV,气体流量计的精度为±0.01 L/min。

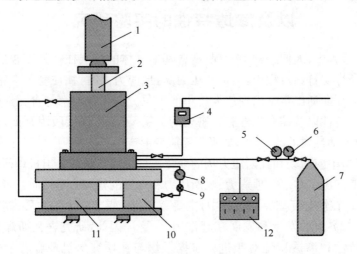

(a) 系统组成部分

1. 材料实验机;2. 试样上部压头;3. 三轴压力室;4. 流量计;5. 气压表;6. 减压阀;7. 高压瓦斯罐;
8. 油压表;9. 液压控制阀;10. 液压油泵;11. 液压油缸;12. 动态应变仪

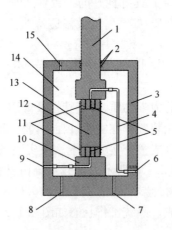

(b) 三轴压力室内部结构

1. 试样上部压头;2. 密封环;3. 筒体;4. 紫铜管;5. 通气孔;6. 瓦斯入口;7. 液压油入口;8. 液压油出口;
9. 瓦斯出口;10. 金属底座;11. 金属箍;12. 试样;13. 热缩管;14. 液压室;15. 排气孔

图 2.1.1　实验系统示意图

图 2.1.2　实验系统的工作状态

在蠕变实验过程中,施加在试样上的蠕变载荷由伺服材料实验机提供,围压由液压油泵提供,瓦斯压力则通过减压阀来控制。实验开始后,瓦斯气体从高压瓦斯罐出来后,经由减压阀、瓦斯入口、紫铜管和试样上部压头后,最后到达煤样内部。

2.2　试样制备

通常具有突出倾向的煤层(尤其是突出煤层的软分层)的强度一般都很低,所以不能用直接钻取的方法来获取实验煤样。本次实验中所用的试样,是利用煤粉制作而成的,其具体做法如下:将所取原始煤块用粉碎机粉碎,取 40~80 目之间的煤粉颗粒,然后在这些筛选出来的煤粉中加入少量纯净水和均匀后置于成型模具中,在 200t 刚性实验机上以 100MPa 的压力压制成 $\phi50\times100$mm 的煤样。最后将制备好的型煤煤样烘干后放置于干燥箱内以备实验时用。采用此法制作而成的煤样的强度很接近突出煤层的强度,因此适合代替原始煤样来研究含瓦斯煤岩的蠕变特性。

制作煤样的过程如图 2.2.1 所示,制作好的煤样如图 2.2.2 所示。由于煤样是用均质的煤粉制成的,所以将之视为均匀各向同性介质是合理的。

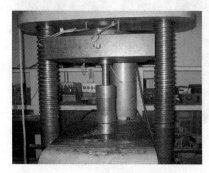

图 2.2.1　煤样制作过程

图 2.2.2　制作好的煤样

2.3 实 验 准 备

在实验开始之前,需要完成以下几个基本步骤:

(1) 贴应变片＋焊接漆包丝＋初次抹胶。取制备好的煤样,将要贴应变片的煤样侧面中部用 75％ 的酒精清洗干净,然后用 502 胶将应变片贴好,并确保应变片跟煤样表面接触良好。为保证能采集到应变数据,在煤样中部位置对称贴两组应变片,每组中轴向和环向各一片,每个煤样共贴 4 片。然后将漆包丝与各应变片连接并焊接好后,将每组漆包丝用胶布固定在煤样表面,以防脱落。最后用 704 硅橡胶将煤样侧面抹一层 1mm 左右的胶层,如图 2.3.1 所示。在硅橡胶的选择上,本书建议采用 704 型硅橡胶,因为 704 型硅橡胶的固化时间在常温常压条件下是 2～4h,而其他研究者[312]所采用的 703 型硅橡胶在同样条件下固化时间却需要 12～20h,所以采用 704 型硅橡胶可以大大缩短胶层的固化时间,从而可以加快实验进度。

(2) 试样安装。待初次抹上的胶层完全干透后,将煤样小心放置于三轴压力室的金属底座上,用一段比煤样长出 40mm 左右的圆筒热缩管套在煤样上,同时将煤样的上部压头装好,用电吹风将热缩管均匀吹紧,以保证热缩管与煤样侧面接触紧密。用两个金属箍分别紧紧箍住试样上下两端的热缩管与上部压头的重合部分和热缩管与金属底座的重合部分;最后用少量硅橡胶密封好上述两个重合部分的缝隙,将连接应变片的漆包丝与外部导线焊接好,并接好紫铜管,待硅橡胶干透后,便可进行下一步操作。试样安装好后如图 2.3.2 所示。

图 2.3.1 抹好硅橡胶胶层的试样

图 2.3.2 试样安装

（3）装机＋开始实验。以上两步完成以后，将三轴压力室安装好，紧好螺丝，并安装到伺服材料试验机上。连接好动态应变仪，接好瓦斯通道和流量计，加好围压后打开减压阀，往煤样中通入预定压力的瓦斯气体，待到瓦斯吸附平衡后，便可开始实验。

2.4　含瓦斯煤岩力学性质的实验研究

含瓦斯煤岩的力学性质包括含瓦斯煤岩的变形和强度特性，由于在采矿工程中，岩石材料（或煤岩材料）一般都处于受压的三维应力状态。因此，本书着重研究含瓦斯煤岩在三轴压缩条件下的力学性质。

2.4.1　含瓦斯煤岩变形特性研究

为全面反映含瓦斯煤岩在三轴应力条件下的变形和强度特性，共进行了 6 组不同应力条件下的三轴压缩实验，具体情况及实验结果如表 2.4.1 所示。

表 2.4.1　含瓦斯煤岩三轴压缩实验结果

瓦斯压力 p/MPa	围压 σ_3/MPa	弹性模量 E/MPa	内聚力 C/MPa	内摩擦角 φ_r/(°)	屈服强度 σ_s/MPa	抗压强度 σ_c/MPa	σ_s/σ_c
	1	114.97	0.66	39	5.64	6.86	0.82
	2	180.74	0.76	37	8.68	10.46	0.83
0.2	3	261.02	0.89	36	12.15	15.05	0.81
	4	335.23	0.91	35	13.11	18.45	0.71
	5	379.19	0.61	40	18.08	22.41	0.81
	2	232.48	1.36	33	6.70	8.95	0.75
	3	331.16	1.52	30	10.05	14.33	0.70
0.4	4	380.05	1.31	33	11.44	17.32	0.78
	5	422.40	1.42	32	15.29	21.03	0.73
	6	477.08	1.11	34	18.20	25.06	0.73
	3	294.18	0.70	35	9.87	13.97	0.71
	4	359.80	0.74	35	12.28	17.16	0.72
0.8	5	402.57	0.65	37	12.28	17.16	0.72
	6	491.93	0.82	36	15.60	23.05	0.68
	4	359.82	0.92	33	15.60	23.05	0.68
1.5	5	408.59	0.36	36	14.30	20.65	0.69
	6	465.37	0.58	34	14.32	20.90	0.69
	5	412.99	0.52	33	13.66	19.13	0.71
2.5	6	472.50	0.12	35	13.85	22.57	0.68
3.5	5	345.04	0.23	33	12.32	17.54	0.70

　　根据实验结果,当恒定瓦斯压力时,含瓦斯煤岩的应力-应变关系如图 2.4.1 所示。

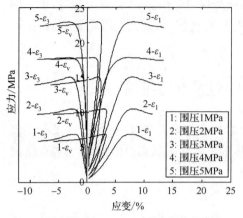

(a) 恒定瓦斯压力 p=0.2MPa时的应力-应变关系

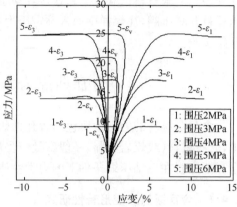

(b) 恒定瓦斯压力 p=0.4MPa时的应力-应变关系

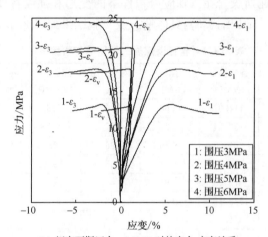

(c) 恒定瓦斯压力 p=0.8MPa时的应力-应变关系

图 2.4.1　恒定瓦斯压力时含瓦斯煤岩应力-应变关系

　　当恒定围压时,含瓦斯煤岩的应力-应变关系如图 2.4.2 所示。

　　根据图 2.4.1、图 2.4.2 可以看出:煤样的变形过程大致可以分为密实阶段、弹性变形阶段、屈服阶段(也称应变强化阶段)和破坏阶段(也称应变软化阶段)。在密实阶段,煤样的切向弹性模量随轴向应力增加而增加,同时煤样内的孔隙和裂隙不断闭合,煤样体积不断减小;在弹性变形阶段,煤样的应力-应变基本呈线性关系,服从 Hooke 定律;在屈服阶段,当载荷达到屈服强度时,煤样内部开始出现损伤导致承载能力相应下降,此时煤样内部不断产生新的裂纹,损伤不断发展,应力-应变曲线开始偏离直线;在破坏阶段,煤样轴向应力达到强度极限,并出现贯穿煤样的宏观裂纹,应力随应变的增加而减小,直至煤样破坏。

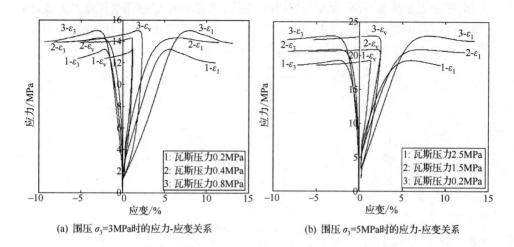

(a) 围压 $\sigma_3=3$MPa时的应力-应变关系 　　　 (b) 围压 $\sigma_3=5$MPa时的应力-应变关系

图 2.4.2　恒定围压时含瓦斯煤岩应力-应变关系

同时还可以看出,随着围压的增大,煤样的压密阶段越来越不明显,当围压超过 3MPa 时,煤样几乎不再出现压密阶段,这是因为煤样在较高的围压作用下发生了二次密实的结果。当恒定瓦斯压力时(图 2.4.1),随围压增加,煤样的变形逐渐向延性发展,最后表现出塑性流动特性;当恒定围压时(图 2.4.2),随着瓦斯压力的增加,煤样的延性减小,脆性有所增加。并且,围压对含瓦斯煤岩的应力-应变曲线的影响要比瓦斯压力的影响大,含瓦斯煤样存在体积膨胀现象。

含瓦斯煤岩的三轴循环载荷实验结果如图 2.4.3 所示。

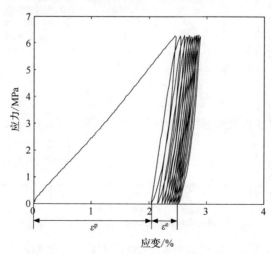

图 2.4.3　含瓦斯煤样三轴循环载荷试验结果($\sigma_3=5$MPa, $p=0.2$MPa)

由图 2.4.3 可以看出,含瓦斯煤岩的变形主要由弹性变形和塑性变形组成,而且塑性变形占主要部分,同时表明含瓦斯煤岩的力学性质主要由塑性变形控制。

根据表 2.4.1 中的数据,含瓦斯煤样弹性模量的变化规律如图 2.4.4 所示。

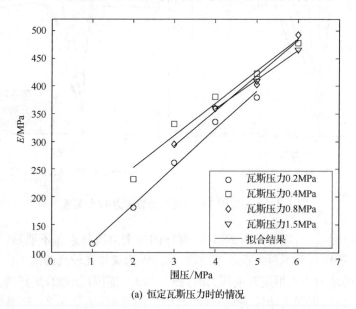

(a) 恒定瓦斯压力时的情况

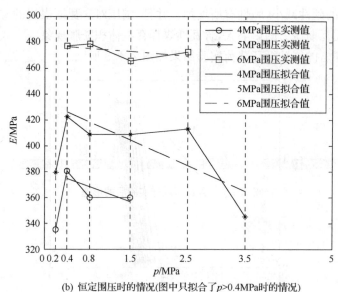

(b) 恒定围压时的情况(图中只拟合了 $p>0.4$MPa 时的情况)

图 2.4.4　含瓦斯煤样弹性模量(E)的变化规律

由图 2.4.4 可以看出,当瓦斯压力恒定不变时,含瓦斯煤岩的弹性模量(E)随着围压的增加而增加,而且还呈现出较好的线性趋势,可见围压是煤样刚度增加的原因。当围压保持恒定不变时,如图 2.4.4(b)所示,当 $p>0.4$ MPa,弹性模量(E)随着瓦斯压力增加而减小;当 $p<0.4$ MPa,弹性模量(E)随着瓦斯压力的增加而增加。

含瓦斯煤样这种弹性模量(E)随瓦斯压力变化规律中所出现的阈值现象,跟瓦斯气体对煤样的作用有关。因为煤岩中含瓦斯压力大小不同,其物理力学性质将发生一定的改变,瓦斯对煤岩除了具有作为体积应力的力学作用之外,还会产生其他的附加影响,如力学性质和行为的改变[252]。不少学者研究表明,游离态瓦斯和吸附态瓦斯都会对含瓦斯煤岩的力学响应产生影响[20, 250～253, 313],并且开始将这种影响考虑到含瓦斯煤岩的本构模型中[200,275,314]。

在实验过程中,含瓦斯煤样的泊松比并不是定值,而是动态变化的。为得到较为准确的泊松比,本书采用了两种方法:一种是利用应变片所测出来的环向应变与轴向应变在弹性变形阶段的比值来计算泊松比;另一种是采用“卸围压测量泊松比”的方法[315],在含瓦斯煤样弹性变形阶段进行反复加卸载围压实验,利用轴压和围压的变化来估计泊松比。以上两种方法所测得的煤样泊松比的平均值为 0.36[255],对比可知,含瓦斯煤岩的泊松比要岩石的泊松比大[316],这也是含瓦斯煤岩容易发生体积膨胀的一个原因。实验结束后,含瓦斯煤样变形后的形态如图 2.4.5 所示。

图 2.4.5　含瓦斯煤样实验后的形态

对比图 2.4.5 与图 2.3.2 可知,含瓦斯煤样实验前后的形状改变较大,根据实验结果,煤样的轴向应变一般都在 10% 以上,有的甚至达到了 15% 左右。

2.4.2　含瓦斯煤岩三轴抗压强度研究

含瓦斯煤煤样三轴抗压强度实验结果如图 2.4.6 所示。

由图 2.4.6 可知,在恒定围压时,随着瓦斯应力的增加,抗压强度降低;在恒定瓦斯压力时,随着围压的增加,抗压强度增加;并且都呈现较好的线性关系。

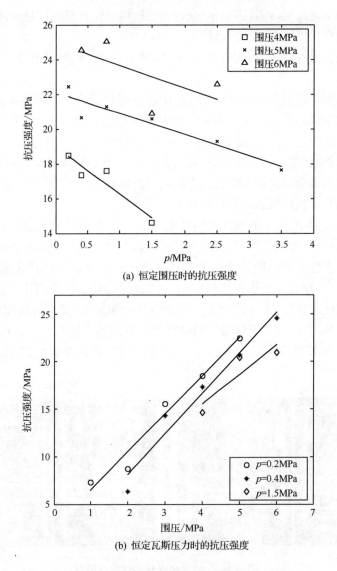

(a) 恒定围压时的抗压强度

(b) 恒定瓦斯压力时的抗压强度

图 2.4.6　含瓦斯煤样三轴抗压强度实验结果

根据 Coulomb 强度理论,煤样的强度准则可以写成如下形式:

$$\tau = C_0 + \sigma \tan\varphi_r \tag{2.4.1}$$

式中,C_0 为内聚力;φ_r 为内摩擦角。

φ_r 可以通过下面的公式得到[317]:

$$\varphi_r = 2\theta - \pi/2 \tag{2.4.2}$$

式中,θ 为煤样的破断角,由实验确定。

得到 φ_r 以后，便可通过 Mohr 极限应力圆得到 C_0 的值。含瓦斯煤样抗压强度及其参数如表 2.4.1 所示。

2.4.3　含瓦斯煤岩破坏形式研究

根据实验结果，在含瓦斯煤样内部产生了明显的剪切滑移效应（简称剪滑），而且围压越大剪滑效果越明显，如图 2.4.7 所示。

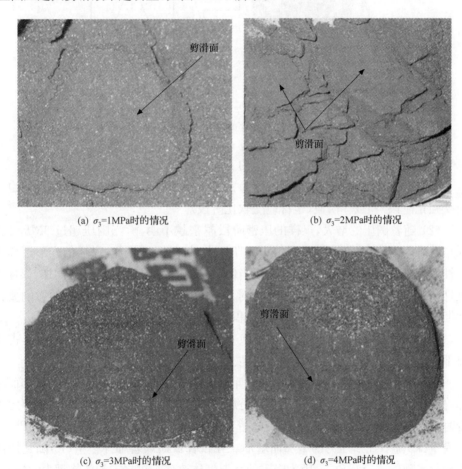

(a) $\sigma_3=1\text{MPa}$ 时的情况　　　　　　(b) $\sigma_3=2\text{MPa}$ 时的情况

(c) $\sigma_3=3\text{MPa}$ 时的情况　　　　　　(d) $\sigma_3=4\text{MPa}$ 时的情况

图 2.4.7　$p=0.2\text{MPa}$ 时含瓦斯煤样破坏后的剪滑面

由图 2.4.7 可知，在剪滑面上有明显的擦痕，而且围压越大，擦痕越明显。这是因为在实验过程中，剪滑面上的煤颗粒在剪切滑移过程中，由于两个滑动面的强烈剪压滑移作用，使得剪滑面的煤颗粒变成了更细的粉末状煤面。

含瓦斯煤样在三轴压缩条件下的破坏形式基本上都是 X 形共轭剪滑破坏，如图 2.4.8 所示。

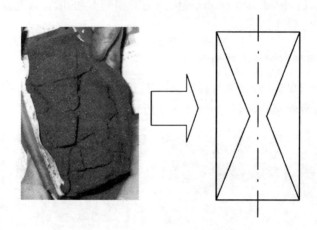

图 2.4.8　含瓦斯煤样的破坏形式

根据本节对含瓦斯煤岩力学性质的实验研究结果,可得:

(1) 煤样的变形过程大致可以分为密实阶段、弹性变形阶段、屈服阶段(也称应变强化阶段)和破坏阶段(也称应变软化阶段)。

(2) 随着围压的增大,煤样的压密阶段越来越不明显,当围压超过 3MPa 时,煤样几乎不再出现压密阶段;当恒定瓦斯压力时,随围压增加,煤样的变形逐渐向延性发展,最后表现出塑性流动特性;当恒定围压时,随着瓦斯压力的增加,煤样的延性减小,脆性有所增加。并且,围压对含瓦斯煤岩的应力-应变曲线的影响要比瓦斯压力的影响大,含瓦斯煤样存在体积膨胀现象。

(3) 含瓦斯煤岩的变形主要由弹性变形和塑性变形组成,而且塑性变形占主要部分,表明含瓦斯煤岩的力学性质主要受塑性变形控制。

(4) 当瓦斯压力恒定不变时,含瓦斯煤岩的弹性模量(E)随着围压的增加而增加,呈现出较好的线性趋势,表明围压是煤样刚度增加的原因。当围压保持恒定不变时,当 $p>0.4$MPa,弹性模量(E)随着瓦斯压力增加而减小;当 $p<0.4$MPa,弹性模量(E)随着瓦斯压力的增加而增加。导致含瓦斯煤岩弹性模量(E)随瓦斯压力变化出现的阈值现象,是因为吸附的瓦斯气体改变了煤岩本初的物理力学性质。

(5) 实验所测得的含瓦斯煤岩泊松比为 0.36,含瓦斯煤岩的变形在 10%～15%之间,其形状改变较大。

(6) 在变形过程中,含瓦斯煤岩内部产生了明显的剪切滑移效应(简称剪滑),围压越大剪滑效果越明显,最终破坏形式为 X 形共轭剪滑破坏。

2.5 含瓦斯煤岩蠕变特性实验研究

2.5.1 煤岩蠕变的一般规律

在蠕变实验过程中,试样在不同的载荷工况下的蠕变特性是不一样的,一般可分为衰减蠕变和非衰减蠕变,如图 2.5.1 所示[319]。试样的蠕变变形可以用如下公式表示:

$$\varepsilon = \varepsilon_0 + \varepsilon(t) \tag{2.5.1}$$

式中,ε_0 为瞬时变形;$\varepsilon(t)$ 是与衰减蠕变和非衰减蠕变相关的变形。

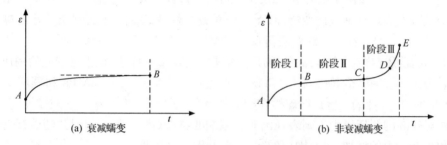

图 2.5.1 蠕变变形与时间的关系图

根据实验结果,在较低的应力水平下,试样表现出衰减蠕变的特点,如图 2.5.1(a)所示。在较高的应力水平下,则表现出非衰减蠕变特点,如图 2.5.1(b)所示,其变形过程包括三个阶段:阶段 I 为衰减蠕变阶段即不稳定蠕变阶段(AB段),阶段 II 为稳态蠕变阶段即稳定流动阶段(BC 段);阶段 III 为急剧流动阶段(CE段),也称加速蠕变阶段。在阶段 I 中,应变速率由大变小,蠕变曲线上凸,即:$\dfrac{d\dot{\varepsilon}}{dt} < 0,\dfrac{d\varepsilon}{dt} > 0$;在阶段 II 中,应变速率近似为常数或为 0,蠕变曲线为直线,即:$\dfrac{d\dot{\varepsilon}}{dt} = 0,\dfrac{d\varepsilon}{dt} = \text{const}$;在阶段 III 中,应变速率逐渐增加或急剧增加,蠕变曲线下凹,直至试样破坏,即:$\dfrac{d\dot{\varepsilon}}{dt} > 0,\dfrac{d\varepsilon}{dt} > 0$。

严格上讲,第 III 阶段还可以分成两个阶段,也就是发展着的塑性变形但还是未引起介质破坏的第一阶段(CD 段)和微裂纹强烈发展并导致破坏的崩溃性急剧变形的第二阶段(DE 段)[319]。引起这种区分原则是合理的,因为某些煤岩中上述第一阶段可能发展很长时间,而不失去承载能力。

应当指出,蠕变阶段的划分(如区分为衰减蠕变和非衰减蠕变)是有条件的。因为它极大地依赖于观察的持续时间和测量的精度。稳定的变形在较长时期的观察后可能仍在增长,以固定速度发展的变形可能实际上在缓慢衰减,或是正在加速发展。但是上述划分对生产实际十分适用,并被证明是有效的,因为所有上述阶段在一定程度上都可以在实际中观测到。并不是在任何应力水平上都存在蠕变三阶段，不同应力水平上，蠕变阶段表现不同。任何一个蠕变阶段的持续时间和它的作用依赖于煤岩的类型和所受载荷。载荷越大，第Ⅱ阶段的延续时间越短，第Ⅲ破坏阶段出现得越快。在很大的载荷作用下，第Ⅲ阶段几乎在加载之后立即发生；在中等载荷作用下，三个蠕变阶段都表现得十分清楚。

2.5.2　含瓦斯煤岩蠕变试验结果与分析

　　如上所述，所有的蠕变变形过程都可以分为衰减蠕变和非衰减蠕变。在固定围压 $\sigma_3 = 4\mathrm{MPa}$ 和瓦斯压力 $p = 0.2\mathrm{MPa}$ 的应力条件下，含瓦斯煤样在相对较低的蠕变载荷下表现出衰减蠕变特性，而在相对较高蠕变载荷下则表现出非衰减蠕变特性（图 2.5.2）。在固定蠕变载荷 $\sigma_0 = 13\mathrm{MPa}$ 和瓦斯压力 $p = 0.4\mathrm{MPa}$ 的应力条件下，含瓦斯煤样在相对较高的围压下表现出衰减蠕变特性，在相对较低的围压下则表现出非衰减蠕变特性（图 2.5.3）。在固定蠕变载荷 $\sigma_0 = 15\mathrm{MPa}$ 和围压 $\sigma_3 = 5\mathrm{MPa}$ 的应力条件下，含瓦斯煤样在相对较低的瓦斯压力下表现出衰减蠕变特性，在相对较高的瓦斯压力下则表现出非衰减蠕变特性（图 2.5.4）。因此随着蠕变载荷和瓦斯压力的增加，以及围压的减小，含瓦斯煤样的蠕变变形可以从衰减蠕变阶段过渡到非衰减蠕变阶段中去。可见，蠕变载荷、围压大小和瓦斯压力对含瓦斯煤样的蠕变行为都有不可忽视的影响。

　　如前所述，一个典型的非衰减蠕变由衰减蠕变阶段、稳态蠕变阶段和加速蠕变阶段组成。根据前人的研究成果，这三个蠕变阶段皆受轴向主偏斜应力（σ_1^{D}）的影响[31, 320, 327]。主偏斜应力可以用下面的公式计算得到：

$$\sigma_1^{\mathrm{D}} = \frac{2}{3}(\sigma_0 - \sigma_3) \tag{2.5.2}$$

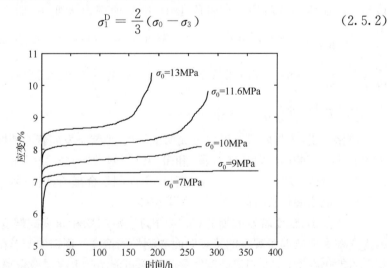

图 2.5.2　$\sigma_3 = 4\mathrm{MPa}$、$p = 0.2\mathrm{MPa}$ 时含瓦斯煤样在不同蠕变载荷条件下的蠕变曲线

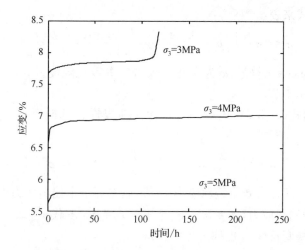

图 2.5.3　$\sigma_0 = 13\text{MPa}$、$p = 0.4\text{MPa}$ 时含瓦斯煤样在不同围压条件下的蠕变曲线

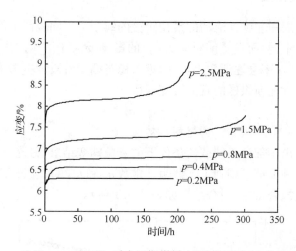

图 2.5.4　$\sigma_3 = 5\text{MPa}$、$\sigma_0 = 15\text{MPa}$ 时含瓦斯煤样在不同瓦斯压力条件下的蠕变曲线

由于煤样在实验过程中是一种被瓦斯气体饱和的多孔介质,所以必须考虑瓦斯吸附的影响。当煤样吸附瓦斯时会产生膨胀应力,并对煤样的蠕变特性产生重要影响。膨胀应力(σ_{sw})可以通过以下的公式计算得到[280]:

$$\sigma_{sw} = \frac{2a\rho R_0 T(1-2\nu)\ln(1+bp)}{3V_m} \tag{2.5.3}$$

式中,a 和 b 为瓦斯吸附常数;p 为瓦斯压力;ν 为煤岩泊松比;ρ 为密度;$R_0 = 8.3143$,为摩尔气体常数;T 为热力学温度;$V_m = 22.4 \times 10^{-3}\text{m}^3/\text{mol}$,为摩尔体积。

对于被流体饱和的介质而言,通常利用 Terzaghi 提出的有效应力来描述各种载荷条件下的应力状态[256]。考虑到式(2.5.3),总应力与有效应力之间的关系可

以用下面的公式来表示[305,328]：

$$\sigma' = \sigma - \left[\varphi p + \frac{2a\rho R_0 T (1-2\upsilon)\ln(1+bp)}{3V_m} \right]\delta_{ij} \qquad (2.5.4)$$

式中，δ_{ij} 为 Kronecker 符号；φ 为含瓦斯煤岩的等效孔隙度。式(2.5.4)的详细推导见第 4 章的 4.4 节。

因此，根据式(2.5.2)、式(2.5.4)，含瓦斯煤样的轴向有效主偏斜应力可表示为

$$\sigma'^{D}_1 = \frac{2}{3}(\sigma'_0 - \sigma'_3) = \frac{2}{3}(\sigma_0 - \sigma_3) = \sigma^{D}_1 \qquad (2.5.5)$$

根据式(2.5.5)，有效主偏斜应力 (σ'^{D}_1) 显然等于主偏斜应力 (σ^{D}_1)。为简单起见，采用另一种偏斜应力，$q = \sigma_0 - \sigma_3 = \sigma'_0 - \sigma'_3 = q'$，取代 σ'^{D}_1 或 σ^{D}_1 的作用来研究含瓦斯煤样的蠕变特性，q 也称为主应力差。

2.5.3　衰减蠕变阶段

衰减蠕变是煤样非弹性流动的最初阶段的蠕变。不同载荷条件下的衰减蠕变持续时间会有所不同，而且受偏斜应力(q)的影响要大于围压的影响[31]。在衰减蠕变阶段中，蠕变速率会逐渐变小，直到进入稳态蠕变阶段。本书采用 Ma 等提出的幂函数来描述含瓦斯煤样的衰减蠕变变形[325]：

$$\varepsilon_t = \varepsilon_0 + a_1 t^{b_1} \qquad (2.5.6)$$

式中，ε_0 为衰减应变；a_1 和 b_1 为材料常数。

图 2.5.5 给出了部分不同载荷条件下的衰减蠕变结果，为统一起见，图中这些蠕变曲线在应变轴上都已调到了零截距。常数 a_1 和 b_1 可以通过 Matlab 程序利用非线性回归方法拟合得到，拟合结果如表 2.5.1 所示。

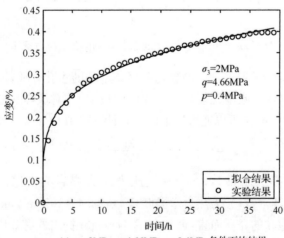

(a) σ_3=2MPa, q=4.66MPa, p=0.4MPa条件下的结果

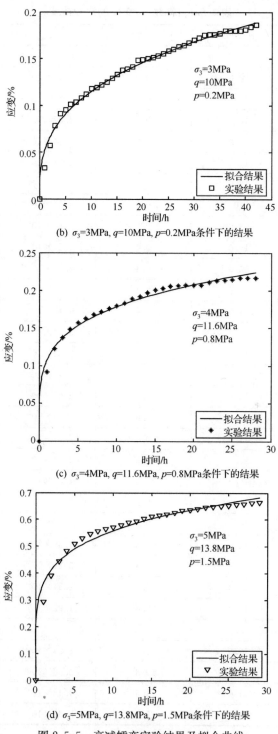

(b) σ_3=3MPa, q=10MPa, p=0.2MPa条件下的结果

(c) σ_3=4MPa, q=11.6MPa, p=0.8MPa条件下的结果

(d) σ_3=5MPa, q=13.8MPa, p=1.5MPa条件下的结果

图 2.5.5　衰减蠕变实验结果及拟合曲线

表 2.5.1　常数 a_1 和 b_1 的拟合结果

σ_3/MPa	q/MPa	p/MPa	a_1	b_1
2	4.66	0.2	0.83×10^{-3}	0.341
3	10.0	0.2	0.52×10^{-3}	0.344
4	7.0	0.2	1.34×10^{-3}	0.275
4	10.0	0.2	1.37×10^{-3}	0.213
4	11.0	0.2	1.14×10^{-3}	0.325
4	11.6	0.2	2.31×10^{-3}	0.188
4	13.0	0.2	2.46×10^{-3}	0.262
5	10	0.2	3.41×10^{-3}	0.435
5	13.8	0.2	1.84×10^{-3}	0.283
5	10.0	0.4	1.24×10^{-3}	0.313
3	10.0	0.4	2.32×10^{-3}	0.280
4	11.6	0.4	2.78×10^{-3}	0.307
5	11.0	0.4	4.75×10^{-3}	0.335
5	12.0	0.4	3.34×10^{-3}	0.275
5	13.0	0.4	2.64×10^{-3}	0.224
5	13.8	0.4	3.44×10^{-3}	0.328
3	10.0	0.8	2.67×10^{-3}	0.303
4	10.0	0.8	1.07×10^{-3}	0.221
4	11.0	0.8	2.57×10^{-3}	0.282
4	11.6	0.8	2.31×10^{-3}	0.243
5	10.0	0.8	1.54×10^{-3}	0.275
5	11.0	0.8	1.82×10^{-3}	0.307
5	12.0	0.8	4.03×10^{-3}	0.194
5	13.0	0.8	1.56×10^{-3}	0.255
5	13.8	0.8	3.21×10^{-3}	0.302
6	10.0	0.8	2.54×10^{-3}	0.291
6	11.0	0.8	1.92×10^{-3}	0.368
6	12.0	0.8	2.15×10^{-3}	0.425
6	13.0	0.8	3.24×10^{-3}	0.213
6	14.0	0.8	1.58×10^{-3}	0.362
4	11.6	1.5	1.48×10^{-3}	0.374
5	11.6	1.5	3.62×10^{-3}	0.188

σ_3/MPa	q/MPa	p/MPa	a_1	b_1
5	13.8	1.5	2.51×10^{-3}	0.127
6	10.0	1.5	2.52×10^{-3}	0.356
6	11.0	1.5	2.23×10^{-3}	0.162
6	11.6	1.5	1.74×10^{-3}	0.303
6	13.0	1.5	1.58×10^{-3}	0.263
5	13.8	2.5	3.51×10^{-3}	0.378

对式(2.5.6)求时间导数,便可得到衰减蠕变阶段的蠕变速率:

$$\dot{\varepsilon}_t = a_1 b_1 t^{b_1-1} \tag{2.5.7}$$

根据 Ma 等的研究结果,时间 t 的幂为 $-0.68^{[325]}$。根据表 2.5.1 中的数据,可以得到 t 的幂的平均值为 -0.71,其标准差为 0.069。

图 2.5.6 给出了在应力条件 $\sigma_3 = 4\mathrm{MPa}$、$p = 0.8\mathrm{MPa}$ 和 $q = 10\mathrm{MPa}$ 下的衰减蠕变速率的实验结果和拟合结果的比较情况,可以看出两者吻合得很好。

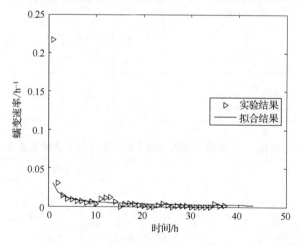

图 2.5.6　$\sigma_3 = 4\mathrm{MPa}$、$p = 0.8\mathrm{MPa}$ 和 $q = 10\mathrm{MPa}$ 时的衰减蠕变速率曲线

根据实验结果,含瓦斯煤样的衰减蠕变本质上是由弹性后效引起的。弹性后效是由于材料的热弹性性质所决定的,相关详细讨论见文献[329]。从图 2.5.2～图 2.5.4 中可以看出,不同的应力状态对应于不同的蠕变行为。总之,如果蠕变载荷低于长期强度,试样就会表现出衰减蠕变行为,如果蠕变载荷高于长期强度则会表现出非衰减蠕变行为[16,20,52～55,319]。实际工程中,为简单起见,人们往往将最终的长期强度取为材料的屈服应力[55]。所以,判断非衰减蠕变是否出现,只要判断施加在试样上的蠕变载荷是否超过屈服应力即可。

2.5.4　稳态蠕变阶段

在稳态蠕变阶段,蠕变曲线可以用直线来近似,直线的斜率就是稳态蠕变的速率。由于在工程应用中需要知道材料何时进入稳态蠕变阶段以及稳态蠕变速率的大小,因此稳态蠕变速率已成为人们的研究主要对象[97,315]。

根据实验结果,可以得到含瓦斯煤样在不同载荷条件下的稳态蠕变速率值,如表 2.5.2~表 2.5.4 所示。表 2.5.2 给出了在固定围压,固定瓦斯压力和不同偏斜应力(q)条件下的蠕变速率;表 2.5.3 给出了在固定偏斜应力、固定瓦斯压力和不同围压条件下的蠕变速率;表 2.5.4 则给出了在固定偏斜应力、固定围压和不同瓦斯压力条件下的蠕变速率。

表 2.5.2　固定围压、固定瓦斯压力和不同偏斜应力条件下的蠕变速率(单位:1/h)

σ_3, p/MPa	偏斜应力 q/MPa							
	10.0	11.0	11.6	12.0	13.0	13.8	14.0	15.0
$\sigma_3=4.0$, $p=0.2$	1.1×10^{-5}	3.2×10^{-5}	—	5.8×10^{-5}	14.2×10^{-5}	—	—	—
$\sigma_3=4.0$, $p=0.8$	1.2×10^{-5}	3.1×10^{-5}	7.5×10^{-5}	—	—	—	—	—
$\sigma_3=5.0$, $p=0.4$	—	1.3×10^{-5}	—	3.6×10^{-5}	7.7×10^{-5}	19.6×10^{-5}	—	—
$\sigma_3=5.0$, $p=0.8$	—	1.7×10^{-5}	—	4.5×10^{-5}	8.6×10^{-5}	20.5×10^{-5}	—	—
$\sigma_3=6.0$, $p=0.8$	—	0.78×10^{-5}	—	2.3×10^{-5}	5.5×10^{-5}	—	12.7×10^{-5}	26.9×10^{-5}
$\sigma_3=6.0$, $p=1.5$	0.35×10^{-5}	0.93×10^{-5}	—	2.1×10^{-5}	7.6×10^{-5}	—	—	—

表 2.5.3　固定偏斜应力、固定瓦斯压力和不同围压条件下的蠕变速率(单位:1/h)

q, p/MPa	围压 σ_3/MPa			
	3	4	5	6
$q=11.0$, $p=0.8$	14.5×10^{-5}	3.1×10^{-5}	1.7×10^{-5}	0.78×10^{-5}
$q=12.0$, $p=1.5$	—	27.8×10^{-5}	8.4×10^{-5}	4.2×10^{-5}

表 2.5.4　固定偏斜应力、固定围压和不同瓦斯压力条件下的蠕变速率(单位:1/h)

q, σ_3/MPa	瓦斯压力 p/MPa				
	0.2	0.4	0.8	1.5	2.5
$q=10.0$, $\sigma_3=3.0$	12.0×10^{-5}	12.7×10^{-5}	14.5×10^{-5}	—	—
$q=11.6$, $\sigma_3=4.0$	5.8×10^{-5}	6.1×10^{-5}	7.5×10^{-5}	8.7×10^{-5}	—
$q=13.8$, $\sigma_3=5.0$	18.3×10^{-5}	19.6×10^{-5}	20.5×10^{-5}	22.7×10^{-5}	26.2×10^{-5}

根据表 2.5.2～表 2.5.4 中的数据可以看出，稳态蠕变速率随着偏斜应力和瓦斯压力的增加而增加，随着围压的增加而减小。很显然，稳态蠕变速率的大小与偏斜应力、围压和瓦斯压力有着密切的关系，并且可以表示为这三者的函数。根据前人研究成果[97,330]，在不考虑温度的影响下，稳态蠕变速率可以统一地用下列公式表示：

$$\dot{\varepsilon}_s = f(q)g(\sigma_3)h(p) \tag{2.5.8}$$

式中，$f(q)$、$g(\sigma_3)$ 和 $h(p)$ 分别表示偏斜应力、围压和瓦斯压力对蠕变速率的影响。

在这里有必要重申一下围压和瓦斯压力对蠕变速率的影响。很容易理解稳态蠕变速率随着围压的变化而变化，因为根据式（2.5.5）可以发现在改变围压大小的同时也改变了偏斜应力的大小。根据式（2.5.5），虽然瓦斯压力的改变不会带来偏斜应力大小的改变，但是稳态蠕变速率的确是随着瓦斯压力的改变而发生变化了，而且是随着瓦斯压力的增大而增大（表 2.5.4）。导致这种变化的原因是：当煤样中吸附瓦斯气体后，煤样的物理力学性质发生了改变[20,252]。所以，虽然瓦斯压力改变不了煤样所受的偏斜应力大小，但是它却能改变煤样内部的物理力学性质，从而成为影响煤样稳态蠕变速率的重要因素之一。

根据表 2.5.2～表 2.5.4 中的数据，可以分别绘制出受以上三因素影响的稳态蠕变速率变化情况。图 2.5.7 给出了受偏斜应力影响的稳态蠕变速率变化情况；图 2.5.8 给出了受围压影响的稳态蠕变速率变化情况；图 2.5.9 则给出了受瓦斯压力影响的稳态蠕变速率变化情况。

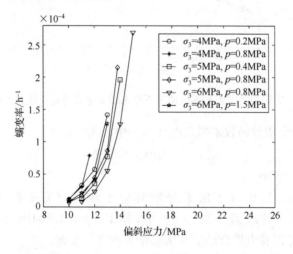

图 2.5.7　固定围压和瓦斯压力情况下稳态蠕变速率受偏斜应力的影响情况

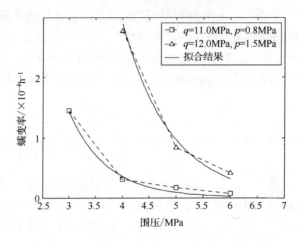

图 2.5.8　固定偏斜应力和瓦斯压力情况下稳态蠕变速率受围压的影响情况

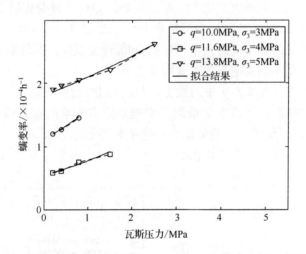

图 2.5.9　固定偏斜应力和围压情况下稳态蠕变速率受瓦斯压力的影响情况

可以利用一个指数函数来拟合图 2.5.8 中的实验结果：

$$\dot{\varepsilon}_{\mathrm{s}} = A_1 \exp(m_1 \sigma_3) \tag{2.5.9}$$

式中，A_1 和 m_1 为常数。

根据式（2.5.9），生成了两条分别对应于两组应力条件下（一组为 $q=11.0\text{MPa}$、$p=0.8\text{MPa}$，另一组为 $q=12.0\text{MPa}$、$p=1.5\text{MPa}$）的拟合曲线，如图 2.5.8 所示，可以看出拟合结果与实验结果吻合得很好。

同样地，也可以通过另一个指数函数来拟合图 2.5.9 中的实验数据：

$$\dot{\varepsilon}_{\mathrm{s}} = B_1 \exp(n_1 p) \tag{2.5.10}$$

式中，B_1 和 n_1 为常数。

根据图 2.5.9,同样可以看出拟合值与实验值吻合得很好。常数 A_1、B_1、m_1、n_1 的拟合值如表 2.5.5 所示。

表 2.5.5 常数 A_1、B_1、m_1、n_1 的拟合值

应力状态	常数拟合值			
	A_1	m_1	B_1	n_1
$q=10.0$MPa, $p=0.8$MPa	9.01×10^{-3}	-1.382	—	—
$q=11.6$MPa, $p=1.5$MPa	2.30×10^{-2}	-1.094	—	—
$q=10.0$MPa, $\sigma_3=3$MPa	—	—	1.12×10^{-4}	0.346
$q=11.6$MPa, $\sigma_3=4$MPa	—	—	5.46×10^{-5}	0.356
$q=13.8$MPa, $\sigma_3=5$MPa	—	—	1.81×10^{-5}	0.148

从表 2.5.5 可以看出,常数 m_1 和 n_1 的值波动较小,m_1 和 n_1 的平均值分别为 $m_1=-1.238$ 和 $n_1=0.25$。因此,围压和瓦斯压力对稳态蠕变速率的影响可以分别用式(2.5.9)和式(2.5.10)来描述,也就是说,$g(\sigma_3)=A_1\exp(m_1\sigma_3)$,$h(p)=B_1\exp(n_1 p)$。

图 2.5.7 中的稳态蠕变速率也可以在对数坐标轴下表示,结果如图 2.5.10 所示。

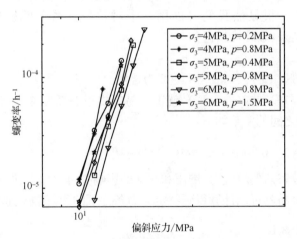

图 2.5.10 对数坐标系下固定围压和瓦斯压力情况时稳态蠕变速率受偏斜应力的影响情况

图 2.5.10 中的稳态蠕变速率 $(\dot{\varepsilon}_s)$ 可以用 $\exp(m_1\sigma_3)$ 和 $\exp(n_1 p)$,来进行正规化处理,结果如下:

$$\dot{\varepsilon}_{s,n}^2=\dot{\varepsilon}_s^2/[\exp(m_1\sigma_3)\exp(n_1 p)]=\dot{\varepsilon}_s^2/\exp(0.25p-1.238\sigma_3) \quad (2.5.11)$$

在式(2.5.11)中,根据 p 和 σ_3 前面的系数(0.25 和 -1.238)可知,围压对稳态蠕变速率的影响要大于瓦斯压力的影响,这也符合实验中的结果(表 2.5.3、表 2.5.4)。于是便可以得到正规化的稳态蠕变速率为 $\dot{\varepsilon}_{s,n}=\dot{\varepsilon}_s/\sqrt{\exp(0.25p-1.238\sigma_3)}$,再

根据图 2.5.7 中的数据,便可以得到正规化后的稳态蠕变速率与偏斜应力之间的关系,如图 2.5.11 所示。

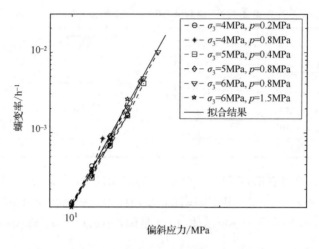

图 2.5.11　对数坐标轴下正规化蠕变速率与偏斜应力的关系

与图 2.5.10 比较来看,图 2.5.11 中的正规化稳态蠕变速率数据都落在了一个更小的区域内。很显然我们可以用一个对数坐标系下的线性方程来拟合图 2.5.11 中的结果,最终可以得到

$$\dot{\varepsilon}_{s,n} = C_1 q^{r_1} \tag{2.5.12}$$

式中,$C_1 = 1.08 \times 10^{-15}$ 和 $r_1 = 11.02$ 为常数。

利用式(2.5.11)和式(2.5.12),就很容易得出稳态蠕变速率、偏斜应力、围压和瓦斯压力四者之间的关系如下:

$$\dot{\varepsilon}_s = 1.08 \times 10^{-15} \exp\left[\frac{1}{2}(0.25p - 1.238\sigma_3)\right] q^{11.02} \tag{2.5.13}$$

通过式(2.5.13),偏斜应力、围压和瓦斯的影响都可以包含在一个统一形式的方程中,而且很容易就可以计算得到特定应力条件下的稳态蠕变速率。

2.5.5　加速蠕变阶段

加速蠕变阶段是试样蠕变变形的最后一个阶段。根据前面的结论,加速蠕变阶段只有在蠕变载荷超过了屈服应力时才会出现。在加速蠕变阶段,蠕变速率会在短时间内迅速增大,从而导致试样的最终破坏(如图 2.5.2～图 2.5.4 中的非衰减蠕变曲线)。在该阶段中,"软化效应"起了很重要的作用,它不但会导致试样在短时间内发生破坏还会使得蠕变速率变得波动起伏而不稳定[20,319]。除此之外,由于加速蠕变速率具有很高的非线性,以至于不再像衰减蠕变和稳态蠕变阶段的蠕变速率那样有规律。文献[332]曾经尝试利用幂函数来描述加速蠕变阶段的蠕变速率,但效果并不理想。由于加速蠕变阶段的开始意味着试样破坏的开始,因此在工程实践中不太注重这方面的研究。

根据前人的研究,加速蠕变阶段的启动原因由于研究人员的侧重点不同而存在多样性。Ma[333]认为只有达到了临界应力值才会导致加速蠕变的发生,并且提出了这个临界应力的值大约为材料最终强度的90%;Cruden[334]、Kranz 等[335]认为加速蠕变的启动是由于材料内部的临界微裂纹密度被达到了而引起的;Vyalov[319]则认为材料内部微结构的变化导致了加速蠕变阶段的发生。但不论是何种原因导致加速蠕变阶段的启动,最终都会产生宏观裂纹而导致试样的破坏,如图 2.4.8 所示。

根据本节对含瓦斯煤岩蠕变特性的实验研究结果,可得以下结论:

(1) 不同的应力状态对应于不同的蠕变行为,含瓦斯煤岩在较高的蠕变载荷和瓦斯压力及较低的围压条件下表现出非衰减蠕变行为;反之则表现出衰减蠕变行为。判断非衰减蠕变行为是否出现,只需判断蠕变载荷是否超过含瓦斯煤岩的屈服应力即可。

(2) 含瓦斯煤岩典型的蠕变变形可分为衰减蠕变、稳态蠕变和加速蠕变三个阶段。且含瓦斯煤岩的蠕变率受偏斜应力、围压和瓦斯压力的影响,并可以表示为此三者的函数。

(3) 利用幂函数[式(2.5.6)、式(2.5.7)]可以很好地描述含瓦斯煤岩的瞬时蠕变变形及蠕变速率的变化情况。

(4) 稳态蠕变速率随着偏斜应力和瓦斯压力的增加而增大,随着围压的增加而减小。稳态蠕变速率与围压之间的关系可以用式(2.5.9)来描述,稳态蠕变速率与瓦斯压力的关系可以用式(2.5.10)来描述,稳态蠕变率与偏斜应力之间的关系可以用式(2.5.12)来描述。稳态蠕变速率、偏斜应力、围压和瓦斯压力四者的关系则可以通过式(2.5.13)来描述,并且利用式(2.5.13)可以方便地得到不同应力条件下稳态蠕变率的大小。

(5) 在加速蠕变阶段,蠕变速率会在短时间内迅速增大,最终导致试样的破坏。加速蠕变的启动标志着含瓦斯煤岩的破坏启动。

2.6　含瓦斯煤岩渗透特性实验研究

渗透性是多孔介质材料透过流体的一种能力,是材料本身所固有的性质,可以用具有一定黏性的流体在给定压力条件下透过给定面积时的速度来度量。渗透率是煤层瓦斯流动难易程度的标志,测定煤岩渗透率对解放层开采、评价煤层卸压程度、分析煤层瓦斯流动规律都具有一定的指导意义。国内外学者对此进行了大量的研究,并取得了很多有价值的成果[247,302,312,336~339]。到目前为止,煤岩渗透率的测定方法基本上分为实验室方法和现场方法两种。但是现场测定方法具有耗资大、周期长的缺陷。因此本书采用实验室方法来测定含瓦斯煤岩的渗透率,以探讨瓦斯在煤岩内部的渗透规律。

2.6.1 实验结果

在含瓦斯煤岩渗流实验中,忽略温度的影响,根据含瓦斯煤样的实验结果,煤样的渗透率可以用下面的公式来计算[340]:

$$k = \frac{2q_e p_e \mu L}{(p_i^2 - p_e^2)S_{sp}} \tag{2.6.1}$$

式中,k 为渗透率(mD);q_e 为标况下的瓦斯渗流流量(cm³/s);$\mu = 1.08 \times 10^{-5}$ Pa·s,为瓦斯气体动力黏度;L 为试样长度(cm);S_{sp} 为试样横截面面积(cm²);p_e 为瓦斯出口端气压(Pa);p_i 为瓦斯进口端气压(Pa)。

我们分别进行了固定围压改变瓦斯压力、固定瓦斯压力改变围压以及三轴加载条件下的含瓦斯煤岩渗流实验。根据式(2.6.1),含瓦斯煤样在各种应力条件下的渗流实验结果如表 2.6.1 所示。

表 2.6.1　含瓦斯煤样渗流实验结果

瓦斯压力 p/MPa	围压 σ_3/MPa	渗透率 k/mD
0.2	1	10.7
	2	7.50
	3	5.8
	4	5.10
	5	3.20
0.4	2	6.45
	3	4.90
	4	3.10
	5	2.50
	6	2.30
0.8	3	3.43
	4	2.45
	5	2.05
	6	1.90
1.5	4	2.61
	5	2.10
	6	1.70

2.6.2 围压对含瓦斯煤岩渗透率的影响

根据表 2.6.1 中的数据,可得到在固定瓦斯压力时含瓦斯煤样渗透率随围压的变化情况,如图 2.6.1 所示(图中 R^2 为相关系数)。

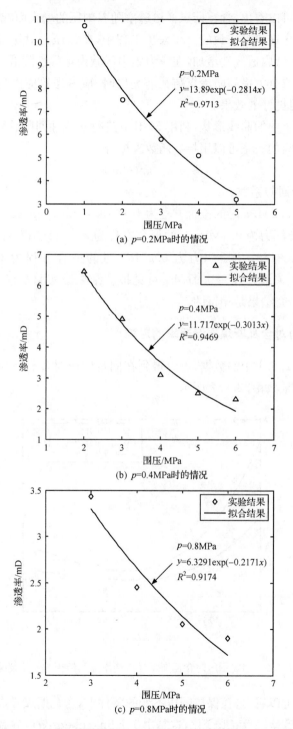

(a) p=0.2MPa时的情况

(b) p=0.4MPa时的情况

(c) p=0.8MPa时的情况

图 2.6.1　固定瓦斯压力时含瓦斯煤样渗透率随围压变化情况

由图 2.6.1 可以看出,含瓦斯煤样渗透率随着围压的增大而减小,这跟采矿工程中的渗透率变化规律是一致的。在采矿工程中,矿山压力对煤层透气性的影响为:在煤层卸压区域内透气性增加,在应力集中区域内透气性降低。因此在煤层中抽放瓦斯以及采取有关措施防治煤与瓦斯突出时,应考虑地应力与煤层渗透性的这种关系,以取得更好的效果。

根据图 2.6.1 中的曲线形状,利用 Matlab 进行非线性回归后得到含瓦斯煤样渗透率与围压之间的关系可以用指数函数来拟合:

$$k = a_2 \exp(b_2 \sigma_3) \qquad (2.6.2)$$

式中,a_2 和 b_2 为回归系数。

瓦斯压力为 0.2MPa 时的拟合方程为 $k = 13.89\exp(-0.2814\sigma_3)$,相关系数 $R^2 = 0.9713$;瓦斯压力为 0.4MPa 时的拟合方程为 $k = 11.717\exp(-0.3013\sigma_3)$,相关系数 $R^2 = 0.9469$;瓦斯压力为 0.2MPa 时的拟合方程为 $k = 6.3291\exp(-0.2171\sigma_3)$,相关系数 $R^2 = 0.9174$。可见拟合结果跟实验结果吻合得很好,这跟文献[312]的研究结果是相符的。

2.6.3　瓦斯压力对含瓦斯煤岩渗透率的影响

同样根据表 2.6.1 中的数据,可以得到在固定围压时含瓦斯煤样渗透率随瓦斯压力的变化情况,如图 2.6.2 所示。

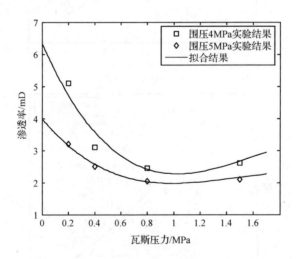

图 2.6.2　固定围压时含瓦斯煤样渗透率随瓦斯压力变化情况

由图 2.6.2 可以看出,在保持围压不变的条件下,含瓦斯煤样渗透率与瓦斯压力之间的关系大致呈"V"字形变化,这是由于 Klinkenberg 效应导致的结果。随着瓦斯压力的升高,煤样吸附气体量增多,Klinkenberg 效应(气体分子在固体壁面上滑流现象)逐渐增强,使气体在煤样中的有效渗透能力受到影响,从而导致了渗透率的降低。当瓦斯压力超过一定值时,Klinkenberg 效应相对于较大的瓦斯压力在控制煤样渗透率的大小上渐渐失去了主导地位,因此便使得渗透率开始回升。根据实验结果,在围压为 4MPa 和 5MPa 时,Klinkenberg 效应只发生在瓦斯压力 $p<1$MPa 范围内,在 $p<0.8$MPa 时煤样有明显的 Klinkenberg 效应,如图 2.6.2 所示,同时还可以看出含瓦斯煤样渗透率随瓦斯压力的增加速度相对于其减小速度要小。

不同的煤样,反映含瓦斯煤样渗透率回升的临界瓦斯压力值也不一样,文献[312]的结果是 1MPa(围压 2.5MPa),文献[302]的结果是 0.4MPa(围压大于 5MPa),文献[341]的结果是 3MPa。可见本书的研究结果与文献[312]的研究结果相符合。

2.6.4 应力-应变全过程对含瓦斯煤岩渗透率的影响

在三轴应力条件下进行的含瓦斯煤岩单调加载渗透实验过程中,将围压和瓦斯压力加到预设的大小以后,保持围压和瓦斯压力不变,然后在轴向施加准静态的载荷,直至试样破坏,载荷速度为 0.2mm/min。实验中的应力-应变数据由实验系统自动采集,数据采集频率为 50ms/次,渗透率的测量频率为 1min/次。一共进行了多组各种应力条件下的含瓦斯煤样的三轴加载渗流实验,所得到的含瓦斯煤样的全应力-应变与渗透率曲线如图 2.6.3~图 2.6.19 所示。

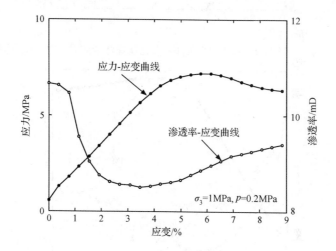

图 2.6.3 $\sigma_3=1$MPa,$p=0.2$MPa 条件下含瓦斯煤样全应力-应变与渗透率曲线

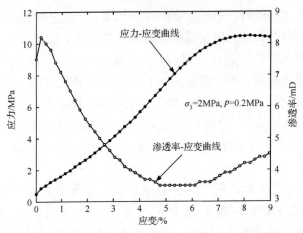

图 2.6.4　$\sigma_3=2\mathrm{MPa}, p=0.2\mathrm{MPa}$ 条件下含瓦斯煤样全应力-应变与渗透率曲线

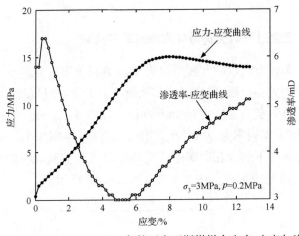

图 2.6.5　$\sigma_3=3\mathrm{MPa}, p=0.2\mathrm{MPa}$ 条件下含瓦斯煤样全应力-应变与渗透率曲线

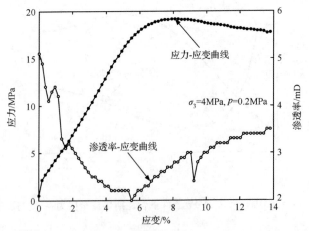

图 2.6.6　$\sigma_3=4\mathrm{MPa}, p=0.2\mathrm{MPa}$ 条件下含瓦斯煤样全应力-应变与渗透率曲线

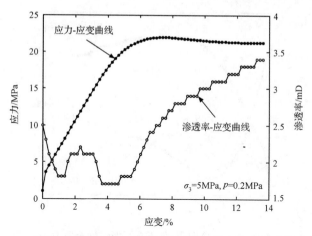

图 2.6.7　$\sigma_3 = 5\text{MPa}, p = 0.2\text{MPa}$ 条件下含瓦斯煤样全应力-应变与渗透率曲线

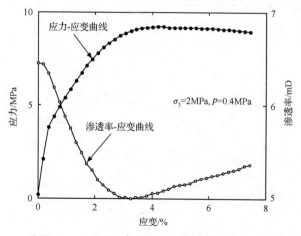

图 2.6.8　$\sigma_3 = 2\text{MPa}, p = 0.4\text{MPa}$ 条件下含瓦斯煤样全应力-应变与渗透率曲线

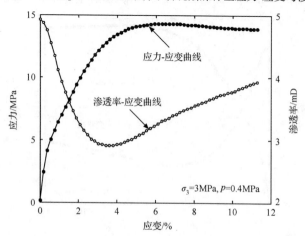

图 2.6.9　$\sigma_3 = 3\text{MPa}, p = 0.4\text{MPa}$ 条件下含瓦斯煤样全应力-应变与渗透率曲线

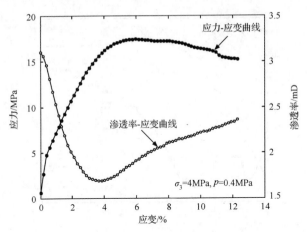

图 2.6.10　$\sigma_3 = 4\text{MPa}$，$p = 0.4\text{MPa}$ 条件下含瓦斯煤样全应力-应变与渗透率曲线

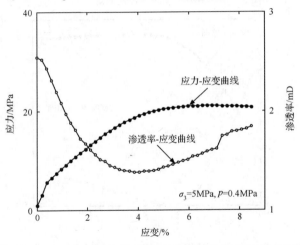

图 2.6.11　$\sigma_3 = 5\text{MPa}$，$p = 0.4\text{MPa}$ 条件下含瓦斯煤样全应力-应变与渗透率曲线

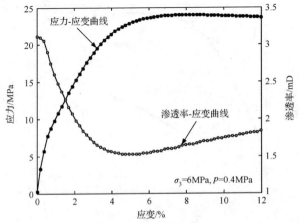

图 2.6.12　$\sigma_3 = 6\text{MPa}$，$p = 0.4\text{MPa}$ 条件下含瓦斯煤样全应力-应变与渗透率曲线

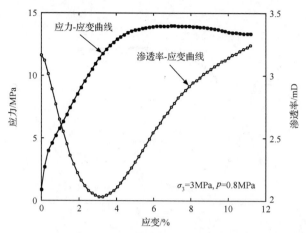

图 2.6.13　$\sigma_3 = 3\text{MPa}, p = 0.8\text{MPa}$ 条件下含瓦斯煤样全应力-应变与渗透率曲线

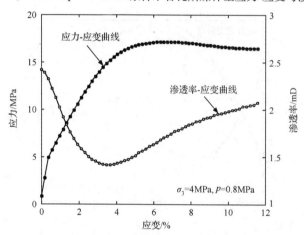

图 2.6.14　$\sigma_3 = 4\text{MPa}, p = 0.8\text{MPa}$ 条件下含瓦斯煤样全应力-应变与渗透率曲线

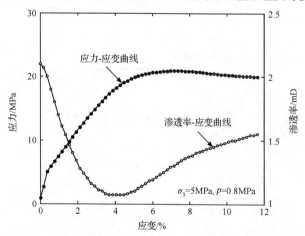

图 2.6.15　$\sigma_3 = 5\text{MPa}, p = 0.8\text{MPa}$ 条件下含瓦斯煤样全应力-应变与渗透率曲线

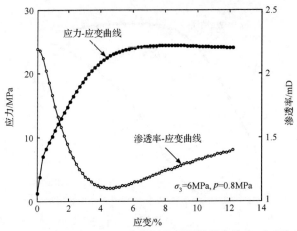

图 2.6.16　$\sigma_3 = 6\mathrm{MPa}$，$p = 0.8\mathrm{MPa}$ 条件下含瓦斯煤样全应力-应变与渗透率曲线

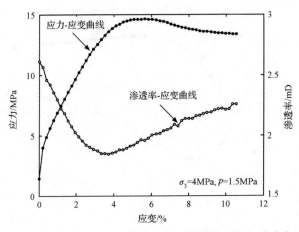

图 2.6.17　$\sigma_3 = 4\mathrm{MPa}$，$p = 1.5\mathrm{MPa}$ 条件下含瓦斯煤样全应力-应变与渗透率曲线

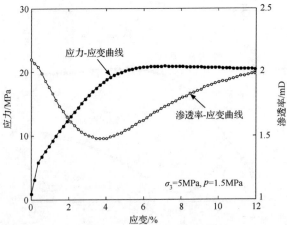

图 2.6.18　$\sigma_3 = 5\mathrm{MPa}$，$p = 1.5\mathrm{MPa}$ 条件下含瓦斯煤样全应力-应变与渗透率曲线

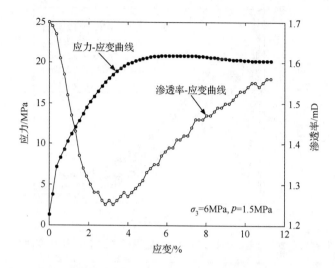

图 2.6.19　$\sigma_3=6\mathrm{MPa}$，$p=1.5\mathrm{MPa}$ 条件下含瓦斯煤样全应力-应变与渗透率曲线

由图 2.6.3～图 2.6.19 可以看出：

（1）所有不同应力条件下的含瓦斯煤样的渗透率-应变关系变化趋势几乎都一致，都呈"V"字形走势，渗透率随应变先减小后增加，然后达到最大值，但最终达不到初始渗透率大小，这是因为含瓦斯煤样在实验过程中被二次密实的结果。

（2）含瓦斯煤样最小渗透率发生在屈服点到峰值强度处之间，而且随着瓦斯压力增大，最小渗透率点会不断远离屈服点，也就是说渗透率反超点发生在全应力-应变曲线上的屈服点或屈服点之后。

（3）在含瓦斯煤样的整个变形过程中其渗透率总的变化规律是，在微裂隙闭合和弹性变形阶段，含瓦斯煤样渗透率随应力增大而减小；进入屈服阶段后，渗透率达到最小值并在峰值强度到达之前完成反超过程；峰值强度之后渗透率持续增大直到实验结束。

将图 2.6.3～图 2.6.19 中的渗透率处理后可以得到含瓦斯煤样在各种应力条件下的渗透率速率-应变关系，如图 2.6.20～图 2.6.23 所示。

由图 2.6.20～图 2.6.23 可以看出，含瓦斯煤样的渗透率速率随应变先增大后减小，在弹性变形阶段达到最大值，随后便逐渐减小，直到实验结束。同时还可以看出，含瓦斯煤样的渗透率速率-应变曲线在极值之前要较极值之后陡峭，这说明渗透率在极值后的变化要比极值前平缓，这与如图 2.6.3～图 2.6.19 中所表现出来的渗透率-应变趋势是一致的。

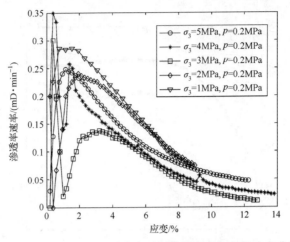

图 2.6.20　$p=0.2$MPa 时的含瓦斯煤样渗透率速率-应变曲线

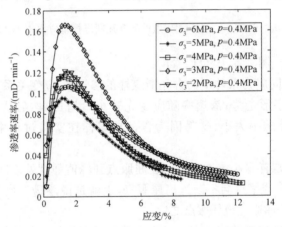

图 2.6.21　$p=0.4$MPa 时的含瓦斯煤样渗透率速率-应变曲线

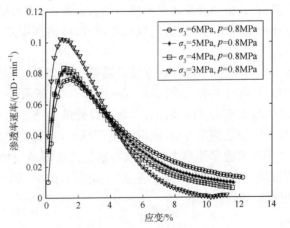

图 2.6.22　$p=0.8$MPa 时的含瓦斯煤样渗透率速率-应变曲线

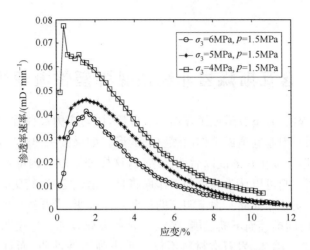

图 2.6.23　$p=1.5$MPa 时的含瓦斯煤样渗透率速率-应变曲线

　　根据本节对含瓦斯煤岩三轴渗透特性的实验研究结果,可得:

　　(1) 在保持瓦斯压力恒定的条件下,含瓦斯煤岩渗透率随着围压的增大而减小,并可以用指数函数[式(2.6.2)]来描述围压对含瓦斯煤岩渗透率的影响。

　　(2) 在保持围压恒定的条件下,由于受 Klinkenberg 效应的影响,含瓦斯煤岩渗透率与瓦斯压力之间的关系大致呈"V"字形变化。在围压为 4MPa 和 5MPa 条件下,Klinkenberg 效应只发生在瓦斯压力 $p<1$MPa 范围内,在 $p<0.8$MPa 时煤样有明显的 Klinkenberg 效应。

　　(3) 三轴压缩下渗透实验结果表明,所有不同应力条件下的含瓦斯煤岩的渗透率-应变关系变化趋势几乎都一致,都呈"V"字形走势,渗透率随应变先减小后增加,然后达到最大值。但最终的渗透率不会超过初始渗透率大小,导致这种现象的原因是煤样在实验过程中被二次密实。

　　(4) 含瓦斯煤岩最小渗透率发生在屈服点到峰值强度处之间,而且随着围压增大,最小渗透率点会远离屈服点,也就是说渗透率反超点发生在全应力-应变曲线上的屈服点或屈服点之后。

　　(5) 含瓦斯煤岩渗透率总的变化规律是,在微裂隙闭合和弹性变形阶段,含瓦斯煤样渗透率随应力增大而减小;进入屈服阶段后,渗透率达到最小值并在峰值强度到达之前完成反超过程;峰值强度之后渗透率持续增大直到实验结束。

　　(6) 含瓦斯煤岩的渗透率速率随应变先增大后减小,在弹性变形阶段达到最大值,随后便逐渐减小,直到实验结束,表明渗透率在极值后的变化较极值前平缓。

第3章 含瓦斯煤岩非线性黏弹塑性流变模型研究

在采矿工程中,井下巷道或工作面形成以后,原岩应力被释放导致围岩内部应力重新分布,同时引起巷道或工作面煤壁的变形。如果按照弹塑性理论,巷道和工作面的全部变形应该在其形成以后就已结束,这样如果围岩内部产生的应力没有超过其强度,那么则可以认为巷道和工作面将是永远稳定的,其变形也不会进一步发展。但是,事实并非如此。地下洞室的长期观测表明,受开挖(开采)扰动后的岩体由于变形随时间推移而不断发展,可能会导致失稳破坏。这说明井下围岩变形与时间密切相关。因此,岩石类材料不仅表现出弹塑性性质,而且也具有流变性质。流变性质指的是材料的应力-应变关系与时间有关、受时间影响的性质。岩石类材料变形过程中具有时间效应的现象成为流变现象。岩石类材料的流变包括蠕变、松弛和弹性后效三个主要内容:

蠕变——指的是应力保持不变,应变随时间增加而增长的现象。

松弛——指的是应变保持不变,应力随时间增加而减小的现象。

弹性后效——指的是加载或卸载时,弹性应变滞后于应力的现象。

在采矿工程和地下工程中,蠕变是最为普遍的现象,含瓦斯煤岩的蠕变行为和特性在第2章已经作了详细的分析,因此本章主要介绍和描述含瓦斯煤岩的蠕变模型、解析方法及稳定性分析。

3.1 岩石类材料流变模型

岩石类材料的流变模型主要有经验流变模型、元件组合流变模型、损伤流变模型、断裂流变模型和其他流变模型。由于岩石流变元件模型有助于从概念上认识变形的弹性分量和塑性分量,且数学表达式通常能直接描述蠕变、应力松弛及稳定变形,所以许多岩石力学研究工作者用流变元件模型来解释岩石的各种特性,因此本章侧重于元件流变模型研究。

3.1.1 三种基本元件

三种基本元件包括胡克体、库仑体和牛顿体[342]。

1. 胡克体(Hooke body)

材料在载荷作用下的变形规律如果符合 Hooke 定律:

$$\sigma = E\varepsilon \tag{3.1.1}$$

式中，σ 为应力；E 为弹性模量；ε 为应变。则可以称该材料为虎克体，它是一种理想的弹性体。胡克体的力学模型可以用一个弹簧元件来表示，如图 3.1.1 所示，并冠以符号"H"。

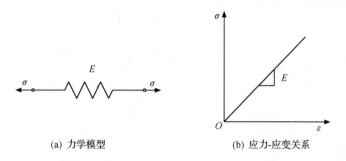

(a) 力学模型　　　　　　　　　(b) 应力-应变关系

图 3.1.1　胡克体力学模型与应力-应变关系

胡克体的应力-应变关系是线弹性的，对式(3.1.1)进行时间微分得到

$$\frac{\mathrm{d}\sigma}{\mathrm{d}t} = E\frac{\mathrm{d}\varepsilon}{\mathrm{d}t} \tag{3.1.2}$$

由式(3.1.2)不难看出，胡克体应力速率与应变速率也呈线性关系。分析式(3.1.1)可知胡克体的力学性质：

（1）胡克体具有瞬时弹性变形性质，无论载荷大小，只要 σ 不为零，就有对应的 ε 出现。当 σ 为零时，ε 也为零，说明没有弹性后效，变形与时间无关。

（2）当应变保持恒定时，应力也保持不变，表明应力不因时间增加而增大，所以无应力松弛性质。

（3）当应力保持恒定时，应变也保持恒定，因此也没有蠕变性质。

2. **库仑体(Coulomb body)**

岩石类材料受力后，当所受的应力小于其屈服极限时，材料内部虽有应力存在，但并不产生变形；当应力达到屈服极限时，便开始产生塑性变形，即使应力不再增加，应变仍然不断增长。具有这种性质的材料成为库仑体，它是一种理想塑性体，可以用一个摩擦片来表示，用符号"C"表示，如图 3.1.2 所示。

库仑体本构方程为

$$\begin{cases} \varepsilon = 0, & \sigma < \sigma_\mathrm{s} \\ \varepsilon \to \infty, & \sigma \geqslant \sigma_\mathrm{s} \end{cases} \tag{3.1.3}$$

式中，σ_s 为屈服强度。

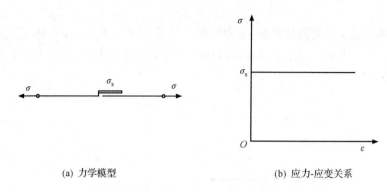

(a) 力学模型　　　　　　　　　　　　　(b) 应力-应变关系

图 3.1.2　库仑体力学模型与应力-应变关系

3. 牛顿体(Newton body)

牛顿体是一种黏性体,用"N"表示,符合牛顿流动定律,也就是应力与应变速率成正比,如图 3.1.3 所示。牛顿体可以用一个带孔活塞组成的阻尼器表示,通常被称为黏性元件。

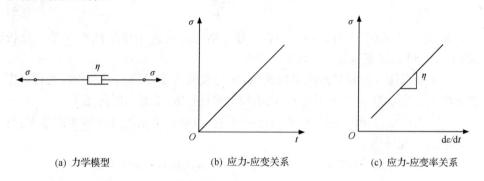

(a) 力学模型　　　　　　(b) 应力-应变关系　　　　　(c) 应力-应变率关系

图 3.1.3　牛顿体力学模型、应力-应变及应力-应变率关系

牛顿体的本构关系为

$$\sigma = \eta \frac{\mathrm{d}\varepsilon}{\mathrm{d}t} = \eta \dot{\varepsilon} \tag{3.1.4}$$

式中,η 为牛顿黏性系数。

对式(3.1.4)积分后处理得到

$$\varepsilon = \frac{1}{\eta}\sigma t \tag{3.1.5}$$

分析牛顿体的本构关系,可以得到如下性质:

(1) 由式(3.1.5)可知牛顿体的变形与时间有关,而且没有瞬时变形。从元件的物理意义上理解,当活塞受力时开始发生位移,但由于黏性液体的阻力,使得活塞的位移只能逐渐增大,位移随时间增加。

（2）当 $\sigma = 0$ 时，有 $\eta\dot{\varepsilon} = 0$，积分后得到 $\varepsilon = \text{const}$，表明卸掉外载荷后应变为常数，活塞位移立即停止，而且也不再恢复，只有再受到相应的载荷后，活塞才能回到原来的位置。所以牛顿体无弹性后效，有永久变形。

（3）当 $\varepsilon = \text{const}$ 时，$\sigma = \eta\dot{\varepsilon} = 0$，说明当应变保持恒定值时，应力为零，无应力松弛性能。

由上述分析可见，牛顿体具有黏性流动特点。值得注意的是，塑性（变形）流动与黏性流动有着本质的区别，塑性流动只有当应力（σ）达到或超过屈服应力（σ_s）时才能发生，当 $\sigma < \sigma_s$ 时，理想塑性体表现出刚体的特点；而黏性流动则不需要应力超过某一个确定的值，只要有微小的应力出现，牛顿体就会发生流动。在实际工程中，岩石类材料不会只有单一的力学性质，而往往是弹性、塑性和黏性三者中组合性质。所以，要准确描述工程中岩石类材料的蠕变力学特性，就需要将上述三种基本元件进行组合，以得到工程实践中所需要的模型。

3.1.2　组合模型

模拟岩石类材料流变关系的组合模型是一种常采用的模型，其基本原理是按照材料的弹性、塑性和黏性性质设定一些基本元件，然后根据具体的材料性质组合成能基本反映各类岩石流变属性的本构模型。

将三种基本元件串联或并联，就可以得到各种不同的组合模型。元件的串联用符号"-"表示，并联用"|"表示。串联和并联的性质如下：

串联 $\begin{cases} \text{应力：} & \text{组合体总应力等于串联中任何元件的应力}(\sigma = \sigma_1 = \sigma_2 = \cdots = \sigma_n) \\ \text{应变：} & \text{组合体总应变等于串联中所有元件的应变之和}(\varepsilon = \varepsilon_1 + \varepsilon_2 + \cdots + \varepsilon_n) \end{cases}$

并联 $\begin{cases} \text{应力：} & \text{组合体总应力等于串联中所有元件的应力之和}(\sigma = \sigma_1 + \sigma_2 + \cdots + \sigma_n) \\ \text{应变：} & \text{组合体总应变等于串联中任何元件的应变}(\varepsilon = \varepsilon_1 = \varepsilon_2 = \cdots = \varepsilon_n) \end{cases}$

常用的组合模型有以下几种[317,342]：

1. 圣维南 (St. Venant)体

圣维南体由一个胡克体和一个库仑体串联组成，具有弹塑性性质，其力学模型如图 3.1.4 所示，用符号表示为"St. V＝H-C"。

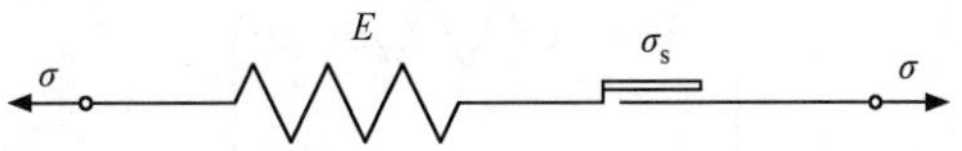

图 3.1.4　圣维南体

圣维南体的本构方程为

$$\begin{cases} \sigma < \sigma_s, & \varepsilon = \sigma/E \\ \sigma > \sigma_s, & \varepsilon \rightarrow \infty \end{cases} \tag{3.1.6}$$

分析本构方程可知,圣维南体是一种理想的弹塑性体,具有无蠕变、无应力松弛、无弹性后效的特点。

2. 麦克斯韦体(Maxwell body)

麦克斯韦体是一种黏弹性体,它由一个胡克体和一个牛顿体串联而成,其力学模型如图 3.1.5 所示,用符号表示为"M=H-N"。

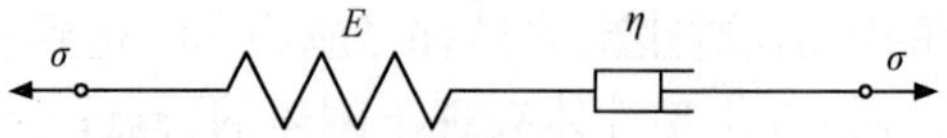

图 3.1.5　麦克斯韦体

麦克斯韦体的本构方程为

$$\frac{1}{\eta}\sigma + \frac{1}{E}\dot{\sigma} = \dot{\varepsilon} \tag{3.1.7}$$

麦克斯韦体的蠕变方程为

$$\varepsilon = \frac{1}{\eta}\sigma_0 t + \frac{\sigma_0}{E} \tag{3.1.8}$$

由式(3.1.8)可以看出,麦克斯韦体有瞬时变形,并随着时间增长变形逐渐增大,因此麦克斯韦体能反映等速蠕变变形。

麦克斯韦体的应力松弛方程为

$$\sigma = \sigma_0 \exp\left(-\frac{E}{\eta}t\right) \tag{3.1.9}$$

由式(3.1.9)可知,当 t 增加时,σ 将逐渐减小,也就是说当应变恒定时,应力随时间的增长而减小,所以麦克斯韦体能反映应力松弛现象。

根据上述分析可得,麦克斯韦体具有瞬时变形、等速蠕变和应力松弛特点,可用于不稳定蠕变的描述。

3. 开尔文体(Kelvin body)

开尔文体由一个胡克体和一个牛顿体并联而成,是一种黏弹性体,力学模型如图 3.1.6 所示,用符号表示为"K=H|N"。

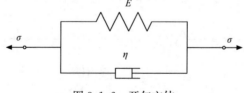

图 3.1.6　开尔文体

开尔文体的本构方程为

$$\sigma = E\varepsilon + \eta\dot{\varepsilon} \tag{3.1.10}$$

开尔文体的蠕变方程为

$$\varepsilon = \frac{\sigma_0}{E}\Big[1 - \exp\Big(-\frac{E}{\eta}t\Big)\Big] \tag{3.1.11}$$

由式(3.1.11)可知,当 $t \to \infty$ 时,有 $\varepsilon = \sigma_0/E$ 趋于常数,相当于只有弹簧的变形,所以开尔文体的这种蠕变特性属于稳定蠕变。

开尔文体的卸载方程为

$$\varepsilon = \frac{\sigma_0}{E}\Big[1 - \exp\Big(-\frac{E}{\eta}t_1\Big)\Big]\exp\Big[\frac{E}{\eta}(t_1 - t)\Big] \tag{3.1.12}$$

由式(3.1.12)可得,当 $t = t_1$ 时,应力虽然已减小到零,但随时间的增长,应变逐渐减小,当 $\varepsilon \to \infty$ 时,应变 $\varepsilon = 0$。这表明牛顿体在弹簧收缩时,也随之逐渐恢复变形,当 $t \to \infty$ 时,弹性元件与黏性元件完全恢复变形,这说明开尔文体具有弹性后效的性质。

由本构方程式(3.1.10)可知,当应变保持恒定时,应力也保持恒定,并不随着时间增长而减小,也就是说开尔文体不具备应力松弛性能。

综上所述,开尔文体属于稳定蠕变模型,有弹性后效,没有应力松弛。

4. 广义开尔文体(modified Kelvin body)

广义开尔文体由一个开尔文体和一个胡克体串联组成,力学模型如图 3.1.7 所示。

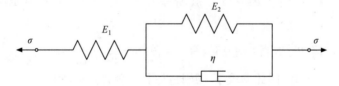

图 3.1.7　广义开尔文体力学模型

广义开尔文体的本构方程为

$$\frac{E_1 + E_2}{E_1}\sigma + \frac{\eta}{E_1}\dot{\sigma} = E_2\varepsilon + \eta\dot{\varepsilon} \tag{3.1.13}$$

广义开尔文体的蠕变方程为

$$\varepsilon = \frac{\sigma_0}{E_1} + \frac{\sigma_0}{E_2}\Big[1 - \exp\Big(-\frac{E_2}{\eta}t\Big)\Big] \tag{3.1.14}$$

分析可知,广义开尔文体与开尔文体类似,属于稳定蠕变模型,有弹性后效和应力松弛性能。

5. 鲍埃丁-汤姆逊体(Poyting-Thomson body)

鲍埃丁-汤姆逊体由一个麦克斯韦体和一个胡克体并联而成,其力学模型如图 3.1.8 所示,用符号表示为"PTh＝H|M"。

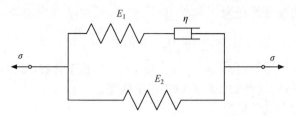

图 3.1.8　鲍埃丁-汤姆逊体

鲍埃丁-汤姆逊体的本构方程为

$$\frac{E_1}{\eta}\sigma + \dot{\sigma} = \frac{E_1 E_2}{\eta}\varepsilon + (E_1 + E_2)\dot{\varepsilon} \qquad (3.1.15)$$

鲍埃丁-汤姆逊体的蠕变方程为

$$\varepsilon = \frac{\sigma_0}{E_2}\left\{1 - \frac{E_1}{E_1 + E_2}\exp\left[-\frac{E_1 E_2}{\eta(E_1 + E_2)}t\right]\right\} \qquad (3.1.16)$$

由式(3.1.16)知道,当 $t = 0$ 时, $\varepsilon = \dfrac{\sigma_0}{E_1 + E_2}$;当 $t \to \infty$ 时, $\varepsilon = \dfrac{\sigma_0}{E_2}$。所以鲍埃丁-汤姆逊体描述的是一种稳定蠕变变形。

开尔文体的卸载方程为

$$\varepsilon = \frac{\sigma_0}{E_2}\left\{1 - \frac{E_1}{E_1 + E_2}\exp\left[-\frac{E_1 E_2}{\eta(E_1 + E_2)}t_1\right]\right\}\exp\left[-\frac{E_1 E_2}{\eta(E_1 + E_2)}t'\right]$$

$$\qquad (3.1.17)$$

由式(3.1.17)可知,当 $t' = 0$ 时,有 $\varepsilon = \dfrac{\sigma_0}{E_2}\left\{1 - \dfrac{E_1}{E_1 + E_2}\exp\left[-\dfrac{E_1 E_2}{\eta(E_1 + E_2)}t_1\right]\right\}$;

当 $t' \to \infty$ 时, $\varepsilon = 0$。因此鲍埃丁-汤姆逊体具有弹性后效性质。

综上可知,鲍埃丁-汤姆逊体属于稳定蠕变模型,有弹性后效。

6. 理性黏塑性体(Ideal viscoplastic body)

理想黏塑性体由一个库仑体和一个牛顿体组成,力学模型如图 3.1.9 所示。

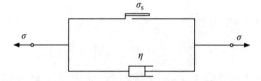

图 3.1.9　理想黏塑性体模型

理性黏塑性体的本构方程为

$$\begin{cases} \varepsilon = 0, & \sigma < \sigma_s \\ \dot{\varepsilon} = \dfrac{\sigma - \sigma_s}{\eta}, & \sigma \geqslant \sigma_s \end{cases} \qquad (3.1.18)$$

理性黏塑性体的蠕变方程为

$$\varepsilon = \frac{\sigma_0 - \sigma_s}{\eta} t, \quad \sigma \geqslant \sigma_s \tag{3.1.19}$$

由式(3.1.19)可见,理想黏塑性体的蠕变曲线为一条直线。

根据理想黏塑性体的本构方程和蠕变方程可知,理想黏塑性体没有弹性和弹性后效,属于不稳定蠕变模型。

7. 伯格斯体(Burgers body)

伯格斯体由一个麦克斯韦体和一个开尔文体串联组成,力学模型如图 3.1.10 所示,属于一种弹黏或黏弹性体,符号表示为"B=M-K"。

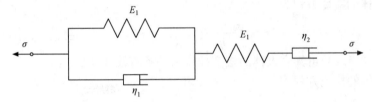

图 3.1.10　伯格斯体力学模型

伯格斯体的本构方程为

$$\frac{E_1 E_2}{\eta_1 \eta_2} \sigma + \left(\frac{E_2}{\eta_1} + \frac{E_1}{\eta_2} + \frac{E_1}{\eta_1} \right) \dot{\sigma} + \ddot{\sigma} = \frac{E_1 E_2}{\eta_1} \dot{\varepsilon} + E_1 \ddot{\varepsilon} \tag{3.1.20}$$

伯格斯体的蠕变方程为

$$\varepsilon = \frac{\sigma_0}{E_2} + \frac{\sigma_0}{\eta_2} t + \frac{\sigma_0}{E_1} \left[1 - \exp\left(-\frac{E_1}{\eta_1} t \right) \right] \tag{3.1.21}$$

由式(3.1.21)分析可得,当 $t = 0$ 时,$\varepsilon = \frac{\sigma_0}{E_2}$,说明该模型具有瞬时变形特性,再根据式中的线性项 $\frac{\sigma_0}{\eta_2} t$ 可知,该模型可以用来描述等速蠕变变形。

伯格斯体的卸载方程为

$$\varepsilon = \frac{\sigma_0}{\eta_2} t_1 + \frac{\sigma_0}{E_1} \left[1 - \exp\left(-\frac{E_1}{\eta_1} t_1 \right) \right] \exp\left[-\frac{E_1}{\eta_1} (t - t_1) \right] \tag{3.1.22}$$

由式(3.1.22)可知,卸载时有一瞬时回弹,随时间增加,变形有所恢复,但会保留一残余变形。

综上可得,伯格斯体具有瞬时变形、减速蠕变、等速蠕变和松弛的性质。

8. 宾汉体(Bingham body)

宾汉体由一个胡克体和一个理想黏塑性体串联而成,其力学模型如图 3.1.11 所示。

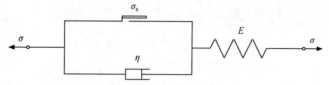

图 3.1.11　宾汉体力学模型

宾汉体的本构方程为

$$\begin{cases} \varepsilon = \dfrac{\sigma}{E}, & \sigma < \sigma_s \\[2mm] \dot{\varepsilon} = \dfrac{\sigma - \sigma_s}{\eta} + \dfrac{\dot{\sigma}}{E}, & \sigma \geqslant \sigma_s \end{cases} \tag{3.1.23}$$

宾汉体的蠕变方程为

$$\varepsilon = \frac{\sigma_0 - \sigma_s}{\eta} t + \frac{\sigma_0}{E}, \quad \sigma \geqslant \sigma_s \tag{3.1.24}$$

由式(3.1.24)可知宾汉体的蠕变曲线为一条直线。

宾汉体的松弛方程为

$$\sigma = \sigma_s + (\sigma_0 - \sigma_s) \exp\left(-\frac{E}{\eta} t\right), \quad \sigma \geqslant \sigma_s \tag{3.1.25}$$

由式(3.1.25)可知,当 $t = 0$ 时, $\sigma = \sigma_0$;当 $t \to \infty$ 时, $\sigma = \sigma_s$ 。可见,宾汉体在恒定应变条件下的应力松弛不像麦克斯韦体那样应力降至零,而是降至 σ_s 。

9. 西原体(Nishihara body)

西原体是由一个胡克体、一个开尔文体和一个理想黏塑性体串联组成,其力学模型如图 3.1.12 所示。

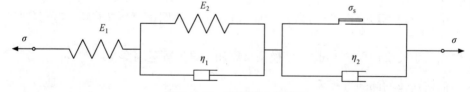

图 3.1.12　西原体力学模型

对于西原体,当 $\sigma < \sigma_s$ 时,此时西原体与广义开尔文体完全相同,具有蠕变和松弛性能。当 $\sigma \geqslant \sigma_s$ 时,西原体性能与伯格斯体类似,不同的是西原体中的应力需要扣去克服 σ_s 部分。

西原体的本构方程为

$$\begin{cases} \dfrac{E_1 + E_2}{E_1}\sigma + \dfrac{\eta_1}{E_1}\dot{\sigma} = E_2\varepsilon + \eta_1\dot{\varepsilon}, & \sigma < \sigma_s \\[3mm] \dfrac{E_1 E_2}{\eta_1 \eta_2}(\sigma - \sigma_s) + \left(\dfrac{E_2}{\eta_1} + \dfrac{E_1}{\eta_2} + \dfrac{E_1}{\eta_1}\right)\dot{\sigma} + \ddot{\sigma} = \dfrac{E_1 E_2}{\eta_1}\dot{\varepsilon} + E_1\ddot{\varepsilon}, & \sigma \geqslant \sigma_s \end{cases}$$

$$\tag{3.1.26}$$

西原体的蠕变方程为

$$\begin{cases} \varepsilon = \dfrac{\sigma_0}{E_1} + \dfrac{\sigma_0}{E_2}\Big[1 - \exp\Big(-\dfrac{E_2}{\eta_1}t\Big)\Big], & \sigma < \sigma_s \\[3mm] \varepsilon = \dfrac{\sigma_0}{E_1} + \dfrac{\sigma_0}{E_2}\Big[1 - \exp\Big(-\dfrac{E_2}{\eta_1}t\Big)\Big] + \dfrac{\sigma_0 - \sigma_s}{\eta_2}t, & \sigma \geqslant \sigma_s \end{cases} \tag{3.1.27}$$

西原体反映了当应力水平较低时,开始变形较快,一段时间以后逐渐趋于稳定成为稳定蠕变;当应力水平大于或等于临界应力 σ_s 时,逐渐转化为不稳定蠕变。由于能够反映多种岩石类材料的这两种状态,故此西原体在岩石流变学中得到了广泛的应用。

以上 9 种常用的组合元件模型的流变特性曲线如表 3.1.1 所示。

表 3.1.1　常用组合模型元件模型流变特性曲线

模型	蠕变曲线 (在 $t = t_1$ 时卸载)	应力松弛
圣维南体	无蠕变特性	无松弛特性
麦克斯韦体	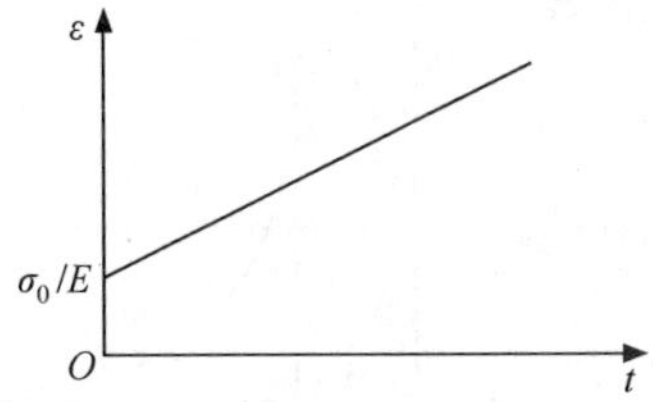	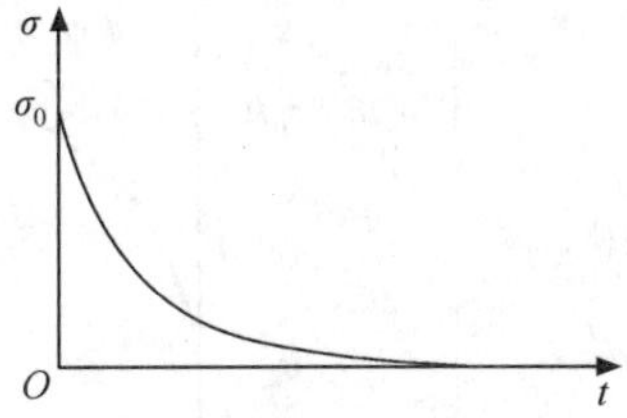
开尔文体	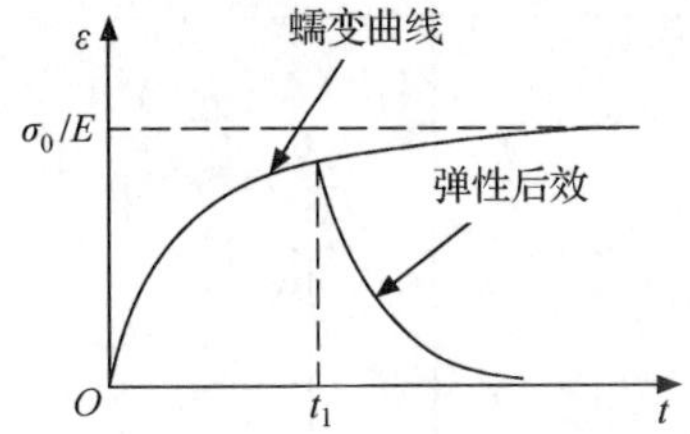	无松弛特性
广义开尔文体	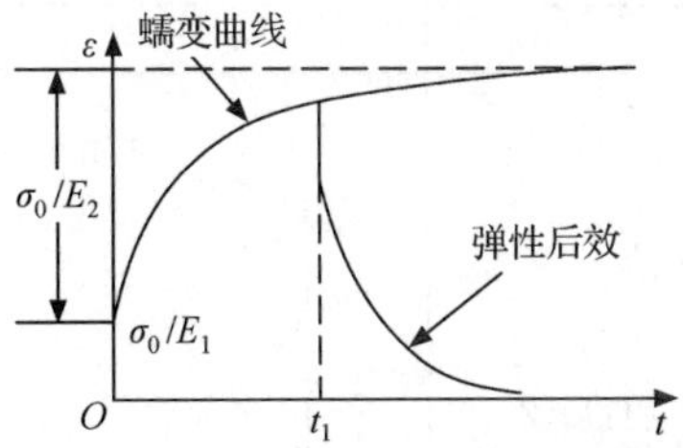	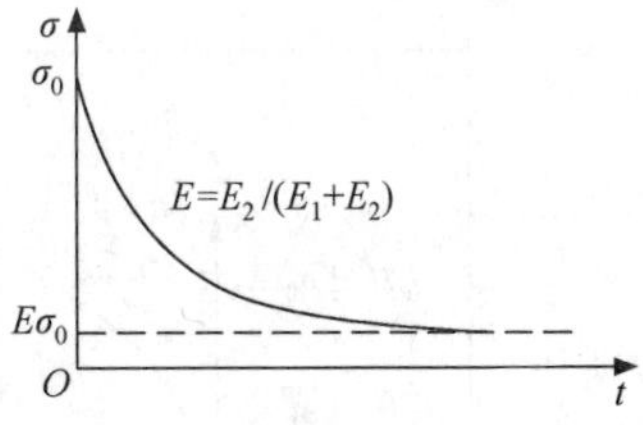

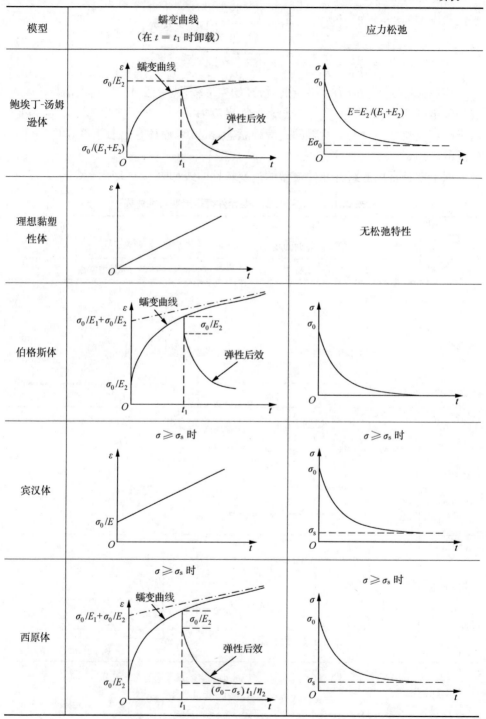

模型	蠕变曲线 （在 $t=t_1$ 时卸载）	应力松弛
鲍埃丁-汤姆逊体		$E=E_2/(E_1+E_2)$
理想黏塑性体		无松弛特性
伯格斯体		
宾汉体	$\sigma \geqslant \sigma_s$ 时	$\sigma \geqslant \sigma_s$ 时
西原体	$\sigma \geqslant \sigma_s$ 时	$\sigma \geqslant \sigma_s$ 时

除了上述常见的组合模型以外,国内外的一些文献中,针对各种不同岩石的流变特性,还提出了其他一些较为复杂的组合模型,如表 3.1.2 所示[343]。

表 3.1.2　几种复合的流变模型

模型体	流变类型	提出者
	黏弹性	Hardy
	黏弹性	Langer
	黏弹塑性	村山和柴田
	黏弹塑性	Loonen 和 Hofer
	黏弹塑性	刘宝琛
	黏弹塑性	孙钧

3.2　流变模型的三维本构关系

3.2.1　黏弹性问题的对应原理

通过对以上各种流变模型本构方程的分析,可以概括出以下数学特征[343]:

(1) 方程是线性的,阶数由模型中所含黏性元件个数所决定。

(2) 由于方程的线性特征,不出现应力与应变及其各阶导数的交叉项。因此方程总可以写成左边只与应力有关,右边只与应变有关的形式。

如前所述,弹性单元和黏性单元可以组合成多种不同的黏弹性模型,所有这些模型的本构方程都可以写成统一的微分形式[343~345]:

$$P(\mathrm{d})\sigma = Q(\mathrm{d})\varepsilon \tag{3.2.1}$$

式中,$\mathrm{d} = \dfrac{\partial}{\partial t}$ 为微分算子,且有

$$\begin{cases} P(\mathrm{d}) = \sum_{r=0}^{m} p_r \dfrac{\partial^r}{\partial t^r} = p_0 + p_1 \dfrac{\partial}{\partial t} + p_2 \dfrac{\partial^2}{\partial t^2} + \cdots + p_m \dfrac{\partial^m}{\partial t^m} \\ Q(\mathrm{d}) = \sum_{r=0}^{n} p_n \dfrac{\partial^n}{\partial t^n} = q_0 + q_1 \dfrac{\partial}{\partial t} + q_2 \dfrac{\partial^2}{\partial t^2} + \cdots + q_n \dfrac{\partial^n}{\partial t^n} \end{cases} \tag{3.2.2}$$

对于黏弹塑性模型,当 $\sigma < \sigma_s$ 时,一维本构方程与式(3.2.1)相同;当 $\sigma \geqslant \sigma_s$ 时,则可以用 $\sigma - \sigma_s$ 代替式的 σ 以获取黏弹塑性本构方程,变为

$$P(\mathrm{d})(\sigma - \sigma_s) = Q(\mathrm{d})\varepsilon, \quad \sigma \geqslant \sigma_s \tag{3.2.3}$$

根据式(3.2.1),如果 $p_0 = 1, q_0 = E$,其他系数都为零时,式(3.2.1)就是胡克体的本构方程;如果 $p_0 = 1, q_0 = E, q_1 = \eta$,其他系数都为零时,式(3.2.1)就是开尔文体的本构方程。这样一来,通过该方式就可以给线黏弹性问题与理想弹性问题之间建立一种对应关系提供了数学基础。因此在某些情况下,黏弹性问题的求解可以利用已获得结果的弹性问题求解建立起两类问题的对应关系,从而让问题得以简化,这就是所谓的"对应原理"。

根据 3.1 节讨论的常见流变模型的本构方程,可以给出这些模型的相关算子函数,如表 3.2.1 所示。

表 3.2.1　常见流变模型算子函数[345]

流变模型	算子函数 $P(\mathrm{d})$	算子函数 $Q(\mathrm{d})$
麦克斯韦体	$1 + \dfrac{\eta}{E}\mathrm{d}$	$\eta\mathrm{d}$
开尔文体	1	$E + \eta\mathrm{d}$
广义开尔文体	$1 + \dfrac{\eta}{E_1 + E_2}\mathrm{d}$	$\dfrac{E_1 E_2}{E_1 + E_2} + \dfrac{\eta E_1}{E_1 + E_2}\mathrm{d}$
鲍埃丁-汤姆逊体	$1 + \dfrac{\eta}{E_1}\mathrm{d}$	$E_2 + \dfrac{E_1 + E_2}{E_1}\eta\mathrm{d}$
伯格斯体	$1 + \left(\dfrac{\eta_2}{E_2} + \dfrac{\eta_1 + \eta_2}{E_1}\right)\mathrm{d} + \dfrac{\eta_1 \eta_2}{E_1 E_2}\mathrm{d}^2$	$\eta_2\mathrm{d} + \dfrac{\eta_1 \eta_2}{E_2}\mathrm{d}^2$
理想黏塑性体 $(\sigma \geqslant \sigma_s)$	1	$\eta\mathrm{d}$
宾汉体 $(\sigma \geqslant \sigma_s)$	$1 + \dfrac{\eta}{E}\mathrm{d}$	$\eta\mathrm{d}$
西原体 $(\sigma \geqslant \sigma_s)$	$1 + \left(\dfrac{\eta_2}{E_2} + \dfrac{\eta_1 + \eta_2}{E_1}\right)\mathrm{d} + \dfrac{\eta_1 \eta_2}{E_1 E_2}\mathrm{d}^2$	$\eta_2\mathrm{d} + \dfrac{\eta_1 \eta_2}{E_2}\mathrm{d}^2$

如果将应力和应变分成球张量和偏张量两部分,在三维应力状态下,线弹性理论的本构方程为

$$\sigma_{ij}^{D} = 2Ge_{ij}, \quad \sigma_{ii} = 3K\varepsilon_{ii} \tag{3.2.4}$$

式中,σ_{ij}^{D} 和 e_{ij} 分别为偏应力张量和偏应变张量分量;σ_{ii} 和 ε_{ii} 分别为第一应力张量不变量和第一应变不变量;G 和 K 分别为剪切弹性模量和体积模量。

三维应力状态下的线性黏弹性体的本构关系,若以应力偏张量 σ_{ij}^{D} 和球张量 σ_{ii} 表示,根据式(3.2.1)可写成如下形式:

$$P_1(\mathrm{d})\sigma_{ij}^{D} = Q_1(\mathrm{d})e_{ij}, \quad P_2(\mathrm{d})\sigma_{ii} = Q_2(\mathrm{d})\varepsilon_{ii} \tag{3.2.5}$$

对式(3.2.5)进行 Laplace 变换(也称拉氏变换),就可以将流变方程转换为代数方程,从而得到

$$\hat{P}_1(s_\mathrm{L})\hat{\sigma}_{ij}^{D} = \hat{Q}_1(s_\mathrm{L})\hat{e}_{ij}, \quad \hat{P}_2(s_\mathrm{L})\hat{\sigma}_{ii} = \hat{Q}_2(s_\mathrm{L})\hat{\varepsilon}_{ii} \tag{3.2.6}$$

这样一来,理想弹性空间与抽象数学之间便建立起了一种对应关系。只要求得弹性问题的解,便可求得含变换参数 s_L 的应力 $\hat{\sigma}_{ij}(X_k, s_\mathrm{L})$ 和位移 $\hat{u}_i(X_k, s_\mathrm{L})$,则可通过拉氏逆变换得到黏弹性问题的应力 $\sigma_{ij}(X_k, t)$ 和位移 $u_i(X_k, t)$。

对于边值问题,也同样可以通过这种方法来处理。弹性和黏弹性的对应关系如表 3.2.2 所示。

表 3.2.2　弹性与黏弹性变换的对应关系[343]

方程类别	线弹性问题	线黏弹性问题的变换式
几何方程	$\varepsilon_{ij} = \dfrac{1}{2}(u_{i,j} + u_{j,i}), \quad X_k \in V$	$\hat{\varepsilon}_{ij} = \dfrac{1}{2}(\hat{u}_{i,j} + \hat{u}_{j,i}), \quad X_k \in V$
平衡方程	$\sigma_{ij,i} + F_i = 0$	$\hat{\sigma}_{ij,i} + \hat{F}_i = 0$
本构方程	$\sigma_{ij}^{D} = 2Ge_{ij}, \quad \sigma_{ii} = 3K\varepsilon_{ii}$	$\hat{P}_1(s_\mathrm{L})\hat{S}_{ij} = \hat{Q}_1(s_\mathrm{L})\hat{e}_{ij}, \quad \hat{P}_2(s_\mathrm{L})\hat{\sigma}_{ii} = \hat{Q}_2(s_\mathrm{L})\hat{\varepsilon}_{ii}$
边界条件	$\sigma_{ij}n_j = T_i, \quad X_k \in B_\sigma$ $u_i = \Lambda_i, \quad X_k \in B_u$	$\hat{\sigma}_{ij}n_j = \hat{T}_i, \quad X_k \in B_\sigma$ $\hat{u}_i = \hat{\Lambda}_i, \quad X_k \in B_u$

注:表中 V 为给定边值区域,T_i 为作用于 B_σ 上的面力,Λ_i 为作用于 B_u 上的位移。

3.2.2　黏弹性三维本构关系

式(3.2.4)就是线弹性理论的三维本构方程,该方程中的弹性剪切模量 G、弹性体积模量 K 与弹性模量 E 和泊松比 ν 之间的关系为

$$E = \frac{9GK}{3K + G}, \quad \nu = \frac{3K - 2G}{2(3K + G)} \tag{3.2.7}$$

比较一维情况下的 $\sigma = E\varepsilon$ 与式(3.2.4),可得到式(3.2.1)和式(3.2.3)的推广三维本构关系为[346]

$$\sigma_{ij}^{D} = 2\frac{Q_1'(\mathrm{d})}{P_1'(\mathrm{d})}e_{ij}, \quad \sigma_{ii} = 3\frac{Q_2'(\mathrm{d})}{P_2'(\mathrm{d})}\varepsilon_{ii} \tag{3.2.8}$$

再对比式(3.2.8)与式(3.2.5),自然就有 $\dfrac{Q_1(\mathrm{d})}{P_1(\mathrm{d})} = 2\dfrac{Q_1'(\mathrm{d})}{P_1'(\mathrm{d})}$ 和 $\dfrac{Q_2(\mathrm{d})}{P_2(\mathrm{d})} =$ $3\dfrac{Q_2'(\mathrm{d})}{P_2'(\mathrm{d})}$。式(3.2.5)中的 $Q_1'(\mathrm{d})$、$P_1'(\mathrm{d})$ 与式(3.2.8)中的 $Q(\mathrm{d})$、$P(\mathrm{d})$ 相对应,但需要将 $Q(\mathrm{d})$、$P(\mathrm{d})$ 中的所有弹性模量和黏性系数换成剪切弹性模量和剪切黏性系数;而 $Q_2'(\mathrm{d})$ 与 $P_2'(\mathrm{d})$ 反映的是岩石类材料黏弹性体积变形的算子,如果材料为弹性,与式(3.2.4)比较后可取 $Q_2'(\mathrm{d}) = K$, $P_2'(\mathrm{d}) = 1$。表3.2.3给出了在表3.2.1列出的黏弹性模型在三维空间对应的算子函数的 Laplace 变换形式。

表 3.2.3　　黏弹性模型算子函数的 Laplace 变换形式[345]

流变模型	$\hat{P}_1'(s_L)$	$\hat{Q}_1'(s_L)$	$\hat{P}_2'(s_L)$	$\hat{Q}_2'(s_L)$
麦克斯韦体	$1 + \dfrac{\eta}{G}s_L$	ηs_L	1	K
开尔文体	1	$G + \eta s_L$	1	K
广义开尔文体	$1 + \dfrac{\eta}{G_1 + G_2}s_L$	$\dfrac{G_1 G_2}{G_1 + G_2} + \dfrac{\eta G_1}{G_1 + G_2}s_L$	1	K
鲍埃丁-汤姆逊体	$1 + \dfrac{\eta}{G_1}s_L$	$G_2 + \dfrac{G_1 + G_2}{G_1}\eta s_L$	1	K
伯格斯体	$1 + \left(\dfrac{\eta_2}{G_2} + \dfrac{\eta_1 + \eta_2}{G_1}\right)s_L + \dfrac{\eta_1 \eta_2}{E_1 E_2}s_L^2$	$\eta_2 s_L + \dfrac{\eta_1 \eta_2}{G_2}s_L^2$	1	K

模型中跟弹性相关的一维参数与三维参数之间的关系为

$$G = \frac{E}{2(1+\nu)}, \quad K = \frac{E}{3(1-2\nu)} \tag{3.2.9}$$

3.2.3　黏弹塑性模型三维本构关系

黏弹塑性模型三维本构关系的获取主要有两种方法,一种是叠加法,一种是塑性理论方法。叠加法由于比较简单,用起来方便快捷,被很多学者所接受,如文献[43]～[45]、[47]、[48]、[51]～[54]、[437]用的就是这种方法。但是这种方法忽略了岩石类材料的体积变形,所以只有当体积变形相对蠕变变形影响不大、可以被忽略的时候才用叠加法来处理。塑性理论方法是当流变模型中出现黏塑性变形的时候,黏塑性变形利用岩石类材料的屈服函数和塑性势函数,通过流动法则来获取的一种方法。比较而言,塑性理论方法比叠加法更准确,但应用起来比较复杂。在应用过程中,当采用叠加法的时候,只要在流变模型的一维流变本构方程中把一维应力换成三维应力,将一维参数换成三维参数就可得到。而塑性理论方法则是通过塑性力学推导实现,下面主要介绍一下塑性理论方法的使用。

根据前面的理想黏塑性模型可知,当 $\sigma \geqslant \sigma_s$ 时,材料出现黏塑性变形,根据式(3.1.18),其一维本构方程为

$$\dot{\varepsilon}^{\mathrm{vp}} = \frac{\sigma - \sigma_s}{\eta}, \quad \sigma \geqslant \sigma_s \tag{3.2.10}$$

根据文献[348]～[351]，将上式推广为三维形式，得到黏塑性变形部分的三维本构关系为

$$\dot{\varepsilon}_{ij}^{\mathrm{vp}} = \frac{1}{\eta} \left\langle \phi\left(\frac{f}{f_0}\right) \right\rangle \frac{\partial g}{\partial \sigma_{ij}} \qquad (3.2.11)$$

式中，f 为岩石类材料屈服函数；f_0 为屈服函数的初始参考值；g 为塑性势函数；$\langle x \rangle = \dfrac{x + |x|}{2}$ 为 Macauley 括号；ϕ 函数可取幂函数形式，即 $\phi = \left(\dfrac{f}{f_0}\right)^m$（$m$ 为实验常数）。

在此取西原体为例，可得到黏弹塑性三维本构方程为

$$\dot{\varepsilon}_{ij} = \frac{1}{2}\frac{P_1'(\mathrm{d})}{Q_1'(\mathrm{d})}\dot{\sigma}_{ij}^{\mathrm{D}} + \frac{1}{3}\frac{P_2'(\mathrm{d})}{Q_2'(\mathrm{d})}\dot{\sigma}_m\delta_{ij} + \frac{1}{\eta_2}\left(\frac{F}{F_0}\right)^m\frac{\partial g}{\partial \sigma_{ij}} \qquad (3.2.12)$$

式中，体积应力 $\sigma_m = \sigma_{ii}/3$。

对于关联流动法则，只要将 $f = g$ 带入式(3.2.12)即可。可见式(3.2.12)中右端前面两项用于描述非衰减蠕变的第 Ⅰ 蠕变阶段，第三项用于描述第 Ⅱ 蠕变阶段。

3.3　流变模型辨识

3.3.1　系统辨识概述[352]

把研究对象看成是一个系统，并且系统与环境有能量的交换，即属于开放的系统。那么在研究某一特定的系统时，就会面临两类问题：一类是直接问题，另一类是逆问题。图 3.3.1 所示的就是一典型开放系统示意图。

图 3.3.1　动态开放系统示意图

当动态系统的数学模型和初始状态为已知，需要求取规定信息下的输出响应时，称之为系统分析，即直接问题。当已知输入信息和对应的输出响应，需要求取动态系统的数学模型，或者当已知动态系统模型和观测到的输出信息，需要求对应的输入信息时，统称为逆问题。前一种逆问题即系统辨识，在流变力学中也称为模型辨识（识别）；后一种逆问题在工程实践中称之为参数反演。

模型辨识和参数反演是岩体工程中十分重要的研究方向，对实际的工程实践中起着很重要的指导意义。Zadeh 在 1962 年对系统辨识下的定义是"系统辨识是对输入和输出观测的基础上，在指定的一类系统中，确定一个与辨识系统等价的系统"。所以在流变模型的辨识过程中，需要根据实测数据和曲线来确定一个合理的能较好反映材料流变性质的模型。流变模型的辨识可以分为下面几个阶段来完成：①实验设置；②确定模型类属；③模型结构的确定；④模型参数估计；⑤模型

校验。

图 3.3.2 给出的就是系统辨识的整个流程。

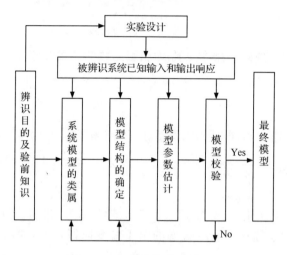

图 3.3.2　系统辨识过程框图

对于复杂的岩体系统,进行认为操作的实验是不可能的,用于辨识的输入和输出完全是在工程进行中实际观测得到,所以对于岩体系统的辨识不存在实验设计问题。

3.3.2　岩石类材料流变模型类属

确定岩石类材料的类属就是判断某一特定岩石类材料属于哪类流变模型及其主要属性,其方法主要分为两种,一种是直接筛选法,另一种是后验排除法。

1. 直接筛选法

直接筛选法是根据 ε-t 曲线特征直接进行模型识别的一种方法。一般的做法是根据表 3.1.1 中所列模型的流变性态和实验或现场观测到的 ε-t 曲线形状来确定。如果 ε-t 曲线在某个时刻 t_1 具有近似的水平切线,则选取开尔文体、广义开尔文体或鲍埃丁-汤姆逊体来模拟分析比较合适。一般地,岩石类材料都具有弹性变形性质,因此开尔文体可以排除;而广义开尔文体和鲍埃丁-汤姆逊体都具有弹性变形、弹性后效、应力松弛特性,它们描述的都是稳定蠕变。但是比较而言,鲍埃丁-汤姆逊体相对复杂些,所以,在这种情况下选用广义开尔文体较好。当 ε-t 曲线在 t_1 时刻后仍具有应变速率,而且载荷小于屈服应力时,这时可以选用麦克斯韦体和伯格斯体来描述。如果岩石材料具有弹性后效特性时,就需要选用伯格斯体进行分析。对于载荷大于屈服应力的情况,可选用宾汉体和西原体来描述。而西原体描述流变特性较宾汉体全面,所以选择西原体最好。

表 3.3.1 给出了常用流变模型的流变特性及其比较,在实际应用中可以根据具体情况加以选择。

表 3.3.1　常用流变模型的流变特性

模型	弹性变形	蠕变	松弛	弹性后效	黏性流动	塑性流动
圣维南体	√	—	—	—	—	√
麦克斯韦体	√	√	√	—	√	—
开尔文体	—	√	—	√	—	—
广义开尔文体	√	√	√	√	—	—
鲍埃丁-汤姆逊体	√	√	√	√	—	—
理想黏塑性体	—	√	—	—	√	√
伯格斯体	√	√	√	√	—	—
宾汉体	√	√	√	—	√	—
西原体	√	√	√	√	√	√

2. 后验排除法

现场实测结果是岩体流变模型及参数识别的基础,可作为岩体模型选择及参数辨识的输入信息。由于现场实验往往得到的第一手资料是位移,但仅凭位移很难判定岩体所处的应力状态。对于黏弹性材料和黏弹塑性材料,在瞬时载荷作用时均有瞬时弹性变形发生,有无塑性变形需用岩体中的应力状态有塑性屈服准则来判定。一种比较实用的方法就是后验排除法,即首先根据实际测试曲线假定岩体为黏弹性或黏弹塑性材料,并选取相应的模型进行分析,然后用实测信息与分析结果进行对比检验,从而排除不合理的黏弹性或黏弹塑性模型的假设,获得较切实际的流变模型。

为缩小流变模型的识别范围,提高模型参数识别效率,也可以将上述两种方法综合利用。即首先利用直接筛选法初步筛选出相应模型,然后对初选出的模型用后验排除法进行再次筛选,最终确定合理的模型和参数。

3.3.3　流变模型参数确定

流变模型参数的确定是一个比较复杂的过程,一般需要通过数值方法进行。但一些较简单的模型仍然可以通过实验数据利用解析方法直接确定模型参数。

当 ε-t 曲线具有明显的瞬时变形、黏弹性变形和黏塑性变形时,流变模型的参数辨识应当遵循以下规则:

(1) 利用瞬时变形确定弹性参数。

（2）利用黏弹性变形确定黏弹性参数。

（3）利用黏塑性变形确定黏塑性参数。

1. 弹性参数

流变模型的弹性参数可以根据 $\varepsilon\text{-}t$ 曲线中应变轴上的截距大小或分级加载实验曲线上瞬时加卸载引起的应变来确定，包括弹性模量 E、泊松比 ν。

对于单轴实验，有

$$E = \frac{\Delta\sigma_1}{\Delta\varepsilon_1}, \quad \nu = \frac{\Delta\varepsilon_2}{\Delta\varepsilon_1} \tag{3.3.1}$$

式中，$\Delta\sigma_1$ 为轴向应力增量；$\Delta\varepsilon_1$ 为轴向应变增量；$\Delta\varepsilon_2$ 为径向应变增量。

对于常规三轴实验，由弹性理论得到

$$E = \frac{\sigma_1 - 2\nu\sigma_2}{\varepsilon_1} = \frac{(1-\nu)\sigma_2 - \nu\sigma_1}{\varepsilon_1} \tag{3.3.2}$$

$$\nu = \frac{\sigma_1\varepsilon_2 - \sigma_2\varepsilon_1}{2\sigma_2\varepsilon_2 - (\sigma_1 + \sigma_2)} \tag{3.3.3}$$

如果保持围压 σ_2 恒定，则 E 和 ν 也可以通过式（3.3.1）来计算。如果径向应变无法测量，也可以通过在弹性变形阶段的加卸载围压来获取泊松比 ν，具体方法可参考文献[315]。

2. 黏弹性参数

对于黏弹性参数，可以根据本构方程和蠕变方程得到黏弹性参数。如选取西原体为流变模型，根据其本构方程（3.1.26）可知，该模型有 E_1、E_2、η_1、η_2 四个参数。在 $\sigma < \sigma_s$ 应力条件下，当 $t=0$ 时，$\varepsilon_0 = \dfrac{\sigma_0}{E_1}$；当 $t \to \infty$ 时，$\varepsilon_\infty = \dfrac{(E_1+E_2)\sigma_0}{E_1 E_2}$。因此容易求得

$$E_1 = \frac{\sigma_0}{\varepsilon_0}, \quad E_2 = \frac{\sigma_0}{\varepsilon_\infty - \varepsilon_0} \tag{3.3.4}$$

在蠕变曲线上任取一个 $t>0$ 的点 (ε, t)，再根据蠕变方程（3.1.27）便可求得黏性系数：

$$\eta_1 = \frac{E_2 t}{\ln\sigma_0 - \ln[\sigma_0 - (\varepsilon - \varepsilon_0)]} \tag{3.3.5}$$

其他流变模型的黏弹性参数求取也可以通过该方法求得。

3. 黏塑性参数

当黏塑性系数 η_2 取常数时候，简单的确定方法是由稳态蠕变曲线阶段的斜率确定。同样以西原体为例，在 $\sigma < \sigma_s$ 应力条件下，根据理想黏塑性体的本构模型

可知：

$$\dot{\varepsilon} = \frac{\sigma - \sigma_s}{\eta_2} \tag{3.3.6}$$

显然，在蠕变曲线 ε-t 上 $\dot{\varepsilon}$ 就是稳态蠕变阶段的斜率（图 3.3.3），只要知道了斜率（$\tan\theta_1$），通过式（3.3.6）容易求得

$$\eta_2 = \frac{\sigma - \sigma_s}{\tan\theta_1} \tag{3.3.7}$$

所以，利用蠕变实验获取稳态蠕变阶段的实验曲线斜率，就可以通过蠕变载荷和屈服应力计算得到黏塑性系数。

以上是对单一实验曲线参数选取的讨论，由于工程中许多问题很难得到解析解，所以对于复杂情况就应该采用数值方法。就数值法的求解过程而言，可用直接迭代法、最小二乘法、反演分析法或者神经网络法等手段来辨识岩石流变模型参数。

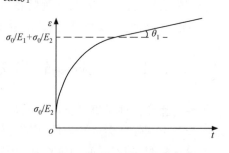

图 3.3.3　不稳定蠕变曲线图

3.3.4　流变模型结构参数的确定

流变模型结构参数是指微分方程（3.2.1）中的阶次 m、n。如何正确确定 m、n 是模型辨识中十分重要的内容，因为阶次给得不正确，即使通过模型参数估计得到了一个模型，也不能正确地反映真实岩体系统的力学特性，那么使得辨识也毫无意义。

模型结构参数的确定需要通过实验来确定，实验的方法有多种，如模型拟合度实验、模型误差独立性试验、最小信息准则等。本书采用模型拟合度实验来确定合适的模型阶次。基本原则是比较不同阶次模型与观测数据之间的拟合度，拟合度用观测值与计算值之间残差的平方和来表示，再用最小二乘法估计模型参数时即可求出，当拟合误差的下降不明显了，则表明找到合适的模型阶次了。在式（3.2.1）中，等式两侧的阶次分别为 m 和 n，为简单起见，可取 $m=n$，然后依次一次取 $m=1$，2，3，…分别计算对应模型参数的最小二乘估计值和拟合误差，拟合误差下降不明显时的阶次就是合适的模型阶次。

有时候，当问题不太复杂，通过各种模型比较就能选出合理的流变模型，如在常用的流变模型中通过比较方法选取适合于某一类材料的黏弹性模型，这时一旦模型选定，那么模型的结构参数也就定了，这样就不用再进行模型的结构参数估计了，只需要确定模型中的各个参数就可以了。

3.3.5　流变模型验证

尽管通过以上对流变模型的选取和参数辨识,得到了较为合适的流变模型,但是所确定的流变模型是否能真实有效地反映实际工程中岩石类材料的流变特性,还需要进行进一步的对照分析,看实际观测结果与模型的理论值是否存在较大误差,以判断所选模型的好坏。比如用所选取的流变模型来预测在某一特定应力条件下的蠕变变形、弹性后效及松弛特性等,如果该模型的预测值与实验值吻合较好,则说明辨识得到的模型是有效的,否则就要重新进行模型识别。

3.4　含瓦斯煤岩非线性黏弹塑性流变模型

煤岩的流变特性是煤岩材料的重要力学性质,煤岩材料的强度是时间函数,即长期静载荷下其强度会逐渐降低,产生流变效应。许多煤岩体工程如地下洞室、煤巷及留设煤柱等,随着时间的延长其稳定性问题便成为人们关注的焦点。此外,煤矿开采中所发生的煤与瓦斯延期突出,也是煤岩体变形破坏的时间效应问题。这种延期突出,由于其发生的延时性而具有严重的危害性。因此,煤岩体流变特性的研究具有重要的理论和实际意义。近年来,岩石力学中发展了一些非线性流变模型理论,较有代表性的有:邓荣贵等根据岩石加速蠕变阶段的力学特性,提出的综合流变力学模型[45];韦立德等根据岩石黏聚力在流变中的作用建立了一维黏弹塑性本构模型[46];陈沅江等建立了复合流变力学模型[47];张向东等提出了泥岩的非线性蠕变方程[49];王来贵等建立了参数非线性蠕变模型[50];杨彩红等利用非牛顿体建立岩石的非线性蠕变模型[51];徐卫亚等提出了河海模型[347]。这些模型极大地丰富和充实了岩石流变理论。含瓦斯煤岩的蠕变行为也是岩石流变特性的一部分,为此,在前人工作的基础上,利用上述各节所叙述的流变模型及所提供的流变模型辨识方法,确定适合含瓦斯煤岩的流变模型,建立含瓦斯煤岩的三维蠕变模型,并通过实验来验证所建模型的合理性。

3.4.1　线性黏弹性流变模型

通过第 2 章对含瓦斯煤岩蠕变特性的研究,不难发现,含瓦斯煤岩的蠕变曲线在低于屈服应力时有如下几个特点:

(1) 当施加蠕变载荷后,煤岩会产生瞬时弹性应变,可知流变模型中应包含弹性元件。

(2) 蠕变变形有随时间增加而增加的趋势,所以流变模型中还应包含黏性元件。

(3) 在较低的蠕变载荷条件下,应变率随时间增加而减小,当时间增至一定大小以后应变趋于某一恒定值。

（4）在较高的蠕变载荷条件下，应变随时间增大而增大，表现出稳定或非稳定流变特性。

基于上述低于屈服应力的流变曲线特征，可以看出，含瓦斯煤岩表现为典型的黏弹性特性，然而岩石在破坏阶段表现出典型的黏弹塑性特征。由于对出现加速流变阶段的流变曲线进行辨识采用以往的线性黏弹塑性流变模型，如西原模型，无法模拟岩石的加速流变特性，因而需采用非线性流变模型。关于对有加速流变阶段的含瓦斯煤岩流变曲线的模型辨识将会在 3.4.2 节进行讨论。本节只讨论表现为黏弹性性质的流变曲线进行辨识分析。

根据表 3.1.1 可知，能描述黏弹性性质的流变模型有开尔文体、广义开尔文体、鲍埃丁-汤姆逊体和伯格斯体。由于开尔文体没有瞬时弹性变形，所以就可以将目标锁定在广义开尔文体、鲍埃丁-汤姆逊体和伯格斯体之间。现在用比较方法来选取其中最能反映含瓦斯煤岩黏弹性流变性质的模型。

取 $\sigma_3 = 4\text{MPa}$、$p = 0.2\text{MPa}$、$\sigma_1 = 7\text{MPa}$ 应力条件下的实验结果来验证流变模型的优劣性。分别用广义开尔文体、鲍埃丁-汤姆逊体和伯格斯体对实验结果进行拟合，结果如图 3.4.1 所示。其中用广义开尔文体拟合得到的残差为 0.02426，用鲍埃丁-汤姆逊体拟合得到的残差为 0.02431，用伯格斯体拟合得到的残差为 0.02421。尽管从图 3.4.1 看不出来哪个更优，但是从通过残差比较可知，伯格斯体的拟合精度最高，所以伯格斯体更适合描述含瓦斯煤岩的减速流变特性。

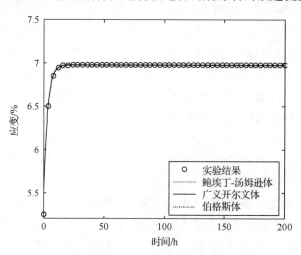

图 3.4.1　黏弹性流变模型拟合结果与实验结果的对比

再取 $\sigma_3 = 5\text{MPa}$、$p = 0.8\text{MPa}$、$\sigma_1 = 15\text{MPa}$ 应力条件下的实验结果来验证伯格斯体对稳态蠕变的描述能力，拟合结果如图 3.4.2 所示，所得到的残差为

0.02035,可见伯格斯体描述含瓦斯煤岩稳态蠕变变形的能力也是很不错的。

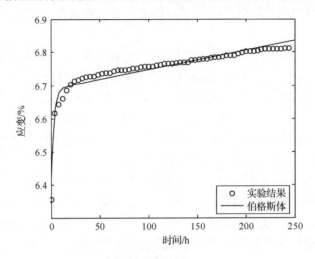

图 3.4.2　伯格斯体拟合结果与实验结果的对比

　　通过以上分析可知,用伯格斯体来描述含瓦斯煤岩的黏弹性流变特性是十分有效的,因此选择伯格斯体来描述含瓦斯煤岩的黏弹性流变特性。

3.4.2　非线性黏弹塑性流变模型

　　当含瓦斯煤岩所受载荷超过其屈服应力时,就会导致非稳定蠕变的发展。图 3.4.3 是在 $\sigma_3=5\mathrm{MPa}$、$p=2.5\mathrm{MPa}$、$\sigma_1=15\mathrm{MPa}$ 应力条件下的蠕变曲线。由第 2 章的分析可知,含瓦斯煤岩的蠕变全程曲线可以分为以下三个阶段:①瞬时蠕变阶段 OA,在该阶段内含瓦斯煤岩的蠕变速率很快衰减为某一不为零的值;②稳态蠕变阶段 AB,此时蠕变速率基本保持不变,蠕变变形成线性增长;③加速蠕变阶段 BC,此时蠕变速率迅速增大,直至煤岩破坏。

　　基于图 3.4.3 可知,在 $\sigma_3=5\mathrm{MPa}$、$p=2.5\mathrm{MPa}$、$\sigma_1=15\mathrm{MPa}$ 应力条件下的蠕变曲线不仅具有黏弹性流变性质,其应变随时间的增长也并不收敛于某一定值,而是在经历一段时间的稳态蠕变后出现加速蠕变阶段。另外由第 2 章含瓦斯煤岩的三轴循环载荷实验结果表明(图 2.4.3),含瓦斯煤岩的变形主要由弹性变形和塑性变形组成,而且其变形特性主要受塑性变形控制,因此,含瓦斯煤岩蠕变全程曲线可以用黏弹塑性流变模型来表征。通常能用来描述岩石类材料的流变模型有西原模型等,但这些由线性流变元件组合起来的模型并不具备反映材料加速流变的特性,为真实反映含瓦斯煤岩的流变特性,就必须建立非线性黏弹塑性流变模型。

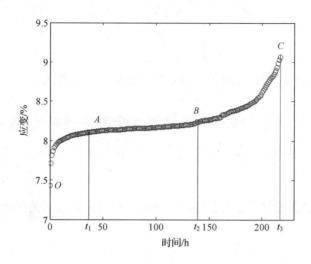

图 3.4.3　含瓦斯煤岩的典型蠕变曲线

一般来说，建立岩石非线性流变模型的方法主要有如下两种：一是采用非线性流变元件代替常规的线性流变元件（如弹性体、塑性体和黏性体等）来建立能描述岩石加速流变阶段的非线性流变模型；二是采用新的理论，如内时理论、不可逆热力学、断裂及损伤力学理论等来建立岩石流变本构模型。这两种方法建立的流变本构模型均能较好地描述岩石的加速流变阶段。本书采用第一种方法来建立新的非线性黏弹塑性流变模型。

既然典型的含瓦斯煤岩蠕变曲线含有瞬态蠕变（减速蠕变）、稳态蠕变（等速蠕变）和加速蠕变三个阶段，那么应该分别建立合适的模型来反映这三个不同的蠕变阶段。由 3.4.1 节可知，伯格斯体是反映含瓦斯煤岩瞬态蠕变阶段和稳态蠕变阶段的合适模型，所以在这里仍然可以用伯格斯体来描述含瓦斯煤岩的减速和等速蠕变变形。对于加速蠕变阶段，如前所述，是不能利用线性的黏弹塑性元件来构建需要反映具有非线性流变特性材料的流变模型的。受文献[51]的启发，可以通过引入非理想黏滞阻尼器（$\overline{N}$）建立一个改进了的黏弹塑性模型（图 3.4.4），用以描述含瓦斯煤岩的加速蠕变阶段。

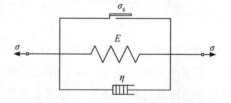

图 3.4.4　改进的黏弹塑性模型

图 3.4.4 中的非理想黏滞阻尼器（$\overline{N}$）所受应力与其蠕变加速度大小成正比，即 $\sigma_2 = \eta\ddot{\varepsilon}$。当 $\sigma \geq \sigma_s$ 时，改进的黏弹塑性模型的状态方程为

$$\begin{cases} \sigma_1 = E\varepsilon \\ \sigma_2 = \eta\ddot{\varepsilon} \\ \sigma - \sigma_s = \sigma_1 + \sigma_2 \end{cases} \tag{3.4.1}$$

由状态方程可以得到改进的黏弹塑性模型的本构方程为

$$\sigma - \sigma_s = E\varepsilon + \eta\ddot{\varepsilon} \tag{3.4.2}$$

解微分方程(3.4.2)得到改进的黏弹塑性模型的一维蠕变方程为

$$\left[\frac{1}{E} - \frac{1}{2E}\exp\left(-\sqrt{-\frac{E}{\eta}t}\right) - \frac{1}{2E}\exp\left(\sqrt{-\frac{E}{\eta}t}\right)\right](\sigma_0 - \sigma_s), \quad \sigma \geqslant \sigma_s$$

$$\tag{3.4.3}$$

将改进的黏弹塑性模型与伯格斯体并联得到含瓦斯煤岩的非线性黏弹塑性模型，如图3.4.5所示。

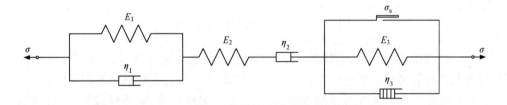

图 3.4.5　非线性黏弹塑性模型

再结合伯格斯体的蠕变方程[式(3.1.21)]，便可得到含瓦斯煤岩总的非线性黏弹塑性模型的蠕变方程为

$$\varepsilon = \frac{\sigma_0}{E_2} + \frac{\sigma_0}{\eta_2}t + \frac{\sigma_0}{E_1}\left[1 - \exp\left(-\frac{E_1}{\eta_1}t\right)\right]$$

$$+ \left[\frac{1}{E_3} - \frac{1}{2E_3}\exp\left(-\sqrt{-\frac{E_3}{\eta_3}t}\right) - \frac{1}{2E_3}\exp\left(\sqrt{-\frac{E_3}{\eta_3}t}\right)\right](\sigma_0 - \sigma_s), \quad \sigma \geqslant \sigma_s$$

$$\tag{3.4.4}$$

式中，为以示区别，已将式(3.4.3)中的 E 相应换成 E_3，η 换成 η_3。

采用迭代法将式(3.4.4)转换成三维条件下的蠕变方程(其方法将在3.5节中详细论述)，然后利用该方程对图3.4.3中的蠕变曲线进行拟合，结果如图3.4.6所示，所得到的残差为0.3815。

由图3.4.6可见，拟合效果很不错，这说明非线性黏弹塑性模型能很好地描述含瓦斯煤岩蠕变特性，同时也说明该模型是有效的。

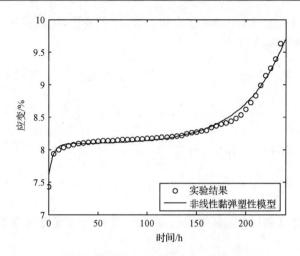

图 3.4.6　非线性黏弹塑性模型拟合结果与实验结果的对比

3.5　含瓦斯煤岩三维非线性流变模型

3.5.1　含瓦斯煤岩一维流变模型

若将图 3.4.5 中所示的非线性黏弹塑性模型分成 2 个独立部分,则变成图 3.5.1 所示结构。

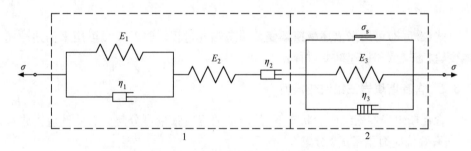

图 3.5.1　含瓦斯煤岩非线性黏弹塑性模型

当 1 和 2 部分都参与了含瓦斯煤岩的流变时,此时蠕变模型为七元件的非线性复合型黏弹塑性模型,其状态方程为

$$\begin{cases} \dfrac{E_1 E_2}{\eta_1 \eta_2}\sigma_1 + \left(\dfrac{E_2}{\eta_1} + \dfrac{E_1}{\eta_2} + \dfrac{E_1}{\eta_1}\right)\dot{\sigma}_1 + \ddot{\sigma}_1 = \dfrac{E_1 E_2}{\eta_1}\dot{\varepsilon}_1 + E_1\ddot{\varepsilon}_1 \\ \sigma_2 - \sigma_s = E_3\varepsilon_2 + \eta_3\ddot{\varepsilon}_2 \\ \sigma = \sigma_1 = \sigma_2 \\ \varepsilon = \varepsilon_1 + \varepsilon_2 \end{cases} \qquad (3.5.1)$$

由式(3.5.1)，通过 Laplace 变换和 Laplace 逆变换，可以得到含瓦斯煤岩非线性黏弹塑性流变本构方程为

$$\frac{E_1E_2}{\eta_1\eta_2}\sigma + \left\{\frac{cE_1E_2}{2E_3\eta_1}[\exp(ct)-\exp(-ct)] - \frac{E_1}{2\eta_3}[\exp(ct)+\exp(-ct)]\right\}(\sigma-\sigma_s)$$

$$+\left\{\frac{E_2}{\eta_1}+\frac{E_1}{\eta_2}+\frac{E_1}{\eta_1}+\frac{E_1E_2}{2E_3\eta_1}[\exp(ct)+\exp(-ct)]+\frac{cE_1}{E_3}[\exp(ct)-\exp(-ct)]\right\}\dot{\sigma}$$

$$+\left\{1+\frac{E_1}{2E_3}[\exp(ct)+\exp(-ct)]+\frac{E_1}{E_3}\right\}\ddot{\sigma} = \frac{E_1E_2}{\eta_1}\dot{\varepsilon}_1+E_1\ddot{\varepsilon}_1 \qquad (3.5.2)$$

式中，$c = \sqrt{-\dfrac{E_3}{\eta_3}}$。

当只有 1 部分参与含瓦斯煤岩的流变时，此时的非线性黏弹塑性流变模型就变为伯格斯体。

将 $\sigma = \sigma_0$ 代入式(3.5.1)，得出模型中各部分的蠕变分量后，利用叠加原理便可得到不同情况下的含瓦斯煤岩一维蠕变方程：

$$\varepsilon = \frac{\sigma_0}{E_2}+\frac{\sigma_0}{\eta_2}t+\frac{\sigma_0}{E_1}\left[1-\exp\left(-\frac{E_1}{\eta_1}t\right)\right], \quad \sigma_0 < \sigma_s \qquad (3.5.3)$$

$$\varepsilon = \frac{\sigma_0}{E_2}+\frac{\sigma_0}{\eta_2}t+\frac{\sigma_0}{E_1}\left[1-\exp\left(-\frac{E_1}{\eta_1}t\right)\right]$$

$$+\left[\frac{1}{E_3}-\frac{1}{2E_3}\exp\left(-\sqrt{-\frac{E_3}{\eta_3}}t\right)-\frac{1}{2E_3}\exp\left(\sqrt{-\frac{E_3}{\eta_3}}t\right)\right](\sigma_0-\sigma_s), \quad \sigma_0 \geqslant \sigma_s$$

$$(3.5.4)$$

式(3.5.3)可用来描述减速蠕变及稳态蠕变过程，式(3.5.4)可用来描述减速蠕变、稳态蠕变和加速蠕变过程。

3.5.2　含瓦斯煤岩三维流变模型

含瓦斯煤岩在三维应力状态下，其内部的应力张量可分解为有效球应力张量 σ'_m 和有效偏应力张量 σ'^{D}_{ij} 分量：

$$\begin{cases} \sigma'_m = \dfrac{1}{3}(\sigma'_{11}+\sigma'_{22}+\sigma'_{33}) = \dfrac{1}{3}\sigma'_{kk} \\[2mm] \sigma'^{D}_{ij} = \sigma'_{ij}-\sigma'_m\delta_{ij} = \sigma'_{ij}-\dfrac{1}{3}\sigma'_{kk}\delta_{ij} \end{cases} \qquad (3.5.5)$$

式中的有效应力可以通过第 2 章的式(2.5.4)来计算，同时可以得到 $\sigma'^{D}_{ij} = \sigma^{D}_{ij}$。

一般地，球应力张量 σ'_m 只改变物体的体积，不改变其形状；偏应力 σ^{D}_{ij} 只引起物体的形状变化，而不引起体积的变化。从而也可将应变张量对应地分解成球应变张量 ε_m 和偏应变张量 e_{ij}，表达式如下：

$$\left.\begin{array}{l} \varepsilon_m = \dfrac{1}{3}(\varepsilon_{11} + \varepsilon_{22} + \varepsilon_{33}) = \dfrac{1}{3}\varepsilon_{kk} \\[3mm] e_{ij} = e_{ij} - \varepsilon_m \delta_{ij} = \varepsilon_{ij} - \dfrac{1}{3}\varepsilon_{kk}\delta_{ij} \end{array}\right\} \tag{3.5.6}$$

含瓦斯煤岩剪切模量 G 和体积模量 K 可以利用式(3.2.9)来计算。

对于三维应力状态下的胡克体,有

$$\sigma_m' = 3K\varepsilon_m, \quad \sigma_{ij}^{\mathrm{D}} = 2Ge_{ij} \tag{3.5.7}$$

三维应力状态下的黏弹塑性体,其蠕变方程可以对比单轴应力状态下的蠕变方程,根据叠加原理,结合上述各式,假设含瓦斯煤岩蠕变过程中无体应变,由式(3.5.3)、式(3.5.4)便可得到三维应力状态下的含瓦斯煤岩的蠕变方程:

$$e_{ij} = \varepsilon_{ij} = \frac{\sigma_{ij}^{\mathrm{D}}}{2G_2} + \frac{\sigma_{ij}^{\mathrm{D}}}{\eta_2}t + \frac{\sigma_{ij}^{\mathrm{D}}}{2G_1}\Big[1 - \exp\Big(-\frac{G_1}{\eta_1}t\Big)\Big], \quad \sigma_{ij}^{\mathrm{D}} < \sigma_{\mathrm{s}}^{\mathrm{D}} \tag{3.5.8}$$

$$e_{ij} = \varepsilon_{ij} = \frac{\sigma_{ij}^{\mathrm{D}}}{2G_2} + \frac{\sigma_{ij}^{\mathrm{D}}}{\eta_2}t + \frac{\sigma_{ij}^{\mathrm{D}}}{2G_1}\Big[1 - \exp\Big(-\frac{G_1}{\eta_1}t\Big)\Big]$$

$$+\Big[\frac{1}{2G_3} - \frac{1}{4G_3}\exp\Big(-\sqrt{-\frac{G_3}{\eta_3}}t\Big) - \frac{1}{4G_3}\exp\Big(\sqrt{-\frac{G_3}{\eta_3}}t\Big)\Big](S_{ij} - \sigma_{\mathrm{s}}^{\mathrm{D}}), \quad \sigma_{ij}^{\mathrm{D}} \geqslant \sigma_{\mathrm{s}}^{\mathrm{D}}$$

$$\tag{3.5.9}$$

式中,G_1、G_2、G_3 分别为模型的剪切模量;η_1、η_2、η_3 分别为模型三维条件下的剪切黏性系数;$\sigma_{\mathrm{s}}^{\mathrm{D}}$ 为含瓦斯煤岩三维条件下的偏屈服应力或偏长期强度,如假设 σ_{s}' 为含瓦斯煤岩三维条件下的轴向屈服应力,则可得到 $\sigma_{\mathrm{s}}^{\mathrm{D}} = \dfrac{2}{3}(\sigma_{\mathrm{s}}' - \sigma_3)$。

相应地,式(3.5.8)可用来描述减速蠕变及稳态蠕变过程,式(3.5.9)可用来描述减速蠕变、稳态蠕变和加速蠕变过程。

3.5.3　含瓦斯煤岩三维流变模型参数确定及实验验证

根据流变实验数据,可以利用最小二乘法来求取流变参数[353]。根据蠕变方程(3.5.8)、(3.5.9),需要求取的模型参数分别为 4 个和 6 个。基于实验数据,在给定的一组初始近似值(G_1^0、G_2^0、η_1^0 和 η_2^0,或 G_1^0、G_2^0、G_3^0、η_1^0、η_2^0 和 η_3^0)基础上,反复进行迭代计算,直到满足所需精度为止,最后所对应的那组近似值就是流变模型的参数。

在围压三轴条件下,有 $\sigma_2' = \sigma_3'$,$\sigma_1^{\mathrm{D}} = \dfrac{2}{3}(\sigma_1' - \sigma_3') = \dfrac{2}{3}(\sigma_1 - \sigma_3)$ 代入式(3.5.8)、式(3.5.9),便可得到围压三轴应力条件下含瓦斯煤岩蠕变方程:

$$\varepsilon_1 = \frac{\sigma_1 - \sigma_3}{3G_2} + \frac{2}{3}\frac{\sigma_1 - \sigma_3}{\eta_2}t + \frac{\sigma_1 - \sigma_3}{3G_1}\Big[1 - \exp\Big(-\frac{G_1}{\eta_1}t\Big)\Big], \quad \sigma_1^{\mathrm{D}} < \sigma_{\mathrm{s}}^{\mathrm{D}} \tag{3.5.10}$$

$$\varepsilon_1 = \frac{\sigma_1 - \sigma_3}{3G_2} + \frac{2}{3}\frac{\sigma_1 - \sigma_3}{\eta_2}t + \frac{\sigma_1 - \sigma_3}{3G_1}\Big[1 - \exp\Big(-\frac{G_1}{\eta_1}t\Big)\Big]$$

$$+\left[\frac{1}{3G_3}-\frac{1}{6G_3}\exp\left(-\sqrt{-\frac{G_3}{\eta_3}}t\right)-\frac{1}{6G_3}\exp\left(\sqrt{-\frac{G_3}{\eta_3}}t\right)\right](\sigma_1-\sigma_s'),\quad \sigma_1^D\geqslant\sigma_s^D$$

(3.5.11)

3.4 节的图 3.4.1、图 3.4.2、图 3.4.6 中所示结果就是利用式(3.5.10)和式(3.5.11)拟合得到的。利用 Matlab 编程,采用最小二乘法对第 2 章中的图 2.5.2 中的实验结果进行拟合,所得到的含瓦斯煤岩非线性黏弹塑性流变模型的参数如表 3.5.1 所示,拟合结果如图 3.5.2 所示。

表 3.5.1 含瓦斯煤岩非线性黏弹塑性流变模型参数拟合结果

σ_1/MPa	σ_3/MPa	p/MPa	G_1/MPa	G_2/MPa	G_3/MPa	η_1/MPa	η_2/MPa	η_3/MPa
7	4	0.2	0.600	0.188		1.822	1E6	
9	4	0.2	7.526	0.239		53.17	9029.04	
10	4	0.2	7.047	0.280		20.07	1940.05	
11.6	4	0.2	5.115	0.351	−58.462	38.666	9.997E6	1.002E5
13	4	0.2	5.192	0.379	−4.299E4	9.302	2468.18	9.962E6

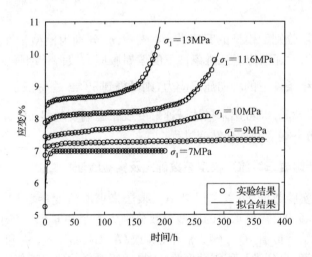

图 3.5.2　实验值与拟合值比较

由图 3.5.2 不难发现,拟合值与实验室吻合得很好,这说明所提出的非线性黏弹塑性流变模型能有效地反映含瓦斯煤岩的流变性质。

第4章　含瓦斯煤岩弹塑性耦合损伤本构模型研究

损伤力学是固体力学的一个分支学科,是应工程技术的发展对基础学科的需求而产生。损伤力学(包括连续损伤力学和细观损伤力学)经历了从萌芽到壮大的发展过程,已经具有比较坚实的理论基础,并为大量的试验所证实,现已成为固体力学前沿研究的热门学科。

在描述初始各向同性线弹脆性材料的非相互关联微裂缝发展的问题上,细观损伤力学理论[355,356]可能更为适合;然而,当非线性弹塑性材料存在大量相互关联微裂缝的情况下,在描述微裂缝的演化法则等方面,细观损伤力学尚存在相当的难度,仍然值得将来进一步研究。连续损伤力学是在考虑相关物理意义(如均布裂缝假定,匀质概念,非局部损伤特性,细观力学损伤变量定义,损伤准则和损伤演化法则,以及损伤-塑性耦合理论等)的基础上,根据不可逆热力学和内(状态)变量理论等建立起来的。在处理诸如材料刚度退化,微裂缝的萌生、发展和融合以及损伤导致的各向异性等材料的非均匀损伤方面,连续损伤力学方法提供了简便可行的理论框架。

4.1　连续介质力学基本方程及内变量理论

连续介质损伤理论主要是应用唯象学方法研究的结果,本节介绍的主要是损伤连续体应满足的基本方程。

4.1.1　连续介质力学基本方程[357,358]

1. 质量守恒方程

取体积 V 的物质微团,设其表面积为 ∂V。根据质量守恒定律,物体体积内质量的减少等于通过其表面流失的质量,即

$$\int_V \rho \mathrm{d}V + \int_{\partial V} \rho \boldsymbol{n} \cdot \boldsymbol{v} \mathrm{d}A = 0 \qquad (4.1.1)$$

式中,ρ 为物质密度;v 为物质微团的速度;n 为单位外法向矢量;$\mathrm{d}V$ 为微团的体积微元;$\mathrm{d}A$ 为微团的面积微元。

由散度理论处理后可得到

$$\int_V \dot{\rho} \mathrm{d}V + \int_V \rho \nabla \cdot \boldsymbol{v} \mathrm{d}V = \int_V (\dot{\rho} + \rho \nabla \cdot \boldsymbol{v}) \mathrm{d}V = 0 \qquad (4.1.2)$$

式中，$\nabla \cdot v$ 为速度的散度，算子 $\nabla = i \dfrac{\partial}{\partial x} + j \dfrac{\partial}{\partial y} + k \dfrac{\partial}{\partial z}$。

由于物质微团的大小与位置是任意的，所以物质内部处处都有关系：

$$\dot{\rho} + \rho \nabla \cdot v = 0 \qquad\qquad (4.1.3)$$

式(4.1.3)就是质量守恒方程，也称连续性方程。

2. 动量守恒方程

设作用在微团表面的应力为 $\boldsymbol{\sigma}$，微团内单位质量的体积力为 $\boldsymbol{b}$，根据 Newton 第二定律或动量守恒定律可知：

$$\int_{\partial V} \boldsymbol{n} \cdot \boldsymbol{\sigma} \mathrm{d}A + \int_V \rho \boldsymbol{b} \mathrm{d}V - \int_V \rho \dot{\boldsymbol{v}} \mathrm{d}V = \int_V (\nabla \cdot \boldsymbol{\sigma} + \rho \boldsymbol{b} - \rho \dot{\boldsymbol{v}}) \mathrm{d}V = 0 \qquad (4.1.4)$$

对于任意物质微团，则有

$$\nabla \cdot \boldsymbol{\sigma} + \rho \boldsymbol{b} = \rho \dot{\boldsymbol{v}} \qquad\qquad (4.1.5)$$

式(4.1.5)为动量守恒的 Euler 的表述形式。

3. 动量矩守恒方程

动量矩守恒方程也称 Newton 运动第二定律，用公式表示为

$$\boldsymbol{\sigma}^{\mathrm{T}} = \boldsymbol{\sigma} \qquad\qquad (4.1.6)$$

式中，$\boldsymbol{\sigma}^{\mathrm{T}}$ 表示 $\boldsymbol{\sigma}$ 的转置。

4. 能量守恒方程

能量守恒定律就是热力学第一定律，对可逆过程和不可逆过程都成立，其 Euler 表述形式为

$$\rho \dot{e} = \boldsymbol{\sigma} : \dot{\boldsymbol{\varepsilon}} - \nabla \cdot \boldsymbol{q} + \rho \dot{r} \qquad\qquad (4.1.7)$$

式中，e 为内能的质量密度；$\dot{\boldsymbol{\varepsilon}}$ 为 Euler 应变率张量；$\boldsymbol{q}$ 为热流矢量，是单位时间内沿热流方向通过单位面积的热量，选取与表面外法线 $\boldsymbol{n}$ 成锐角的方向为正方向；$\dot{r}$ 为热源强度，表示单位时间内供给单位质量的热量。

5. Clausius-Duhem 不等式(热力学第二定律)

该定律表明自然界的任何过程熵产生率永不为负。

假设在不平衡系统中存在熵(S)，且可表示为

$$\mathrm{d}S = \mathrm{d}S^{\mathrm{r}} + \mathrm{d}S^{\mathrm{i}}, \quad \mathrm{d}S^{\mathrm{i}} \geqslant 0 \qquad\qquad (4.1.8)$$

式(4.1.8)表示系统的总熵增量 $\mathrm{d}S$ 等于环境供给的熵增量 $\mathrm{d}S^{\mathrm{r}}$ 和系统内部耗散机制所产生的熵增量 $\mathrm{d}S^{\mathrm{i}}$ 之和。系统的耗散过程为不可逆过程，由热力学第二定律可以推出不可逆过程的熵总是增加的，因此有 $\mathrm{d}S^{\mathrm{i}} \geqslant 0$。

通常环境供给系统的热量,一部分以热流矢量 q 通过表面输入,一部分则以内热源 r 的方式供给。与此对应,环境供给系统的熵也由两部分组成,一部分通过表面的热流矢量 q 产生,一部分由热源强度 $\dot{r}$ 产生,因此就有

$$\dot{S}^{\mathrm{r}} = \frac{\mathrm{d}S^{\mathrm{r}}}{\mathrm{d}t} = \int_V \rho \frac{\dot{r}}{T} \mathrm{d}V - \int_A \rho \frac{q}{T} \cdot n \mathrm{d}A = \int_V \left[\rho \frac{\dot{r}}{T} - \nabla \cdot \left(\frac{q}{T} \right) \right] \mathrm{d}V \quad (4.1.9)$$

式中,T 为绝对温度。

令 $\sigma^* = \dot{s}^{\mathrm{i}}$ 为单位质量的熵产率或比熵产率,$\dot{S}^{\mathrm{i}}$ 为系统的总熵产率,S^{i} 为系统的总熵产量,有

$$\dot{S}^{\mathrm{i}} = \int_V \rho \sigma^* \, \mathrm{d}V \quad (4.1.10)$$

将式(4.1.9)、式(4.1.10)代入到式(4.1.8),可得

$$\int_V \rho \sigma^* \, \mathrm{d}V = \int_V \rho \dot{s}^{\mathrm{i}} \mathrm{d}V - \int_V \left[\rho \frac{\dot{r}}{T} - \nabla \cdot \left(\frac{q}{T} \right) \right] \mathrm{d}V \quad (4.1.11)$$

由于体积的任意性,从而可以导出比熵产率公式为

$$\sigma^* = \dot{s} - \frac{\dot{r}}{T} + \frac{1}{\rho} \nabla \cdot \left(\frac{q}{T} \right) \geqslant 0 \quad (4.1.12)$$

又因为 $q_{k,k} = T\nabla \cdot \left(\dfrac{q}{T} \right) - Tq_k T_{,k} q_k = T \left(\dfrac{q_k}{T} \right)_{,k} - Tq_k T_{,k} q_k$,再利用能量守恒方程(4.1.7),则可将式(4.1.12)写成

$$\rho T \sigma^* = \sigma_{ij} \dot{\varepsilon}_{ij} + \rho (T\dot{s} - \dot{e}) - \frac{1}{T} T_{,i} q_i \geqslant 0 \quad (4.1.13)$$

式中,$i=1,2,3; j=1,2,3; k=1,2,3$。

式(4.1.13)就是 Clausius-Duhem 不等式(也称 C-D 不等式),该不等式可以看成是热力学第二定律的数学表达式,说明自然界中任何过程的熵产率用不为负值。

若将 Helmholtz 自由能 $\psi = e - Ts$ 当作比自由能来使用,于是可以得到用 Helmholtz 自由能表示的 C-D 不等式:

$$\rho T \sigma^* = \sigma_{ij} \dot{\varepsilon}_{ij} - \rho (s\dot{T} + \dot{\psi}) - \frac{1}{T} T_{,i} q_i \geqslant 0 \quad (4.1.14)$$

4.1.2　内变量理论

Einstein 在研究量子力学时首先应用了内变量的概念,后来 Coleman 等[359]对耗散材料建立了内变量的热力学系统,热力学系统所处的状态需要通过一些参数(或变量)来描述,称为状态参数(或状态变量)。可以选作状态参数的变量很多,但彼此并非相互独立。如果某一状态变量不是其他以前发现状态变量的函数,则该状态变量被称作基本状态变量。若将每一个基本状态变量视为一个坐标,则全体

基本状态变量便组成一个状态空间。

对于可逆系统，一个平衡热力学状态空间便足以描述系统的状态。比如弹性材料，一个由应变张量 $\boldsymbol{\varepsilon}$（小变形假定下）和温度 T 组成的七维状态空间就可以唯一地描述该系统的热力学状态。但对于不可逆系统，如耗散材料，不可逆过程必然伴随着介质内部的能量耗散，该耗散往往和变形方式有关，有时甚至伴随着物体内部结构的改变。此时仅靠平衡热力学状态空间已不能完全描述系统的状态，必须增加一些能够反映系统不可逆变化的独立状态变量——"内变量"来描述材料内部的结构变化。这些内变量只和物体的不可逆热现象有关。此时描述该系统的状态空间除了应变张量 $\boldsymbol{\varepsilon}$ 和温度 T 外还应加上内变量 α_k（$k = 1, 2, 3, \cdots, m$，假设有 m 个独立的内变量）构成$(m+7)$维的状态空间，相应地，该不可逆系统的状态方程可以写为

$$
\begin{cases}
u = u(\boldsymbol{\varepsilon}, T, \alpha_k) \\
s = s(\boldsymbol{\varepsilon}, T, \alpha_k) \\
\boldsymbol{\sigma} = \boldsymbol{\sigma}(\boldsymbol{\varepsilon}, T, \alpha_k) \\
\boldsymbol{q} = \boldsymbol{q}(\boldsymbol{\varepsilon}, T, \dot{T}, \alpha_k)
\end{cases}
\tag{4.1.15}
$$

式中，u 为单位质量内能；s 为单位质量的熵。

通过寻求各状态内变量的演化规律，可获得表征内变量演化特征的状态方程，以描述整个不可逆过程：

$$
\dot{\alpha}_k = f(\boldsymbol{\varepsilon}, T, \dot{T}, \alpha_k)
\tag{4.1.16}
$$

联合式(4.1.15)、式(4.1.16)，就能完整地描述整个系统的热力学状态。

内变量理论的实质是在通常的平衡热力学变量之外再增加一些独立的内变量，共同描述系统的不可逆过程。在不可逆系统研究过程中，采用与经典热力学中相同的概念、方程和理论，经典热力学中定义的各种函数如熵、内能、自由能等可继续使用，但这些函数除了是平衡热力学状态变量的函数外，还是内变量的函数。

从广义的内变量概念来看，内变量之间可能不完全独立，但总可以得到一定数量的独立内变量与其余的基本状态变量构成状态空间以完备地描述不可逆热力学系统的状态。描述物质不可逆热力学状态的状态变量的完备集合并不是唯一的，它取决于力学模型的层次、实际系统的复杂程度和需要在何种精度和变形范围内描述该系统的热力学状态。内变量的具体物理含义是非常广泛的，取决于具体材料在特定条件下的内部组织和结构状况，可以认为它反映了材料内部的某种运动或内部结构的重新排列。因此，内变量可能是某种完全抽象、没有任何物理意义的不可观测的量，也可能是某种宏观可测的量，但该物理量必须能确实代表物质的内部变化。

4.2　连续介质损伤力学基本概念及理论

4.2.1　损伤变量

　　从固体材料的力学意义上讲,损伤是微孔隙或微裂纹的产生和传播过程,在大尺度意义上的连续介质材料中,这种微孔隙或微裂纹产生和传播的损伤过程是非连续的。为研究损伤过程,一般的做法是在材料内部取一表征体元(RVE),这个表征体元相对于微裂纹和微裂隙足够大,相对于整个材料来说又足够小。从物理意义上来说,损伤是通过 RVE 横截面上微裂纹的表面密度来定义的,如图 4.2.1 所示[360]。

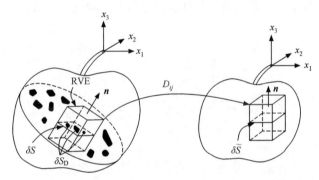

图 4.2.1　物理意义上的损伤和数学意义上的连续损伤示意图

　　1. 损伤变量的标量表示

　　当材料内部的损伤可认为是各向同性损伤时,损伤变量可以表示为

$$D = \frac{\delta S_{\mathrm{D}}}{\delta S} \tag{4.2.1}$$

式中,S_{D} 为 RVE 横截面上微孔隙或微裂纹的总面积;S 为无损伤状态时的横截面积。

　　式(4.2.1)可以用于处理一维损伤的问题,也可以用于处理三维的各向同性损伤问题。

　　2. 损伤变量的张量表示

　　由于微裂纹的产生大体上都垂直于正的最大主应力方向,因此损伤通常是各向异性的。在一个具有外法线方向 $\bar{n}$ 的平面内,微裂纹表面密度的变化可以通过算子 $(1-D)$ 来实现[361],通过该算子可以实现将图 4.2.1 中的平面(δS)和法向方向（$\boldsymbol{n}$）分别转换成一个较小但连续的面（$\delta\widetilde{S} = \delta S - \delta S_D$）和另一个法向方向（$\widetilde{\boldsymbol{n}}$）：

$$(\delta_{ij} - D_{ij})n_j\delta S = \widetilde{n}_i\delta\widetilde{S} \tag{4.2.2}$$

式中，D_{ij} 为二阶张量 $\boldsymbol{D}$ 分量。$\boldsymbol{D}$ 有如下形式：

$$\boldsymbol{D} = \sum_{i,j=1}^{3} D_{ij}(\boldsymbol{n}_i \otimes \boldsymbol{n}_j) \tag{4.2.3}$$

式中，$\boldsymbol{n}_i$ 为损伤主方向矢量；$\otimes$ 为张量积。

实际上，广义的损伤表达应该是一个四阶张量[132]。这种四阶张量的缺点就是很难应用，不适合宏观或微观塑性变形导致的损伤描述。

根据前面的定义，考虑一个具有参考矢量（$\boldsymbol{v}$）和垂直外法向方向（$\boldsymbol{n}$）的损伤平面 δS，那么张量 $v_i n_j\delta S$ 就定义了一个几何参考构形。在连续损伤力学中，有效连续构形是利用上面所提到的具有外法向方向（$\widetilde{\boldsymbol{n}}$）的损伤平面 $\delta\widetilde{S}$ 来定义的，如图 4.2.2 所示[360]。

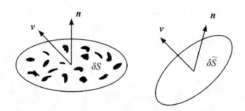

图 4.2.2　参考构形和有效构形

在这个过程中，将参考构形中的二阶张量 $v_i n_j\delta S$ 转换成有效构形中所对应的二阶张量 $v_i\widetilde{n}_j\delta\widetilde{S}$ 的算子就是四阶损伤张量 $\overline{\boldsymbol{D}}$：

$$(\boldsymbol{I}_{ijkl} - \overline{\boldsymbol{D}}_{ijkl})v_i n_j\delta S = v_i\widetilde{n}_j\delta\widetilde{S} \tag{4.2.4}$$

式中，$\boldsymbol{I}_{ijkl}$ 为单位张量；四阶张量 $\overline{\boldsymbol{D}}$ 具有对称性，有 $\overline{D}_{ijkl} = \overline{D}_{ijlk} = \overline{D}_{klij}$。

还有一种定义四阶张量的方法，就是将初始弹性张量 E_{ijkl} 转换成现时弹性张量 $\widetilde{E}_{ijkl}$ 的算子定义为四阶损伤张量 $\overline{\boldsymbol{D}}$：

$$(\boldsymbol{I}_{ijrs} - \overline{\boldsymbol{D}}_{ijrs})E_{rskl} = \widetilde{E}_{ijkl} \tag{4.2.5}$$

从纯理论上讲，通过这种方法是不能得到真实的状态变量的，因为该方法需要具体的力学行为。

4.2.2　损伤有效应力

应变和损伤的本构方程描述了一种本身具备体积和表面都连续的普通材料。根据图 4.1.1，将作用在 $\delta\widetilde{S}$ 上、考虑了损伤效应的应力定义为有效应力。下面给出了不同损伤定义下的有效应力表达式。

1. 标量表示的损伤情况

在单轴应力条件下,不考虑压缩时的微裂纹闭合情况,有效应力 ($\tilde{\sigma}$) 可以通过受力平衡来得到

$$\tilde{\sigma}\delta\tilde{S} = \sigma\delta S, \quad D = \frac{\delta S - \delta\tilde{S}}{\delta S} \tag{4.2.6}$$

于是便有

$$\tilde{\sigma} = \frac{\sigma}{1-D} \tag{4.2.7}$$

对于三轴应力条件下各向同性损伤情况,有效应力则可以表示为

$$\tilde{\sigma}_{ij} = \frac{\sigma_{ij}}{1-D} \tag{4.2.8}$$

2. 张量表示的损伤情况

实际上,二阶损伤张量下的有效应力的表达跟四阶损伤张量下的有效应力的表达是相似的。此时的有效应力可以利用图 4.2.2 中参考矢量 v 上的应力投影来表示。利用式(4.2.5)可得到

$$\tilde{\sigma}_{ij}(I_{ijkl} - D_{ijkl})v_k n_l \delta S = \sigma_{kl} v_k n_l \delta S \tag{4.2.9}$$

由于损伤变量 $\bar{D}$ 是对称张量,所以有效应力 $\bar{\sigma}$ 也是对称的:

$$\tilde{\sigma}_{ij} = \sigma_{kl}(\bar{I} - \bar{D})^{-1}_{klij} \tag{4.2.10}$$

式中, $\bar{I}$ 为四阶单位张量。

若令 $M_{ijkl} = (\bar{I} - \bar{D})^{-1}_{klij}$,则有

$$\tilde{\sigma}_{ij} = M_{ijkl}\sigma_{kl} \tag{4.2.11}$$

从四阶损伤张量回到二阶损伤张量,则需要对式(4.2.11)进行一定的约束。在给出约束表达式之前,需要满足以下几个条件:

(1) 有效应力需满足对称性 ($\tilde{\sigma}_{ij} = \sigma_{ik}(1-D)^{-1}_{kj}$ 并不是对称的)。

(2) 有效应力需独立于应变行为,特别是要独立于泊松比 ($\tilde{\sigma}_{ij} = E_{ijkl}\tilde{E}^{-1}_{klrs}\sigma_{rs}$ 就与泊松比有关)。

(3) 有效应力需保持与热动力学框架的兼容性。

(4) 损伤对静水压力行为的影响(用 σ_H 表示)和对偏斜应力行为的影响(用 σ^D_{ij} 表示)通过静水压力敏感因子 (β) 来描述。

该约束可以表示为[360]:

$$\tilde{\sigma}_{ij} = (H_{ik}\sigma^D_{kl}H_{lj})^D + \frac{\sigma_H}{1-\beta D_H}\delta_{ij}, \quad H_{ij} = (1-D)^{1/2}_{ij} \tag{4.2.12}$$

式中,静水压力损伤 $D_H = \frac{1}{3}D_{kk}$; H 表示有效损伤张量; σ^D_{kl} 为偏斜应力; $(\cdot)^D$ 表

示取偏运算。

这样一来四阶张量分量 $\boldsymbol{M}_{ijkl}$ 则可以表示为

$$\boldsymbol{M}_{ijkl} = H_{ik}H_{lj} - \frac{1}{3}(H_{kl}^2\delta_{ij} + H_{ij}^2\delta_{kl}) + \frac{1}{9}H_{pp}^2\delta_{ij}\delta_{kl} + \frac{\delta_{ij}\delta_{kl}}{3(1-\beta D_{\mathrm{H}})}$$

$$(4.2.13)$$

4.2.3 损伤热力学基础

基于不可逆热力学的建模过程分为下面三个步骤：

（1）定义状态变量，每个状态变量的现时值表征着材料性质力学机制的现时状态。

（2）定义状态势，通过状态势可推演出状态变化规律（比如材料所表现出来的热弹性规律），以及定义与内变量相关的变量。

（3）定义耗散势，通过耗散势可得到与耗散机制有关的状态变量的演化规律。

以上三个步骤所给出的几种定义都应该与实验结果和使用目的联系起来使用。而且任何变量的演化规律都要符合热力学第二定律。与材料和温度相关的两个势函数所包含的参数也必须通过实验结果来确定。

1. 热力学构架

无论是可观测的状态变量还是内变量，其选择原则都应该与材料的变形和退化物理机制相关，如表 4.2.1 所示。

表 4.2.1　状态变量及其关联变量[128]

力学机制	变量类型	状态变量		状态变量关联变量
		可观测状态变量	内变量	
热弹性	张量	$\boldsymbol{\varepsilon}_{ij}$		$\boldsymbol{\sigma}_{ij}$
熵	标量	T		s
塑性	张量		$\boldsymbol{\varepsilon}_{ij}^{\mathrm{p}}$	$-\boldsymbol{\sigma}_{ij}$
各向同性强化	标量		r	R
随动强化	张量		$\boldsymbol{\alpha}_{ij}$	$\boldsymbol{X}_{ij}$
损伤	张量（各向同性）		$\boldsymbol{D}$	$-\boldsymbol{Y}$
	标量（各向异性）		D_{ij}	$-Y_{ij}$

假设材料变形为小变形，则总应变可以表示为弹性和塑性应变的两者之和：

$$\varepsilon_{ij} = \varepsilon_{ij}^{\mathrm{e}} + \varepsilon_{ij}^{\mathrm{p}}$$

$$(4.2.14)$$

Helmholtz 自由能在这里当作状态势使用，是所有状态变量的函数。因此 Helmholtz 自由能可以写成 $\psi(\varepsilon_{ij}^{\mathrm{e}}, D \text{ 或 } D_{ij}, r, \alpha_{ij}, T)$ 的形式，同时还可以表示为

热弹性部分（ψ_e）、塑性部分（ψ_p）和纯热力学部分（ψ_T）之和，即有

$$\psi(\varepsilon_{ij}^e, D \text{ 或 } D_{ij}, r, \alpha_{ij}, T) = \psi_e + \psi_p + \psi_T \qquad (4.2.15)$$

为方便起见，可将状态势看成是 Gibbs 自由焓（ψ^*），ψ^* 可以通过 Helmholtz 自由能利用 Legendre 对应变进行部分变换得到

$$\psi^* = \sup_{\varepsilon}\left(\frac{1}{\rho}\sigma_{ij}\varepsilon_{ij} - \psi\right) = \sup_{\varepsilon^e}\left(\frac{1}{\rho}\sigma_{ij}\varepsilon_{ij}^e - \psi_e\right) + \frac{1}{\rho}\sigma_{ij}\varepsilon_{ij}^p - \psi_p - \psi_T$$

$$(4.2.16)$$

最后得到

$$\psi^* = \psi_e^* + \frac{1}{\rho}\sigma_{ij}\varepsilon_{ij}^p - \psi_p - \psi_T \qquad (4.2.17)$$

式中，利用与应变等效原理[362]相关的有效应力 $\tilde{\sigma}$，受损伤影响的弹性贡献部分 ψ_e^* 可用于描述实验中可观测的弹性和损伤耦合效应；$\psi_p = \dfrac{1}{\rho}\left(\displaystyle\int_0^r R \mathrm{d}r + \frac{1}{3}C\alpha_{ij}\alpha_{ij}\right)$ 为状态势的塑性部分，由塑性强化产生，再乘以 ρ 便得到 RVE 的储存能量（w_s），C 为与随动强化的线性部分有关的材料常数；ψ_T 由外部热源产生，是温度的函数。

这样一来，状态演化规律就可以通过状态势推演得到。与热弹性相关的状态变量的演化规律如下：

$$\begin{cases} \varepsilon_{ij} = \rho\dfrac{\partial \psi^*}{\partial \sigma_{ij}} = \rho\dfrac{\partial \psi_e^*}{\partial \sigma_{ij}} + \varepsilon_{ij}^p \Rightarrow \varepsilon_{ij}^e = \rho\dfrac{\partial \psi_e^*}{\partial \sigma_{ij}} \\[3mm] s = \dfrac{\partial \psi^*}{\partial r} \end{cases} \qquad (4.2.18)$$

其他与状态变量相关的变量可表示为

$$\begin{cases} R = -\rho\dfrac{\partial \psi^*}{\partial r} \\[3mm] X_{ij} = -\rho\dfrac{\partial \psi^*}{\partial \alpha_{ij}} \\[3mm] -Y = -\rho\dfrac{\partial \psi^*}{\partial D} \quad \text{或} \quad -Y_{ij} = -\rho\dfrac{\partial \psi^*}{\partial D_{ij}} \end{cases} \qquad (4.2.19)$$

如果满足损伤率非负条件，则表达热力学第二定律的 C-D 不等式将得到满足：

$$\sigma_{ij}\dot{\varepsilon}_{ij}^p - \dot{w}_s + Y_{ij}\dot{D}_{ij} - \frac{1}{T}T_{,i}q_i \geqslant 0 \qquad (4.2.20)$$

由式（4.2.20）可知，系统的耗散总量等于塑性能（$\sigma_{ij}\dot{\varepsilon}_{ij}^p$）减去储存能量密度率（$\dot{w}_s = R\dot{r} + X_{ij}\dot{\alpha}_{ij}$）再加上损伤耗散 $Y_{ij}\dot{D}_{ij}$ 和外部热能。

用于控制内变量演化的动态规律则可以通过耗散势（F）得到，需要说明的是，为满足热力学第二定律，F 必须是关联变量的外凸函数。耗散势（F）可定义为

$$F = F(\sigma, R, X_{ij}, Y \text{ 或 } Y_{ij}, D \text{ 或 } D_{ij}, T) \qquad (4.2.21)$$

引入塑性屈服方程（f），非线性随动强化（F_X）和损伤势（F_D）后，耗散势（F）则可以表示为 $F = f + F_X + F_D$。那么内变量的演化方程则可以表示为

$$
\begin{cases}
\dot{\varepsilon}_{ij}^{p} = \dot{\lambda} \dfrac{\partial F}{\partial \sigma_{ij}} \\[2mm]
\dot{r} = -\dot{\lambda} \dfrac{\partial F}{\partial R} \\[2mm]
\dot{\alpha}_{ij} = -\dot{\lambda} \dfrac{\partial F}{\partial X_{ij}} \\[2mm]
\dot{D} = \dot{\lambda} \dfrac{\partial F}{\partial Y} \quad \text{或} \quad \dot{D}_{ij} = \dot{\lambda} \dfrac{\partial F}{\partial Y_{ij}}
\end{cases}
\tag{4.2.22}
$$

式（4.2.22）就是标准材料的正交法则。

对于那些不显含时间的项，如材料的塑性变形、耗散势（F）和塑性乘子（$\dot{\lambda}$）可以通过一致性条件来计算得到。一致性条件用公式表示为

$$
f = 0, \quad \dot{f} = 0 \tag{4.2.23}
$$

式（4.2.23）中的第一个条件 $f = 0$ 表示应力状态正处于现时屈服面上，第二个条件 $\dot{f} = 0$ 表示应力的增加导致屈服应力的增加。$f < 0$ 或 $\dot{f} < 0$ 表示弹性卸载，此时所有内变量保持不变。$\dot{\lambda} \geqslant 0, f \leqslant 0, \dot{\lambda}f = 0$ 对应于 Kuhn-Tucker 条件，也称完全加载或卸载条件。

对于显含时间的项，比如黏塑性变形，$\dot{\lambda}$ 则表示黏性函数 $\dot{\lambda}(f)$。

为完整描述材料的耦合弹塑性损伤或耦合黏弹塑性损伤行为，还需根据屈服准则定义一个累计塑性应变率（$\dot{\varepsilon}^{ep}$）。对 von Mises 屈服准则而言，有

$$
\dot{\varepsilon}^{ep} = \sqrt{\frac{2}{3} \dot{\varepsilon}_{ij}^{p} \dot{\varepsilon}_{ij}^{p}} \tag{4.2.24}
$$

2. 各向同性损伤的状态势

根据应变等效原理，线性各向同性热弹性和各向同性损伤情况下的应变势可表述为

$$
\rho \psi_e^* = \frac{1+\nu}{2E} \frac{\sigma_{ij}\sigma_{ij}}{1-D} - \frac{\nu}{2E} \frac{\sigma_{kk}^2}{1-D} + \alpha(T - T_{ref})\sigma_{kk} \tag{4.2.25}
$$

式中，α 表示热膨胀系数，T_{ref} 表示参考温度。因此根据式（4.2.18）、式（4.2.8）可以得到热弹性应变计算公式为

$$
\varepsilon_{ij}^e = \rho \frac{\partial \psi_e^*}{\partial \sigma_{ij}} = \frac{1+\nu}{E} \tilde{\sigma}_{ij} - \frac{\nu}{E} \tilde{\sigma}_{kk}\delta_{ij} + \alpha(T - T_{ref})\delta_{ij} \tag{4.2.26}
$$

与损伤相关的能量密度释放率（Y）也可以通过状态势推演得到[360]

$$
Y = \rho \frac{\partial \psi^*}{\partial D} = \frac{\tilde{\sigma}_{eq}^2 R_v}{2E} \tag{4.2.27}
$$

式（4.2.27）中引入了三轴函数 R_v：

$$R_{v} = \frac{2}{3}(1+\nu) + 3(1-2\nu)\left(\frac{\sigma_{H}}{\sigma_{eq}}\right)^{2} \tag{4.2.28}$$

式中，$\sigma_{eq} = \sqrt{\frac{2}{3}\sigma_{ij}^{D}\sigma_{ij}^{D}}$ 为 von Mises 等效应力，令 $T_{X} = \frac{\sigma_{H}}{\sigma_{eq}}$ 表示应力三轴因子。

如果用 w_{e} 表示弹性应变能量密度，并将之定义为 $\mathrm{d}w_{e} = \sigma_{ij}\mathrm{d}\varepsilon_{ij}^{e}$，于是就有

$$Y = \frac{w_{e}}{1-D}, \quad Y = \frac{1}{2}\left.\frac{\mathrm{d}w_{e}}{\mathrm{d}D}\right|_{\substack{\sigma = \mathrm{const} \\ T = \mathrm{const}}} \tag{4.2.29}$$

如果将损伤等效应力 $(\bar{\sigma}_{D})$ 定义为单轴应力，那么根据这一思想，就可以将弹性应变能 (w_{e}) 等同于三轴应力状态。对于线性等温各向同性弹性情况，有 $w_{e} = \rho w_{e}$，并使应力偏量 $(\boldsymbol{\sigma}^{D})$ 对应于剪切应变能，静水压力 (σ_{H}) 对应于静水压力应变能：

$$\rho\psi_{e}^{*} = \frac{1+\nu}{2E}\frac{\sigma_{ij}^{D}\sigma_{ij}^{D}}{1-D} + \frac{3(1-2\nu)}{2E}\frac{\sigma_{H}^{2}}{1-D} = \frac{\sigma_{eq}^{2}R_{v}}{2E(1-D)} \tag{4.2.30}$$

将式 (4.2.30) 分别写成单轴和三轴应力条件下的结果，有

$$\frac{\bar{\sigma}_{D}^{2}}{2E(1-D)} = \frac{\sigma_{eq}^{2}R_{v}}{2E(1-D)} \tag{4.2.31}$$

上式中用到了单轴条件下 $R_{v} = 1$ 的结果。

于是容易得到

$$\bar{\sigma}_{D}^{2} = \sigma_{eq}R_{v}^{1/2} \tag{4.2.32}$$

3. 各向异性损伤的状态势

根据应变等效原理，前面所述的有效应力概念，以及 Ladevèze 提出的关于各向异性损伤描述的构形[363]，利用损伤张量 $\boldsymbol{D}$ 描述的状态势 $(\rho\psi_{e}^{*})$ 可以表示为

$$\rho\psi_{e}^{*} = \frac{1+\nu}{2E}H_{ij}\sigma_{jk}^{D}H_{kl}\sigma_{li}^{D} + \frac{3(1-2\nu)}{2E}\frac{\sigma_{H}^{2}}{1-\beta D_{H}} + \alpha(T-T_{ref})\sigma_{kk} \tag{4.2.33}$$

同热弹性应变一样 [式 (4.2.26)]，带有损伤 $\boldsymbol{D}$ 的关联变量能量密度释放率 $(\boldsymbol{Y})$ 也一样可以利用 Gibbs 能量推导得到，即 $Y_{ij} = \rho\dfrac{\partial\psi_{e}^{*}}{\partial D_{ij}}$ [式 (4.2.19) 第三式]。这种求法需要注意一些问题，因为损伤主方向可能会发生改变。利用

$$H_{ik}\dot{H}_{kj} + \dot{H}_{ik}H_{kj} = H_{ik}^{2}\dot{D}_{kl}H_{lj}^{2} \tag{4.2.34}$$

以及

$$A_{ijkl}\dot{H}_{kl} = H_{ir}^{2}\dot{D}_{rs}H_{sj}^{2}, \quad A_{ijkl} = \frac{1}{2}(H_{ik}\delta_{jl} + H_{jl}\delta_{ik} + H_{il}\delta_{jk} + H_{jk}\delta_{il}) \tag{4.2.35}$$

可以得到

$$Y_{ij} = \frac{1+\nu}{E}\sigma_{kp}^{\mathrm{D}}H_{pq}\sigma_{ql}^{\mathrm{D}}A_{klmn}^{-1}H_m^2 H_{jn}^2 + \frac{\mu(1-2\nu)}{2E}\frac{\sigma_{\mathrm{H}}^2}{(1-\beta D_{\mathrm{H}})^2}\delta_{ij} \quad (4.2.36)$$

在实际应用中还需要核实耗散率是否非负。这里再引入有效弹性能量密度
（$\widetilde{Y}$）的概念，$\widetilde{Y} = \int \tilde{\sigma}_{ij}\mathrm{d}\varepsilon_{ij}^{\mathrm{e}}$ 为一标量，适用于各向同性条件。$\widetilde{Y}$ 也可以表示为如下
形式：

$$\widetilde{Y} = \frac{1}{2}E_{ijkl}\varepsilon_{kl}^{\mathrm{e}}\varepsilon_{ij}^{\mathrm{e}} = \frac{1}{2}\tilde{\sigma}_{ij}\varepsilon_{ij}^{\mathrm{e}} = \frac{\tilde{\sigma}_{\mathrm{eq}}^2 \widetilde{R}_{\mathrm{v}}}{2E} \quad (4.2.37)$$

式中，$\widetilde{R}_{\mathrm{v}}$ 为有效三轴函数，有如下形式：

$$\widetilde{R}_{\mathrm{v}} = \frac{2}{3}(1+\nu) + 3(1-2\nu)\left(\frac{\tilde{\sigma}_{\mathrm{H}}}{\tilde{\sigma}_{\mathrm{eq}}}\right)^2 \quad (4.2.38)$$

式中

$$\begin{cases} \tilde{\sigma}_{\mathrm{eq}} = (\boldsymbol{H}\boldsymbol{\sigma}^{\mathrm{D}}\boldsymbol{H})_{\mathrm{eq}} = \left[\frac{2}{3}(\boldsymbol{H}\boldsymbol{\sigma}^{\mathrm{D}}\boldsymbol{H})_{ij}^{\mathrm{D}}(\boldsymbol{H}\boldsymbol{\sigma}^{\mathrm{D}}\boldsymbol{H})_{ij}^{\mathrm{D}}\right]^{1/2} \\ \tilde{\sigma}_{\mathrm{H}} = \dfrac{\sigma_{\mathrm{H}}}{1-\beta\sigma_{\mathrm{H}}} \end{cases} \quad (4.2.39)$$

4.2.4　损伤的度量

用直接测量材料微孔洞的表面密度方法来度量损伤大小是很困难的。利用损
伤与弹性变形（或塑性变形）相互耦合的优点，采取逆向方法就可以较为容易地估
算损伤的大小。

1. 各向同性弹性变化

各向同性损伤条件下，耦合损伤的单轴拉伸（或压缩）弹性应变可表示为

$$\varepsilon_{\mathrm{e}} = \frac{\sigma}{E(1-D)} = \frac{\sigma}{\widetilde{E}} \quad (4.2.40)$$

式中，E 为无损伤弹性模量；$\widetilde{E}$ 为有损伤时的弹性模量。根据式（4.2.40）可以将
损伤表示为材料刚度的降低：

$$D = 1 - \frac{\widetilde{E}}{E} \quad (4.2.41)$$

2. 用超声波方法测定各向同性弹性变化

波的速度跟材料的密度和弹性性质相关，材料内纵波波速的计算可表达为

$$v_{\mathrm{p}} = \sqrt{\frac{E}{\rho}\frac{1-\nu}{(1+\nu)(1-2\nu)}} \quad (4.2.42)$$

如果损伤后的材料密度和泊松比保持不变，有效纵波波速则变为

$$\tilde{v}_p = \sqrt{\frac{\tilde{E}}{\rho} \frac{1-\nu}{(1+\nu)(1-2\nu)}} \tag{4.2.43}$$

根据式(4.2.41),便容易得到以波速表达的损伤计算公式:

$$D = 1 - \frac{\tilde{v}_p^2}{v_p^2} \tag{4.2.44}$$

该方法需要测量纵波在材料内的传播时间,如果传播距离很远的话,那么所测定的损伤精度是很高的。不过由于损伤的局部化,使得纵波传播距离变得很小,因而其效果就很一般了。但尽管如此,当超声波频率在 0.1~1MHz 之间时,对混凝土材料来说却能取得很好的结果[364]。

3. 各向异性弹性变化

当将材料的损伤视为各向异性的,那么则需要确定损伤张量中的 6 个或 3 个(如果主损伤方向已知)分量。如果考虑主损伤空间情况,则有

$$\boldsymbol{D} = \begin{bmatrix} D_1 & 0 & 0 \\ 0 & D_2 & 0 \\ 0 & 0 & D_3 \end{bmatrix}, \quad \boldsymbol{H} = \begin{bmatrix} H_1 = \dfrac{1}{\sqrt{1-D_1}} & 0 & 0 \\ 0 & H_2 = \dfrac{1}{\sqrt{1-D_1}} & 0 \\ 0 & 0 & H_3 = \dfrac{1}{\sqrt{1-D_1}} \end{bmatrix} \tag{4.2.45}$$

利用式(4.2.12),可以将弹性应变计算公式(4.2.26)改写成

$$\begin{bmatrix} \varepsilon_1^e & 0 & 0 \\ 0 & \varepsilon_2^e & 0 \\ 0 & 0 & \varepsilon_3^e \end{bmatrix} = \frac{1+\nu}{E} \begin{bmatrix} H_1 & 0 & 0 \\ 0 & H_2 & 0 \\ 0 & 0 & H_3 \end{bmatrix} \begin{bmatrix} \dfrac{2\sigma_1}{3} & 0 & 0 \\ 0 & -\dfrac{\sigma_1}{3} & 0 \\ 0 & 0 & -\dfrac{\sigma_1}{3} \end{bmatrix} \begin{bmatrix} H_1 & 0 & 0 \\ 0 & H_2 & 0 \\ 0 & 0 & H_3 \end{bmatrix}^D$$

$$+ \frac{1-2\nu}{3E} \frac{\sigma_1}{1-\beta D_H} \begin{bmatrix} 1 & 0 & 0 \\ 0 & 1 & 0 \\ 0 & 0 & 1 \end{bmatrix} \tag{4.2.46}$$

主应力空间方向 1 上损伤后的弹性模量及横向伸缩比可表示为

$$\tilde{E}_1 = \frac{\sigma_1}{\varepsilon_1^e}, \quad \tilde{\nu}_{12} = -\frac{\varepsilon_2^e}{\varepsilon_1^e}, \quad \tilde{\nu}_{13} = -\frac{\varepsilon_3^e}{\varepsilon_1^e} \tag{4.2.47}$$

式中所涉及的应变分量大小可以利用应变片来测定。

由此便可以导出与材料损伤相关的 3 个描述弹性性质的表达式:

$$\frac{E}{\tilde{E}_1} = \frac{1+\nu}{9} \left(\frac{4}{1-D_1} + \frac{1}{1-D_2} + \frac{1}{1-D_3} \right) + \frac{1-2\nu}{3(1-\beta D_H)} \tag{4.2.48}$$

$$\tilde{\nu}_{12} \frac{E}{\tilde{E}_1} = \frac{1+\nu}{9}\left(\frac{2}{1-D_1} + \frac{2}{1-D_2} - \frac{1}{1-D_3}\right) - \frac{1-2\nu}{3(1-\beta D_H)} \quad (4.2.49)$$

$$\tilde{\nu}_{13} \frac{E}{\tilde{E}_1} = \frac{1+\nu}{9}\left(\frac{2}{1-D_1} - \frac{1}{1-D_2} + \frac{2}{1-D_3}\right) - \frac{1-2\nu}{3(1-\beta D_H)} \quad (4.2.50)$$

主应力空间的方向 2 和 3 上的上述表达式也可以通过同样的方法获取。如果主应力 3 个方向的损伤都是均一的,通过实验可以得到计算损伤张量分量的公式:

$$\begin{cases}
D_1 = 1 - \dfrac{\widetilde{E}_1}{E}(1+\nu)\left(2 + \tilde{\nu}_{12} - \dfrac{\widetilde{E}_1}{\widetilde{E}_2}\right)^{-1} \\[3mm]
D_2 = 1 - \dfrac{\widetilde{E}_2}{E}(1+\nu)\left[2 - (1-\tilde{\nu}_{12})\dfrac{\widetilde{E}_2}{\widetilde{E}_1}\right]^{-1} \\[3mm]
D_3 = 1 - \dfrac{\widetilde{E}_3}{E}(1+\nu)\left(2 + \tilde{\nu}_{32} - \dfrac{\widetilde{E}_3}{\widetilde{E}_2}\right)^{-1} \\[3mm]
\beta D_H = 1 - \dfrac{\widetilde{E}_1}{E}\dfrac{1-2\nu}{1-2\tilde{\nu}_{12}}
\end{cases} \quad (4.2.51)$$

式中,$D_H = \dfrac{1}{3}(D_1 + D_2 + D_3)$。

4.2.5　损伤动力学演化规律

根据 4.2.3 节所介绍的热力学构架可知损伤演化规律可以利用耗散势,具体说来是损伤势函数 F_D,推演得到

$$\dot{D} = \dot{\lambda}\frac{\partial F_D}{\partial Y}, \quad \text{或} \quad \dot{D}_{ij} = \dot{\lambda}\frac{\partial F_D}{\partial Y_{ij}} \quad (4.2.52)$$

根据实验结果、使用目的和所要实现的功能,势函数 F_D 的解析形式可以有多种。在有效范围内,最简单的就是最好的,因为简单的势函数所包含的材料参数最少。

1. 损伤阈值及宏观裂纹的启动

在塑性加载、蠕变和疲劳实验过程的所有损伤度量结果表明,无论宏微观尺度,在某一不可逆或累积塑性变形 (ε^p_0) 到达之前,材料内部是不会出现损伤的。这个阈值 ε^p_0 的大小与材料本身的性质和载荷类型的变化所导致的材料强度改变有关。实际上,材料的这种损伤启动与其内部微裂纹形成所需的能量有关,该能量大小就是材料内部的储能阈值 (w_D)。

根据 4.2.3 节中的叙述可知,材料的储能可以表示为

$$w_s = \int_0^t (R\dot{r} + X_{ij}\dot{\alpha}_{ij})\mathrm{d}t \quad (4.2.53)$$

w_s 与 ε^{ep} 的关系曲线如图 4.2.3 所示。

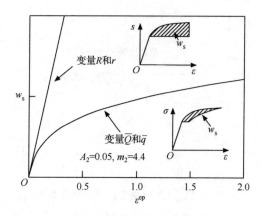

图 4.2.3　材料储能与损伤阈值的关系

由图 4.2.3 可知,在 ε^{ep} 值充分大时有 $R = R_\infty$,并且此时材料也已充分达到各向同性强化,只要没有损伤出现,则可以有 $\varepsilon^{ep} = r$。考虑到 $X_{ij} = \dfrac{2}{3} C\alpha_{ij}$($C$ 为常数),于是便可得到

$$w_s = \rho\psi_p \approx \varepsilon^{ep} R_\infty + \frac{3}{4C} X_{ij} X_{ij}, \quad D = 0 \tag{4.2.54}$$

对于材料的非线性随动强化而言,式(4.2.54)中的 $\dfrac{3}{4C} X_{ij} X_{ij}$ 项在单调加载时会达到所能达到的最大值,在循环载荷时则变成一个跟时间有关的正的周期函数。由式(4.2.54)可知,w_s 在 ε^{ep} 轴上同累积塑性应变(其值足够大时)表现出一种线性关系,当观测趋势值趋向于常数时,w_s 的值则比其所能观测到的值要大很多。

基于上述目的,需要对经典的热力学构架进行修正[365]。用一组新的热力学变量 $(\bar{Q}, \bar{q})$ 来描述材料的各向同性强化,并建立修正函数 $z(r) = \dfrac{A_2}{m_2} r^{\frac{1-m_2}{m_2}}$($A_2$ 和 m_2 为材料参数),于是以此为基础便可建立材料储能的修正方程:

$$w_s = \int_0^t (\bar{Q}\dot{\bar{q}} + X_{ij}\dot{\alpha}_{ij}) \mathrm{d}t = \int_0^t (R(r) z(r)\dot{r} + X_{ij}\dot{\alpha}_{ij}) \mathrm{d}t \tag{4.2.55}$$

在热力学构架内,变量之间的变换可以表示为

$$\bar{Q}(\bar{q}) = R(r), \quad \mathrm{d}\bar{q} = z(r)\mathrm{d}r \tag{4.2.56}$$

这样一来,便可使得储能 w_s 随着 ε^{ep} 增加得更缓慢:

$$w_s \approx A_2 R_\infty (\varepsilon^{ep})^{1/m_2} + \frac{3}{4C} X_{ij} X_{ij}, \quad D = 0 \tag{4.2.57}$$

当修正的储能达到阀值 w_D,则标志着材料损伤开始启动,阀值 w_D 可以看成是材料参数。这样便可以根据累积塑性应变 ε^{ep}_D 来描述损伤阀值对于加载路径的依赖关系,如图 4.2.4 所示。

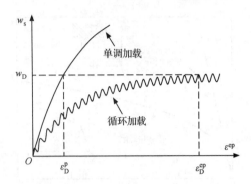

图 4.2.4　用储能定义单调加载和循环加载时的损伤阈值

在实际应用中,需要知道 ε_{D}^{ep} 的近似表达式。对于单调载荷情况,随动强化可以看做是一种附加的各向同性强化,只要没出现损伤,则有 $\varepsilon_{D}^{ep} = \varepsilon^{p}$,$r = \varepsilon_{D}^{ep}$。相关阀值可以根据不可逆项的近似极限来定义,该近似极限在循环载荷条件下被称为渐进疲劳极限 σ_{f}^{∞}。循环载荷下的储能极限表达式如下:

$$w_{D} = \int_{0}^{\varepsilon_{pD}} (\sigma_{c} - \sigma_{f}^{\infty}) \frac{A}{m} (\varepsilon^{p})^{\frac{1-m}{m}} d\varepsilon^{p}, \quad \text{或} \quad w_{D} = A_{2} (\sigma_{c} - \sigma_{f}^{\infty}) (\varepsilon_{D}^{p})^{\frac{1}{m_{2}}}$$

(4.2.58)

式中,σ_{c} 为单轴加载下的极限强度;ε_{pD} 为单轴条件下的损伤阈值。

对于单调加载情况,有

$$\varepsilon_{D}^{ep} = \varepsilon_{D}^{p}$$

(4.2.59)

这里不再讨论循环载荷条件下的 ε_{D}^{ep},其详细介绍可参考文献[360]。

2. 各向同性损伤演化规律

热力学方法能确保控制损伤演化 $(\dot{D})$ 发展的主要变量就是其关联变量 (Y),而耗散损伤势函数 (F_{D}) 又主要是 Y 的函数。观测和实验结果表明,损伤还受塑性变形控制,塑性变形主要通过塑性乘子 $(\dot{\lambda})$ 来引入。当材料内部出现损伤时,便可得到

$$\dot{D} = \dot{\lambda} \frac{\partial F_{D}}{\partial Y}, \quad \text{当 } \varepsilon^{ep} > \varepsilon_{D}^{ep} \quad \text{或} \quad \max(w_{s}) > w_{D}$$

(4.2.60)

$\dot{\lambda}$ 可以通过与损伤耦合的塑性或黏塑性本构方程来计算。若考虑 von Mises 随动强化准则,塑性或黏塑性加载函数 (f) 则可表示为

$$f = \left(\frac{\boldsymbol{\sigma}}{1-D} - \boldsymbol{X} \right)_{eq} - R - \sigma_{s} = \sigma_{v}$$

(4.2.61)

式中,$\left(\dfrac{\boldsymbol{\sigma}}{1-D} - \boldsymbol{X} \right)_{eq} = \sqrt{\dfrac{3}{2} \left(\dfrac{\sigma_{ij}^{D}}{1-D} - X_{ij} \right) \left(\dfrac{\sigma_{ij}^{D}}{1-D} - X_{ij} \right)}$;$\sigma_{v}$ 为黏性强度,$\sigma_{v} = 0$ 表示塑性;σ_{s} 为屈服应力。

若采用关联流动法则,就有

$$\dot{\varepsilon}_{ij}^{p} = \dot{\lambda} \frac{\partial F_D}{\partial \sigma_{ij}} = \dot{\lambda} \frac{\partial f}{\partial \sigma_{ij}} = \frac{3}{2} \frac{\dot{\lambda}}{1-D} \frac{\dfrac{\sigma_{ij}^D}{1-D} - X_{ij}}{\left(\dfrac{\boldsymbol{\sigma}}{1-D} - \boldsymbol{X} \right)_{eq}} \tag{4.2.62}$$

根据累积塑性应变率的定义[式(4.2.24)]、内变量 r 的演化方程[式(4.2.22)第二式]以及式(4.2.61)可以得到

$$\dot{r} = -\dot{\lambda} \frac{\partial F}{\partial R} = -\dot{\lambda} \frac{\partial f}{\partial R} = \dot{\lambda} \tag{4.2.63}$$

及

$$\dot{\varepsilon}^{ep} = \frac{\dot{\lambda}}{1-D} \tag{4.2.64}$$

实验结果表明 F_D 为 Y 的一个非线性函数, F_D 可以选取下面一种简单而有效的函数形式:

$$F_D = \frac{K_r}{(1+k_r)(1-D)} \left(\frac{Y}{K_r} \right)^{1+k_r} \tag{4.2.65}$$

式中, K_r 和 k_r 为材料常数,且是温度 T 的函数。

由式(4.2.60)、式(4.2.64)容易得到

$$\dot{D} = \dot{\varepsilon}^{ep} \left(\frac{Y}{K_r} \right)^{k_r} \tag{4.2.66}$$

那么最终的损伤本构方程为[366]

$$\begin{cases} \dot{D} = 0, & 当 \varepsilon^{ep} < \varepsilon_D^{ep} \quad 或 \quad w_s < w_D \\ \dot{D} = \dot{\varepsilon}^{ep} \left(\dfrac{Y}{K} \right)^{k}, & 当 \varepsilon^{ep} > \varepsilon_D^{ep} \quad 或 \quad \max(w_s) > w_D \\ D = D_C, & 当宏观裂纹启动时 \end{cases} \tag{4.2.67}$$

式中, $Y = \dfrac{\tilde{\sigma}_{eq}^2 R_v}{2E}$; $R_v = \dfrac{2}{3}(1+\nu) + 3(1-2\nu)\left(\dfrac{\sigma_H}{\sigma_{eq}} \right)^2$; D_C 为材料参数。

3. 各向异性损伤演化规律[367]

各向异性损伤情况下,如果选取下面形式的损伤耗散势,则各向异性损伤只是各向同性损伤的简单延伸:

$$F_D = \left(\frac{\overline{Y}(\boldsymbol{\varepsilon}^e)}{K} \right)^k Y_{ij} \left| \frac{d\boldsymbol{\varepsilon}^p}{dr} \right|_{ij} \tag{4.2.68}$$

式中, $|\cdot|$ 表示对张量的主值取绝对值运算;有效弹性能密度 $\overline{Y}$ 可以写成有效应力的方程[式(4.2.37)]。

然后根据式(4.2.63)、式(4.2.68),有

$$\dot{D}_{ij} = \dot{\lambda} \frac{\partial F}{\partial Y_{ij}} = \dot{r} \left(\frac{\overline{Y}}{K} \right)^k \left| \frac{d\boldsymbol{\varepsilon}^p}{dr} \right|_{ij} \tag{4.2.69}$$

于是最后得到各向异性损伤情况下的损伤演化方程为

$$\begin{cases} \dot{D} = 0, & \text{当 } \varepsilon^{ep} < \varepsilon_D^{ep} \quad \text{或} \quad w_s < w_D \\ \dot{D} = \left(\dfrac{\overline{Y}}{K_r}\right)^{k_r} |\dot{\varepsilon}^p|_{ij}, & \text{当 } \varepsilon^{ep} > \varepsilon_D^{ep} \quad \text{或} \quad \max(w_s) > w_D \end{cases} \quad (4.2.70)$$

当上述方程(4.2.70)在主塑性应变率($\dot{\varepsilon}^p$)框架内表述的时候,就会发现主损伤率的方向与主塑性应变率的方向是完全一致的。取单轴应力条件为例,有

$$\boldsymbol{\sigma} = \sigma \begin{bmatrix} 1 & & \\ & 0 & \\ & & 0 \end{bmatrix}, \quad \boldsymbol{\varepsilon}^p = \varepsilon^p \begin{bmatrix} 1 & & \\ & -1/2 & \\ & & -1/2 \end{bmatrix}, \quad \boldsymbol{D} = D \begin{bmatrix} 1 & & \\ & 1/2 & \\ & & 1/2 \end{bmatrix}$$

$$(4.2.71)$$

当一个平面内的损伤强度达到了其临界值 D_C 时,宏观裂纹便开始启动。根据物理意义上的损伤定义,当损伤矢量 $D_{ij}n_j$ 的模或是损伤最大主值 D_I 达到了 D_C 则就标志着宏观裂纹启动,即

$$\max D_I = D_C \to \text{宏观裂纹启动} \quad (4.2.72)$$

式中,$I = 1, 2, 3$。

4.2.6　弹(黏)塑性变形损伤耦合

材料的本构方程都是通过耗散势在热力学框架内推演得到的,本构模型之间由于耗散势函数形式的选择不同而不同。本节主要介绍弹(黏)塑性变形与损伤之间的耦合效应。

1. 无损伤耦合时的基本方程

根据塑性和黏塑性屈服方程 f 可知:

$$\begin{cases} f < 0, & \text{弹性变形} \\ f = 0, \quad \dot{f} = 0, & \text{塑性变形} \\ f = \sigma_v > 0, & \text{黏塑性变形} \end{cases} \quad (4.2.73)$$

对于 von Mises 各向同性强化准则而言,有

$$f = \sigma_{eq} - R - \sigma_s \quad (4.2.74)$$

式中,σ_{eq} 为 von Mises 等效应力。

对于各向同性随动强化准则而言,有

$$f = (\boldsymbol{\sigma} - \boldsymbol{X})_{eq} - R - \sigma_s = \sigma_v \quad (4.2.75)$$

式中,$(\boldsymbol{\sigma} - \boldsymbol{X})_{eq} = \sqrt{\dfrac{3}{2}(\sigma_{ij}^D - X_{ij})(\sigma_{ij}^D - X_{ij})}$。

各向同性强化变量 R 与材料的位错密度有关,可用于屈服面大小变化的描述。为确保损伤出现时应变强化的充分性,通常用指数函数来描述 R 的演化规律,即

$$R = R(r) = R_\infty \left[1 - \exp(-b'r) \right] \tag{4.2.76}$$

式中，R_∞ 和 b' 是与温度有关的材料参数；如前所述，当无损伤出现时，有 $r = \varepsilon^{\mathrm{ep}}$。同样也可以采用幂函数来描述 R 的演化。

随动强化受 $\boldsymbol{X}$ 控制，$\boldsymbol{X}$ 与材料内部的微应力集中状态相关，用来描述应力空间内屈服面中心的移动情况。非线性随动强化可以用函数势 F_{X} 来描述：

$$F_{\mathrm{X}} = \frac{3\gamma}{4C} X_{ij} X_{ij} \tag{4.2.77}$$

式中，γ 和 C 是与温度有关的材料参数。

只要不存在损伤，演化方程就可表示为

$$\begin{cases} \dot{X}_{ij} = \dfrac{2}{3} C \dot{\varepsilon}^{\mathrm{p}}_{ij}, & \text{线性随动强化} \\[3mm] \dfrac{\mathrm{d}}{\mathrm{d}t}\left(\dfrac{X_{ij}}{C} \right) = \dfrac{2}{3} C \dot{\varepsilon}^{\mathrm{p}}_{ij} - \dfrac{\gamma}{C} X_{ij} \dot{\varepsilon}^{\mathrm{ep}}, & \text{非线性随动强化} \end{cases} \tag{4.2.78}$$

式(4.2.78)中的第二式为 Armstrong-Frederick 非线性随动强化准则的非等温形式，为便于辨识，取 $X = X_\infty C/\gamma$。对于单轴单调加载情况，有 $X = X_\infty [1 - \exp(\gamma \varepsilon^{\mathrm{p}})]$。$\boldsymbol{X}$ 为一偏斜张量（即 $X_{kk} = 0$，$\boldsymbol{X} = \boldsymbol{X}^{\mathrm{D}}$），受塑性应变控制。

当存在一个从高温时具有时效性的黏塑性变形，如材料的蠕变，到低温时具有时效性的塑性变形的过渡时，通过实验手段就能观测到这一过程具有很强的温度效应。

此时材料的本构方程可以利用式(4.2.22)经过推演得出

$$\begin{cases} \dot{\varepsilon}^{\mathrm{p}}_{ij} = \dot{\lambda} \dfrac{\partial F}{\partial \sigma_{ij}} \\[3mm] \dot{r} = -\dot{\lambda} \dfrac{\partial F}{\partial R} \\[3mm] \dot{\alpha}_{ij} = -\dot{\lambda} \dfrac{\partial F}{\partial X_{ij}} \\[3mm] \dot{D} = \dot{\lambda} \dfrac{\partial F}{\partial Y} \quad \text{或} \quad \dot{D}_{ij} = \dot{\lambda} \dfrac{\partial F}{\partial Y_{ij}} \end{cases} \tag{4.2.79}$$

上式中，对于塑性变形，乘子 $\dot{\lambda}$ 可以通过一致性条件得到

$$\dot{\lambda} = \frac{\dfrac{\partial f}{\partial \sigma_{ij}} + \dfrac{2}{3} \dfrac{\mathrm{d}C}{\mathrm{d}T} \alpha_{ij} \dfrac{\partial f}{\partial X_{ij}} \dot{T}}{\dfrac{\partial R}{\partial T} \dfrac{\partial f}{\partial R} \dfrac{\partial F}{\partial R} + \dfrac{2}{3} \dfrac{\partial f}{\partial X_{ij}} \dfrac{\partial F}{\partial X_{ij}} - \dfrac{\partial f}{\partial D_{ij}} \dfrac{\partial F}{\partial D_{ij}}} \tag{4.2.80}$$

对于黏塑性变形，乘子 $\dot{\lambda}$ 则是累积塑性应变率（$\dot{\varepsilon}^{\mathrm{ep}}$）的函数，其函数形式可以多样。下面举两个典型的函数形式。

（1）Norton 幂律：

$$\sigma_v = K_N (\dot{\varepsilon}^{\mathrm{ep}})^{\frac{1}{N}}, \quad \text{或} \quad \dot{\varepsilon}^{\mathrm{ep}} = \left(\frac{f}{K_N} \right)^N \tag{4.2.81}$$

（2）指数律：

$$\sigma_{\mathrm{v}} = K_{\infty}\Big[1 - \exp\Big(-\frac{\dot{\varepsilon}^{\mathrm{ep}}}{n}\Big)\Big], \quad 或 \quad \dot{\varepsilon}^{\mathrm{ep}} = \ln\Big(1 - \frac{f}{K_{\infty}}\Big)^{-n} \tag{4.2.82}$$

式（4.2.81）、式（4.2.82）中，K_N、K_∞、N 和 n 都是与温度相关的材料参数。

虽然存在很多种描述材料的塑性及黏性行为的方法，而且不论屈服应力、随动强化项及各向同性强化项是否等于零，但是在选择本构模型的时候还是要小心，因为对于某种给定的材料来说，每种模型都有其具体的材料参数值。

2. 各向同性损伤耦合

各向同性损伤可以用标量 D 来表示，其演化规律如式（4.2.67）所示。下面主要介绍线性各向同性强化和非线性各向同性强化条件下的与同各向同性损伤 D 耦合的材料弹（黏）塑性本构方程。

损伤与弹性变形的耦合可以在胡克定律中利用有效应力 $\tilde{\boldsymbol{\sigma}}$ 来实现：

$$\varepsilon_{ij}^{\mathrm{e}} = \frac{1+\nu}{E}\tilde{\sigma}_{ij} - \frac{\nu}{E}\tilde{\sigma}_{kk}\delta_{ij} \tag{4.2.83}$$

对于塑性的 von Mises 准则来说，有

$$f = (\tilde{\boldsymbol{\sigma}} - \boldsymbol{X})_{\mathrm{eq}} - R - \sigma_{\mathrm{s}} \tag{4.2.84}$$

各向同性损伤耦合本构方程如表 4.2.2 所示。

表 4.2.2　弹（黏）塑性耦合各向同性损伤本构方程

应变划分	$\varepsilon_{ij} = \varepsilon_{ij}^{\mathrm{e}} + \varepsilon_{ij}^{\mathrm{p}}$
热弹性变形	$\varepsilon_{ij}^{\mathrm{e}} = \frac{1+\nu}{E}\tilde{\sigma}_{ij} - \frac{\nu}{E}\tilde{\sigma}_{kk}\delta_{ij} + \alpha(T - T_{\mathrm{ref}})\delta_{ij}$
（黏）塑性	$\dot{\varepsilon}_{ij}^{\mathrm{p}} = \frac{3}{2}\frac{\dot{r}}{1-D}\frac{\tilde{\sigma}_{ij}^{\mathrm{D}} - X_{ij}}{(\tilde{\boldsymbol{\sigma}} - \boldsymbol{X})_{\mathrm{eq}}}$
	$\dot{\varepsilon}^{\mathrm{ep}} = \frac{\dot{\lambda}}{1-D}$
	$R = R_{\infty}[1 - \exp(-b'r)]$
	$\frac{\mathrm{d}}{\mathrm{d}t}\Big(\frac{X_{ij}}{\gamma X_{\infty}}\Big) = \frac{2}{3}(1-D)\dot{\varepsilon}_{ij}^{\mathrm{p}} - \frac{X_{ij}}{X_{\infty}}\dot{r}$
损伤	$\dot{D} = \dot{\varepsilon}^{\mathrm{ep}}\Big(\frac{Y}{K_{\mathrm{r}}}\Big)^{k_{\mathrm{r}}}, \quad 当 \varepsilon^{\mathrm{ep}} > \varepsilon_{\mathrm{D}}^{\mathrm{ep}} \quad 或 \quad \max(w_{\mathrm{s}}) > w_{\mathrm{D}}$
	$Y = \frac{1}{2}E_{ijkl}\varepsilon_{ij}^{\mathrm{e}}\varepsilon_{kl}^{\mathrm{e}} = \frac{\tilde{\sigma}_{\mathrm{eq}}^2 R_{\mathrm{v}}}{2E}$
	$R_{\mathrm{v}} = \frac{2}{3}(1+\nu) + 3(1-2\nu)\Big(\frac{\sigma_{\mathrm{H}}}{\sigma_{\mathrm{eq}}}\Big)^2$
塑性乘子	$\dot{r} = \dot{\lambda}, \quad f = 0, \quad \dot{f} = 0$
黏塑性乘子	$\dot{\varepsilon}^{\mathrm{ep}} = \Big(\frac{f}{K_N}\Big)^N, \quad \text{Norton 律}$
	$\dot{\varepsilon}^{\mathrm{ep}} = \ln\Big(1 - \frac{f}{K_{\infty}}\Big)^{-n}, \quad 指数律$

3. 各向异性损伤耦合

各向异性损伤可以用标量 D 来表示，其演化规律如式(4.2.70)所示。下面主要介绍线性各向同性强化和非线性各向同性强化条件下的与各向异性损伤 D 耦合的材料弹(黏)塑性本构方程。

损伤与弹性变形的耦合可以在胡克定律中利用有效应力 $\tilde{\boldsymbol{\sigma}}$ 来实现：

$$\tilde{\sigma}_{ij} = (H_{ik}\sigma_{kl}^{\mathrm{D}}H_{lj})^{\mathrm{D}} + \frac{\sigma_{\mathrm{H}}}{1-\beta D_{\mathrm{H}}}\delta_{ij} \tag{4.2.85}$$

这里同样考虑 von Mises 准则(式 4.2.84)

各向同性损伤耦合本构方程如表 4.2.3 所示。

表 4.2.3　弹(黏)塑性耦合各向异性损伤本构方程

应变划分	$\varepsilon_{ij} = \varepsilon_{ij}^{\mathrm{e}} + \varepsilon_{ij}^{\mathrm{p}}$
热弹性变形	$\varepsilon_{ij}^{\mathrm{e}} = \dfrac{1+\nu}{E}\tilde{\sigma}_{ij} - \dfrac{\nu}{E}\tilde{\sigma}_{kk}\delta_{ij} + \alpha(T-T_{\mathrm{ref}})\delta_{ij}$
(黏)塑性	$\dot{\varepsilon}_{ij}^{\mathrm{p}} = [H_{ik}\dot{e}_{kl}^{\mathrm{p}}H_{lj}]^{\mathrm{D}}, \quad \dot{e}_{ij}^{\mathrm{p}} = \dfrac{3}{2}\dfrac{\tilde{\sigma}_{ij}^{\mathrm{D}} - X_{ij}}{(\tilde{\boldsymbol{\sigma}}-\boldsymbol{X})_{\mathrm{eq}}}\dot{r}$
	$\dot{\varepsilon}^{\mathrm{ep}} = \dfrac{[\boldsymbol{H}(\tilde{\boldsymbol{\sigma}}^{\mathrm{D}}-\boldsymbol{X})\boldsymbol{H}]_{\mathrm{eq}}}{(\tilde{\boldsymbol{\sigma}}^{\mathrm{D}}-\boldsymbol{X})_{\mathrm{eq}}}\dot{r}$
	$R = R_{\infty}[1-\exp(-b'r)]$
	$\dfrac{\mathrm{d}}{\mathrm{d}t}\left(\dfrac{X_{ij}}{\gamma X_{\infty}}\right) = \dfrac{2}{3}(1-D)\dot{e}_{ij}^{\mathrm{p}} - \dfrac{X_{ij}}{X_{\infty}}\dot{r}$
损伤	$\dot{D} = \left(\dfrac{\bar{Y}}{K_{\mathrm{r}}}\right)^{k_{\mathrm{r}}} \mid \dot{\varepsilon}^{\mathrm{p}}\mid_{ij}, \quad 当\ \varepsilon^{\mathrm{ep}} > \varepsilon^{\mathrm{p}}_{\mathrm{D}} \quad 或\quad \max(w_{\mathrm{s}}) > w_{\mathrm{D}}$
	$Y = \dfrac{1}{2}E_{ijkl}\varepsilon_{ij}^{\mathrm{e}}\varepsilon_{kl}^{\mathrm{e}} = \dfrac{\tilde{\sigma}_{\mathrm{eq}}^{2}\widetilde{R}_{\mathrm{v}}}{2E}$
	$R_{\mathrm{v}} = \dfrac{2}{3}(1+\nu) + 3(1-2\nu)\left(\dfrac{\tilde{\sigma}_{\mathrm{H}}}{\tilde{\sigma}_{\mathrm{eq}}}\right)^{2}$
塑性乘子	$\dot{r} = \dot{\lambda}, \quad f = 0, \quad \dot{f} = 0$
黏塑性乘子	$\dot{\varepsilon}^{\mathrm{ep}} = \left(\dfrac{f}{K_{N}}\right)^{N}, \quad \text{Norton 律}$
	$\dot{\varepsilon}^{\mathrm{ep}} = \ln\left(1-\dfrac{f}{K_{\infty}}\right)^{-n}, \quad \text{指数律}$

4.3　弹塑性本构模型基本理论

弹塑性本构模型是根据弹性理论、塑性理论等发展建立起来的。弹塑性理论将总应变分为弹性应变和塑性应变两部分，其中弹性应变可由广义胡克定律计算。塑性状态下的本构关系目前存在着两种理论：一种理论认为塑性状态下的应力-应变关系仍是应力分量与应变分量之间的关系,这种理论称为全量理论或形变理论;另一种理论认为塑性状态下的应力-应变关系应该是增量之间的关系,称为增量理论或流动理论[368]。由于岩石类材料的塑性变形具有不可恢复性,在本质上是一个与加载历史有关的过程,所以,一般情况下其应力-应变关系用增量形式描述更为合理。因此塑性应变一般用塑性增量理论计算。应用塑性增量理论计算塑性应变一般需要材料的屈服面与后继屈服面、流动法则和硬化规律三个基本组成部分,对服从非关联流动规则的材料,还需要材料的塑性势面。下面将讨论弹塑性增量理论的三个基本组成部分。

4.3.1　屈服面与后继屈服面

一般地,岩石材料在外载荷作用下的响应与载荷的大小有直接的关系。当外载荷足够小时,岩土表现为线弹性,当外载荷继续增加,应力大小超过弹性极限,应力应变关系则不再是理想弹性状态,而岩石的某一点或某些点的应力状态开始进入塑性状态。判断岩石材料开始进入塑性状态的条件或准则称为屈服条件或屈服准则。根据不同的可能应力路径所进行的实验,可以定出从弹性状态进入塑性状态的各个界限,在应力空间中将这些屈服应力点连接起来就形成了一个区分弹性和塑性的分界面,即称为屈服面[357]。在继续加载条件下材料从一种塑性状态到达另一种塑性状态,将形成系列的后继屈服面。材料在简单载荷作用下,屈服条件定义为材料的弹性极限,可以由简单试验直接确定;而多数工程中岩石材料都处于复杂载荷作用下,屈服面与后继屈服面的形状一般不能直接通过实验求得,不同的本构模型有各自不同形状的屈服面,且屈服准则或屈服函数的具体形式取决于岩石材料的力学特性。因此关于岩石材料在复杂应力状态下的屈服面与后继屈服面(或屈服准则)的确定具有重要的理论和实际意义,一方面它表征了材料从弹性状态过渡到塑性状态的开始,确定开始塑性变形时应力的大小和状态,另一方面,它确定了岩石材料复杂应力状态下的后继屈服极限范围,它是岩石塑性理论分析的重要理论基础,并应用于各种实际工程结构的设计与施工。

假设材料是各向同性的,并且忽略温度效应,屈服条件可以表示为应力的函数,即

$$f(\sigma_{ij}) = 0 \tag{4.3.1}$$

式中,$f(\sigma_{ij}) < 0$ 对应于弹性变形,$f(\sigma_{ij}) = 0$ 对应于塑性变形。

4.3.2　岩石类材料的强化规律

有些软岩开始屈服后就产生塑性流动,变形无限制的发展,直至破坏。这是一种理想弹塑性状态,不存在强化效应,在加载状态时,理想弹塑性材料屈服面的形状、大小和位置都是固定的。强化材料在加载过程中,随着应力状态和加载路径的

变化,后继屈服面(也称为加载曲面)的形状、大小和中心的位置都可能发生变化[357,369]。用来规定材料进入塑性变形后的后继屈服面在应力空间中变化的规律称为强化规律。

当内变量改变时,屈服面也将随之发生变化,不同的内变量对应着不同的后继屈服面。严格地讲,后继屈服面应通过具体试验测量得到,但目前的试验资料还不足以完整地确定后继屈服面的变化规律,这就需要对后继屈服面的运动和变化规律作一些假设。通常实际的做法是,先根据实验数据决定初始屈服面,后继屈服面则按照材料的某种力学性质假定的简单规律由初始屈服面变化得到,这种变化带有人为假定的因素。多年来,人们对许多材料进行了实验研究,岩石类材料在初始屈服后的响应很不相同,这时就得选用不同的强化规律,一般采用三种硬化规律,即等向硬化、随动强化和混合强化规律[370],如图 4.3.1 所示。

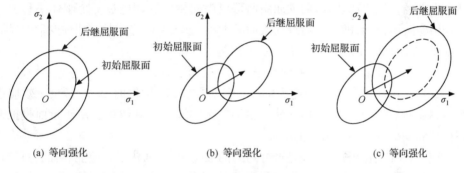

(a) 等向强化　　　　　　(b) 等向强化　　　　　　(c) 等向强化

图 4.3.1　强化规律

1. 等向强化规律

等向强化规律假定屈服面的位置中心不变,形状不变,其大小随强化参数而变化。对强化材料而言,屈服面不断扩大,即屈服面在应力空间中均匀膨胀;而对软化材料,屈服面不断缩小。等向强化规律相当于作了塑性变形各向同性的假定,因此不能反映材料 Bauschinger 效应的影响,如图 4.3.1(a)所示。其一般的表示形式为

$$f(\sigma_{ij}, \xi) = f(\sigma_{ij}) - k(\xi) = 0 \qquad (4.3.2)$$

式中,$k(\xi)$ 为反映塑性变形历史的强化函数,用于确定屈服面的大小。等向强化规律一般适用于静载荷作用下的弹塑性材料。

2. 随动强化规律

随动强化规律认为在塑性变形过程中,屈服面的大小和形状都不改变,仅发生位置的变化,即屈服面在应力空间中只是作刚体平移,当某个方向的屈服应力升高

时,其相反方向的屈服应力应该降低,因此,在一定程度上反映了材料的 Bausch-inger 效应,如图 4.3.1 (b)所示。其一般的表示形式为

$$f(\sigma_{ij}, \xi) = f(\sigma_{ij} - a_{ij}(\xi)) - k_0 = 0 \qquad (4.3.3)$$

式中,$f(\sigma_{ij}) - k_0 = 0$ 为初始屈服面;k_0 为常数;$a_{ij}(\xi)$ 为后继屈服面中心的坐标,反映了岩石类材料的强化程度,其增量形式可以表示为屈服点在应力空间中的位移。

确定 a_{ij} 的增量变化规律通常有 Prager 方法和 Ziegler 方法。随动强化规律适用于周期载荷或循环载荷条件下的动力塑性模型及静力模型[369]。

3. 混合强化规律

混合强化规律是由 Hodge 于 1957 年将随动强化规律与等向强化规律相结合推导出来的。该规律认为,后继屈服面可以由初始屈服面经过一个刚体平移和一个均匀膨胀而得到,即认为后继屈服面的大小、形状和位置一起随塑性变形的发展而变化,如图 4.3.1(c)所示。其一般形式为

$$f(\sigma_{ij}, \xi) = f(\sigma_{ij} - a_{ij}(\xi)) - k(\xi) = 0 \qquad (4.3.4)$$

这种强化规律较前两种更为细致,可以同时反映材料的 Bauschinger 效应以及后继屈服面的均匀膨胀,但显然也更为复杂。该强化规律主要用于全面模拟循环荷载和动荷载作用下岩土的响应[369]。

应用各种强化规律,关键是选好适当的强化参数,强化参数应能表征岩石类材料强化的程度,充分反映岩石类材料强化的历史。一般地,选用塑性总应变、塑性体积应变、塑性剪切应变或塑性功等作为强化参数。

4.3.3　塑性流动法则

1. Drucker 公设

Drucker 在 1951 年提出了关于稳定性材料在弹塑性加卸载的应力循环过程中塑性功非负的 Drucker 公设[205]。Drucker 公设可以陈述为:对于处在初始应力状态的材料单元体,缓慢地施加并卸除一个外载荷,则在加载和卸载组成的应力循环过程中附加应力做的功是非负的,弹性情况下的做功为零,塑性变形时为正值。图 4.3.2 所示为 Drucker 公设中的加卸载应力循环过程,设材料开始加载前处于 A_0 点,相应的初始应力为弹性应力状态 σ_{ij}^0;当进行弹性加载到屈服面上 A 点,相应的应力为 σ_{ij},在 A_0A 段中只有弹性变形产生;在 A 点再增加一个微小的应力增量到 B 点,假设 B 点在材料的后继屈服面上,AB 段为塑性加载过程,将产生弹性应变增量 $d\varepsilon_{ij}^e$ 和塑性应变增量 $d\varepsilon_{ij}^p$;然后再从 B 点弹性卸载到初始应力状态(C 点),这样就完成了一个完整的应力循环过程。由于在此应力循环过程中,弹性功

的变化为零。故 Drucker 公设可以用如下公式表示：

$$dW_D = dW_B = \oint (\sigma_{ij} - \sigma_{ij}^0) d\varepsilon_{ij} = \oint (\sigma_{ij} - \sigma_{ij}^0) d\varepsilon_{ij}^P \geqslant 0 \qquad (4.3.5)$$

式中，W_D 为外力做功；W_B 为塑性功。

在整个应力循环中，只有应力达到 $\sigma_{ij} + d\sigma_{ij}$ 时，才会产生塑性变形 $d\varepsilon_{ij}^P$，所以式(4.3.5)变为

$$dW_B = \oint (\sigma_{ij} + \zeta d\sigma_{ij} - \sigma_{ij}^0) d\varepsilon_{ij} = (\sigma_{ij} - \sigma_{ij}^0) d\varepsilon_{ij}^P \geqslant 0 \qquad (4.3.6)$$

式中，$\dfrac{1}{2} \leqslant \zeta \leqslant 1$。

塑性功增量几何上代表图 4.3.2 中阴影部分 A_0ABCA_0 的面积，并且可推导出：

$$\begin{cases} (\sigma_{ij} - \sigma_{ij}^0) d\varepsilon_{ij}^P \geqslant 0, & \sigma_{ij}^0 \text{ 在屈服面内} \\ d\sigma_{ij} d\varepsilon_{ij}^P \geqslant 0, & \sigma_{ij}^0 \text{ 在屈服面上} \end{cases} \qquad (4.3.7)$$

满足 Drucker 公设的材料称为稳定材料。根据 Drucker 公设，并假设材料的弹性性质保持不变，可以导出屈服面的外凸性以及正交流动法则。

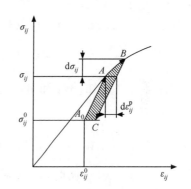

图 4.3.2　Drucker 公设的应力循环图

由上述分析可知：对于稳定材料，只要屈服面处处是外凸的，那么 Drucker 公设一定适用于该材料，对于岩土材料也是如此。实际上，由于岩土材料具有多样性和复杂性，导致岩土的屈服面和应力-应变关系的多样性，因此也不排除一些例外情况，即 Drucker 公设可能不适用于其他一些岩石类材料。

2. 依留辛公设

Drucker 公设只适用于稳定材料，而依留辛提出的"塑性公设"可同时用于稳定和不稳定材料。依留辛公设可以陈述为：在弹塑性材料的一个应变循环内，外部做功是非负的，如果做功是正的则表示有塑性变形，如做功为零则表示只有弹性变形。图 4.3.3 所示为依留辛公设中的加卸载应变循环过程，设材料在经历任意应变历史后，在应力 σ_{ij}^0 下处于平衡，即初始的应变 ε_{ij}^1（A_0 点）在加载面内，然后弹性加载到 A 点，再缓慢施加载荷，使应变点达到 B 点所对

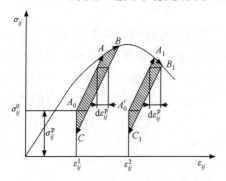

图 4.3.3　依留辛公设应变循环图

应的应变,此时产生塑性变形,最后卸载到应变 ε_{ij}^1 处(C 点),完成一个应变循环。同样的,对于循环 $A_0'A_1B_1C_1$ 也是如此,由图 4.3.3 可知,两个循环中都产生了塑性变形 ε_{ij}^p。

由于在应变循环过程中,弹性功的变化为零。故依留辛公设可以用如下公式表示:

$$\mathrm{d}W_\mathrm{I} = \oint \sigma_{ij}\,\mathrm{d}\varepsilon_{ij} \geqslant 0 \tag{4.3.8}$$

式中,W_I 为外力做功。

如果利用 Drucker 公设,可以有

$$\mathrm{d}W_\mathrm{D} = \oint (\varepsilon_{ij} - \varepsilon_{ij}^0)\,\mathrm{d}\sigma_{ij} \geqslant 0 \tag{4.3.9}$$

由图 4.3.3 可知,W_I 和 W_D 之间仅仅存在一个正的附加项 $\dfrac{1}{2}\mathrm{d}\sigma_{ij}^p\varepsilon_{ij}^p$,因此便有

$$W_\mathrm{I} = \left(\sigma_{ij} - \sigma_{ij}^0 + \frac{1}{2}\varepsilon_{ij}^p\,\mathrm{d}\sigma_{ij}^p\right)\mathrm{d}\sigma_{ij}^p \geqslant W_\mathrm{D} \geqslant 0 \tag{4.3.10}$$

式(4.3.10)表明,如果 Drucker 公设成立($W_\mathrm{D} \geqslant 0$),那么依留辛公设也一定成立,反之,如果依留辛公设成立则并不要求 $W_\mathrm{D} \geqslant 0$。就是说,Drucker 公设只是依留辛公设的充分条件,而不是必要条件。

由图 4.3.3,如果将应变循环 A_0ABC 转换到循环 $A_0'A_1B_1C_1$ 时,则有 $\mathrm{d}\sigma_{ij} < 0$,$\mathrm{d}\varepsilon_{ij}^p > 0$,所以有

$$\mathrm{d}\sigma_{ij}\,\mathrm{d}\varepsilon_{ij}^p < 0 \tag{4.3.11}$$

式(4.3.11)显然不满足 Drucker 公设。所以依留辛公设能适用于不稳定材料。需要说明的是,在推导依留辛公设的过程中用到了 Drucker 公设,因此依留辛公设同样需要满足塑性势面与屈服面相同的条件。

3. 关联流动与非关联流动法则

塑性位势理论中,把确定塑性应变增量各分量间的相互关系,即规定塑性应变增量方向的一条规则称为流动法则。当应力状态到达屈服面后,该应力状态下的塑性应变增量 $\mathrm{d}\varepsilon_{ij}^p$ 可通过塑性势面 g 来确定其大小和方向。当假设应力空间与应变空间相重合时,该应力状态下的塑性势函数的梯度方向即为经过该点的塑性应变增量的方向:

$$\mathrm{d}\varepsilon_{ij}^p = \mathrm{d}\lambda\,\frac{\partial g}{\partial \sigma_{ij}} \tag{4.3.12}$$

式中,$\mathrm{d}\lambda$ 为塑性因子(塑性乘子),且有 $\mathrm{d}\lambda \geqslant 0$。

式(4.3.12)确定了塑性应变增量的方向,也确定了塑性应变增量各分量的比

值。如果假定塑性势面与屈服面重合,即有 $g = f$,则称此时的流动法则为与屈服条件相关联的流动法则,简称关联流动法则,于是便有

$$\mathrm{d}\varepsilon_{ij}^{\mathrm{p}} = \mathrm{d}\lambda \frac{\partial g}{\partial \sigma_{ij}} = \mathrm{d}\lambda \frac{\partial f}{\partial \sigma_{ij}} \tag{4.3.13}$$

如果塑性势面与屈服面不重合,即有 $g \neq f$,则称此时的流动法则为与屈服条件不相关联的流动法则,简称非关联流动法则,如图 4.3.4 和图 4.3.5 所示。

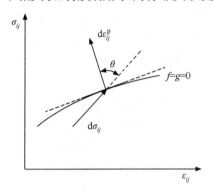

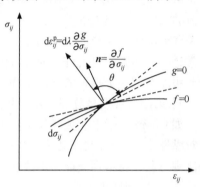

图 4.3.4　关联流动法则中的　　　　　图 4.3.5　非关联流动法则中的
　　　　屈服面和塑性势面　　　　　　　　　　屈服面和塑性势面

长期以来,人们所提出的岩石弹塑性本构模型中,主要采用的是关联和非关联流动法则,但是究竟什么情况下采用关联流动法则和什么情况下采用非关联流动法则的问题,并没有给出合适的标准来进行判别,而且,这两种流动法则是否可以概括所有岩石(岩土)种类的本构特性也没有定论。此外,即使对目前应用较广的关联和非关联流动法则也存在不同的观点,主要有如下四类观点:

1) 第一类观点是对关联流动法则进行修正

如 Brown 等[371]针对有些岩石类材料采用关联流动法则将产生过大的剪胀现象,对关联流动法则进行了修正,即改为

$$\mathrm{d}\varepsilon_{ij}^{\mathrm{p}} = \mathrm{d}\lambda \left[\frac{\partial f}{\partial \sigma_{ij}} + \frac{1}{3} \frac{\partial f}{\partial \sigma_{kk}} \delta_{ij} (1 - \xi) \right] \tag{4.3.14}$$

式中,ξ 为标量因子,取决于应力状态和塑性应变不变量。

2) 第二类观点是反对非关联流动法则

由于非关联流动法则缺乏像关联流动法则那样的理论基础,沈珠江[372]认为"非关联流动法则是一个不合理的概念,应予放弃";并在其专著中指出"非关联流动法则的采用大大增加了模型的复杂性,并且给数值计算带来了困难,是否是一个研究方向,尚是一个争议的问题"[373]。

3) 第三类观点是赞成非关联流动法则

如 Yong 等[374]认为本构模型中采用非关联流动法则可描述黏土的初始和应

力诱发的各向异性。Lade 等[375~377]认为非关联流动法则更符合实际,比较适用于砂土、黏土、混凝土、岩石等材料,并在提出的双屈服面模型中对体积屈服面采用关联流动法则,对剪切屈服面采用非关联流动法则。Dafalias[378]也指出在弹塑性耦合的情形下,在依留辛公设下的流动恰好是非关联的。王仁等[379]指出对于非关联流动法则,重要的特点是弹塑性矩阵$[D]^{ep}$为不对称的矩阵,这种材料不再符合 Drucker 公设;事实上,Drucker 公设是在弹性矩阵$[D]^e$不变的情形下推导出的关联流动法则。郑颖人等[380]提出广义塑性力学采用非关联流动法则,并指出"这种非关联流动法则与当前应用的非关联流动法则不同,当前应用的非关联流动法则常常是一个屈服面可允许对应任意假设的塑性势面,而广义塑性力学中只允许一个屈服面对应一个唯一的塑性势面"。

4) 第四类观点是分别采用关联流动法则和非关联流动法则

如 Chen[369]指出非关联流动法则常用于有较大内摩擦角的粒状材料(砂土);针对黏性土,采用关联流动法则在数值应用与计算能力上的优点要超过非关联流动法则对黏性材料预测能力的改进。杨光华[381]指出材料是否满足关联或非关联流动法则,应当取决于材料的变形特性,而不是人为规定。

针对目前的观点,应首先明确非关联流动法则是否有存在的必要,或关联流动法则是否是唯一的理论,除此之外是否还存在或需要其他的理论,结论是肯定的。但问题是此类理论还需要进一步研究。

4.3.4 加载准则

在塑性变形中,当应力状态随着屈服面 f 的发展,为确保应力状态不离开屈服面,即

$$\mathrm{d}f = \frac{\partial f}{\partial \sigma_{ij}}\mathrm{d}\sigma_{ij} + \frac{\partial f}{\partial H}\mathrm{d}H = 0 \tag{4.3.15}$$

式中,H 是反映塑性变形历史的强化参数。

加载或中性变载时,与应力状态相应的点保持在屈服面上,卸载时应力点退回到当前屈服面的内侧。由于在塑性状态下材料在加载、中性变载和卸载时表现出不同的本构规律,所以给出加卸载准则对建立弹塑性增量本构理论具有重要意义。

对于岩石类强化材料,有如下加卸载准则:

$$\begin{cases} f = 0, & \dfrac{\partial f}{\partial \sigma_{ij}}\mathrm{d}\sigma_{ij} > 0, & \text{加载} \\[2mm] f = 0, & \dfrac{\partial f}{\partial \sigma_{ij}}\mathrm{d}\sigma_{ij} = 0, & \text{中性变载} \\[2mm] f = 0, & \dfrac{\partial f}{\partial \sigma_{ij}}\mathrm{d}\sigma_{ij} < 0, & \text{卸载} \end{cases} \tag{4.3.16}$$

加载时,塑性应变变化,H 也随着变化,因此有 $\mathrm{d}H \neq 0$;而中性变载和卸载这

两种情况,不产生新的塑性应变,H 也就不变化,因此有 $dH = 0$。

对于理想弹塑性材料,其一致性条件为

$$df = \frac{\partial f}{\partial \sigma_{ij}} d\sigma_{ij} = 0 \qquad (4.3.17)$$

则其加卸载准则为

$$\begin{cases} f = 0, & \dfrac{\partial f}{\partial \sigma_{ij}} d\sigma_{ij} = 0, & \text{加载} \\[3mm] f = 0, & \dfrac{\partial f}{\partial \sigma_{ij}} d\sigma_{ij} < 0, & \text{卸载} \end{cases} \qquad (4.3.18)$$

由此,可看出针对强化材料和理想弹塑性材料要分别采用不同的加卸载准则。

4.4　含瓦斯煤岩有效应力原理

Terzaghi 在研究土力学时,提出了著名的有效应力原理[256],并建立了一维的固结模型。Terzaghi 给出的有效应力为介质外部正应力和内部孔隙压力的简单差值,它对松散度较大的土介质来说,其具有足够的精度,并在土力学的工程实践中发挥过很好的作用,但在许多情形下,尤其在高压条件下大量有关岩石在孔隙流体作用下变形的观测与研究认为对于胶结程度较高的多孔介质岩石和煤岩来说,将产生一定的偏差[294~296]。本节主要介绍不考虑损伤和考虑损伤时的含瓦斯煤岩的有效应力两个方面的内容。

4.4.1　不考虑损伤的含瓦斯煤岩有效应力[296,382,383]

赋存于煤系地层中的多孔介质煤受到二个基本应力作用,一是作用在煤体介质上的地应力,称之为总应力 (σ);一是作用在煤体孔隙中的瓦斯应力,称之为孔隙压力 (p);煤体变形和破坏是由作用在煤体骨架上的平均应力所决定的,称之为有效应力 (σ_{eff})。多孔介质煤体的变形存在二种变形机制,一种骨架颗粒本身的变形导致煤体的整体变形,称之为本体变形,煤粒本身的本体变形可认为是可逆的弹性过程;另一种是骨架颗粒之间的相对位移而导致的介质的整体变形,称之为结构变形,结构变形是多孔介质煤的不可逆的永久性塑性变形。

1. 本体有效应力 $(\sigma_{\text{eff}}^{\text{P}})$

多孔介质的本体变形是由固体骨架的性质所决定,本体有效应力定义为作用在整个多孔介质上并能使多孔介质产生本体变形的应力,其大小取决于骨架平均应力 (σ_{b}) 的大小。在多孔介质内部取一截面,如图 4.4.1 所示,其截面积为 A,在该截面上对整个介质施加一总应力 σ,则可根据受力平衡原理,得到

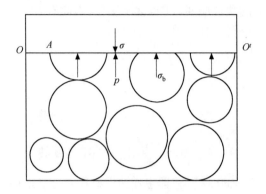

图 4.4.1　多孔介质本体应力关系分析图

$$\sigma A = p\varphi A + \sigma_b(1-\varphi_p)A \tag{4.4.1}$$

式中，A 为 σ 的作用面积；$\varphi_p A$ 为 p 的平均作用面积；$(1-\varphi_p)A$ 为 σ_b 平均作用面积。

由(4.4.1)式可以推导出

$$\sigma = p\varphi_p + \sigma_b(1-\varphi_p) \tag{4.4.2}$$

把 σ_b 折算到整个介质横截面面积之上，可得到多孔介质的本体有效应力：

$$\sigma_{eff}^p = \sigma_b(1-\varphi_p)A/A = \sigma_b(1-\varphi_p) \tag{4.4.3}$$

式中，φ_p 为与本体有效应力对应的孔隙度。

把式(4.4.3)代入式(4.4.2)就可以得到

$$\sigma_{eff}^p = \sigma - \varphi_p p \tag{4.4.4}$$

2. 结构有效应力（σ_{eff}^s）

含瓦斯煤岩在力的作用下可产生不可恢复的相对位移，即含瓦斯煤岩在外力的作用下呈现出黏性特征。含瓦斯煤岩的黏性流动常常表现为蠕变或流变的时变性质[384]。含瓦斯煤岩的结构变形的产生取决于煤粒之间的触点应力，而与煤粒内部的应力状态无关。如图 4.4.2 所示，取一由触点连成的曲面 OO'。设 A_{ci} 为第 i 个触点应力的垂直分量 σ_{ci} 的作用面积的垂向投影面积，则下面的应力平衡关系式成立：

$$A\sigma = \sum \sigma_{ci}A_{ci} + p(A - \sum A_{ci}) \tag{4.4.5}$$

令 $\sigma_{eff}^s = \sum \sigma_{ci}A_{ci}/A$，$\varphi_s = A - \sum A_{ci}/A$，式(4.4.5)则可以写成

$$\sigma_{eff}^s = \sigma - p\varphi_s \tag{4.4.6}$$

式中，φ_s 为与本体有效应力对应的孔隙度。

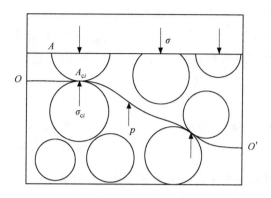

图 4.4.2　多孔介质本体应力关系分析图

　　显然 σ_{eff}^{s} 为所有触点应力在多孔介质煤岩横截面上折算应力之和,其大小决定着煤岩骨架颗粒之间空间结构的变化,因而也决定介质的结构变形,也称之为结构有效应力。若令 $h = \dfrac{A(1-\varphi_{p}) - \sum A_{ci}}{A(1-\varphi_{p})}$,则有

$$\varphi_{s} = \varphi - h(1-\varphi), \quad 0 < h < 1 \tag{4.4.7}$$

式中,φ_{s} 为触点处孔隙面积占整个煤岩介质横截面面积的百分数,也称之为触点孔隙度,h 为反映多孔介质煤岩胶结状况的参数。

3. 含瓦斯煤岩双重有效应力的应用原则

　　在研究含瓦斯煤岩的力学性质时,如果不加区分而直接引用在土力学中广泛应用的 Terzaghi 方程这显然是不科学的。这是因为对胶结程度较低的点接触的岩土来说,$\varphi_{s} \to 1$,σ_{eff}^{s} 与 Terzaghi 有效应力 $\sigma_{eff}^{T} = \sigma - p$ 几乎完全相等,这时取 $\varphi_{s} = 1$ 不仅可以简化工程计算,还可以提高工程的安全系数。但对胶结程度较高的煤岩来说,由于煤岩的孔隙率一般都小于 0.2,使用 Terzaghi 有效应力方程将会造成较大的误差。孔隙度是多孔介质重要的结构参数,没有孔隙度的参与,有效应力的计算公式无法反映多孔介质的结构特性,因而是不完整也是不妥当的。含瓦斯煤岩中存在两个有效应力,这是由煤的多孔性决定的。每一个有效应力反映了多孔介质煤的不同方面的力学性质。本体有效应力决定煤的本体变形性质,而结构有效应力则决定煤的结构变形性质。

　　含瓦斯煤岩在外部应力和瓦斯压力作用下,其变形和破坏在不同的作用阶段均受双重有效应力制约,只是在不同的作用阶段某一种有效应力占主导作用。煤的应变张量分量 ε_{ij} 是有效应力 $(\sigma_{eff}^{p})_{ij}$ 和 $(\sigma_{eff}^{s})_{ij}$ 的函数,含瓦斯煤岩的应力-应变的本构关系可表述为

$$\varepsilon_{ij} = f\big[(\sigma_{eff}^{p})_{ij}, (\sigma_{eff}^{s})_{ij}\big] \tag{4.4.8}$$

为工程应用方便,可定义一含瓦斯煤的等效有效应力 $\boldsymbol{\sigma}_{\mathrm{eff}} = \boldsymbol{\sigma} - \varphi p$,这样在不同的含瓦斯煤的变形阶段,可用等效孔隙度 φ 将本体有效应力和结构有效应力统一起来,在线弹性变形阶段有 $\varphi \to \varphi_{\mathrm{p}}$,在应变强化阶段有 $\varphi_{\mathrm{p}} \leqslant \varphi \leqslant \varphi_{\mathrm{s}}$,在极限破坏阶段有 $\varphi \to \varphi_{\max}$。用公式表达为

$$\boldsymbol{\sigma}_{\mathrm{eff}} = \boldsymbol{\sigma} - \varphi p \delta_{ij}, \quad \varphi = \begin{cases} \varphi_{\mathrm{p}}, & \text{弹性变形阶段} \\ \varphi_{\mathrm{s}}, & \text{应变强化阶段} \\ \varphi_{\max}, & \text{极限破坏阶段} \end{cases} \quad (4.4.9)$$

4. 考虑瓦斯吸附膨胀效应的含瓦斯煤岩有效应力

当煤样吸附瓦斯时会产生膨胀应力,并对煤样的蠕变特性产生重要影响。膨胀应力 (σ_{sw}) 可以通过以下的公式计算得到[280]:

$$\sigma_{\mathrm{sw}} = \frac{2a\rho R_0 T(1 - 2\upsilon)\ln(1 + bp)}{3V_{\mathrm{m}}} \quad (4.4.10)$$

式中,a 和 b 为瓦斯吸附常数;p 为瓦斯压力;υ 为煤岩泊松比;ρ 为密度;$R_0 = 8.3143$,为摩尔气体常数;T 为绝对温度;$V_{\mathrm{m}} = 22.4 \times 10^{-3} \mathrm{m}^3/\mathrm{mol}$ 为摩尔体积。

考虑到式(4.4.9),不考虑损伤时的含瓦斯煤岩有效应力表示为

$$\boldsymbol{\sigma}' = \boldsymbol{\sigma}_{\mathrm{eff}} - \sigma_{\mathrm{sw}} = \boldsymbol{\sigma} - \delta_{ij}\left[\varphi p + \frac{2a\rho R_0 T(1 - 2\upsilon)\ln(1 + bp)}{3V_{\mathrm{m}}}\right] \quad (4.4.11)$$

式中,δ_{ij} 为 Kronecker 符号;φ 为含瓦斯煤岩的等效孔隙度。

4.4.2　考虑损伤的含瓦斯煤岩有效应力

如果考虑含瓦斯煤岩变形过程中的损伤效应,则此时含瓦斯煤岩的有效应力就不能用上述的公式(4.4.11)来计算,当煤岩内部微孔隙表面吸附瓦斯气体后会发生体积膨胀,并表现出外在的膨胀应力。因此也不能用式(4.2.7)和式(4.2.12)来计算,因此需要重新考虑含瓦斯煤岩有效应力的计算公式。

根据多孔介质的有效应力原理[296],综合(4.4.11)、式(4.2.8)、式(4.2.12)就可以得到含瓦斯煤岩损伤时的有效应力计算公式。

各向同性损伤条件下,含瓦斯煤岩损伤时的有效应力 ($\tilde{\sigma}'$) 为

$$\tilde{\sigma}'_{ij} = \frac{\sigma_{ij} - \delta_{ij}\left[\varphi p + \dfrac{2a\rho R_0 T(1 - 2\upsilon)\ln(1 + bp)}{3V_{\mathrm{m}}}\right]}{1 - D} \quad (4.4.12)$$

各向异性损伤条件下,含瓦斯煤岩损伤时的有效应力 ($\tilde{\sigma}'$) 为

$$\tilde{\sigma}'_{ij} = \frac{\sigma_{ij} - \delta_{ij}\left[\varphi p + \dfrac{2a\rho R_0 T(1 - 2\upsilon)\ln(1 + bp)}{3V_{\mathrm{m}}}\right]}{1 - D_{ij}} \quad (4.4.13)$$

4.5　含瓦斯煤岩弹塑性耦合损伤本构模型的建立

在采矿工程中,由于采掘作业将导致原岩应力的重新分布及裂纹、裂隙的扩展,并对采掘空间的围岩稳定性产生重要影响。微裂纹的产生与传播能同时导致塑性变形和材料损伤效应,从而降低材料的强度和刚度[385]。因此,建立能描述材料在不同载荷条件下力学特性及行为的本构模型势在必行。在三维压缩条件下,随着载荷的逐渐增加,地质材料内部微裂纹的传播与错动不断加剧,最终导致非线性应力-应变关系、弹性模量的减小、变形的各向异性、体积膨胀以及不可逆塑性变形等一系列结果。一般地,这些诱发现象可以利用连续介质损伤力学及塑性理论来描述。由 4.4.2 节分析可知,塑性变形与损伤的耦合效应可以利用各向同性损伤或各向异性损伤因子在各向同性损伤强化假设基础上建立起来。各向同性损伤模型由于其简单易行的优点而得到了广泛的应用,如 Hansen 等[386]、Shao 等[176,387]、Salari 等[174]、Jia 等[388] 及 Mohamad-Hussein 等[177]学者,他们建立的都是各向同性的损伤模型。然而各向异性损伤模型却要复杂得多,如 Qi 等[82]、Chiarelli 等[173]、Pellet 等[57]、Challamel 等[175]、Menzel 等[389]、Shao 等[85] 和 Cicckli 等[390]所建立的模型,这些模型也不是绝对意义上的各向异性损伤模型,而是作了一定的假设及简化的等效各向异性损伤模型。因为真正的各向异性模型不但建模复杂,而且应用起来也很困难,况且在处理实际工程问题时做一些相应的简化是可行也是必要的。

4.5.1　热力学框架

在小变形假设条件下,含瓦斯煤岩的总应变同样可以表示为弹性应变($\boldsymbol{\varepsilon}^{e}$)与塑性应变($\boldsymbol{\varepsilon}^{p}$)的总和:

$$\boldsymbol{\varepsilon} = \boldsymbol{\varepsilon}^{e} + \boldsymbol{\varepsilon}^{p} \tag{4.5.1}$$

根据连续介质力学和不可逆热力学理论,可以利用内变量来描述材料的变形等物理现象。根据不可逆热力学原理,热力学第二定律可表示为

$$\boldsymbol{\sigma}' : \dot{\boldsymbol{\varepsilon}} - \rho(\dot{\psi} + s\dot{T}) - \frac{1}{T}\boldsymbol{q} \cdot \nabla T \geqslant 0 \tag{4.5.2}$$

式中,$\boldsymbol{\sigma}'$ 为无损伤的有效应力张量;$\boldsymbol{\varepsilon}$ 为应变张量;ψ 为自由能;s 为熵;$\boldsymbol{q}$ 为热流矢量。

视含瓦斯煤岩的变形为等温过程,则式(4.5.2)可以表示为:

$$\boldsymbol{\sigma}' : \dot{\boldsymbol{\varepsilon}} - \rho\dot{\psi} \geqslant 0 \tag{4.5.3}$$

视 Helmholtz 自由能为热力势,同时假设弹性应变($\boldsymbol{\varepsilon}^{e}$)、累积塑性应变($\varepsilon^{ep}$)和损伤张量($\boldsymbol{D}$)为能描述含瓦斯煤岩变形的内变量。于是 Helmholtz 自由能可

表示为

$$\psi = \psi(\boldsymbol{\varepsilon}^{e}, \varepsilon^{ep}, \boldsymbol{D}) \tag{4.5.4}$$

式中，$\boldsymbol{D}$ 为各向异性二阶损伤张量，ε^{ep} 用来描述含瓦斯煤岩的塑性强化过程。

将 Helmholtz 自由能分解为弹性部分和塑性部分：

$$\psi = \psi^{e}(\boldsymbol{\varepsilon}^{e}, \boldsymbol{D}) + \psi^{p}(\varepsilon^{ep}, \boldsymbol{D}) \tag{4.5.5}$$

对式(4.5.5)求时间导数，得到

$$\dot{\psi} = \frac{\partial \psi^{e}}{\partial \boldsymbol{\varepsilon}^{e}} : \dot{\boldsymbol{\varepsilon}}^{e} + \frac{\partial \psi^{p}}{\partial \varepsilon^{ep}} \dot{\varepsilon}^{ep} + \frac{\partial \psi}{\partial \boldsymbol{D}} : \dot{\boldsymbol{D}} \tag{4.5.6}$$

于是式(4.5.3)可写成如下形式：

$$\boldsymbol{\sigma}' : \dot{\boldsymbol{\varepsilon}}^{p} + \left(\boldsymbol{\sigma}' - \rho \frac{\partial \psi^{e}}{\partial \boldsymbol{\varepsilon}^{e}} \right) : \dot{\boldsymbol{\varepsilon}}^{e} - \rho \frac{\partial \psi^{p}}{\partial \varepsilon^{ep}} \dot{\varepsilon}^{ep} - \rho \frac{\partial \psi}{\partial \boldsymbol{D}} : \dot{\boldsymbol{D}} \geqslant 0 \tag{4.5.7}$$

式中，$\dot{\boldsymbol{\varepsilon}}^{p}$ 为塑性应变率。

于是可得到与内变量相关的关联变量求取表达式[391]：

$$\boldsymbol{\sigma}' = \rho \frac{\partial \psi^{e}}{\partial \boldsymbol{\varepsilon}^{e}}, \quad R = \rho \frac{\partial \psi^{p}}{\partial \varepsilon^{ep}}, \quad \boldsymbol{Y} = -\rho \frac{\partial \psi}{\partial \boldsymbol{D}} \tag{4.5.8}$$

由热力学第二定律，可以将耗散势（$\boldsymbol{\Omega}$）分解为塑性部分（$\boldsymbol{\Omega}^{p}$）和损伤部分（$\boldsymbol{\Omega}^{d}$）：

$$\boldsymbol{\Omega} = \boldsymbol{\Omega}^{p}(\boldsymbol{\sigma}', \varepsilon^{ep}) + \Omega^{d}(\boldsymbol{D}) \geqslant 0 \tag{4.5.9}$$

式中：

$$\boldsymbol{\Omega}^{p}(\boldsymbol{\sigma}', \varepsilon^{ep}) = \boldsymbol{\sigma}' : \dot{\boldsymbol{\varepsilon}}^{p} - R\dot{\varepsilon}^{ep} \geqslant 0 \tag{4.5.10}$$

$$\Omega^{d}(\boldsymbol{D}) = \boldsymbol{Y} : \dot{\boldsymbol{D}} \geqslant 0 \tag{4.5.11}$$

利用式(4.5.10)和式(4.5.11)，耗散势就可以表示为

$$\boldsymbol{\Omega} = \boldsymbol{\sigma}' : \dot{\boldsymbol{\varepsilon}}^{p} - R\dot{\varepsilon}^{ep} + \boldsymbol{Y} : \dot{\boldsymbol{D}} \geqslant 0 \tag{4.5.12}$$

值得注意的是，耗散势面对于热动力学广义力（$\boldsymbol{\sigma}', R, \boldsymbol{Y}$）必须是外凸的。根据 Voyiadjis 等所提出的方法[178]，可定义目标函数 Π 为

$$\Pi = \boldsymbol{\Omega} - \dot{\lambda}^{p} g^{p} - \dot{\lambda}^{d} g^{d} \tag{4.5.13}$$

式中，$\dot{\lambda}^{p}$ 为塑性乘子；$\dot{\lambda}^{d}$ 为损伤乘子；g^{p} 为塑性耗散势能；g^{d} 为损伤耗散势能。

根据最大耗散原理[392,393]，通过以下运算便可使目标函数取极大值：

$$\frac{\partial \Pi}{\partial \boldsymbol{\sigma}'} = 0, \quad \frac{\partial \Pi}{\partial R} = 0, \quad \frac{\partial \Pi}{\partial \boldsymbol{Y}} = 0 \tag{4.5.14}$$

将式(4.5.12)和式(4.5.13)代入式(4.5.14)，便可得到热力学演化准则：

$$\dot{\boldsymbol{\varepsilon}}^{p} = \dot{\lambda}^{p} \frac{\partial g^{p}}{\partial \boldsymbol{\sigma}'}, \quad \dot{\varepsilon}^{ep} = \dot{\lambda}^{p} \frac{\partial g^{p}}{\partial R}, \quad \dot{\boldsymbol{D}} = \dot{\lambda}^{d} \frac{\partial g^{d}}{\partial \boldsymbol{Y}} \tag{4.5.15}$$

考虑到 $f^{p} = f^{p}(\boldsymbol{\sigma}', R, \boldsymbol{D}) = 0$ 为塑性加载条件，$f^{d} = f^{d}(\boldsymbol{Y}, \boldsymbol{D})$ 为损伤加载条件，因此，塑性和损伤一致性条件就可表示为

$$\dot{f}^{p} = \frac{\partial f^{p}}{\partial \boldsymbol{\sigma}'} : \dot{\boldsymbol{\sigma}}' + \frac{\partial f^{p}}{\partial R} \dot{R} + \frac{\partial f^{p}}{\partial \boldsymbol{D}} : \dot{\boldsymbol{D}} = 0 \tag{4.5.16}$$

$$\dot{f}^{\mathrm{d}} = \frac{\partial f^{\mathrm{d}}}{\partial \boldsymbol{Y}} : \dot{\boldsymbol{Y}} + \frac{\partial f^{\mathrm{d}}}{\partial \boldsymbol{D}} : \dot{\boldsymbol{D}} = 0 \qquad (4.5.17)$$

4.5.2　弹塑性描述

在增量型的本构模型中,可以通过塑性屈服准则、塑性强化准则和塑性流动法则来确定塑性变形率。对于岩石类材料,在三轴压缩实验中随着围压的增加,脆性到延性的转化程度就越明显。也就是说材料的力学行为在很大程度上依赖于围压的大小。为描述这种现象,在此采用 Pietruszczak 提出的非线性的屈服准则[394]。为简单起见,该准则可以表达为

$$f^{\mathrm{p}}(\boldsymbol{\sigma}', \alpha_{\mathrm{p}}, \boldsymbol{D}) = \sigma_{\mathrm{eq}}' - \alpha_{\mathrm{p}} R_{\mathrm{c}} \sqrt{A_0 \left(C_{\mathrm{s}} + \frac{\sigma_{\mathrm{H}}'}{R_{\mathrm{c}}} \right)} = 0 \qquad (4.5.18)$$

式中, $\sigma_{\mathrm{H}}' = \frac{1}{3} \mathrm{tr} \boldsymbol{\sigma}'$, 为无损伤时的有效平均应力; $\boldsymbol{\sigma}_{\mathrm{eq}}' = \sqrt{3 J_2'} = \sigma_{\mathrm{eq}} (J_2' = \frac{1}{2} \sigma_{ij}'^{\mathrm{D}} \sigma_{ij}'^{\mathrm{D}} = \frac{1}{2} \sigma_{ij}^{\mathrm{D}} \sigma_{ij}^{\mathrm{D}} = J_2$), 为无损伤时的等效偏斜应力; R_{c} 为单轴抗压强度; C_{s} 为材料内聚力系数; A_0 为破坏面曲率。

塑性强化可以利用函数 α_{p} 来描述, α_{p} 为累积塑性应变 $\varepsilon^{\mathrm{ep}} = \sqrt{\frac{2}{3} \boldsymbol{\varepsilon}^{\mathrm{p}} : \boldsymbol{\varepsilon}^{\mathrm{p}}}$ 的单调递增函数。假设塑性流动与应变强化相关联,这样就可以认为损伤是导致材料的软化唯一原因,而且损伤通过减小塑性应变率来影响塑性流动。根据前人的工作,塑性强化能可以表示为[176]

$$\rho \psi^{\mathrm{p}}(\varepsilon^{\mathrm{ep}}, \boldsymbol{D}) = (1 - \chi D_{\mathrm{H}}) \rho \psi_0^{\mathrm{p}}(\varepsilon^{\mathrm{ep}}) \qquad (4.5.19)$$

式中, $D_{\mathrm{H}} = \frac{1}{3} \mathrm{tr} \boldsymbol{D}$, 为平均损伤; $\rho \psi_0^{\mathrm{p}}(\varepsilon^{\mathrm{ep}})$ 为无损材料的塑性强化能。系数 $\chi \in [0,1]$ 用来描述塑性变形与损伤因子之间的耦合程度, $\chi = 0$ 表示两者之间没有耦合, $\chi = 1$ 表示两者之间完全耦合。根据文献[176]、[395],无损材料的塑性强化能可以表示为

$$\rho \psi_0^{\mathrm{p}} = [\alpha_{\mathrm{p}}^0 + (\alpha_{\mathrm{p}}^{\mathrm{m}} - \alpha_{\mathrm{p}}^0)] \varepsilon^{\mathrm{ep}} - (\alpha_{\mathrm{p}}^{\mathrm{m}} - \alpha_{\mathrm{p}}^0) \ln \frac{B_0 + \varepsilon^{\mathrm{ep}}}{B_0} \qquad (4.5.20)$$

式中, α_{p}^0 为塑性屈服启动阈值; $\alpha_{\mathrm{p}}^{\mathrm{m}}$ 为强化函数的最大值; B_0 为控制塑性强化率的常数。

根据式(4.5.8)第二式,塑性强化准则可以定义为

$$R = \alpha_{\mathrm{p}} = \frac{\partial \rho \psi^{\mathrm{p}}}{\partial \varepsilon^{\mathrm{ep}}} = (1 - \chi D_{\mathrm{H}}) \left[\alpha_{\mathrm{p}}^0 + \frac{(\alpha_{\mathrm{p}}^{\mathrm{m}} - \alpha_{\mathrm{p}}^0) \varepsilon^{\mathrm{ep}}}{B_0 + \varepsilon^{\mathrm{ep}}} \right] \qquad (4.5.21)$$

对于大多数地质材料来说,采用非关联流动法则来弥补关联流动法则在计算中所带来的体积膨胀过大的不足是合理的。这里采用 Drucker-Prager 准则为势

函数,描述如下:

$$g^{\mathrm{p}} = \sigma'_{\mathrm{eq}} + 3k_1\sigma'_{\mathrm{H}} - k_2 \tag{4.5.22}$$

式中,$k_1 = \dfrac{2\sin\varphi_{\mathrm{sw}}}{\sqrt{3}(3-\sin\varphi_{\mathrm{sw}})}$ 和 $k_2 = \dfrac{6C\cos\varphi_{\mathrm{sw}}}{\sqrt{3}(3-\sin\varphi_{\mathrm{sw}})}$ 为材料常数;φ_{sw} 为膨胀角;C_0 为材料内聚力。

随着载荷的不断增加,当材料变形达到屈服面时,由下式便可得到塑性应变率:

$$\dot{\boldsymbol{\varepsilon}}^{\mathrm{p}} = \dot{\lambda}^{\mathrm{p}}\frac{\partial g^{\mathrm{p}}}{\partial \boldsymbol{\sigma'}} \tag{4.5.23}$$

式中,$\dot{\lambda}^{\mathrm{p}}$ 表示塑性乘子。

Helmholtz 自由能的弹性部分可表达为

$$\rho\psi^{\mathrm{e}}(\boldsymbol{\varepsilon}^{\mathrm{e}},\boldsymbol{D}) = \frac{1}{2}(\boldsymbol{\varepsilon}-\boldsymbol{\varepsilon}^{\mathrm{p}}):\widetilde{\boldsymbol{E}}:(\boldsymbol{\varepsilon}-\boldsymbol{\varepsilon}^{\mathrm{p}}) \tag{4.5.24}$$

由式(4.5.8)第一式可以得到

$$\boldsymbol{\sigma'} = \rho\frac{\partial\psi^{\mathrm{e}}}{\partial\boldsymbol{\varepsilon}^{\mathrm{e}}} = \widetilde{\boldsymbol{E}}:(\boldsymbol{\varepsilon}-\boldsymbol{\varepsilon}^{\mathrm{p}}) \tag{4.5.25}$$

式中,$\widetilde{\boldsymbol{E}}$ 为有效弹性张量。

从而容易得到式(4.5.25)的率形式为

$$\dot{\boldsymbol{\sigma'}} = \dot{\widetilde{\boldsymbol{E}}}:(\boldsymbol{\varepsilon}-\boldsymbol{\varepsilon}^{\mathrm{p}}) + \widetilde{\boldsymbol{E}}:(\dot{\boldsymbol{\varepsilon}}-\dot{\boldsymbol{\varepsilon}}^{\mathrm{p}}) = -\dot{\boldsymbol{D}}^{\frac{1}{2}}\boldsymbol{\cdot}[\boldsymbol{E}_0:(\boldsymbol{\varepsilon}-\boldsymbol{\varepsilon}^{\mathrm{p}})]\boldsymbol{\cdot}\dot{\boldsymbol{D}}^{\frac{1}{2}} + \widetilde{\boldsymbol{E}}:(\dot{\boldsymbol{\varepsilon}}-\dot{\boldsymbol{\varepsilon}}^{\mathrm{p}}) \tag{4.5.26}$$

式中,$\boldsymbol{E}_0$ 为无损材料的初始弹性张量。

将式(4.5.15)第三式、式(4.5.18)、式(4.5.21)和式(4.5.26)代入式(4.5.16),就可以得到塑性一致性条件:

$$\left\{2\frac{\partial f^{\mathrm{p}}}{\partial\alpha_{\mathrm{p}}}\Big(\frac{\partial\alpha_{\mathrm{p}}}{\partial\boldsymbol{D}}:\frac{\partial g^{\mathrm{d}}}{\partial\boldsymbol{Y}}\Big) - \frac{\partial f^{\mathrm{p}}}{\partial\boldsymbol{\sigma'}}:\Big[\Big(\frac{\partial g^{\mathrm{d}}}{\partial\boldsymbol{Y}}\Big)\boldsymbol{\cdot}(\boldsymbol{E}_0:\boldsymbol{\varepsilon}^{\mathrm{e}})\Big]\right\}\dot{\lambda}^{\mathrm{d}}$$

$$+\left[\frac{\partial f^{\mathrm{p}}}{\partial\alpha_{\mathrm{p}}}\frac{\partial\alpha_{\mathrm{p}}}{\partial\boldsymbol{\varepsilon}^{\mathrm{ep}}}\Big(\frac{\partial\boldsymbol{\varepsilon}^{\mathrm{ep}}}{\partial\boldsymbol{\varepsilon}^{\mathrm{p}}}:\frac{\partial g^{\mathrm{p}}}{\partial\boldsymbol{\sigma'}}\Big) - \frac{\partial f^{\mathrm{p}}}{\partial\boldsymbol{\sigma'}}:\widetilde{\boldsymbol{E}}:\frac{\partial g^{\mathrm{p}}}{\partial\boldsymbol{\sigma'}}\right]\dot{\lambda}^{\mathrm{p}}$$

$$+\frac{\partial f^{\mathrm{p}}}{\partial\boldsymbol{\sigma'}}:\widetilde{\boldsymbol{E}}:\dot{\boldsymbol{\varepsilon}} = 0 \tag{4.5.27}$$

4.5.3　各向异性损伤描述

损伤变量可用来描述材料的刚度退化演化过程。实验结果表明,材料的损伤本质上是各向异性的[396]。由于材料性质的不同,各向异性程度也会各异,如果各向异性不太明显则可以将各向异性损伤等效为各向同性损伤来描述。在此作者采用了各向异性损伤变量来描述含瓦斯煤岩的损伤发展。根据 Helmholtz 自由能,与损伤因子相关联的共轭应力可表示为

$$Y = -\rho \frac{\partial \psi}{\partial \boldsymbol{D}} = -\frac{1}{2}(\boldsymbol{\varepsilon} - \boldsymbol{\varepsilon}^{\mathrm{p}}) : \frac{\mathrm{d}\widetilde{\boldsymbol{E}}}{\mathrm{d}\boldsymbol{D}} : (\boldsymbol{\varepsilon} - \boldsymbol{\varepsilon}^{\mathrm{p}}) - \rho \frac{\partial \psi^{\mathrm{p}}(\boldsymbol{\varepsilon}^{\mathrm{ep}}, \boldsymbol{D})}{\partial \boldsymbol{D}} \quad (4.5.28)$$

损伤的发展可以通过下面的损伤准则来确定：

$$f^{\mathrm{d}}(\boldsymbol{Y}, \boldsymbol{D}) = \boldsymbol{Y} - \kappa(\boldsymbol{D})\mathbf{1} \leqslant 0 \quad (4.5.29)$$

式中, $\kappa(\boldsymbol{D})$ 为损伤函数, 且具有以下的形式：

$$\kappa(\boldsymbol{D}) = Y_0 + m_{\mathrm{D}} D_{\mathrm{H}} \quad (4.5.30)$$

式中, Y_0 是损伤启动阈值; m_{D} 是控制损伤发展的常数。

这里采用关联的耗散准则, 于是有 $f^{\mathrm{d}} = g^{\mathrm{d}}$。因此便可通过式(4.5.15)第三式得到损伤演化方程：

$$\dot{\boldsymbol{D}} = \dot{\lambda}^{\mathrm{d}} \frac{\partial f^{\mathrm{d}}}{\partial \boldsymbol{Y}} = \dot{\lambda}^{\mathrm{d}}\mathbf{1} \quad (4.5.31)$$

式中的损伤乘子可以利用损伤一致性条件确定。将式(4.5.28)和式(4.5.29)代入式(4.5.17), 就可得到损伤一致性条件：

$$\frac{\mathrm{d}\kappa(\boldsymbol{D})}{\mathrm{d}\boldsymbol{D}} : \dot{\lambda}^{\mathrm{d}}\mathbf{1} + \mathbf{1} : \left(\frac{\mathrm{d}\widetilde{\boldsymbol{E}}}{\mathrm{d}\boldsymbol{D}} : \dot{\boldsymbol{\varepsilon}}^{\mathrm{e}}\right) : \dot{\boldsymbol{\varepsilon}}$$

$$+ \left[\frac{\partial \boldsymbol{Y}}{\partial \boldsymbol{\varepsilon}^{\mathrm{e}}} : \frac{\partial g^{\mathrm{p}}}{\partial \boldsymbol{\sigma}'} - \frac{\partial \boldsymbol{Y}}{\partial \boldsymbol{\varepsilon}^{\mathrm{ep}}}\left(\frac{\partial \boldsymbol{\varepsilon}^{\mathrm{ep}}}{\partial \boldsymbol{\varepsilon}^{\mathrm{p}}} : \frac{\partial g^{\mathrm{p}}}{\partial \boldsymbol{\sigma}'}\right)\right] : \dot{\lambda}^{\mathrm{p}}\mathbf{1} = 0 \quad (4.5.32)$$

很显然, 联立式(4.5.27)和式(4.5.32)便可解出塑性乘子和损伤乘子。一旦确定了塑性乘子与损伤乘子, 便可以通过式(4.5.25)获得含瓦斯煤岩的本构方程。

假设含瓦斯煤岩的损伤为横观各向同性损伤, 则有

$$D_{11} \neq 0; \ D_{22} = D_{33} \neq 0 \quad (4.5.33)$$

及

$$\dot{D}_{11} \neq 0; \ \dot{D}_{22} = \dot{D}_{33} \neq 0 \quad (4.5.34)$$

4.5.4　模型参数的确定与实验验证

为描述不同应力条件下的含瓦斯煤岩的力学性质和行为, 模型中的各个参数需要根据实验结果来确定。模型中所涉及的所有参数都可以通过瓦斯吸附实验和常规三轴实验来获取。参数 a 和 b 可以通过瓦斯吸附实验数据拟合得到, 弹性模量 E_0 与泊松比 υ 的平均值可以利用应力-应变曲线的线性段的数据得到, 与破坏面相关的常数 A_0、C_{s} 和 R_{c} 可以在有效应力 σ'_{H}-σ'_{eq} 平面中得到, 初始屈服阈值 α_{p}^0 可以用应力-应变曲线上的塑性变形启动应力确定, 常数 $\alpha_{\mathrm{p}}^{\mathrm{m}}$ 可利用拟合峰值强度值得到, 膨胀角 φ_{sw} 可利用 σ'_{H} 与 σ'_{eq} 之间的关系得出, 内聚力 C_0 可通过莫尔应力圆得到, 塑性强化常数 B_0 可以根据式(4.5.21)拟合 α_{p} 与 $\varepsilon^{\mathrm{ep}}$ 两者之间的关系得到, 初始损伤阈值 Y_0 可由无损材料在卸载过程中开始出现弹性模量减小时的应力值得出, m_{D} 的值可以通过比较加卸载过程中弹性模量的变化来拟合得出。

与该模型相关的含瓦斯煤岩的典型参数值如表 4.5.1 所示。

表 4.5.1　模型的典型参数取值

材料初始孔隙度	瓦斯吸附常数	弹性参数	塑性参数		损伤参数
$\varphi_0=0.09$	$a=0.01416\ \mathrm{m^3/kg}$	$E_0=400\mathrm{MPa}$	$\alpha_\mathrm{p}^0=12.46\mathrm{MPa}$	$\varphi_\mathrm{sw}=20°$	$Y_0=0.03\mathrm{MPa}$
	$b=1.8\mathrm{MPa}$	$\upsilon=0.36$	$\alpha_\mathrm{p}^\mathrm{m}=17.8\mathrm{MPa}$	$R_\mathrm{c}=0.4\mathrm{MPa}$	$m_\mathrm{D}=1.5\mathrm{MPa}$
		$C_0=0.72\mathrm{MPa}$	$C_\mathrm{s}=0.1$		$\chi=1$
		$B_0=0.001$	$A_0=4$		

图 4.5.1 中给出了在 0.2MPa 瓦斯压力时的两种不同围压的试验结果与模型结果的比较。不难看出,实验值与理论值吻合得很好。

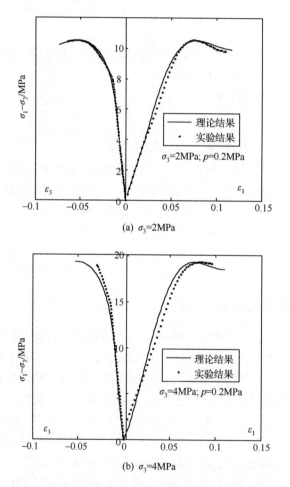

(a) $\sigma_3=2\mathrm{MPa}$

(b) $\sigma_3=4\mathrm{MPa}$

图 4.5.1　$p=0.2\mathrm{MPa}$ 的实验结果与理论结果比较

图 4.5.2、图 4.5.3 分别给出了两种给定的围压条件下,改变瓦斯压力的实验结果与理论结果的比较。显然,两者同样吻合很好。

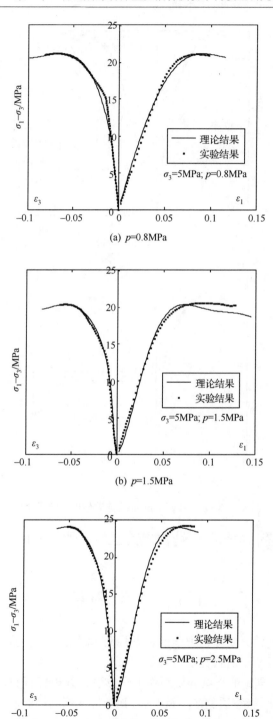

(a) p=0.8MPa

(b) p=1.5MPa

(c) p=2.5MPa

图 4.5.2　$\sigma_3 = 5$MPa 的实验结果与理论结果比较

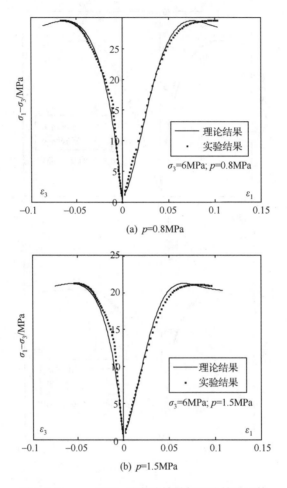

(a) p=0.8MPa

(b) p=1.5MPa

图 4.5.3　σ_3＝6MPa 的实验结果与理论结果比较

　　因此可以说,本书所提出的弹塑性耦合损伤模型能很好地反映含瓦斯煤岩的力学性质和行为。

4.6　本章小结

　　本章介绍了连续介质损伤力学的基本原理和方法,建立了含瓦斯煤岩的弹塑性耦合损伤本构模型。所得到的结果如下:

　　(1)基于唯象理论的连续介质损伤力学方法在处理岩石类材料在变形过程中所出现的刚度退化、微裂纹的产生及扩展、弹塑性变形、各向同性(异性)损伤、体积膨胀等等现象提供了简便可行的理论框架,利用连续介质损伤力学来建立含瓦斯煤岩的弹塑性耦合损伤本构模型和描述含瓦斯煤岩复杂应力条件下的力学行为是可行的。

（2）含瓦斯煤岩的变形受有效应力控制，含瓦斯煤岩的有效应力原理将考虑损伤的有效应力和没考虑损伤的有效应力统一起来，应用于含瓦斯煤岩弹塑性耦合损伤本构模型的建模过程，并综合瓦斯吸附所产生的膨胀应力的影响，使得所建立的本构模型更具一般性和普适性，同时也进一步完善了 Terzaghi 有效应力理论。

（3）在实验基础上和不可逆热力学框架内建立起来的用于描述含瓦斯煤岩三轴压缩下力学特性的弹塑性耦合损伤本构模型不但可以描述塑性变形和煤岩材料损伤之间的耦合效应，而且还可以充分反映含瓦斯煤岩的诸如弹塑性变形、体积膨胀、围压敏感、弹性模量的退化、各向异性损伤、材料的应变强化及软化等物理现象及力学行为。

（4）对比结果表明，实验值与理论值吻合得很好，说明所建立的含瓦斯煤岩弹塑性耦合损伤本构模型能有效描述含瓦斯煤岩在各种应力条件下的力学特性，而且模型中所涉及的所有材料参数都可以通过瓦斯吸附实验和常规三轴压缩实验结果获得。

第 5 章　含瓦斯煤岩固气耦合动态模型与数值模拟研究

流体在多孔介质内部的渗流过程中,由于孔隙压力的变化,一方面要引起多孔介质骨架有效应力变化,进而导致多孔介质的渗透率、孔隙度等的变化;另一方面,这些变化反过来影响孔隙流体的流动和压力的分布。所以,在研究多孔介质的变形特性或者裂隙流体在多孔介质中的流动规律时,必须考虑裂隙流体的流动和多孔介质变形的相互影响,即要考虑多孔介质内应力场与渗流场之间的耦合作用。为了研究煤矿井下的煤与瓦斯突出问题,近年来含瓦斯煤岩的固气耦合研究日益增多,并取得了很多有益的研究成果[253,275~279]。但是,在这些研究中,不是只局限于弹性分析,就是没有充分考虑含瓦斯煤岩孔隙度和渗透率的动态变化特性。根据含瓦斯煤岩的三轴压缩条件下的应力-应变曲线,由第 2 章中的含瓦斯煤岩的力学实验结果可知,含瓦斯煤岩在变形过程中,不仅仅只发生了弹性变形,还有不可忽视的塑性变形。而且,随着变形的增加,煤岩试样的孔隙度和渗透率都是动态变化的。为此,本章在前人的研究成果基础上,利用含瓦斯煤岩有效应力原理,在考虑瓦斯气体的可压缩性和含瓦斯煤岩骨架可变形性的前提下,以建立含瓦斯煤岩弹塑性固气耦合动态模型,并利用有限元方法给出模型的数值解。

5.1　基　本　假　设

煤层瓦斯固气耦合渗流规律的研究是一个复杂的问题,涉及流体力学、岩石力学等诸多学科,为研究这一问题,引入以下假设:

(1) 含瓦斯煤岩为各向同性弹塑性介质。

(2) 瓦斯在煤岩中达到吸附饱和状态。

(3) 煤层瓦斯含量遵守 Langmuir 方程。

(4) 煤层瓦斯渗流遵从 Darcy 定律。

(5) 煤层瓦斯可视为理想气体,且渗流按等温过程处理。

(6) 含瓦斯煤岩的变形为小变形。

5.2　孔隙度与渗透率的动态模型

含瓦斯煤岩在加载过程中,随着变形的增加,等效孔隙度(φ)和渗透率(k)是动态变化的。所以在建立含瓦斯煤岩固气耦合本构模型时,应考虑这些因素的变化和影响。

1) 当含瓦斯煤岩处于弹性变形阶段时

含瓦斯煤岩的骨架体积用 V_s 表示,其变化用 ΔV_s 表示;含瓦斯煤岩的孔隙体积用 V_p 表示,其变化用 ΔV_p 表示;总体积用 V_t 表示,其变化用 ΔV_t 表示。根据孔隙度的定义,有

$$\varphi_p = \frac{V_p}{V_t} = \frac{V_{p0} + \Delta V_p}{V_{t0} + \Delta V_t} = 1 - \frac{V_{s0}(1 + \Delta V_s/V_{s0})}{V_{t0}(1 + \Delta V_t/V_{t0})} = 1 - \frac{1 - \varphi_0}{1 + \varepsilon_v}(1 + \Delta V_s/V_{s0})$$

$$(5.2.1)$$

式中,V_{s0} 为含瓦斯煤岩的初始骨架体积;V_{t0} 为含瓦斯煤岩的初始总体积;φ_0 为含瓦斯煤岩的初始孔隙度;ε_v 为含瓦斯煤岩的体积应变。

一般情况下,通常认为固体的骨架是不变形的。但是在实际工程中,骨架颗粒或多或少是有变形的,因此在研究含瓦斯煤岩的固气耦合问题时,应该考虑含瓦斯煤岩的骨架变形。

由瓦斯压力变化引起的骨架体积变形为

$$\Delta V_s/V_{s0} = -\Delta p/K_s \qquad (5.2.2)$$

式中,K_s 为固体骨架的体积模量;$\Delta p = p - p_0$(p_0 为初始瓦斯压力),为瓦斯压力变化。

联立式(5.2.1)、式(5.2.2),便得到考虑骨架变形的孔隙度计算公式:

$$\varphi_p = 1 - \frac{1 - \varphi_0}{1 + \varepsilon_v}(1 - \Delta p/K_s) \qquad (5.2.3)$$

2) 当含瓦斯煤岩处于应变强化阶段时

此时可假定 φ_s 有如下形式:

$$\varphi_s = M\varphi\left(\frac{\bar{\sigma} - \sigma_s}{\sigma_c - \sigma_s}\right) + N \qquad (5.2.4)$$

式中,$\bar{\sigma}$ 为应力强度;M,N 为常数。

根据文献[397],岩石试件在受压情况下,当达到峰值强度时,开始出现宏观裂纹。因此,可以假设当载荷达到峰值应力 σ_c 时有 $\varphi_s = \varphi_{max}$,$\varphi_{max}$ 可由实验得到;而当载荷达到屈服应力 σ_s 时有 $\varphi_s = \varphi_p$。根据这两种情况,不难推导出 $M = (1 - \varphi_p)/\varphi_p$,$N = \varphi_p$,并将之代入式(5.2.4),得到

$$\varphi_s = (1 - \varphi_p)\left(\frac{\bar{\sigma} - \sigma_s}{\sigma_c - \sigma_s}\right) + \varphi_p \qquad (5.2.5)$$

整理后得到等效孔隙度的表达式:

$$\varphi = \begin{cases} \varphi_p, & \text{弹性变形阶段} \\ (\varphi_{max} - \varphi_p)\left(\dfrac{\bar{\sigma} - \sigma_s}{\sigma_c - \sigma_s}\right) + \varphi_p, & \text{应变强化阶段} \\ \varphi_{max}, & \text{极限破坏阶段} \end{cases} \qquad (5.2.6)$$

同理,含瓦斯煤岩的渗透率(k)也是动态变化的。设弹性变形阶段的含瓦斯煤岩的渗透率为k_e,根据渗流力学的 Kozeny-Carman 方程,结合文献[305]的研究结果,得到

$$k_e = \frac{k_0}{1+\varepsilon_v}\left[1 + \frac{\varepsilon_v}{\phi_0} + \frac{(\Delta p/K_s)(1-\phi_0)}{\phi_0}\right]^3 \tag{5.2.7}$$

式中,k_0 为初始渗透率。

采用与孔隙度同样的处理方法,便可得到含瓦斯煤岩渗透率(k)的动态变化方程:

$$k = \begin{cases} k_e, & \text{弹性变形阶段} \\ (k_{max}-k_e)\left(\dfrac{\bar{\sigma}-\sigma_s}{\sigma_c-\sigma_s}\right)+k_e, & \text{应变强化阶段} \\ k_{max}, & \text{极限破坏阶段} \end{cases} \tag{5.2.8}$$

式中,k_{max} 为极限破坏阶段渗透率,可由实验得到。

由式(5.2.6)、式(5.2.8)可以看出,等效孔隙度 φ 和渗透率 k 的值都不是常数,而是动态变化的。

5.3　有限单元法基本方程

有限单元法是将岩体工程研究对象用一种有多个彼此相互联系的单元体所组成的近似等价物理模型来代替。通过岩体结构及连续介质力学的基本原理及单元的物理特性建立起表征力和位移关系的方程组。解方程组求其基本未知量,并由此得到各个单元的应力、应变以及其他物理量。有限单元法可以分为位移型、平衡型和混合型三种,其中位移有限单元法更易实现复杂问题的系统化,且便于编程求解,更易推广到非线性和动力效应等其他方面。所以,位移有限单元法比其他类型的有限单元法应用更广泛。因此本节介绍的有限单元法的基本方程都是基于位移型有限单元法推导出来的。

对任意空间问题,单元节点位移列阵$\{\delta\}$可表示为

$$\{\delta\} = \begin{bmatrix} u_1 & v_1 & w_1 & u_2 & v_2 & w_2 & \cdots & u_m & v_m & w_m \end{bmatrix}^T \tag{5.3.1}$$

式中,u_i、v_i、w_i 表示单元第 i 个节点沿 x、y、z 方向的三个位移;m 为单元节点数。

单元内任意点的位移向量可表示为

$$\{u\} = \begin{Bmatrix} u \\ v \\ w \end{Bmatrix} = [N]\{\delta\} \tag{5.3.2}$$

式中,$[N]$为插值函数矩阵,可表示为

$$[N] = \begin{bmatrix} N_1 & 0 & 0 & N_2 & 0 & 0 & \cdots & N_m & 0 & 0 \\ 0 & N_1 & 0 & 0 & N_2 & 0 & \cdots & 0 & N_m & 0 \\ 0 & 0 & N_1 & 0 & 0 & N_2 & \cdots & 0 & 0 & N_m \end{bmatrix} \quad (5.3.3)$$

根据几何关系有

$$\{\varepsilon\} = [\partial]\{u\} = [\partial][N]\{\delta\} \quad (5.3.4)$$

式中，$[\partial]$ 为偏微分算子矩阵，表示为

$$[\partial]^{\mathrm{T}} = \begin{bmatrix} \dfrac{\partial}{\partial x} & 0 & 0 & \dfrac{\partial}{\partial y} & 0 & \dfrac{\partial}{\partial z} \\ 0 & \dfrac{\partial}{\partial y} & 0 & \dfrac{\partial}{\partial x} & \dfrac{\partial}{\partial z} & 0 \\ 0 & 0 & \dfrac{\partial}{\partial z} & 0 & \dfrac{\partial}{\partial y} & \dfrac{\partial}{\partial x} \end{bmatrix} \quad (5.3.5)$$

$\{\varepsilon\}$ 为单元应变列阵，$\{\varepsilon\} = [\varepsilon_x \quad \varepsilon_y \quad \varepsilon_z \quad \gamma_{xy} \quad \gamma_{yz} \quad \gamma_{zx}]^{\mathrm{T}}$，若记：

$$[B] = [\partial][N] \quad (5.3.6)$$

则有

$$\{\varepsilon\} = [B]\{\delta\} \quad (5.3.7)$$

式中，$[B]$ 称为单元应变矩阵，也称几何矩阵，表示为

$$[B] = [B_1 \quad B_2 \quad \cdots \quad B_m] \quad (5.3.8)$$

式中

$$[B_i] = \begin{bmatrix} \dfrac{\partial N_i}{\partial x} & 0 & 0 & \dfrac{\partial N_i}{\partial y} & 0 & \dfrac{\partial N_i}{\partial z} \\ 0 & \dfrac{\partial N_i}{\partial y} & 0 & \dfrac{\partial N_i}{\partial x} & \dfrac{\partial N_i}{\partial z} & 0 \\ 0 & 0 & \dfrac{\partial N_i}{\partial z} & 0 & \dfrac{\partial N_i}{\partial y} & \dfrac{\partial N_i}{\partial x} \end{bmatrix}^{\mathrm{T}}, i = 1, 2, \cdots, m$$

$$(5.3.9)$$

对于等参单元，$x = \displaystyle\sum_{i=1}^{m} N_i(\xi, \varsigma, \zeta) x_i$，$y = \displaystyle\sum_{i=1}^{m} N_i(\xi, \varsigma, \zeta) y_i$，$z = \displaystyle\sum_{i=1}^{m} N_i(\xi, \varsigma, \zeta) z_i$，则 $[B_i]$ 中各元素可由对局部坐标系 $\xi\varsigma\zeta$ 的坐标求导得到，即

$$\begin{Bmatrix} \dfrac{\partial N_i}{\partial x} \\ \dfrac{\partial N_i}{\partial y} \\ \dfrac{\partial N_i}{\partial z} \end{Bmatrix} = [J]^{-1} \begin{Bmatrix} \dfrac{\partial N_i}{\partial \xi} \\ \dfrac{\partial N_i}{\partial \varsigma} \\ \dfrac{\partial N_i}{\partial \zeta} \end{Bmatrix} \quad (5.3.10)$$

式中，$[J]^{-1}$ 为 Jacobi 矩阵的逆，Jacobi 矩阵为

$$[J] = \begin{bmatrix} \dfrac{\partial x}{\partial \xi} & \dfrac{\partial y}{\partial \xi} & \dfrac{\partial z}{\partial \xi} \\[2mm] \dfrac{\partial x}{\partial \varsigma} & \dfrac{\partial y}{\partial \varsigma} & \dfrac{\partial z}{\partial \varsigma} \\[2mm] \dfrac{\partial x}{\partial \zeta} & \dfrac{\partial y}{\partial \zeta} & \dfrac{\partial z}{\partial \zeta} \end{bmatrix} \tag{5.3.11}$$

根据式(5.3.7)和弹性本构方程,可得

$$\{\sigma\} = [E]\{\varepsilon\} = [E][B]\{\delta\} \tag{5.3.12}$$

式中,$\{\sigma\}$ 为单元应力列阵,$\{\sigma\} = [\sigma_x \quad \sigma_y \quad \sigma_z \quad \tau_{xy} \quad \tau_{yz} \quad \tau_{zx}]^{\mathrm{T}}$;$[E]$ 为弹性矩阵。

设单元节点的虚位移为 $\{\delta^*\}$,相应的虚应变为 $\{\varepsilon^*\}$,根据虚功原理有

$$\iiint_V \{\delta^*\}^{\mathrm{T}}[N]^{\mathrm{T}}\{b\}\mathrm{d}V + \iint_{A_n} \{\delta^*\}^{\mathrm{T}}[N]^{\mathrm{T}}\{\bar{F}\}\mathrm{d}A_n = \iiint_V \{\varepsilon^*\}^{\mathrm{T}}\{\sigma\}\mathrm{d}V$$

$$\tag{5.3.13}$$

式中,V 为单元体积;A_n 为单元面力作用面积;$\{b\}$ 为体积力列阵,$\{\bar{F}\}$ 为面力列阵。

式(5.3.13)化简后得到

$$\{\varepsilon^*\}^{\mathrm{T}}\{R\} = \{\varepsilon^*\}^{\mathrm{T}}[K_e]\{\delta\} \tag{5.3.14}$$

式中,$\{R\}$、$[K_e]$ 分别为单元的载荷列阵和单元刚度矩阵,可表示为

$$\{R\} = \iiint_V [N]^{\mathrm{T}}\{b\}\mathrm{d}V + \iint_{A_n} [N]^{\mathrm{T}}\{\bar{F}\}\mathrm{d}A_n \tag{5.3.15}$$

$$[k] = \iiint_V [B]^{\mathrm{T}}[D][B]\mathrm{d}V \sum_{i=1}^{m}\sum_{j=1}^{n}\sum_{k=1}^{l} ([B]^{\mathrm{T}}[D][B]\det J)_{ijk} W_i W_j W_k$$

$$\tag{5.3.16}$$

式中,m、n、l 分别是 ξ、ς、ζ 方向上的高斯积分点数目;$(\cdot)_{ijk}$ 表示取高斯积分点 $(\xi_m,\varsigma_n,\zeta_l)$ 处的值;W_i、W_j、W_k 为高斯积分点 $(\xi_m,\varsigma_n,\zeta_l)$ 处对应的加权因子。

由于 $\{\varepsilon^*\}$ 的任意性,式(5.3.14)可以写成

$$\{R\} = [K_e]\{\delta\} \tag{5.3.17}$$

设物体被划分成 m 个单元,则物体的总应变能等于各单元应变能之和,总外力虚功等于单元外力虚功之和。根据虚功方程:

$$\sum_{i=1}^{m} (\{\delta^*\}^{\mathrm{T}}\{R\}) = \sum_{i=1}^{m} (\{\delta^*\}^{\mathrm{T}}\{R\}\{\delta\}) \tag{5.3.18}$$

改写式(5.3.18),并使等式两边虚位移相乘的矩阵相等,从而得到总刚方程为

$$[K]\{U\} = \{\bar{R}\} \tag{5.3.19}$$

式中,$\{U\} = [u_1 \quad v_1 \quad w_1 \quad u_2 \quad v_2 \quad w_2 \quad \cdots \quad u_{m_1} \quad v_{m_1} \quad w_{m_1}]^{\mathrm{T}}$ 称为总位移列阵;m_1 为节点总数;$[K]$ 为总刚矩阵,由各单元的单元刚度矩阵组成;$\{\bar{R}\}$ 为总体

载荷列阵,由各单元载荷列阵组成。

　　在总刚方程中引入边界条件,求解得到总体位移列阵$\{U\}$,然后由几何方程和本构关系计算各单元的应变和应力分量。

5.4　平　衡　方　程

5.4.1　平衡方程基本格式

　　在小变形假设下,含瓦斯煤岩固气耦合的平衡方程可以表述为

$$\sigma_{ij,i} + X_i = 0 \tag{5.4.1}$$

式中,X_i 为体积力。

　　平衡方程用矩阵形式表示为

$$[\partial]^{\mathrm{T}}\{\sigma\} + \{X\} = 0 \tag{5.4.2}$$

式中,$[\partial]$ 为偏微分算子矩阵。

　　根据含瓦斯煤岩的有效应力原理(不考虑损伤),有

$$\begin{aligned}
\sigma_{ij} &= \sigma'_{ij} + \delta_{ij}\left[\varphi p + \frac{2a\rho R_0 T(1-2\upsilon)\ln(1+bp)}{3V_{\mathrm{m}}}\right] \\
&= E_{ijkl}\varepsilon^{\mathrm{e}}_{ij} + \delta_{ij}\left[\varphi p + \frac{2a\rho R_0 T(1-2\upsilon)\ln(1+bp)}{3V_{\mathrm{m}}}\right]
\end{aligned} \tag{5.4.3}$$

表示成矩阵为

$$\{\sigma\} = [E]\{\varepsilon^{\mathrm{e}}\} + \{M\}\varphi p + \{M\}\frac{2a\rho R_0 T(1-2\upsilon)\ln(1+bp)}{3V_{\mathrm{m}}} \tag{5.4.4}$$

式中,$[E]$ 为弹性矩阵,$\{M\} = \{1 \quad 1 \quad 1 \quad 0 \quad 0 \quad 0\}^{\mathrm{T}}$。

　　含瓦斯煤岩变形过程中有

$$\{\varepsilon^{\mathrm{e}}\} = \{\varepsilon\} - \{\varepsilon^{\mathrm{p}}\} \tag{5.4.5}$$

　　将式(5.4.5)代入式(5.4.4),有

$$\{\sigma\} = [E]\{\varepsilon\} - [E]\{\varepsilon^{\mathrm{p}}\} + \{M\}\varphi p + \{M\}\frac{2a\rho R_0 T(1-2\upsilon)\ln(1+bp)}{3V_{\mathrm{m}}} \tag{5.4.6}$$

则有

$$\{\sigma\} = [E][\partial]\{f\} - [E]\{\varepsilon^{\mathrm{p}}\} + \{M\}\varphi p + \{M\}\frac{2a\rho R_0 T(1-2\upsilon)\ln(1+bp)}{3V_{\mathrm{m}}} \tag{5.4.7}$$

式中,$\{\varepsilon\} = [\partial]\{f\}$;$\{f\} = \{u \quad v \quad w\}^{\mathrm{T}}$;$u$、$v$、$w$ 分别为 x、y、z 方向上的位移。

　　将式(5.4.7)代入式(5.4.2)中得到平衡方程的基本格式:

$$[\partial]^{\mathrm{T}}\left\{[E][\partial]\{f\} - [E]\{\varepsilon^{\mathrm{p}}\} + \{M\}\left[\varphi p + \frac{2a\rho R_0 T(1-2\upsilon)\ln(1+bp)}{3V_{\mathrm{m}}}\right]\right\}$$

$$+ \{X\} = 0 \tag{5.4.8}$$

考虑含瓦斯煤岩的损伤效应时，通过以上类似于不考虑损伤效应的推导，可得到考虑损伤的对应于式(5.4.8)平衡方程的基本格式：

$$[\partial]^{\mathrm{T}} \left\{ [\widetilde{E}][\partial]\{f\} - [\widetilde{E}]\{\varepsilon^{\mathrm{p}}\} + \{M\} \left[\varphi p + \frac{2a\rho R_0 T(1-2\upsilon)\ln(1+bp)}{3V_{\mathrm{m}}} \right] \right\}$$
$$+ \{X\} = 0 \tag{5.4.9}$$

式中，$[\widetilde{E}]$ 为考虑损伤的含瓦斯煤岩有效弹性矩阵。

5.4.2　平衡方程空间离散化

假设试函数为

$$\begin{cases} u \approx \bar{u} = \sum_{i=1}^{m} N_i u_i, \quad v \approx \bar{v} = \sum_{i=1}^{m} N_i v_i \\[2mm] w \approx \bar{w} = \sum_{i=1}^{m} N_i w_i, \quad p' \approx \bar{p}' = \sum_{i=1}^{m} N_i p'_i \\[2mm] p' = \varphi p + \dfrac{2a\rho R_0 T(1-2\upsilon)\ln(1+bp)}{3V_{\mathrm{m}}} \end{cases} \tag{5.4.10}$$

式中，m 为单元节点数；u_i、v_i、w_i 分别为节点 i 沿 x、y、z 三个方向的位移分量；N_i 为单元位移插值函数(也称形函数)在节点 i 处的值；p' 在此定义为含瓦斯煤岩的等效孔压。

将式(5.4.10)写成矩阵的形式为

$$\{f\} = \{u \quad v \quad w\}^{\mathrm{T}} \approx \{\bar{f}\} = \{\bar{u} \quad \bar{v} \quad \bar{w}\}^{\mathrm{T}} = [N]\{\delta\} \tag{5.4.11}$$

$$p' \approx \bar{p}' = [\bar{N}]\{p'\} \tag{5.4.12}$$

式中

$$\begin{cases} [N] = [N_1 I \quad N_2 I \quad \cdots \quad N_m I] \\[2mm] I = \begin{bmatrix} 1 & 0 & 0 \\ 0 & 1 & 0 \\ 0 & 0 & 1 \end{bmatrix} \\[4mm] [\bar{N}] = [N_1 \quad N_2 \quad \cdots \quad N_m] \\[2mm] \{p'\} = \{p'_1 \quad p'_2 \quad \cdots \quad p'_m\}^{\mathrm{T}} \end{cases} \tag{5.4.13}$$

将试函数代入式(5.4.7)，得到任意单元内有效应力矢量的近似解为

$$\{\sigma_{\mathrm{a}}\} = [E][\partial]\{\bar{f}\} - [E]\{\varepsilon^{\mathrm{p}}\} + \{M\}\bar{p}' \tag{5.4.14}$$

式中，$\{\sigma_{\mathrm{a}}\}$ 为总应力近似列阵。

将式(5.4.10)～式(5.4.12)代入式(5.4.14)，得到

$$\{\sigma_{\mathrm{a}}\} = [E][\partial][N]\{\delta\} - [E]\{\varepsilon^{\mathrm{p}}\} + \{M\}[\bar{N}]\{p'\}$$

$$= [E][B]\{\delta\} - [E]\{\varepsilon^p\} + \{M\}[\bar{N}]\{p'\} \qquad (5.4.15)$$

利用 Galerkin 法,由式(5.4.2)、式(5.4.15)得到平衡方程在单元内的应力残值:

$$\{R_v\} = [\partial]^T\{\sigma_a\} + \{X\} \qquad (5.4.16)$$

以单元的形函数作为权函数,可得到消除单元内部应力残值的方程:

$$\int_\Omega [N]^T\{R_v\}\mathrm{d}\Omega = \int_\Omega [N]^T([\partial]^T\{\sigma_a\} + \{X\})\mathrm{d}\Omega \qquad (5.4.17)$$

对式(5.4.17)进行分部积分得到

$$-\int_\Omega [B]^T\{\sigma_a\}\mathrm{d}\Omega + \int_s [N]^T[L]^T\{\sigma_a\}\mathrm{d}s + \int_\Omega [N]^T\{X\}\mathrm{d}\Omega = 0$$

$$(5.4.18)$$

式中

$$[L]^T = \begin{bmatrix} l & 0 & 0 & m & 0 & n \\ 0 & m & 0 & l & n & 0 \\ 0 & 0 & n & 0 & m & l \end{bmatrix} \qquad (5.4.19)$$

根据应力边界条件:

$$[L]^T\{\sigma\} = \{\bar{F}\} \qquad (5.4.20)$$

则单元的应力边条残值为

$$\{R_B\} = [L]^T\{\sigma_a\} - \{\bar{F}\} \qquad (5.4.21)$$

消除单元应力边界残值的方程为

$$\int_s [N]^T\{R_B\}\mathrm{d}s = \int_s [N]^T([L]^T\{\sigma_a\} - \{\bar{F}\})\mathrm{d}s = 0 \qquad (5.4.22)$$

进而有

$$\int_s [N]^T[L]^T\{\sigma_a\}\mathrm{d}s = \int_s [N]^T\{\bar{F}\}\mathrm{d}s \qquad (5.4.23)$$

将式(5.4.23)代入式(5.4.18),得到

$$\int_\Omega [B]^T\{\sigma_a\}\mathrm{d}\Omega = \int_s [N]^T\{\bar{F}\}\mathrm{d}s + \int_\Omega [N]^T\{X\}\mathrm{d}\Omega \qquad (5.4.24)$$

将式(5.4.15)代入式(5.4.24),得到

$$\int_\Omega [B]^T[E][B]\mathrm{d}\Omega\{\delta\} - \int_\Omega [B]^T[E]\{\varepsilon^p\}\mathrm{d}\Omega + \int_\Omega [B]^T\{M\}[\bar{N}]\mathrm{d}\Omega\{p'\}$$

$$= \int_s [N]^T\{\bar{F}\}\mathrm{d}s + \int_\Omega [N]^T\{X\}\mathrm{d}\Omega \qquad (5.4.25)$$

式(5.4.25)可简写为

$$[k_{uu}]\{\delta\} + [k_{up}]\{p'\} = \{f^p\} + \{R_u\} \qquad (5.4.26)$$

式中

$$\begin{cases} [k_{uu}] = \int_{\Omega} [B]^{\mathrm{T}} [E] [B] \mathrm{d}\Omega \\[2mm] [k_{up}] = \int_{\Omega} [B]^{\mathrm{T}} \{M\} [\bar{N}] \mathrm{d}\Omega \\[2mm] \{f^{\mathrm{p}}\} = \int_{\Omega} [B]^{\mathrm{T}} [E] \{\varepsilon^{\mathrm{p}}\} \mathrm{d}\Omega \\[2mm] \{R_{u}\} = \int_{s} [N]^{\mathrm{T}} \{\bar{F}\} \mathrm{d}s + \int_{\Omega} [N]^{\mathrm{T}} \{X\} \mathrm{d}\Omega \end{cases} \tag{5.4.27}$$

对所有单元建立形如式(5.4.26)的类似方程,最终形成整体平衡方程:

$$[K_{uu}] \{U\} + [K_{up}] \{P\} = \{\bar{R}_{u}\} \tag{5.4.28}$$

式中,$[K_{uu}] = \sum [k_{uu}]$;$[K_{up}] = \sum [k_{up}]$;$\{\bar{R}_{u}\} = \sum (\{f^{\mathrm{p}}\} + \{R_{u}\})$。

当考虑含瓦斯煤岩的损伤效应时,式(5.4.28)则写成

$$[\tilde{K}_{uu}] \{U\} + [K_{up}] \{P\} = \{\bar{R}_{u}\} \tag{5.4.29}$$

式中

$$\begin{cases} [\tilde{K}_{uu}] = \sum [\tilde{k}_{uu}] \\[2mm] \{\tilde{\bar{R}}_{u}\} = \sum (\{\tilde{f}^{\mathrm{p}}\} + \{R_{u}\}) \\[2mm] [\tilde{k}_{uu}] = \int_{\Omega} [B]^{\mathrm{T}} [\tilde{E}] [B] \mathrm{d}\Omega \\[2mm] \{\tilde{f}^{\mathrm{p}}\} = \int_{\Omega} [B]^{\mathrm{T}} [\tilde{E}] \{\varepsilon^{\mathrm{p}}\} \mathrm{d}\Omega \end{cases} \tag{5.4.30}$$

式中,$[\tilde{E}]$为有效弹性矩阵。

5.4.3　平衡方程时间离散化

设 t_n 时刻单元节点的位移和等效孔压分别为 $\{\delta\}_n$ 和 $\{p'\}_n$,t_{n+1} 时刻单元节点的位移和等效孔压分别为 $\{\delta\}_{n+1}$ 和 $\{p'\}_{n+1}$,t_n 到 t_{n+1} 时刻单元节点的塑性应变分别为 $\{\varepsilon^{\mathrm{p}}\}_n$ 和 $\{\varepsilon^{\mathrm{p}}\}_{n+1}$。时间步 $\Delta t_n = t_{n+1} - t_n$ 内的位移和等效孔压分别为 $\{\Delta\delta\}$ 和 $\{\Delta p'\}$,塑性应变增量为 $\{\Delta\varepsilon^{\mathrm{p}}\}$。于是有

$$\begin{cases} \{\delta\}_{n+1} = \{\delta\}_n + \{\Delta\delta\} \\ \{p\}_{n+1} = \{p\}_n + \{\Delta p\} \\ \{\varepsilon^{\mathrm{p}}\}_{n+1} = \{\varepsilon^{\mathrm{p}}\}_n + \{\Delta\varepsilon^{\mathrm{p}}\} \end{cases} \tag{5.4.31}$$

则平衡方程式(5.4.26)的增量形式为

$$[k_{uu}] \{\Delta\delta\} + [k_{up}] \{\Delta p'\} = \{\Delta f^{\mathrm{p}}\} + \{\Delta R_{u}\} \tag{5.4.32}$$

式中

$$\begin{cases} \{\Delta f^{\mathrm{p}}\} = \int_{\Omega} [B]^{\mathrm{T}} [E] \{\Delta \varepsilon^{\mathrm{p}}\} \mathrm{d}\Omega \\ \{\Delta R_{\mathrm{u}}\} = \int_{s} [N]^{\mathrm{T}} \{\Delta \bar{F}\} \mathrm{d}s + \int_{\Omega} [N]^{\mathrm{T}} \{\Delta X\} \mathrm{d}\Omega \end{cases} \tag{5.4.33}$$

对所有单元建立式(5.4.32),最终形成整体平衡方程(5.4.28)的增量形式为

$$[K_{\mathrm{uu}}]\{\Delta U\} + [K_{\mathrm{up}}]\{\Delta P\} = \{\Delta \bar{R}_{\mathrm{u}}\}, \quad \{\Delta \bar{R}_{\mathrm{u}}\} = \sum (\{\Delta f^{\mathrm{p}}\} + \{\Delta R_{\mathrm{u}}\})$$

$$\tag{5.4.34}$$

式中,$\sum$ 表示对所有单元求和。

当考虑含瓦斯煤岩的损伤效应时,式(5.4.34)则写成

$$[\tilde{K}_{\mathrm{uu}}]\{\Delta U\} + [K_{\mathrm{up}}]\{\Delta P\} = \{\Delta \tilde{\bar{R}}_{\mathrm{u}}\} \tag{5.4.35}$$

式中

$$\begin{cases} \{\Delta \tilde{\bar{R}}_{\mathrm{u}}\} = \sum (\{\Delta \tilde{f}^{\mathrm{p}}\} + \{\Delta R_{\mathrm{u}}\}) \\ \{\Delta \tilde{f}^{\mathrm{p}}\} = \int_{\Omega} [B]^{\mathrm{T}} [\tilde{E}] \{\Delta \varepsilon^{\mathrm{p}}\} \mathrm{d}\Omega \end{cases} \tag{5.4.36}$$

5.5　连续性方程

连续性方程可以根据含瓦斯煤岩的质量守恒定律,瓦斯渗流方程和物性状态方程来建立。连续性方程的有限元格式则可以通过对连续性方程在空间和时间上的离散获得。

5.5.1　连续性方程基本格式

1. 瓦斯渗流场方程

本书只考虑瓦斯气体在煤岩中的单向流动,并假设瓦斯流动服从 Darcy 定律。根据 Darcy 定律,并忽略瓦斯气体的质量,则有

$$\begin{cases} v_{\mathrm{D}_x} = -\dfrac{k_x}{\mu} \dfrac{\partial p}{\partial x} \\ v_{\mathrm{D}_y} = -\dfrac{k_y}{\mu} \dfrac{\partial p}{\partial y} \\ v_{\mathrm{D}_z} = -\dfrac{k_z}{\mu} \dfrac{\partial p}{\partial z} \end{cases} \tag{5.5.1}$$

或

$$\boldsymbol{v}_{\mathrm{D}} = -\frac{\boldsymbol{k}}{\mu} \nabla p = -\frac{k_i}{\mu} p_{,i} \tag{5.5.2}$$

式中,μ 为瓦斯动力黏度;$i=x,y,z$;$\mathbf{v}_D$ 为 Darcy 渗流速度张量;k 为渗透率张量。

若视瓦斯渗流为各向同性渗流,则渗透率张量为一标量,有

$$\mathbf{v}_D = -\frac{k}{\mu}\,\nabla p = -\frac{k}{\mu} p_{,i} \tag{5.5.3}$$

2. 物性状态方程

1) 瓦斯气体状态方程

瓦斯气体的状态方程是指瓦斯密度与压力以及温度之间的关系。在恒温条件下,瓦斯气体密度变化与所承受的压力与其压缩系数存在相应的关系。等温条件下的瓦斯气体压缩系数定义为

$$\alpha_f = -\frac{1}{V_f}\frac{\partial V_f}{\partial p} \tag{5.5.4}$$

式中,V_f 为瓦斯气体体积;p 为瓦斯压力。

根据质量守恒 $m_f = \rho_f V_f = \mathrm{const}$,$\mathrm{d}m_f = \mathrm{d}\rho_f V_f + \rho_f \mathrm{d}V_f = 0$,有

$$\mathrm{d}m_f = -V_f\frac{\mathrm{d}\rho_f}{\rho_f} = \mathrm{d}V_f = 0 \tag{5.5.5}$$

将上式代入式(5.5.4)得到

$$\alpha_f = \frac{1}{\rho_f}\frac{\partial\rho_f}{\partial p} \tag{5.5.6}$$

积分后,由式(5.5.6)得到

$$\rho_f = \rho_{f0}\exp[\alpha_f(p-p_0)] \tag{5.5.7}$$

式中,ρ_{f0} 为初始压力 p_0 的密度。

式(5.5.7)就是等温条件下瓦斯密度与压力之间的关系,即瓦斯气体的状态方程。

气体的压缩系数一般要比固体和液体的大得多,瓦斯气体的压缩系数 α_f 是其体积弹性模量 K_f 的倒数,即

$$K_f = \frac{1}{\alpha_f} \tag{5.5.8}$$

因此,瓦斯气体状态方程中的压缩系数也可以用其体积弹性模量来代替。

2) 含瓦斯煤岩骨架状态方程

通过与瓦斯气体状态方程一样的推导方法,可以得到含瓦斯煤岩骨架状态方程。于是同样有

$$\rho_s = \rho_{s0}\exp[\alpha_s(p-p_0)] = \rho_{s0}\exp\left[\frac{(p-p_0)}{K_s}\right] \tag{5.5.9}$$

式中,ρ_{s0} 为初始压力 p_0 条件下煤岩骨架密度。

3. 质量守恒方程

由第 4 章中的质量守恒方程，可得瓦斯气体的质量守恒方程为（不考虑源汇项）：

$$\frac{\partial(\varphi\rho_{\mathrm{f}})}{\partial t} + \nabla \cdot (\varphi\rho_{\mathrm{f}}\boldsymbol{v}_{\mathrm{f}}) = 0 \tag{5.5.10}$$

含瓦斯煤岩骨架的质量守恒方程为

$$\frac{\partial[(1-\varphi)\rho_{\mathrm{s}}]}{\partial t} + \frac{\partial W_{\mathrm{g}}}{\partial t} + \nabla \cdot [(1-\varphi)\rho_{\mathrm{s}}\boldsymbol{v}_{\mathrm{s}}] = 0 \tag{5.5.11}$$

式中，$W_{\mathrm{g}} = \dfrac{a'bp}{1+bp}$ 为由 Langmuir 方程计算得到的瓦斯吸附量；$a' = a\rho_{\mathrm{f}}\rho_{\mathrm{s}}$ 为给定温度下单位体积煤岩的极限吸附量。

将式（5.5.10）、式（5.5.11）展开后得到

$$\varphi\frac{\partial\rho_{\mathrm{f}}}{\partial t} + \rho_{\mathrm{f}}\frac{\partial\varphi}{\partial t} + \varphi\rho_{\mathrm{f}}\nabla \cdot \boldsymbol{v}_{\mathrm{f}} \tag{5.5.12}$$

$$-\rho_{\mathrm{s}}\frac{\partial\varphi}{\partial t} + (1-\varphi)\frac{\partial\rho_{\mathrm{s}}}{\partial t} + \frac{\partial W_{\mathrm{g}}}{\partial t} + (1-\varphi)\rho_{\mathrm{s}}\nabla \cdot \boldsymbol{v}_{\mathrm{s}} = 0 \tag{5.5.13}$$

考虑到多孔介质的变形，所以在多孔介质中流体质点速度为

$$\boldsymbol{v}_{\mathrm{f}} = \boldsymbol{v}_{\mathrm{s}} + \boldsymbol{v}_{\mathrm{r}} \tag{5.5.14}$$

式中，$\boldsymbol{v}_{\mathrm{f}}$ 为流体速度；$\boldsymbol{v}_{\mathrm{s}}$ 为多孔介质的骨架速度；$\boldsymbol{v}_{\mathrm{s}} = \dot{\boldsymbol{u}}$（$\boldsymbol{u}$ 为位移矢量）；$\boldsymbol{v}_{\mathrm{r}}$ 为流体相对于骨架颗粒的速度，有 $\boldsymbol{v}_{\mathrm{r}} = \dfrac{1}{\varphi}\boldsymbol{v}_{\mathrm{D}}$（$\boldsymbol{v}_{\mathrm{D}}$ 为 Darcy 速度）。

将式（5.5.14）代入式（5.5.12），并将式（5.5.12）、式（5.5.13）分别除以 ρ_{f}、ρ_{s} 后相加得到

$$\varphi\nabla \cdot \boldsymbol{v}_{\mathrm{r}} + \nabla \cdot \boldsymbol{v}_{\mathrm{s}} + \frac{(1-\varphi)}{\rho_{\mathrm{s}}}\frac{\partial\rho_{\mathrm{s}}}{\partial t} + \frac{\varphi}{\rho_{\mathrm{f}}}\frac{\partial\rho_{\mathrm{f}}}{\partial t} + \frac{1}{\rho_{\mathrm{s}}}\frac{\partial W_{\mathrm{g}}}{\partial t} = 0 \tag{5.5.15}$$

当压力差 $\Delta p = p - p_0$ 不大时，状态方程（5.5.7）、（5.5.9）可以分别简化为

$$\rho_{\mathrm{f}} = \rho_{\mathrm{f0}}\left[1 + \frac{(p - p_0)}{K_{\mathrm{f}}}\right] \tag{5.5.16}$$

$$\rho_{\mathrm{s}} = \rho_{\mathrm{s0}}\left[1 + \frac{(p - p_0)}{K_{\mathrm{s}}}\right] \tag{5.5.17}$$

对式（5.5.16）、式（5.5.17）分别求时间偏导数，得到

$$\frac{\partial\rho_{\mathrm{f}}}{\partial t} = \frac{\rho_{\mathrm{f0}}}{K_{\mathrm{f}}}\frac{\partial p}{\partial t} \tag{5.5.18}$$

$$\frac{\partial\rho_{\mathrm{s}}}{\partial t} = \frac{\rho_{\mathrm{s0}}}{K_{\mathrm{s}}}\frac{\partial p}{\partial t} \tag{5.5.19}$$

假设瓦斯在煤岩中的渗流为各向同性渗流，根据式（5.5.3），则流体相对于骨

架颗粒的速度 v_r 可以表示为

$$v_r = \frac{1}{\varphi}\left(-\frac{k}{\mu}\nabla p\right) \tag{5.5.20}$$

将式(5.5.16)～式(5.5.20)代入式(5.5.15)中,并注意到 $\nabla \cdot v_s = \nabla \cdot \dot{u} = \dfrac{\partial \varepsilon_v}{\partial t}$,得到

$$\left[\frac{(1-\varphi)}{K_s + \Delta p} + \frac{\varphi}{K_f + \Delta p} + \frac{ab\rho_f}{(1+bp)^2}\right]\frac{\partial p}{\partial t} + \nabla \cdot \left(-\frac{k}{\mu}\nabla p\right) + \frac{\partial \varepsilon_v}{\partial t} = 0 \tag{5.5.21}$$

式(5.5.21)就是含瓦斯煤岩固气耦合渗流场方程。

当考虑含瓦斯煤岩的损伤效应时,式(5.5.21)则写成

$$\left[\frac{(1-\varphi)}{\widetilde{K}_s + \Delta p} + \frac{\varphi}{K_f + \Delta p} + \frac{ab\rho_f}{(1+bp)^2}\right]\frac{\partial p}{\partial t} + \nabla \cdot \left(-\frac{k}{\mu}\nabla p\right) + \frac{\partial \varepsilon_v}{\partial t} = 0 \tag{5.5.22}$$

式中, $\widetilde{K}_s = \dfrac{\widetilde{E}}{3(1-2\nu)}$ 为含瓦斯煤岩骨架的有效体积弹性模量。

式(5.5.22)便是考虑损伤的含瓦斯煤岩固气耦合渗流场方程。

5.5.2　连续性方程空间离散化

将连续性方程写成矩阵形式为

$$\{M\}^T[\partial][k][\partial]^T\{M\}p = \{M\}^T[\partial]\{\dot{f}\}$$
$$+ \left[\frac{(1-\varphi)}{K_s + \Delta p} + \frac{\varphi}{K_f + \Delta p} + \frac{ab\rho_f}{(1+bp)^2}\right]\dot{p} \tag{5.5.23}$$

方程(5.5.23)求解的边界条件有如下两类:

(1) 瓦斯压力边界条件。某边界上的瓦斯压力大小已知,对于排气边界则煤样下部瓦斯气体压力为一个大气压(设瓦斯由上而下流过煤样内部),即

$$p_e = 0.1\text{MPa} \tag{5.5.24}$$

(2) 流速边界条件。对于不排气边界,则煤样下部边界上的法向瓦斯气体流速 $v_n = 0$,该边界条件可表示为

$$mv_x + nv_y + lv_z = 0 \tag{5.5.25}$$

将式(5.5.25)代入到 Darcy 定律式(5.5.2),得

$$\frac{k_x}{\mu}m\frac{\partial p}{\partial x} + \frac{k_y}{\mu}n\frac{\partial p}{\partial y} + l\frac{\partial p}{\partial z} = 0 \tag{5.5.26}$$

某边界上法向流速已知,则该边界条件为

$$mv_x + nv_y + lv_z = v_n \tag{5.5.27}$$

式中, v_n 为边界流体矢量。

代入 Darcy 定律中得到

$$-\frac{k_x}{\mu}m\frac{\partial p}{\partial x}-\frac{k_y}{\mu}n\frac{\partial p}{\partial y}-\frac{k_z}{\mu}l\frac{\partial p}{\partial z}=v_n \tag{5.5.28}$$

将边界条件式(5.5.28)写成矩阵形式为

$$-[\bar{L}]^{\mathrm{T}}\{v\}=v_n \tag{5.5.29}$$

式中,$[\bar{L}]^{\mathrm{T}}=\{m \quad n \quad l\}$ 为方向余弦。

$$-[\bar{L}]^{\mathrm{T}}[k][\partial]^{\mathrm{T}}\{M\}p=v_n \tag{5.5.30}$$

其中:

$$[k]=\frac{1}{\mu}\begin{bmatrix}k_x & 0 & 0\\0 & k_y & 0\\0 & 0 & k_z\end{bmatrix} \tag{5.5.31}$$

对于各向同性渗流,有 $k_x=k_y=k_z$。

利用 Galerkin 法,可得到消除连续性方程(5.5.23)在单元内的残值方程式:

$$\int_{\Omega}[\bar{N}]^{\mathrm{T}}\Big\{\{M\}^{\mathrm{T}}[\partial][k][\partial]^{\mathrm{T}}\{M\}\bar{p}-\{M\}^{\mathrm{T}}[\partial]\{\dot{\tilde{f}}\}$$

$$-\Big[\frac{(1-\varphi)}{K_s+\Delta p}+\frac{\varphi}{K_f+\Delta p}+\frac{ab\rho_f}{(1+bp)^2}\Big]\dot{\bar{p}}\Big\}\mathrm{d}\Omega=0 \tag{5.5.32}$$

式中,$p\approx\bar{p}=[\bar{N}]\{p\}$。

由分部积分式(5.5.32)变为

$$-\int_{\Omega}[\bar{B}]^{\mathrm{T}}[k][\partial]^{\mathrm{T}}\{M\}\bar{p}\mathrm{d}\Omega+\int_s[\bar{N}]^{\mathrm{T}}[\bar{L}]^{\mathrm{T}}[k][\partial]^{\mathrm{T}}\{M\}\bar{p}\mathrm{d}s$$

$$-\int_{\Omega}[\bar{N}]^{\mathrm{T}}\Big\{\{M\}^{\mathrm{T}}[\partial][N]\{\dot{\delta}\}+\Big[\frac{(1-\varphi)}{K_s+\Delta p}+\frac{\varphi}{K_f+\Delta p}+\frac{ab\rho_f}{(1+bp)^2}\Big][\bar{N}]\{\dot{p}\}\Big\}$$

$$\mathrm{d}\Omega=0$$

$$\tag{5.5.33}$$

式中

$$[\bar{B}]=[\partial]^{\mathrm{T}}\{M\}[\bar{N}] \tag{5.5.34}$$

由流速边界条件(5.5.28),利用加权残值法消除该单元边界残值的方程为

$$\int_s[\bar{N}]^{\mathrm{T}}([\bar{L}]^{\mathrm{T}}[k][\partial]^{\mathrm{T}}\{M\}\bar{p}+v_n)\mathrm{d}s=0 \tag{5.5.35}$$

将式(5.5.35)代入式(5.5.33)化简后得到

$$-\int_{\Omega}[\bar{B}]^{\mathrm{T}}[k][\bar{B}]\mathrm{d}\Omega\{p\}+\int_s[\bar{N}]^{\mathrm{T}}v_n\mathrm{d}s-\int_{\Omega}[\bar{N}]^{\mathrm{T}}\{M\}^{\mathrm{T}}[B]\mathrm{d}\Omega\{\dot{\delta}\}$$

$$-\int_{\Omega}[\bar{N}]^{\mathrm{T}}[\bar{N}]\Big[\frac{(1-\varphi)}{K_s+\Delta p}+\frac{\varphi}{K_f+\Delta p}+\frac{ab\rho_f}{(1+bp)^2}\Big]\mathrm{d}\Omega\{\dot{p}\}=0$$

$$\tag{5.5.36}$$

将式(5.5.36)简写成

$$[k_{up}]^T\{\dot{\delta}\} + [k_p]\{\dot{p}\} + [k_{pp}]\{p\} = \{R_p\} \tag{5.5.37}$$

式中

$$\begin{cases}
[k_{up}] = -\int_\Omega [\bar{N}]^T \{M\}^T [B] d\Omega \\
[k_p] = -\int_\Omega [\bar{N}]^T [\bar{N}] \left[\dfrac{(1-\varphi)}{K_s + \Delta p} + \dfrac{\varphi}{K_f + \Delta p} + \dfrac{ab\rho_f}{(1+bp)^2}\right] d\Omega \\
[k_{pp}] = -\int_\Omega [\bar{B}]^T [k] [\bar{B}] d\Omega \\
\{R_p\} = -\int_s [\bar{N}]^T v_n ds
\end{cases} \tag{5.5.38}$$

5.5.3 连续性方程时间离散化

由于连续性方程中含有时间导数项,与平衡方程一样,设 t_n 到 t_{n+1} 时刻单元节点的位移、瓦斯压力及其增量如(5.4.31)中的第1、2式。

采用时间积分的一般格式:

$$\int_{t_n}^{t_{n+1}} \{p\} dt \approx \Delta t_n [\vartheta\{p\}_{n+1} + (1-\vartheta)\{p\}_n] = \Delta t_n [\{p\}_n + \vartheta\{\Delta p\}] \tag{5.5.39}$$

对式(5.5.37)的两边进行 t_n 到 t_{n+1} 积分,化简后得到

$$[k_{up}]^T\{\Delta\delta\} + ([k_p] + \vartheta\Delta t[k_{pp}])\{\Delta p\} = \Delta t(\{R_p\} + \vartheta\{\Delta R_p\} - [k_{pp}]\{p\}_n) \tag{5.5.40}$$

式中,$0 < \vartheta < 1$ 为时间积分因子。

对所有单元建立式(5.5.40)形式的方程,便形成整体连续性方程为

$$[K_{up}]^T\{\Delta U\} + [K_{pp}]\{\Delta P\} = \{\Delta\bar{R}_p\} \tag{5.5.41}$$

式中

$$\begin{cases}
[K_{pp}] = \sum ([k_p] + \vartheta\Delta t[k_{pp}]) \\
\{\Delta\bar{R}_p\} = \sum \Delta t(\{R_p\} + \vartheta\{\Delta R_p\} - [k_{pp}]\{p\}_n)
\end{cases} \tag{5.5.42}$$

对于不排气边界条件,$v_n = 0$,且无内外部源汇,即有 $\{R_p\} = 0$。

当考虑含瓦斯煤岩的损伤效应时,式(5.5.41)则写成

$$[K_{up}]^T\{\Delta U\} + [\tilde{K}_{pp}]\{\Delta P\} = \{\Delta\bar{R}_p\} \tag{5.5.43}$$

式中

$$\begin{cases} [\widetilde{K}_{pp}] = \sum ([\widetilde{k}_p] + \vartheta \Delta t [k_{pp}]) \\ [\widetilde{k}_p] = -\int_\Omega [\bar{N}]^T [\bar{N}] \left[\frac{(1-\varphi)}{\widetilde{K}_s + \Delta p} + \frac{\varphi}{K_f + \Delta p} + \frac{ab\rho_f}{(1+bp)^2} \right] d\Omega \end{cases}$$

$$(5.5.44)$$

5.6　总体控制方程

5.4、5.5 节中所介绍的无损伤和有损伤条件下的含瓦斯煤岩的平衡方程和连续性方程并不是独立的,所以必须联立才能求解。不考虑损伤条件下的含瓦斯煤岩有限元总体控制方程由式(5.4.34)、式(5.5.41)组成,即

$$\begin{bmatrix} K_{uu} & K_{up} \\ K_{up}^T & K_{pp} \end{bmatrix} \begin{Bmatrix} \Delta U \\ \Delta P \end{Bmatrix} = \begin{Bmatrix} \Delta \bar{R}_u \\ \Delta \bar{R}_p \end{Bmatrix} \qquad (5.6.1)$$

式(5.6.1)给出的含瓦斯煤岩有限元分析方程是一种渗流场和应力场全耦合分析的统一形式。

当考虑含瓦斯煤岩的损伤效应时,含瓦斯煤岩有限元总体控制方程由式(5.4.35)、式(5.6.1)组成,即

$$\begin{bmatrix} \widetilde{K}_{uu} & K_{up} \\ K_{up}^T & \widetilde{K}_{pp} \end{bmatrix} \begin{Bmatrix} \Delta U \\ \Delta P \end{Bmatrix} = \begin{Bmatrix} \Delta \bar{R}_u \\ \Delta \bar{R}_p \end{Bmatrix} \qquad (5.6.2)$$

式(5.6.1)和式(5.6.2)分别表示不考虑损伤和考虑损伤条件下的含瓦斯煤岩有限元总体控制方程。

5.7　多物理场耦合软件 COMSOL-Multiphysics 简介[398~400]

COMSOL-Multiphysics(原名 finite element modeling laboratory,简称 FEMLAB)最初是一个基于偏微分方程的专业有限元数值分析软件包,是一种针对各学科和工程问题进行建模和仿真计算的交互式开发环境系统。该软件的建模求解功能基于一般偏微分方程的有限元求解,所以可以连接并求解任意物理场的耦合问题。COMSOL-Multiphysics 针对不同的问题可以进行静态和动态分析,线性和非线性分析,特征值和模态分析等,它的最大特点就是多种物理场的耦合计算。

通过 COMSOL-Multiphysics 的多物理场功能,可以选择不同的模块同时模拟任意物理场组合的耦合分析;可以使用相应模块直接定义物理参数创建有限元模型;也可以自由定义自己的方程来建立相应模型。

5.7.1　软件的组成及功能模块

COMSOL-Multiphysics 基本模块的组成如图 5.7.1 所示。

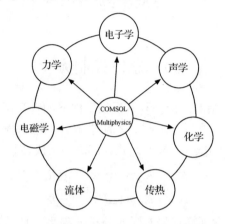

图 5.7.1　COMSOL-Multiphysics 基本模块的组成

针对不同的物理领域，COMSOL-Multiphysics 软件中集成了大量的模型，主要有：

1. 结构力学模块（structural mechanics module）

结构力学模块为工程师提供了一个熟悉有效的计算环境，其图形用户界面基于结构力学领域惯用的符号和约定，适用于各种结构设计研究。在结构力学模块中，用户可以借助于简便的操作界面，利用软件的耦合功能将结构力学分析与其他物理现象，如电磁场、流场、热传导等耦合起来进行分析。

2. 热传导模块（heat transfer module）

COMSOL-Multiphysics 的热传导模块能解决的问题包括传导、辐射、对流及其任意组合方式。建模界面的种类包括面-面辐射、非等温流动、活性组织内的热传导，以及薄层和壳中的热传导等。热传导模块的一个重要特征就是它的模型库分成了三个主要部分：电子工业中热分析、热处理和热加工、医疗技术和生物医学。这些模型几乎囊括了所有复杂的问题。

3. AC/DC 模块（AC/DC module）

AC/DC 模块试图模拟电容、感应器、电动机和微传感器等。AC/DC 模块的功能包括静电场、静磁场、准静态电磁场和其他物理场的耦合分析。当考虑电子元件作为大型系统的一个部件时，AC/DC 模块提供了一个可以从电路元件列表中进行选择的界面,以便用户可以选择需要的电路元件进行后续的有限元模拟。

4. RF 模块(RF module)

对于 RF、微波和光学工程的模拟,通常需要分级求解较大规模的传输设备。RF 模块则提供了这样的工具,包括功能强大的层匹技术和最佳求解器的选择。因此利用 RF 模块可以轻松地模拟天线、波导和光学元件。RF 模块提供了高级后处理工具,如 S-参数技术和远场分析等,这使得 COMSOL-Multiphysics 的模拟分析能力得以进一步完善。

5. 地球科学模块(earth science module)

COMSOL-Multiphysics 的地球科学模块包含了大量针对地下水流动的简易模型界面。这些界面允许快速便捷地使用描述多孔介质流体的 Richards 方程、Darcy 定律、Darcy 定律的 Brinkman 扩展,以及自由流体中的 Navier-Stokes 方程等。该模块能够处理多孔介质中的热量传输和溶质反应,还可以求解地球物理和环境科学中的一些典型问题,如自由表面流动、多孔介质中的流体流动、热传导和化学转换等问题。

6. 声学模块(acoustics module)

声学模块主要用于分析产生、测量和利用声波的设备和仪器。该模块中不但可以耦合声学相关的行为,而且与其他物理现象也可以进行直接耦合,如结构力学和流体流动等。该模块的应用领域包括结构振动、空气声学、声压测量、阻尼分析等。

7. 化学工程模块(chemical engineering module)

化学工程模块主要处理流体流动、扩散、反应过程的耦合场以及热传导耦合场等问题。该模块通过图形方式或方程方式来满足化学反应工程和传热现象的建模工作。化学工程模块主要用于分析反应堆、过滤堆、过滤和分离器、其他化学工业中的常见设备等。

8. 微电机模块(MEMS module)

COMSOL-Multiphysics 的微电机模块用于解决微电机研究和开发过程中的建模问题。该模型处理的主要问题是电动机械耦合、温度-机械耦合、流体结构耦合和微观流体系统问题。

5.7.2　COMSOL-Multiphysics 建模过程

COMSOL-Multiphysics 是一个完整的数值模拟软件,通过 COMSOL-Multiphysics 的交互式建模环境,从开始建立几何模型到分析结束,可以不需要借助任何其他软件。该软件提供的工具可以确保有效地进行建模过程中的每一步骤。通过便捷的图形环境,在不同步骤之间(如建立几何模型、设定物理参数、划分网格、求解和后处理)进行转换也比较方便。

软件基本建模过程包括:

1. 建立几何模型

COMSOL-Multiphysics 软件本身提供了比较易于使用和相对完善的 CAD 工具,用于创建一维、二维和三维几何实体模型。

可以在 COMSOL-Multiphysics 中引入其他 CAD 软件创建的几何模型。COMSOL-Multiphysics 软件的模型导入和修补功能可以支持 DXF 格式(用于二维)和 IGES 格式(用于三维)的文件。也可以导入二维的 JPG、TIF 和 BMP 文件,并把它们转化为 COMSOL-Multiphysics 的几何模型。

2. 定义物理参数

为了定义模型的物理参数,需要在前处理过程中对各类变量进行设置,其中包括物理常数的设定。比较有特点的是,物理参数可以是模型变量、空间坐标和时间的函数。

3. 网格划分

COMSOL-Multiphysics 网格生成器可以自动划分三角形和四面体的网格单元,还具有自适应网格划分功能。针对特殊的问题,也可以人工参与网格的生成,从而达到更精确的结果。

4. 求解

COMSOL-Multiphysics 的求解过程几乎是完全自动的,基本不用用户的参与。对于特殊问题,可以通过求解管理器选择特定的求解程序和其他特定选择,以满足用户的需求。

5. 后处理

COMSOL-Multiphysics 的后处理采用 OpenGL 技术,提供了较强的后处理功能。根据问题的需要,在后处理阶段首先要对求解结果的正确性和效率性等进行评估,然后提取出对解决问题有用的信息。

6. 优化及参数分析

很多情况下,模型的分析都包括参数的分析、优化设计、迭代设计和一个系统中几个部分结构之间连接的自动控制。在 COMSOL-Multiphysics 中参数化求解器提供了一个进行检测一系列变量参数的有效方式。也可以将 COMSOL-Multiphysics 模型保存为“. M”文件格式,将其作为 Matlab 脚本文件进行调用,然后进行优化设计或后处理。

5.7.3　COMSOL-Multiphysics 软件特征

COMSOL-Multiphysics 的特点在于,可以针对超大型的问题进行高效的求解并快速产生精确的结果。通过简便的图形用户界面,用户可以选择不同的方式来描述他们的问题。COMSOL-Multiphysics 软件一个特殊的功能在于它的偏微分方程建模求解(PDE 建模),这也正是它为何连接并求解任意场耦合方程的原因。上述所有特征使得 COMSOL-Multiphysics 对于科学研究、产品开发和教学成为一个强大的建模求解环境。

同时 COMSOL-Multiphysics 也是一个易于使用的计算工具,能让使用者快速探索并洞察到不同的应用。COMSOL-Multiphysics 与功能强大的 Matlab 中的 toolboxes 及 Simlink 整合,成为功能强大的仿真工具,适用于科研、工程、设计及教育等各种不同的领域。

5.8　含瓦斯煤岩固气耦合 COMSOL 有限元数值模拟

5.8.1　模型简化与假设

根据含瓦斯煤岩三轴加载渗流实验结果,可以将之作为实现含瓦斯煤岩固气耦合数值模拟的依据。在对含瓦斯煤岩固气耦合的有限元数值模拟时,为方便建模,需要进行一些简化。

由第 2 章的含瓦斯煤岩的三维渗流实验分析可知,含瓦斯煤样最小渗透率发生在屈服点到峰值强度处之间,而且随着围压增大,最小渗透率点会不断远离屈服点,对比如图 5.8.1、图 5.8.2,可知渗透率反超点(B 点)在围压增大以后已经移到了屈服点之后。对比图 5.8.1、图 5.8.3,可知瓦斯压力的增大对渗透率反超点位置没有多大的影响。

由于渗透率的大小在实验过程中无时无刻地反映着煤样内部微裂纹的贯通情况,渗透率不断变小表明煤样内部微裂纹的贯通性越来越差,渗透率的不断增加则

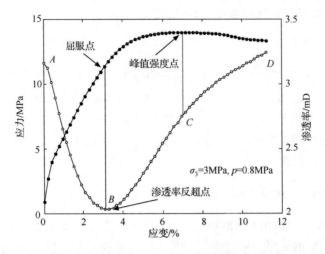

图 5.8.1　$\sigma_3 = 3\text{MPa}, p = 0.8\text{MPa}$ 条件下含瓦斯煤样全应力-应变与渗透率曲线

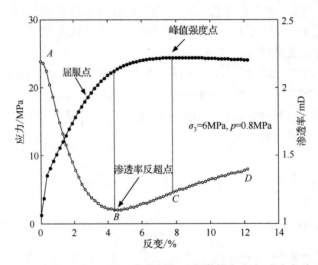

图 5.8.2　$\sigma_3 = 6\text{MPa}, p = 0.8\text{MPa}$ 条件下含瓦斯煤样全应力-应变与渗透率曲线

表明煤样内部微裂纹的贯通性越来越好。显然，含瓦斯煤岩这种渗透率反超点随围压增加而后移的实验现象表明其内部的微裂纹贯通越来越困难。

　　为方便起见，本书假定含瓦斯煤岩渗透率的反超点近似地发生在屈服点位置。根据图 5.8.1～图 5.8.3，如果将两图中的 BC 段和 CD 段等效为两条直线，则不难看出 BC 段的斜率要大于 CD 段的斜率，这表明在渗透率反超之后，峰值强度后的渗透率变化较峰值前平缓。再根据文献[397]，岩石试件在受压情况下，当达到峰值强度时，开始出现宏观裂纹。所以，在峰值强度处，煤样内部的宏观裂纹已经形成。于是可以假设在峰值强度后渗透率的增加是由于宏观裂纹在外力的作用下不

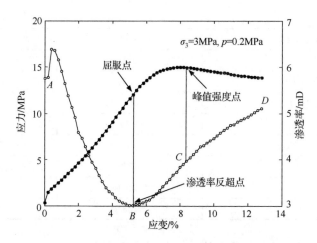

图 5.8.3　$\sigma_3=3\text{MPa}, p=0.2\text{MPa}$ 条件下含瓦斯煤样全应力-应变与渗透率曲线

断张开的结果,而在峰值强度之前渗透率的增加是由于微观裂纹生成及传播所导致的结果。由于煤样内部产生宏观裂纹标志着煤样的破坏,所以,在数值模拟中只需要模拟峰值前的渗透率变化即可。

5.8.2　含瓦斯煤岩本构模型及参数

用于含瓦斯煤岩固气耦合有限元数值计算的本构模型为第 4 章中所提出的弹塑性耦合损伤本构模型。

现以围压 3MPa,瓦斯压力 0.8MPa 的载荷条件为例进行数值模拟计算。计算参数如表 5.8.1 所示。

表 5.8.1　有限元模型的材料参数

参数名称	数值	单位
含瓦斯煤岩初始孔隙度(φ_0)	0.09	—
含瓦斯煤岩最大孔隙度($\varphi_{\max}$)	0.945	—
含瓦斯煤岩初始渗透率(k_0)	3.16×10^{-15}	m^2
含瓦斯煤岩最大渗透率($k_{\max}$)	2.75×10^{-15}	m^2
瓦斯动力黏度(μ)	1.34×10^{-5}	$\text{Pa}\cdot\text{s}$
含瓦斯煤岩弹性模量(E)	290	MPa
含瓦斯煤岩视密度(ρ_s)	1320	kg/m^3
含瓦斯煤岩泊松比(ν)	0.36	—
含瓦斯煤岩的内摩擦角(φ_r)	37	°
含瓦斯煤岩的膨胀角(φ_{sw})	20	°

续表

参数名称	数值	单位
含瓦斯煤岩的内聚力(C_0)	0.3	MPa
含瓦斯煤岩的屈服应力(σ_s)	9.5	MPa
含瓦斯煤岩的峰值应力(σ_c)	14.0	MPa
瓦斯压缩模量(K_f)	0.14	MPa
含瓦斯煤岩体积模量(K_s)	357	MPa
瓦斯密度(ρ_f)	0.714	kg/m³
吸附常数(a)	0.01416	m³/kg
吸附常数(b)	1.8	MPa⁻¹

5.8.3 模型计算尺寸及边界条件

所建模型尺寸就是含瓦斯煤样的实际尺寸,其高为 100mm,宽为 25mm(由于所建有限元模型为轴对称模型,所以其宽就是含瓦斯煤样直径的一半)。模型的网格划分采用正方形网格,模型的网格划分如图 5.8.4 所示。

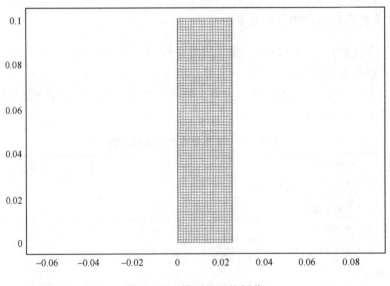

图 5.8.4　模型的网格划分

图 5.8.4 所示模型的网格数为 1600,自由度为 91803,相同情况下,网格越密计算结果越精确。

模型的边界条件如表 5.8.2 所示。

表 5.8.2　模型的边界条件

名称	数值	单位
原始瓦斯压力(p_0)	0.1	MPa
含瓦斯煤岩上端面瓦斯压力(p_i)	0.8	MPa
含瓦斯煤岩下端面瓦斯压力(p_e)	0.1	MPa
含瓦斯煤岩周边瓦斯流量(q_e)	0	m/s
围压(σ_3)	3.0	MPa
轴压(σ_1)	3+0.0061t	MPa

5.8.4　有限元模型计算结果与分析

在 $t=1800$s 时,含瓦斯煤岩的总位移、等效应力、塑性应变以及瓦斯压力分布如图 5.8.5～图 5.8.9 所示。

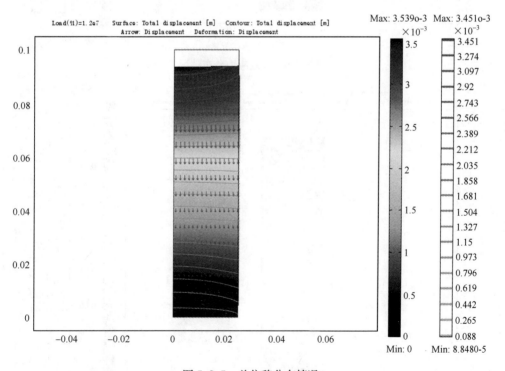

图 5.8.5　总位移分布情况

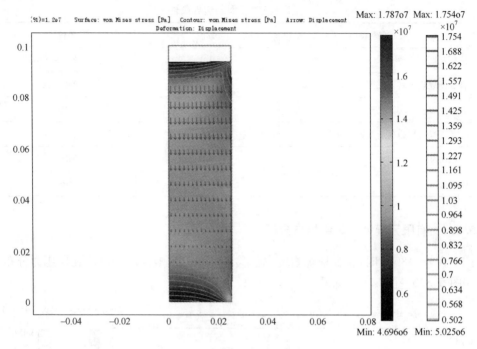

图 5.8.6　等效应力分布情况

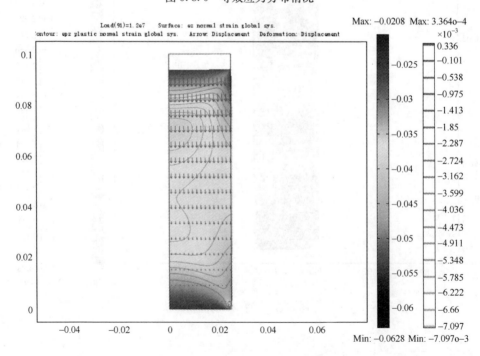

图 5.8.7　轴向塑性应变分布情况

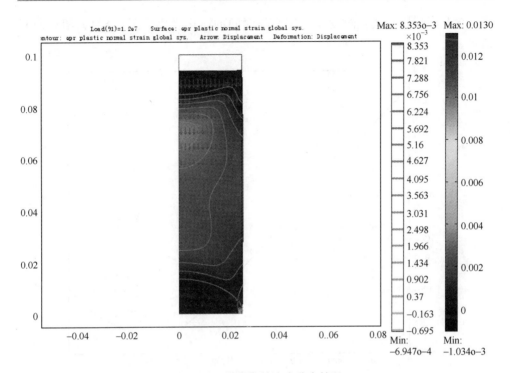

图 5.8.8　径向塑性应变分布情况

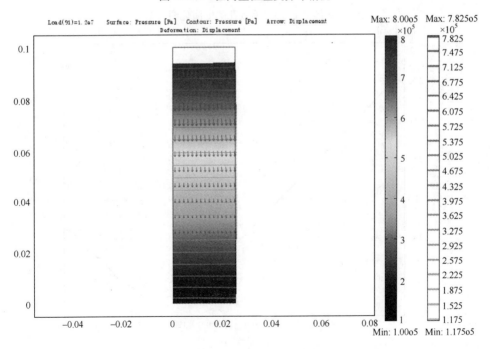

图 5.8.9　瓦斯压力分布情况

含瓦斯煤岩等效孔隙度及渗透率随时间的演化规律如图 5.8.10、图 5.8.11 所示。

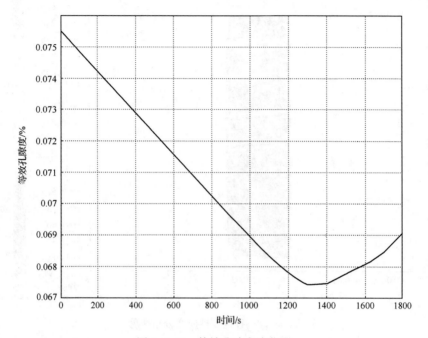

图 5.8.10　等效孔隙度演化图

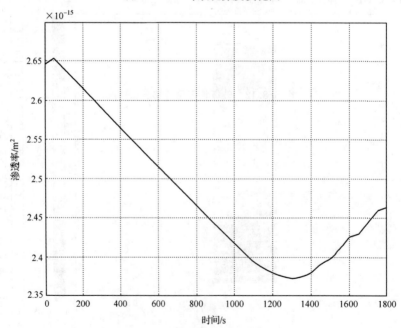

图 5.8.11　渗透率演化图(单位:m²)

　　由图 5.8.10、图 5.8.11 可以看出含瓦斯煤岩的等效孔隙度和渗透率具有相同的演化规律。

　　含瓦斯煤岩在临近破坏时的总位移、等效应力、轴向塑性应变、径向塑性应变以及剪切塑性应变分布如图 5.8.12～图 5.8.16 所示。

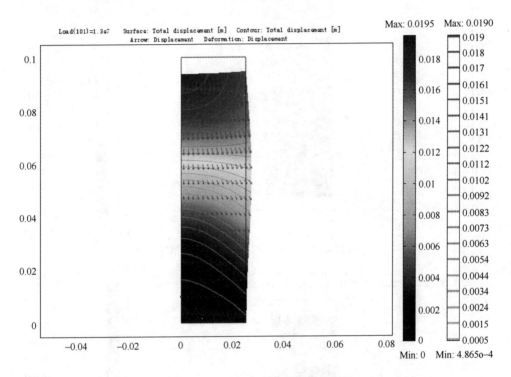

图 5.8.12　破坏状态总位移分布情况

　　由图 5.8.12 可知含瓦斯煤样的边界已经发生鼓胀，这与实验结果(图 2.4.5)是相符的；由图 5.8.14、图 5.8.15 可知最先发生塑性流动破坏的是试样的中部位置，由图 5.8.16 可知在试样的上下部内都发生了剪切破坏，由于是轴对称模型，所以图 5.8.16 对应于"X"形破坏(图 2.4.8)的右分支，与实验结果也是相符的。

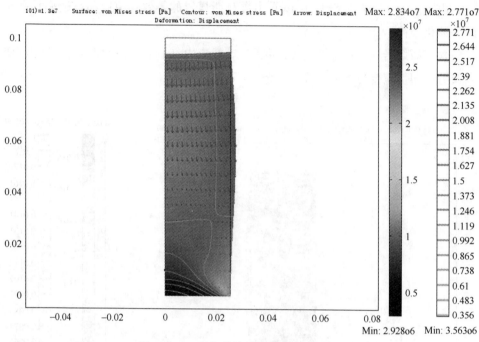

图 5.8.13　破坏状态等效应力分布情况

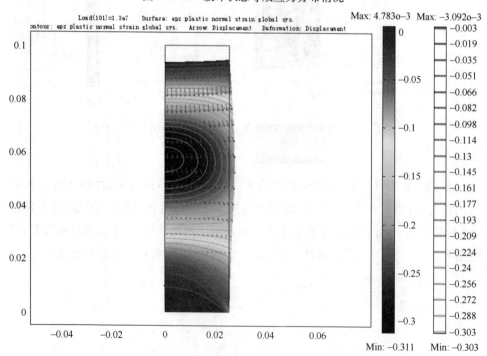

图 5.8.14　破坏状态轴向塑性应变分布情况

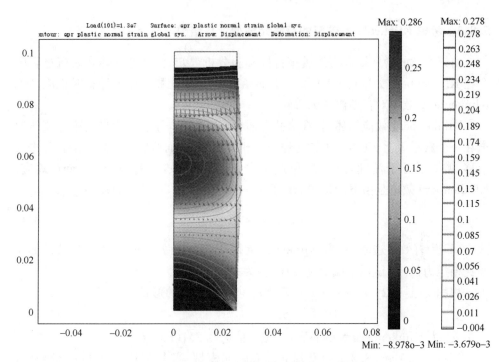

图 5.8.15　破坏状态径向塑性应变分布情况

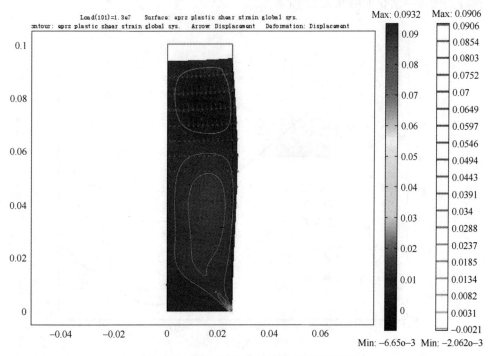

图 5.8.16　破坏状态剪切塑性应变分布情况

5.8.5　考虑 Klinkenberg 效应的有限元模型计算结果与分析

由第 2 章的含瓦斯煤岩渗透率特性实验分析得知,含瓦斯气体在渗流过程中存在 Klinkenberg 效应(图 2.6.2)。因此在进行有限元数值模拟计算时也应考虑 Klinkenberg 效应对瓦斯渗透的影响。

Klinkenberg 效应描述为:在多孔介质中,由于气体分子平均自由程与流体通道在一个数量级上,气体分子就与通道壁相互作用,从而造成气体分子沿孔隙表面滑移,增加了分子流速,这一现象成为分子滑移现象,也称 Klinkenberg 效应。Klinkenberg 效应是由 Klinkenberg 于 1941 年提出[401],用公式表述为

$$k_{\mathrm{eff}} = k\left(1 + \frac{b_{\mathrm{k}}}{p_{\mathrm{av}}}\right) \tag{5.8.1}$$

式中,k_{eff} 为有效渗透率;b_{k} 为 Klinkenberg 因子;$p_{\mathrm{av}} = (p_{\mathrm{i}} + p_{\mathrm{e}})/2$($p_{\mathrm{i}}$ 为试样上端面瓦斯压力,p_{e} 为试样下端面瓦斯压力)为平均瓦斯压力。

根据文献[402],Klinkenberg 系数 b_{k} 可以有以下的形式:

$$b_{\mathrm{k}} = \alpha_{\mathrm{k}} k^{-0.36} \tag{5.8.2}$$

式中,α_{k} 为 Klinkenberg 影响系数,其拟合值为 $0.251(\mathrm{Pa \cdot m^{0.72}})$[403]。

根据 5.8.1~5.8.3 节中所建立的有限元模型,当考虑 Klinkenberg 效应时,煤样的渗透率演化如图 5.8.17 所示。

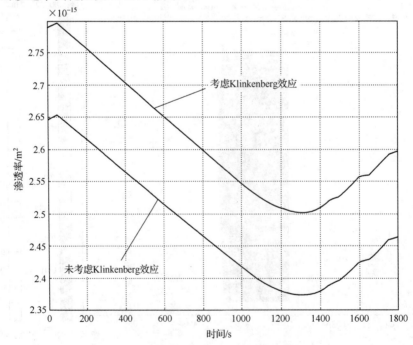

图 5.8.17　考虑 Klinkenberg 效应的渗透率演化图

由图 5.8.17 可见,考虑 Klinkenberg 效应的渗透率比未考虑 Klinkenberg 效应的渗透率要大。

5.9　本章小结

本章介绍了建立含瓦斯煤岩受力变形过程中的孔隙度和渗透率动态模型的方法,有限元模型的基本方程及其离散化方法,多物理场耦合软件 COMSOL 的功能及建模步骤,以及含瓦斯煤岩固气耦合有限元计算模型的建模过程,所得到的结果如下:

(1) 含瓦斯煤岩在三轴应力条件下的变形过程中,孔隙度与渗透率是动态变化的,其规律与含瓦斯煤岩的体积变形和有效应力有关。

(2) 所建立的含瓦斯煤岩的固气耦合动态模型考虑了瓦斯吸附所带来的膨胀应力,不但表现了含瓦斯煤岩变形过程中孔隙度和渗透率的动态变化特征,而且还描述了瓦斯气体可压缩性和煤岩骨架可变形的特点,更加真实全面地反映了含瓦斯煤岩的固气耦合现象。

(3) 利用 COMSOL-Multiphysics 有限元软件根据所提出的含瓦斯煤岩的固气耦合本构模型建立了相关有限元模型,得出了固气耦合下的含瓦斯煤岩的位移、等效应力、塑性应变及瓦斯压力分布情况,得到了与实验结果相吻合的孔隙度和渗透率的演化规律。

(4) 利用 COMSOL-Multiphysics 有限元软件还分析了 Klinkenberg 效应对含瓦斯煤岩渗透率的影响,得到了考虑 Klinkenberg 效应的渗透率比没有考虑 Klinkenberg 效应的渗透率要大的分析结果。

第6章 含瓦斯煤岩失稳准则及判据研究

第3章～第5章根据第2章含瓦斯煤岩相关实验结果,详细分析了含瓦斯煤岩非线性蠕变模型、弹塑性耦合损伤本构模型及含瓦斯煤岩固气耦合效应。这些研究还没有涉及含瓦斯煤岩的失稳问题,因为不论何种材料,在外力作用下,其变形不可能永远继续下去,总有失稳破坏的时候,即所谓的失稳条件或失稳判据。

6.1 含瓦斯煤岩失稳分析

一般而言,材料的破坏都是在很短时间内完成的一种失稳过程,破坏前材料能够保持稳定,当达到失稳破坏点时就突然发生破坏,也就是说材料的失稳是一种突变行为。对于含瓦斯煤岩三轴蠕变曲线(图6.1.1),试样在某个 t 时刻之前是稳定的,当进入 t 时刻以后的时间区域,煤样则会在很短的时间内发生失稳破坏。但是在含瓦斯煤岩三轴加载实验过程中,煤样的应力-应变曲线在峰值强度后却依然变化平缓,没有多大的降幅(图6.1.2),并不像在单轴情况下当载荷达到峰值强度后便很快导致载荷大幅下降(图6.1.3)而使得试样在短时间内失稳。这说明在围压状态下,含瓦斯煤岩在峰值强度后仍然能保持相当程度上的稳定,但是此时的试样内部已经出现宏观裂纹,也就是说试样已经破坏,但并不能说明它已完全失稳。

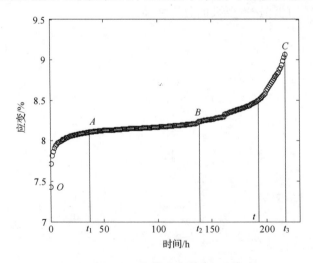

图6.1.1 含瓦斯煤岩的典型蠕变曲线

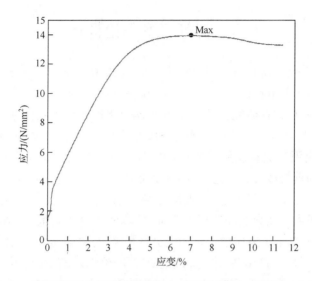

图 6.1.2　三轴压缩下含瓦斯煤岩的应力-应变曲线($\sigma_3 = 3\text{MPa}, p = 0.8\text{MPa}$)

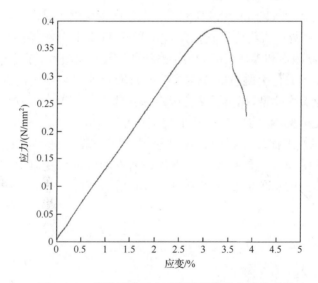

图 6.1.3　单轴压缩下含瓦斯煤岩的应力-应变曲线

　　基于以上分析可知,含瓦斯煤岩的蠕变失稳破坏与三轴单调加载的失稳破坏是两种不同的失稳机制。因此在进行相关失稳分析时,同样需要采用不同的方法进行。本章中,对于含瓦斯煤岩的蠕变失稳采用突变理论进行分析,对于三轴压缩下含瓦斯煤岩的失稳则采用岩石类材料的强度理论分析。

6.2　初等突变理论概述

突变理论(catastrophe theory)是由著名的法国数学家 Thom 于 1972 年创立[404,405]，后来经 Thompson 等[406,407]、Zeeman[408]和 Poston 等[409]扩充并加以完善，最终形成的一种旨在研究自然界中不连续变化现象的理论体系。我国学者程不时[410]和陈应天[411]分别在《科学通报》和《力学与实践》上撰文，向国内读者介绍突变理论及其应用状况和发展趋势；凌复华翻译、撰写突变理论著作[412,413]，阐述了突变理论中的重要概念和应用方式，为突变理论的引入做出了重要贡献。

经过几十年的发展，目前，突变理论已经广泛应用于各类学科领域，并获得了很多有价值的成果。在突变理论研究方面，Cubitt 等分析了恒稳态机制的地质学含义[414]；Henley 总结了地质学中常用的突变模型[415]；Carpinteri 用尖点模型解释了岩石的破裂过程[416]；Liu 等用突变理论研究了地震发生的条件并进行了地震预测[417]；Cherepanov 等将突变理论应用于断裂力学中并给出了脆断判据[418]；Wang 等研究了狭窄含水岩层上方开采时的突变模型[419]；Magill 等研究了新西兰奥克兰火山的突变模型[420]；Krinitzsky 研究了近东地区发生洪水时的地震和土壤液化情况[421]；Qin 等把煤柱视为应变软化介质并采用 Weibull 分布描述它的损伤本构模型，研究了坚硬顶板和煤柱组成的力学系统的演化失稳过程，并给出了失稳的充要条件力学判据和失稳突跳量的表达式[422]；勾攀峰等用突变理论方法建立了巷道围岩系统尖点突变模型，提出了一种确定深井巷道临界深度的方法[423]；尹光志等利用尖点突变模型建立了岩层失稳的突变模型，提出了岩层的失稳条件[424]；唐春安应用突变理论来描述岩石的破坏过程，并提出了岩石破坏过程中的灾变模型[198,425]；徐增和建立了坚硬顶板条件下煤柱岩爆的尖点突变模型[426]；李造鼎建立了岩石动态开挖的灰色尖点突变模型[427]，潘岳等利用折迭突变模型研究了煤柱失稳破坏[428]。

6.2.1　重要概念[412,429]

1. 结构稳定性

结构稳定性是突变理论中十分重要的概念。结构稳定性的系统在受到小的摄动时仍能保持其形态不变，这里说的摄动不是指研究物体运动稳定性时给出的初始条件和边界条件，而是指在描述系统性态的方程中对系统参数的摄动。例如，在重复做实验时，实验过程中的有关条件总是略有变动，但实验人员希望得到的实验结果基本一样，这就是要求系统有结构稳定性。结构稳定性的定义中有三个要素：

（1）结构的数学系统的类别。

（2）描述系统性态的方程摄动参数类别。

（3）属同一类别系统的等价关系。

这些要素因具体问题而有所不同。等价关系定义就是"基本一样"，一般是指给出相同的拓扑。

对结构稳定系统的研究和分类早已引起人们的注意。Smale 证明了在大于二维的情况下，所有的动力学系统构成的空间中存在着全部由结构不稳定系统构成的区域，这些系统不能用结构稳定的系统来近似。Thom 对梯度系统进行分类，导致了初等突变理论的出现。

2. 初等突变和分类定理

梯度动力学系统是指由

$$\frac{\mathrm{d}\boldsymbol{x}}{\mathrm{d}t} = -\,\mathrm{grad}_x F(\boldsymbol{x},\boldsymbol{u}) \tag{6.2.1}$$

控制的系统，式中，$\boldsymbol{x}$ 和 $\boldsymbol{u}$ 都是实向量，$\boldsymbol{x}$ 的诸分量称为状态变量，$\boldsymbol{u}$ 的诸分量称为控制变量。

讨论平衡位置

$$\mathrm{grad}_x F(\boldsymbol{x},\boldsymbol{u}) = 0 \tag{6.2.2}$$

进一步要解决的问题是，要找到当函数 F 的平衡位置相同时的等价类函数，并称之为"初等突变"。由式（6.2.2）可以看出，实际上初等突变理论的适用范围可以扩大到一个 Ляпунов 函数（其梯度确定了平衡点的集合而不是轨线的方向）。由 Thom 提出，Trotman 和 Zeeman 扩充并最后完成证明的分类定理，对梯度系统进行分类后指出，在控制变量不大于 5 的情况下，可对结构的初等突变完全地加以分类，根据分类结果，这几种初等突变形式按几何形状分别称为折迭型突变（fold catastrophe）、尖点型突变（cusp catastrophe）、燕尾型突变（swallowtail catastrophe）、蝴蝶型突变（buttery catastrophe）、双曲型脐点突变（hyperbolic umbilical catastrophe）、椭圆型脐点突变（elliptic umbilical catastrophe）及抛物型脐点突变（parabolic umbilical catastrophe），如表 6.2.1 所示。

表 6.2.1　初等突变形式

突变类型	状态变量个数	控制变量个数	势函数	平衡曲面方程	分叉集
折叠型	1	1	x^3+ux	$3x^2+u$	$u=0$
尖点型	1	2	x^4+ux^2+vx	$4x^3+2ux+v$	$4u^3+27v^2$
燕尾型	1	3	$x^5+ux^3+vx^2+wx$	$5x^4+3ux^2+2vx+w$	

突变类型	状态变量个数	控制变量个数	势函数	平衡曲面方程	分叉集
蝴蝶型	1	4	$x^6 + tx^4 + ux^3$ $+ vx^2 + wx$	$6x^5 + 4tx^3 + 3ux^2$ $+ 2vx + w$	
双曲脐型	2	3	$x^3 + y^3 + wxy$ $+ ux + vy$	$\begin{cases} 3x^2 + wy + u \\ 3y^2 + wx + v \end{cases}$	
椭圆型	2	3	$x^3 - xy^2 + w(x^2 + y^2)$ $+ ux + vy$	$\begin{cases} 3x^2 - y^2 + 2wx + u \\ -2xy + 2wy + v \end{cases}$	
抛物脐型	2	4	$y^4 + x^2 y + wx^3$ $+ ty^2 + ux + vy$	$\begin{cases} 4y^3 + x^2 + 2ty + v \\ 2xy + 2wx + u \end{cases}$	

3. 确定性

初等突变理论解决的一个重要问题就是在哪里截断一个函数的 Taylor 展开式为安全的问题。所谓安全,就是要求这样处理后得到的有限项级数能在函数展开点足够小的领域内忠实代表原来的拓扑结构,定量近似也是正确的。需要注意的是,截断 Taylor 级数与 Taylor 级数的收敛性是两回事,因为即使是发散的级数,其有限项之和也可以在展开点的一个小领域内很好地反映出原函数的性态。

如果一个函数的 Taylor 展开式的前 k 项足以刻画这个函数的性态,即此前 k 项与该函数在展开点的小领域内有着相同的拓扑结构,则称这个函数是 k 确定的。在一元函数的简单情况下,第一个系数不为零的最低次项就决定了函数的性态,这是与常识相符合的。

多元函数的确定性较为复杂,这里给出最简单也是最常用的一条规则。对于 n 元函数 $F(x_1, x_2, \cdots, x_n)$,按以下方法构成关系式:

$$f_1(\boldsymbol{x})\frac{\partial F}{\partial x_1} + f_2(\boldsymbol{x})\frac{\partial F}{\partial x_2} + \cdots + f_n(\boldsymbol{x})\frac{\partial F}{\partial x_n} \tag{6.2.3}$$

式中, $f_1(\boldsymbol{x})$ 为 $(x_1, x_2, \cdots, x_n)$ 的任意函数,但它的 Taylor 展开式不包含常数项,若式(6.2.3)中包含所有的 k 次项,就称 $F(x_1, x_2, \cdots, x_n)$ 为 k 确定的。对于二元函数这条规则是容易应用的,对于三元以上函数就要困难些,但仍属算法上的问题,有专门程序可以进行处理。

4. 奇点

原点必须是势函数 F 的 Taylor 展开式的奇点。由于 F 中的参数允许在 0 附近取任意值,若在一元函数情况下, $x = 0$ 是 F 的奇点,则当系统参数均为零时,必定有 $\left.\dfrac{\partial^2 F}{\partial x^2}\right|_{x=0} = 0$;若在二元函数情况下,$(0,0)$ 是 F 的奇点,则当系统参数均为零

时，必须有 $\dfrac{\partial^2 F}{\partial x^2}\Big|_{x=0} = 0, \dfrac{\partial^2 F}{\partial y^2}\Big|_{y=0} = 0$。原点是 F 的 Taylor 展开式的奇点，在突变理论中是要求其状态变量 x 在原点的小领域内变化，即在该领域内取大于零、等于零和小于零的值。

5. 开折

对上述函数 F 引入一个或几个参数可构成一个函数族，称之为开折。如果一个开折穷尽了 F 的等价类，则称之为通用开折，而 F 的参数最少的通用开折称为普适开折。

6.2.2 初等突变理论的应用

1. 突变约定

当考虑用突变势函数 $V(x,c)$ 描写的系统，这个系统原来处于突变势函数的一个全局极小点，当参数 t 变化时，突变势函数的形状会有所变动，原来的全局极小点可能转化为一个局部极小点而不再是全局极小点，也可能消失。需要某种约定来确定系统在新的突变势函数下所处的位置，最常用的约定有如下两种：

（1）理想延迟约定：系统留在原来的稳定平衡位置上，直到这个稳定平衡位置消失，如图 6.2.1(a)所示。

（2）Maxwell 约定：系统总是转移到使它的势全局极小的稳定平衡位置，如图 6.2.1(b)所示。

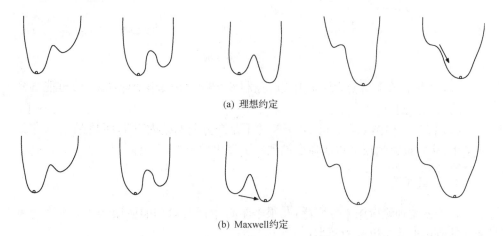

(a) 理想约定

(b) Maxwell约定

图 6.2.1 突变约定

在实际应用中，是用分布函数描述系统的，它是否趋于全局极小点，则应取决

于势垒高度 ΔE 与涨落水平 N 的相对大小。

2. 突变指征

突变指征指的是失稳原型性状的一些特征。

（1）多模态。系统中可能出现两个或多个不同的状态，也就是说，系统的位势对于控制参数的某些范围可能有两个或多于两个的极小值（图 6.2.2）。

（2）不可达性。由图 6.2.2 可知，在平衡曲面折叠的中间部分，有一个不稳定的平衡位置，系统不可能处于此平衡位置（即不可达）。从微分方程解的角度，不可达对应着不稳定解。

（3）突跳。从一个状态到另一个状态的过渡将出现一个突跳（如图 6.2.2 所示的 ABD 路径），这也是发生突变的系统最显著的特征。

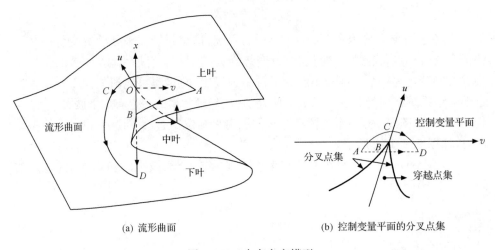

(a) 流形曲面　　　　　　　　　　(b) 控制变量平面的分叉点集

图 6.2.2　尖点突变模型

（4）发散。在临界点（尖点）附近，控制参数初值的微小变化（微扰）可能导致终态的巨大差别。

（5）滞后。由图 6.2.2 可知，突变并不是在分叉集区内发生，而是在分叉集线上发生，从底页跳到顶页与从顶页跳到底页发生的位置不一样。

3. 应用方式

初等突变理论应用十分广泛，在很多学科中都有成功的应用例子。初等突变理论的应用形式可以分为两类：

（1）分析方式。其方法是寻找一个势函数，或寻找一个与系统突变流形或分叉集有关的数学描述，然后运用前面介绍的确定性、开折和变换等概念与技巧，将其归结为 Thom 分类表中的某一突变模式。在能求得与势函数微分关系的场合下,可以直接将系统势能驻值作 Taylor 展开,然后根据"确定性法则"将级数截断,再作相应的坐标变换或正则化处理,如此可直接得到表 6.2.1 中的平衡曲面的方程。

（2）经验方法。即在系统势函数、突变流形或分叉集有关的数学描述未知的情况下,根据系统外部性态来建立原型的突变模型。具体常用的方式有:

① 数据拟合:把实验数据用一个突变曲面方程或分叉集方程来拟合,然后可以做出定性的乃至定量的预测。

② 定性拟合:根据突变特征建立一个适合的突变理论模型,然后作定性预测,在社会科学中的应用大致属于这一类。

6.2.3　突变图形分析

以尖点突变模型为例分析,根据尖点突变模型的平衡曲面方程 $4x^3+2ux+v$,可画出图 6.2.2 所示曲面图形。

若系统在其演化过程中控制变量 u 一直大于零,即系统的状态位于分叉集的另一侧;或 u 虽小于零,但系统沿 ACD 的路径演化,不跨越分叉集,则系统只能以渐变的方式进化。反之,若按 ABD 的路径演化,必定跨越分叉集,在跨越分叉集的瞬间系统状态变量将产生一个突跳,即突变。若沿演化路径截取剖面,则得到如图 6.2.3所示的更为直观的图形。

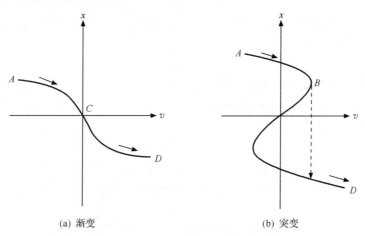

(a) 渐变　　　　　　　　　　　　　(b) 突变

图 6.2.3　不同路径下的演化结果

由图 6.2.3 可知,不同的演化路径会导致不同的演化结果。要想使突变发生,演化路径必须要跨越分叉集[图 6.2.3(b)]。同时还可以看出,只有处在分叉集上的点才能出现突变,分叉集以外和以内都不能导致突变发生。

对于复杂系统也有类似的分析,设复杂系统有 n 个状态变量和 m 个控制变量,

则相空间将是一个 $n+m$ 维欧几里得空间,记作 R^{n+m}。当控制点在 m 维控制空间中移动时,相点在其对应的平衡超曲面上移动,并且当控制轨迹越过分叉点集时,便出现突变。

6.2.4　利用尖点突变模型解决问题的一般步骤

采用尖点突变模型来分析实际问题时,其基本步骤如下:

(1) 根据实际问题的分析,建立起问题的力学模型。

(2) 求出整个系统的总势能,建立势函数表达式,利用 Taylor 展开、变量替换等手段将势函数化成尖点突变模型的标准形式:

$$V(x) = x^4 + ux^2 + vx \qquad (6.2.4)$$

式中,$V(x)$ 为总势能;x 为系统状态变量;u,v 为系统控制变量。

对式(6.2.4)求一次导数,得到平衡曲面(流形 M)方程:

$$\frac{\partial V(x)}{\partial x} = 4x^3 + 2ux + v \qquad (6.2.5)$$

求二次导数得到奇点方程:

$$\frac{\mathrm{d}^2 V(x)}{\mathrm{d}x^2} = 12x^2 + 2u = 0 \qquad (6.2.6)$$

由式(6.2.5)、式(6.2.6)消去 x 可得系统突变时的分叉集 B 的方程:

$$8u^3 + 27v^2 = 0 \qquad (6.2.7)$$

(3) 由上述分析可知,只有满足 $u \leqslant 0$ 时,才有跨越分叉集的可能,由此得到系统发生突变的必要条件为

$$u \leqslant 0 \qquad (6.2.8)$$

(4) 当控制变量 u、v 满足分叉集方程(6.2.7)时,系统则处于突跳前的临界状态,由此得系统发生突变的临界条件(充分条件)。令 $\Delta = 8u^3 + 27v^2$ 则得到系统的稳定准则为

$$\left. \begin{array}{ll} \Delta < 0, & \text{系统发生突变} \\ \Delta = 0, & \text{系统处于临界状态} \\ \Delta > 0, & \text{系统处于稳定状态} \end{array} \right\} \qquad (6.2.9)$$

6.3　含瓦斯煤岩尖点突变失稳模型

6.3.1　Cook 刚度判据与岩体系统动力失稳现象的基本特征

人们在研究包括地震、滑坡、冲击地压、岩爆、煤与瓦斯突出等现象时,都要进行一系列的试样压缩实验,以确定其本构关系,这样是认识系统发生动力失稳现象的基础。Cook[185]通过实验分析后提出了岩样失稳破坏的条件是

$$k_{\mathrm{m}} < -f(u_{\mathrm{b}}) \tag{6.3.1}$$

失稳发生在满足：

$$k_{\mathrm{m}} + f(u_j) = 0 \tag{6.3.2}$$

的 u_j 处。式中，k_{m} 为试验机的刚度；u_s 为试样的位移；$f(u)$ 为试样载荷-位移曲线表达式；b 为曲线软化点，$f'(u_{\mathrm{b}})$ 为曲线峰后应变软化段的拐点处 b 的斜率；u_j 为应变软化段上试样失稳破坏的起点，$f'(u_j)$ 为 j 点处的斜率。

式(6.3.1)、式(6.3.2)称为 Cook 刚度判据。Cook 刚度判据在岩体力学教材和有关岩体(岩石)系统动力失稳的文献中已被广泛引用。

大量实验研究表明，岩体(岩石)系统动力失稳问题的主要特征如下：

(1) 岩体(岩石)的破坏不可逆。

(2) 岩体(岩石)系统在失稳前处于不稳定的平衡状态。

(3) 岩体(岩石)系统动力失稳满足 Cook 刚度判据。

(4) 系统在失稳前后只有两个状态：失稳前的不稳定平衡状态和失稳破坏后又达到的新的稳定平衡状态。

6.3.2　试验机-试样系统的分析模型

在单轴或三轴压缩实验过程中，试样在变形的同时试验机也在变形。由于试验机处于弹性状态，因此试验机和试样的载荷-位移关系可以用图 6.3.1 来描述。

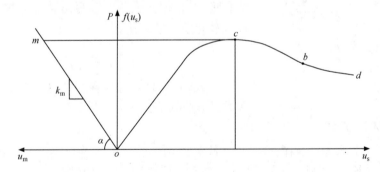

图 6.3.1　试验机-试样的载荷-位移关系曲线[429]

图 6.3.1 中，试验机的载荷-位移关系曲线(P-u_{m})为 om 直线段，其刚度 $k_{\mathrm{m}}=$ $\tan\alpha$。试样的载荷-位移关系曲线($f(u_s)$-u_s)为 $ocbd$ 曲线段，可见试样具有弹性、应变强化和应变软化特征，而且在试样的应变软化曲线阶段，岩石类材料通常都有拐点特性，如图所示的 b 点(应变软化段拐点)。

由第 3 章的分析可知，含瓦斯煤岩发生非线性加速蠕变流动的判据为 $E < 0$ (E 为含瓦斯煤岩的切线弹性模量)，即试样载荷-位移关系曲线的斜率 $f'(u_s) < 0$。因此，含瓦斯煤岩蠕变失稳的发生点应该位于试样应变软化后的某个点处，如

图 6.3.2 所示。

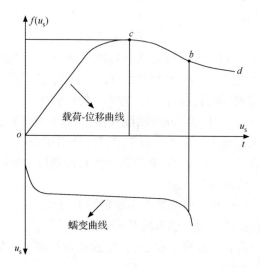

图 6.3.2　含瓦斯煤岩的载荷-位移曲线与蠕变曲线

这样一来,便可以将试验机-试样系统简化为如 6.3.3 所示的分析模型。

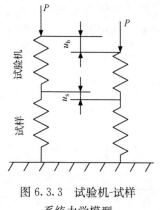

图 6.3.3　试验机-试样系统力学模型

由于含瓦斯煤岩的失稳破坏是在其载荷-位移曲线的软化段上完成的,为便于建立突变理论的失稳模型,根据文献[430],写出含瓦斯煤岩应力-应变软化阶段的表达式:

$$\sigma = \sigma_c \frac{\varepsilon}{g(\varepsilon-1)^2 + \varepsilon} \qquad (6.3.3)$$

由式(6.3.3)可得到含瓦斯煤岩的载荷-位移关系的软化段表达式:

$$f(u_s) = \frac{\sigma_c S_{sp}}{g} \frac{\dfrac{u_s}{u_c}}{\left(\dfrac{u_s}{u_c}-1\right)^2 + \dfrac{1}{g}\dfrac{u_s}{u_c}} \qquad (6.3.4)$$

式中,S_{sp} 为试样的横截面积;σ_c 为试样的峰值应力;u_c 为试样峰值应力处的位移;$g=(7.26\times10^4)\sigma_c^{2[430]}$。

6.3.3　含瓦斯煤岩蠕变失稳尖点突变模型

试样在加载过程中发生失稳前段状态可以认为是准静态的。而在失稳的过程中应该考虑试验机和试样的惯性运动。由于处理动力稳定性问题在数学上会遇到很大的困难,通常不得不采用准静态的研究方法。所以在这里对于试样临近失稳的平衡状态同样采用准静态处理方法。

由式(6.3.4)表示的 $f(u_s)$ 曲线软化段上有一拐点 b,于是有 $f''(u_b)=0$,从而得到

$$\left(\frac{u_b}{u_c}\right)^3 - 3\frac{u_b}{u_c} + \frac{2g-1}{g} = 0 \tag{6.3.5}$$

求解方程(6.3.5),查阅文献[431]可得 u_b 与 $f(u_s)$ 曲线峰值应力处位移 u_c 的关系为

$$\frac{u_b}{u_c} = 2\cos\theta \tag{6.3.6}$$

式中,$\theta = \frac{1}{3}\arccos\left(\frac{1-2g}{2g}\right)$。

由式(6.3.5)、式(6.3.6)可以看出,试样强度越大,θ 就越小,$\frac{u_b}{u_c}$ 也越小,表示软化段曲线越陡。经求导运算,可得到 $f(u_s)$ 在 u_b 处的各阶导数:

$$\begin{cases}
f(u_b) = \dfrac{\sigma_c S_{sp}}{g} \dfrac{2\cos\theta}{(4\cos^2\theta - 1)^2} \\[2mm]
f'(u_b) = -\dfrac{\sigma_c S_{sp}}{gu_c} \dfrac{1}{(4\cos^2\theta - 1)^3} \\[2mm]
f''(u_b) = 0 \\[2mm]
f'''(u_b) = 6\dfrac{\sigma_c S_{sp}}{gu_c^3} \dfrac{1}{(4\cos^2\theta - 1)^5}
\end{cases} \tag{6.3.7}$$

由第 3 章中分析得到的含瓦斯煤岩的蠕变方程,为简单起见,取一维情况下的蠕变方程来分析。根据式(3.5.10)、式(3.5.11)可知含瓦斯煤岩的蠕变方程为

$$\varepsilon_s = \begin{cases}
\dfrac{\sigma_0}{E_2} + \dfrac{\sigma_0}{\eta_2}t + \dfrac{\sigma_0}{E_1}\left[1 - \exp\left(-\dfrac{E_1}{\eta_1}t\right)\right], \quad \sigma_0 < \sigma_s \\[3mm]
\dfrac{\sigma_0}{E_2} + \dfrac{\sigma_0}{\eta_2}t + \dfrac{\sigma_0}{E_1}\left[1 - \exp\left(-\dfrac{E_1}{\eta_1}t\right)\right] \\[3mm]
\quad + \left[\dfrac{1}{E_3} - \dfrac{1}{2E_3}\exp\left(-\sqrt{-\dfrac{E_3}{\eta_3}}t\right) - \dfrac{1}{2E_3}\exp\left(\sqrt{-\dfrac{E_3}{\eta_3}}t\right)\right](\sigma_0 - \sigma_s), \quad \sigma \geqslant \sigma_s
\end{cases} \tag{6.3.8}$$

含瓦斯煤岩只有在 $\sigma \geqslant \sigma_s$ 的条件下才会发生非线性加速蠕变,并导致试样的失稳破坏。所以在这里需要用到式(6.3.8)中的第 2 式,即

$$u_s = \varepsilon_s L_{sp} = \frac{\sigma_0 L_{sp}}{E_2} + \frac{\sigma_0 L_{sp}}{\eta_2}t + \frac{\sigma_0 L_{sp}}{E_1}\left[1 - \exp\left(-\frac{E_1}{\eta_1}t\right)\right]$$
$$+ \left[\frac{1}{E_3} - \frac{1}{2E_3}\exp\left(-\sqrt{-\frac{E_3}{\eta_3}}t\right) - \frac{1}{2E_3}\exp\left(\sqrt{-\frac{E_3}{\eta_3}}t\right)\right](\sigma_0 - \sigma_s)L_{sp} \tag{6.3.9}$$

式中,L_{sp} 为试样的长度。

再结合式(6.3.4),则可以将式(6.3.9)化为

$$u_s = \varepsilon_s L_{sp} = \left\{ \frac{1}{E_2} + \frac{1}{\eta_2}t + \frac{1}{E_1}\left[1 - \exp\left(-\frac{E_1}{\eta_1}t\right)\right]\right\}\frac{f(u_s)}{S_{sp}}L_{sp}$$
$$+ \left[\frac{1}{E_3} - \frac{1}{2E_3}\exp\left(-\sqrt{-\frac{E_3}{\eta_3}}t\right) - \frac{1}{2E_3}\exp\left(\sqrt{-\frac{E_3}{\eta_3}}t\right)\right]\left[\frac{f(u_s)}{S_{sp}} - \sigma_s\right]L_{sp}$$

$$(6.3.10)$$

由于 $f(u_s)$ 是作用在试样上的载荷,而 u_s 为位移,显然,式(6.3.10)也是试样的平衡方程。

在式(6.3.10)中包含了 u_s 和 t 两个变量,由于时间 t 不会发生突跳,不能作为状态变量,所以只需要研究 u_s 的突跳即可。设系统的势函数为 $V(u_s)$,则有

$$\frac{\partial V(u_s)}{\partial u_s} = u_s - \left\{\frac{1}{E_2} + \frac{1}{\eta_2}t + \frac{1}{E_1}\left[1 - \exp\left(-\frac{E_1}{\eta_1}t\right)\right]\right\}\frac{f(u_s)}{S_{sp}}L_{sp}$$
$$- \left[\frac{1}{E_3} - \frac{1}{2E_3}\exp\left(-\sqrt{-\frac{E_3}{\eta_3}}t\right) - \frac{1}{2E_3}\exp\left(\sqrt{-\frac{E_3}{\eta_3}}t\right)\right]\left[\frac{f(u_s)}{S_{sp}} - \sigma_s\right]L_{sp} = 0$$

$$(6.3.11)$$

根据式(6.3.7),将式(6.3.11)中的 $f(u_s)$ 在 u_b 处进行 Taylor 展开,得到

$$u_s - ABL_{sp} - (A - \sigma_s)CL_{sp} = 0 \qquad (6.3.12)$$

式中

$$\begin{cases} A = \dfrac{\sigma_c}{g}\dfrac{2\cos\theta}{(4\cos^2\theta - 1)^2} - \dfrac{\sigma_c}{gu_c}\dfrac{(u_s - u_b)}{(4\cos^2\theta - 1)^3} + 6\dfrac{\sigma_c}{gu_c^3}\dfrac{(u_s - u_b)^3}{(4\cos^2\theta - 1)^5} \\[3mm] B = \dfrac{1}{E_2} + \dfrac{1}{\eta_2}t + \dfrac{1}{E_1}\left[1 - \exp\left(-\dfrac{E_1}{\eta_1}t\right)\right] \\[3mm] C = \dfrac{1}{E_3} - \dfrac{1}{2E_3}\exp\left(-\sqrt{-\dfrac{E_3}{\eta_3}}t\right) - \dfrac{1}{2E_3}\exp\left(\sqrt{-\dfrac{E_3}{\eta_3}}t\right) \end{cases}$$

$$(6.3.13)$$

整理后得到

$$\frac{\partial V(u_s)}{\partial u_s} = -\frac{\sigma_c}{g}\frac{2\cos\theta}{(4\cos^2\theta - 1)^2}(B+C)L_{sp} + \left[1 - f'(u_b)(B+C)L_{sp}\right](u_s - u_b)$$
$$- 6\frac{\sigma_c}{gu_c^3}\frac{1}{(4\cos^2\theta - 1)^5}(B+C)L_{sp}(u_s - u_b)^3 + \sigma_s CL_{sp} + u_b = 0$$

$$(6.3.14)$$

根据式(6.2.5),只有满足 $u \leqslant 0$ 时,才有跨越分叉集的可能,那么对于式(6.3.14),则有

$$\frac{1 - f'(u_b)(B+C)L_{sp}}{-6\dfrac{\sigma_c}{gu_c^3}\dfrac{1}{(4\cos^2\theta - 1)^5}(B+C)L_{sp}} = \frac{1 - f'(u_b)(B+C)L_{sp}}{6f'(u_b)\dfrac{(B+C)L_{sp}}{u_c^2(4\cos^2\theta - 1)^2}} \leqslant 0$$

$$(6.3.15)$$

在式(6.3.15)中,由于 $u_c^2(4\cos^2\theta-1)^2 \geqslant 0$,于是得到

$$\frac{1-f'(u_b)(B+C)L_{sp}}{f'(u_b)(B+C)L_{sp}} = \frac{1}{f'(u_b)(B+C)L_{sp}} - 1 \leqslant 0 \qquad (6.3.16)$$

设 $\dfrac{1}{S(t)} = (B+C)L_{sp}$,于是便有

$$\frac{S(t)}{f'(u_b)} \leqslant 1 \qquad (6.3.17)$$

式(6.3.17)就是系统发生突变的必要条件,也就是含瓦斯煤岩发生蠕变失稳破坏的必要条件。根据3.5.4节中的分析结果可知只有试样的切向弹性模量小于零(即 $E_3 \leqslant 0$),含瓦斯煤岩才有可能发生非线性加速蠕变流动,那么根据以上的分析可知,含瓦斯煤岩的试验机-试样蠕变系统在发生突变失稳时,不但要满足 $E_3 \leqslant 0$ 的条件,还要满足式(6.3.17)的条件。

6.4　岩石类材料强度准则[315,317,432,433]

岩石力学的基本问题之一是岩石的破坏准则或强度理论问题。在岩土工程中,需要确定岩石处于某种应力状态下是否会发生破坏。岩石的强度准则又称为破坏判据,用于表征岩石在极限应力状态下(破坏条件)的应力状态和岩石强度参数之间的关系。

6.4.1　Coulomb 强度准则

Coulomb 准则认为,岩石的破坏主要是剪切破坏,岩石的强度等于岩石本身抗剪切摩擦的黏结力和剪切面上法向产生的摩擦力,即

$$\tau_s = C_0 + \sigma_n \tan\varphi_r \qquad (6.4.1)$$

式中,τ_s 为岩石承载的最大剪应力;C_0 为内聚力;φ_r 为内摩擦角;σ_n 为正应力。

式(6.4.1)用主应力表示为

$$\sigma_1 = Q + K\sigma_3 \qquad (6.4.2)$$

式中,Q、K 为材料常数。

Coulomb 准则可以用 Mohr 极限应力圆直观地表示,如图 6.4.1 所示。

Coulomb 强度直线将 σ-τ 坐标平面分为上下两部分,直线以上部分为不稳定区域,直线以下部分为稳定区域。根据 Mohr 圆与 Coulomb 强度直线之间的关系,便可判断岩石的破坏情况。

若某点的应力 Mohr 圆位于强度直线以下,则表明该点处于稳定区域,不会发生破坏;若某点的应力 Mohr 圆与强度直线相切,则该点在强度直线上,处于临界破坏状态,破坏面法线与最大主应力之间的夹角为 $45° + \varphi_r/2$。若某点的 Mohr 圆与强度直线相割,则表明该点处于不稳定区域,且已产生破坏。同时 Coulomb 准

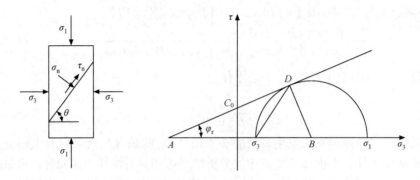

图 6.4.1 $\sigma\tau$ 坐标下 Coulomb 准则

则还表明,岩石受三向等伸时会破坏,受三向等压时不会破坏。

在主应力空间,图 6.4.1 中与 Mohr 极限应力圆相切的 D 点的应力可表示为

$$\begin{cases} \sigma_n = \dfrac{1}{2}(\sigma_1 + \sigma_3) + \dfrac{1}{2}(\sigma_1 - \sigma_3)\sin\varphi_r \\ \tau_n = \dfrac{1}{2}(\sigma_1 - \sigma_3)\cos\varphi_r \end{cases} \tag{6.4.3}$$

式中,σ_1 为最大主应力;σ_3 为最小主应力。

于是式(6.4.1)所表示的 Coulomb 准则也可表示为

$$f(\sigma_1,\sigma_2,\sigma_3) = \frac{1}{2}(\sigma_1 + \sigma_3) + \frac{1}{2}(\sigma_1 - \sigma_3)\sin\varphi_r - C_0\cos\varphi_r \tag{6.4.4}$$

在主应力空间,Coulomb 强度准则的形状为不规则六棱锥,在 π 平面上是不规则六边形,如图 6.4.2 所示。

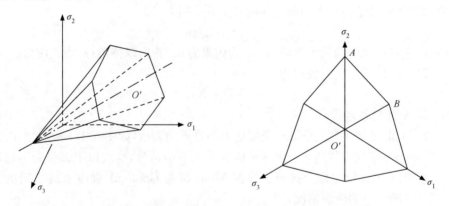

图 6.4.2 主应力空间和 π 平面上的 Coulomb 强度准则

Coulomb 强度准则的特点如下:

(1)该强度准则认为岩石的极限破坏强度只与最大和最小主应力有关,与中

间主应力无关,这有时与实际情况不符,σ_2 尽管影响不如 σ_1 的影响大,但确实存在。

(2) 该强度准则只能提供岩石破坏的强度条件,不能对岩石破坏机理及破坏的发生、发展过程进行有效描述。

(3) 由该强度准则得到的单轴抗压强度理论值低于实测值,因而该准则不能很好描述岩石在拉应力区和低应力区的真实强度特征。

(4) 该强度准则只适合于描述岩石在受压区的剪切破坏,对于受拉区的研究还不够充分。

(5) 该强度准则的屈服面在主应力空间存在导数不连续的角点,在进行弹塑性分析时,数值计算应用困难,收敛速度慢。

6.4.2　Hoek-Brown 强度准则

针对理论强度准则,尤其是 Coulomb 强度准则的缺陷,许多学者以试验为手段,探求以经验强度准则作为研究岩石破坏特征的新途径。在已提出的多个经验强度准则中,尤其以 Hoek 和 Brown 提出的最为著名,称为 Hoek-Brown 强度准则[434]。Hoek-Brown 强度准则主要是针对岩体提出的,不过在岩石试样的加工过程中同样存在由地壳运动所形成的裂纹、裂隙等,因此 Hoek-Brown 强度准则同样也适用于岩石试样的强度描述。

Hoek-Brown 强度准则分为狭义 Hoek-Brown 强度准则和广义 Hoek-Brown 强度准则。

1. 狭义 Hoek-Brown 强度准则

狭义的 Hoek-Brown 强度准则的表达式为

$$\sigma_1 = \sigma_3 + \sqrt{m_a \sigma_c \sigma_3 + s_a \sigma_c^2} \tag{6.4.5}$$

式中,σ_c 岩石的抗压强度;m_a、s_a 为岩石(岩体)经验参数。m_a 反映岩石的软硬程度,其取值范围为 0.0000001~25,对于严重扰动的岩石(岩体)取 0.0000001,对完整的岩石(岩体)取 25;s_a 反映岩石(岩体)的破碎程度,取值在 0~1 之间,破碎岩石(岩体)取 0,完整岩石(岩体)取 1。

Hoek-Brown 强度准则在主应力空间中的强度包络线如图 6.4.3 所示。

Hoek-Brown 强度准则适合于完整或破碎岩石(岩体),该强度准则忽略结构面对岩石(岩体)破坏的影响及其对岩石(岩体)强度的控制作用,仅将岩石(岩体)破坏划分为拉伸破坏和剪切破坏两种机制。

1) 拉伸破坏判据

当 $\sigma_3 \leqslant \sigma_t$($\sigma_t$ 为岩石(岩体)抗拉强度),且满足:

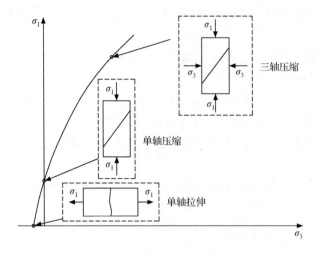

图 6.4.3　Hoek-Brown 强度包络线

$$\sigma_3 \leqslant \sigma_t = \frac{1}{2}\sigma_c(m_a - \sqrt{m_a + 4s_a}) \tag{6.4.6}$$

则表明所代表的点发生拉伸破坏。

2) 剪切破坏判据

当 $\sigma_3 \geqslant \sigma_t$（$\sigma_t$ 为岩石（岩体）抗拉强度），且满足：

$$\sigma_3 \geqslant \sigma_3 + \frac{1}{2}(m_a - \sqrt{m_a\sigma_c\sigma_3 + s_a\sigma_c^2}) \tag{6.4.7}$$

则表明所代表的点发生剪切破坏。

2. 广义 Hoek-Brown 强度准则

1992 年，Hoek 针对狭义 Hoek-Brown 经验强度准则的不足，提出了广义 Hoek-Brown 经验强度准则，并给出了各类岩石（岩体）经验参数[435]。广义 Hoek-Brown 经验强度准则的表达式如下：

$$\sigma_1 = \sigma_3 + \sigma_c\left(m_a\frac{\sigma_3}{\sigma_c} + s_a\right)^{n_a} \tag{6.4.8}$$

式中，n_a 为与岩石（岩体）特征有关的常数。

广义 Hoek-Brown 经验强度准则认为：对质量好的岩石（岩体），由于岩石颗粒结合紧密，其强度特征主要受岩石颗粒强度控制，此时采用狭义 Hoek-Brown 经验强度准则较为合适，可取 $n_a = 0.5$；对于质量较差的岩石（岩体），则采用广义 Hoek-Brown 经验强度准则比较合适。

比较 Hoek-Brown 经验强度准则与 Coulomb 强度准则，不难发现 Hoek-Brown 经验强度准则有如下优点：

（1）综合考虑了岩块强度、结构面强度、岩体结构等多种因素的影响，能更好地反映岩石（岩体）的非线性破坏特征。

（2）不仅能提供岩石（岩体）破坏时的强度条件，而且能对岩石（岩体）的破坏机理进行描述。

（3）弥补了 Coulomb 准则中岩石（岩体）不能承受拉应力，以及对低应力区不太适用的不足，能解释低应力区、拉应力区及最小主应力对强度的影响，因而更符合岩石（岩体）的破坏特点。

（4）以瞬时内聚力和瞬时内摩擦角描述岩石（岩体）的抗剪强度特征，很好地反映了岩石（岩体）中潜在破坏面上正应力的影响及岩石（岩体）破坏时的非线性强度。

Hoek-Brown 经验强度准则认为，岩石（岩体）极限破坏强度只与最大、最小主应力相关，与中间主应力无关，这有时与实际情况不相符合，因而成为了该强度准则的一个不足。还需注意的是，岩石（岩体）在由脆性破坏到塑性破坏转变时，实际上限制了 Hoek-Brown 经验强度准则的适用的应力条件，所以，Hoek-Brown 经验强度准则仅适用于描述低应力状态下岩石（岩体）的脆性破坏，而对高应力状态并不适用。

6.4.3　Mohr 强度准则

Mohr 强度准则的贡献是将 Coulomb 强度准则推广到三维应力状态，并认识到岩石材料性质本身乃是应力的函数。Mohr 准则可用函数关系表示为

$$\tau = f(\sigma) \tag{6.4.9}$$

式（6.4.9）在 τ-σ 坐标系中为一条对称于 σ 轴的曲线，它可以通过试验方法获取，即由对应于各种应力状态下的破坏 Mohr 应力圆包络线（或称为破坏 Mohr 圆的外公切线），如图 6.4.4 所示。这种获取破坏 Mohr 应力圆包络线的过程称为 Mohr 强度包络线给定。在利用 Mohr 应力圆包络线判断岩石材料中某一点是否发生剪切破坏时，可以在先给定的破坏 Mohr 应力圆包络线上，再叠加上反映实际岩石应力状态的 Mohr 应力圆。如果应力圆与包络线相切或相割，则所研究的点将产生破坏；如果应力圆位于包络线下方，则所研究的点不会产生破坏。

已提出的 Mohr 包络线的形式主要有直线型、二次抛物线型、双曲线型等。直线型的 Mohr 强度准则就是 Coulomb 强度准则，可见 Coulomb 准则是 Mohr 准则的一个特例。

1. 二次抛物线型

岩性较坚硬至较软弱的岩石类材料的强度包络线近似于二次抛物线，如图 6.4.5所示，其表达式为

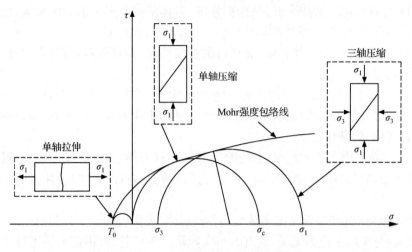

图 6.4.4　完整岩石的 Mohr 强度曲线

$$\tau^2 = n_M(\sigma + T_0) \tag{6.4.10}$$

式中，n_M 为待定系数；T_0 为岩石单轴抗拉强度。

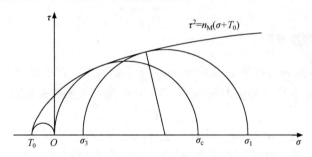

图 6.4.5　二次抛物线型强度包络线

二次抛物线型的主应力表达式为

$$(\sigma_1 - \sigma_3)^2 = 2n_M(\sigma_1 + \sigma_3) + 4n_M T_0 - n_M^2 \tag{6.4.11}$$

对于单轴压缩条件下有 $\sigma_3 = 0$，$\sigma_1 = \sigma_c$，由式(6.4.11)即可解得

$$n_M = \sigma_c + 2T_0 \pm 2\sqrt{T_0(\sigma_c + T_0)} \tag{6.4.12}$$

利用式(6.4.10)~式(6.4.12)便可判断岩石材料是否破坏。

2. 双曲线型

对于坚硬、较坚硬的岩石类材料来说，其包络线近似于双曲线型，如图 6.4.6 所示，表达式为

$$\tau^2 = (\sigma + T_0)^2 \tan^2\psi_1 + (\sigma + T_0)T_0 \tag{6.4.13}$$

式中，ψ_1 为包络线渐近线的倾角，$\tan\psi_1 = \dfrac{1}{2}\sqrt{\left(\dfrac{\sigma_c}{T_0} - 3\right)}$。

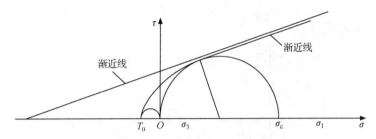

图 6.4.6　双曲线型强度包络线

利用式(6.4.13)便可判断岩石内某点是否发生破坏。

Mohr 强度准则与 Coulomb 准则一样，实质上也是一种剪应力强度准则。一般认为该准则比较全面地反映了岩石的强度特征，它既适用于塑性岩石也适用于脆性岩石的剪切破坏。同时也反映了岩石抗拉强度远小于其抗压强度这一特征，并能解释岩石在三向等拉时会破坏，在三向等压时不会破坏的特点，这些已被试验所证实，因此 Mohr 强度准则在岩石工程实践中应用广泛。

同样 Mohr 准则也没有反映第二主应力对岩石强度的影响，而且该判据只适用于剪切破坏，受拉区域的适用性还需进一步探讨，不适用于岩石类材料的膨胀或蠕变破坏。

6.4.4　Griffith 强度准则

由理论计算得到的单晶抗压强度比材料的实际抗压强度大得多，Griffith 认为，这是由于材料中存在裂纹的结果。当材料受到拉应力时，在裂纹尖端会产生高度的应力集中，其应力远大于平均拉应力。当材料所受拉应力足够大时，便导致裂纹不稳定扩展而使材料产生脆性断裂。因此 Griffith 准则认为，脆性破坏属于张拉破坏，而不是剪切破坏。Griffith 准则可以表示为

$$\begin{cases} (\sigma_1 - \sigma_3)^2 = 8T_0(\sigma_1 + \sigma_3), & \sigma_1 + 3\sigma_3 \geqslant 0 \\ \sigma_3 = -T_0, & \sigma_1 + 3\sigma_3 \leqslant 0 \end{cases} \tag{6.4.14}$$

式中，T_0 为材料的单轴抗拉强度。

Griffith 强度准则如图 6.4.7 所示。

由式(6.4.14)可知，材料的单轴抗压强度是 $8T_0$，也就是说单轴抗压强度是单轴抗拉强度的 8 倍，该值在数量级上是合理的，但一般认为比实际偏低。

Griffith 强度准则是 Mohr 准则的特例之一，图 6.4.7 主应力对应的 Mohr 圆具有抛物线型的包络线(图 6.4.8)：

$$\sigma = \frac{\tau^2}{4T_0} - T_0 \tag{6.4.15}$$

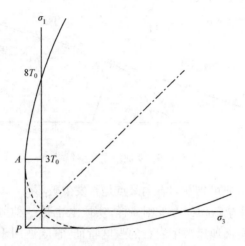

图 6.4.7　主应力空间中 Griffith 强度准则

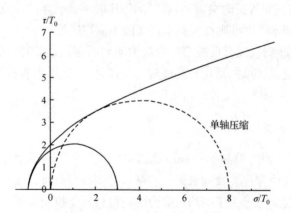

图 6.4.8　Griffith 强度准则 Mohr 应力圆及包络线

于是在式(6.4.15)的基础上可以得到更一般的 Mohr 准则,写成

$$\sigma = \frac{\tau^2}{\alpha_G T_0} - T_0, \quad \alpha_G = \frac{m_G^2}{(1 + \sqrt{1 + m_G})^2} \tag{6.4.16}$$

式中,m_G 为岩石单轴抗压强度与单轴抗拉强度之比值。相应的主应力关系为[436]:

$$\begin{cases} (\sigma_1 - \sigma_3)^2 = 2\alpha_G T_0(\sigma_1 + \sigma_3) + 4\alpha_G T_0^2 - \alpha_G^2 T_0^2, & \sigma_1 \geqslant (\alpha_G - 1)T_0 \\ \sigma_3 = -T_0, & \sigma_1 < (\alpha_G - 1)T_0 \end{cases}$$

$$\tag{6.4.17}$$

Griffith 强度准则认为岩石类材料的破坏机理是拉伸破坏。在 Griffith 准则

的理论解中还可以证明新裂纹与最大主应力方向斜交,而且扩展方向会最终趋于最大主应力平行。

值得注意的是,Griffith 强度准则忽略了岩石内部微裂纹在高压应力条件下可能闭合的事实。如果材料内部微裂纹闭合,则在微裂纹两闭合表面间将产生摩擦力,因此在此基础上,Mcclintock 等[437]和 Brace[438]便提出了修正的 Griffith 强度准则。

修正的 Griffith 强度准则用公式表示为

$$\sigma_1 = \frac{\sqrt{1+\mu_e^2}+\mu_e}{\sqrt{1+\mu_e^2}-\mu_e}\sigma_3 + T_0 \tag{6.4.18}$$

式中,μ_e 为微裂纹的滑动摩擦系数。

6.4.5 Drucker-Prage 强度准则

Mises 准则认为,八面体剪切应力或 π 平面上的剪应力分量 τ_{otc} 或应力偏张量第二不变量 J_2 达到某一极限时,岩石材料开始屈服;材料的屈服完全是由应力偏张量的第二不变量确定[436]。在主应力空间,Mises 准则是一圆柱面。Drucker-Prage 强度准则(或 D-P 准则)是 Mises 准则的推广[439],在主应力空间 D-P 准则是一圆锥面,用公式表示为

$$\sqrt{J_2} = k_1 I_1 + k_2 \tag{6.4.19}$$

式中,I_1 为应力张量第一不变量;k_1、k_2 为材料常数。根据 D-P 准则圆锥面与 Coulomb 准则不等角六棱锥面之间的关系(图6.4.9),常数 k_1、k_2 与材料的内聚力(C_0)和内摩擦角 φ_r 之间有三种不同的关系式。

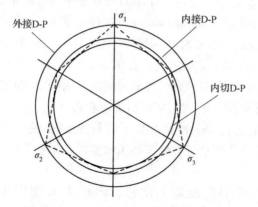

图 6.4.9 Drucker-Prage 强度准则与 Coulomb 强度准则的关系

由图 6.4.9 中当 D-P 准则的圆锥面与 Coulomb 准则不等角棱锥面的位置关系可导出如下关系:

（1）当 D-P 准则与 Coulomb 准则相外接时，有

$$\begin{cases} k_1 = \dfrac{2\sin\varphi_r}{\sqrt{3}(3-\sin\varphi_r)} \\[3mm] k_2 = \dfrac{6C_0\cos\varphi_r}{\sqrt{3}(3-\sin\varphi_r)} \end{cases} \qquad (6.4.20)$$

（2）当 D-P 准则与 Coulomb 准则相内接时，有

$$\begin{cases} k_1 = \dfrac{2\sin\varphi_r}{\sqrt{3}(3+\sin\varphi_r)} \\[3mm] k_2 = \dfrac{6C_0\cos\varphi_r}{\sqrt{3}(3+\sin\varphi_r)} \end{cases} \qquad (6.4.21)$$

（3）当 D-P 准则与 Coulomb 准则相内切时，有

$$\begin{cases} k_1 = \dfrac{\tan\varphi_r}{\sqrt{9+12\tan^2\varphi_r}} \\[3mm] k_2 = \dfrac{3C_0}{\sqrt{9+12\tan^2\varphi_r}} \end{cases} \qquad (6.4.22)$$

在塑性力学应用中，如果采用非关联的流动法则，当塑性势函数取 D-P 准则的形式时，则式（6.4.20）～式（6.4.22）中的 φ_r 则需要换成膨胀角来计算，具体做法可以参考文献[440]、[441]。

D-P 强度准则虽然考虑了中间主应力对岩石强度的影响，与前述的 Coulomb 和 Hoek-Brown 强度准则相比较似乎更具有理论上的合理性，但是在实际应用中也有其不足的一面，下面做些这方面的说明。

（1）外接 D-P 准则的奇异性。外接 D-P 准则中，k_1、k_2 的计算取式（6.4.20），根据文献[432]的分析结果，随着 Coulomb 准则中的 K 的增加，D-P 准则的顶角增大，在 $K=4$ 时即 $\sin\varphi_r=0.6$ 时，Coulomb 准则与 $\sigma_2=\sigma_3$ 平面的交线将平行于与 $\sigma_2=\sigma_3$ 轴，两者的交点位于无限远处。在 $K>4$ 之后，$\sigma_1=0$ 的平面以及所有平行于坐标面的平面与 D-P 准则的交线为不封闭的双曲线，从而导致在三轴拉伸情况下岩石永远不会屈服的结果，这与实际情况不相符合。

显然，在拉伸情况下，D-P 准则高估了岩石的强度，使得岩土工程的设计偏于不安全。由于外接 D-P 准则与常规三轴压缩实验结果吻合的不错，因而得到了广泛的应用。

（2）内接和内切 D-P 准则的缺点。内接 D-P 准则中，k_1、k_2 的计算取式（6.4.21），根据文献[432]的分析结果，在这种情况下，围压对岩石强度的影响系数小于通常的 $K=(1+\sin\varphi_r)/(1-\sin\varphi_r)$，而且不可能超过 4，这样就低估了围压的作用，不符合实际情况。

在最小主应力 $\sigma_3=0$ 时，可得到双轴加载的强度曲线，如图 6.4.10 所示。

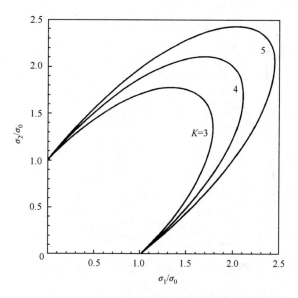

图 6.4.10　双轴压缩加载强度曲线

由图 6.4.10 可看出，随着 K 的增加，中间主应力的影响增大。在 $\sigma_1 = \sigma_2$ 时，岩石的强度是单轴压缩强度的 2 倍作用，这样就高估了中间主应力的作用，与已有的试验结果也不符。

内切 D-P 准则中，k_1、k_2 的计算取式(6.4.22)，这与内接 D-P 准则的分析结果是一样的，其缺点也完全相同。

6.4.6　Murrell 强度准则

Murrell 强度准则实际上是 Griffith 强度准则在三维空间的推广[442]，用公式表达为

$$(\sigma_1 - \sigma_2)^2 + (\sigma_2 - \sigma_3)^2 + (\sigma_1 - \sigma_3)^2 = 24T_0(\sigma_1 + \sigma_2 + \sigma_3) \quad (6.4.23)$$

通常认为式(6.4.23)利用应力不变量表示，形式简单，能够考虑中间主应力的影响，并且将单轴拉压强度比提高到了 12，从而更符合实际情况[318]。然而结果并没有那么完善，根据文献[432]、[443]的研究结果，Murrell 准则在主应力之和小于 $3T_0$ 时应为圆锥面，拉压强度比仍然是 8。

Murrell 准则在子午面 $\sigma_2 = \sigma_3$ 上的形状如图 6.4.11 所示。

由图 6.4.11 可以看出，在坐标面 $\sigma_2 = \sigma_3$ 的下方(即 $\sigma_1 < 0$)存在部分屈服面。如果增大压应力 $\sigma_2 = \sigma_3$，其承载的拉应力 σ_1 也可以相应增加，这与时间情况不符。

Murrell 强度准则考虑了中间主应力的影响，随着最小主应力的增加，中间主应力的影响程度减小。并且 Murrell 强度准则为研究多轴应力的效应提供了简单的准则。但是由上述分析可知 Murrell 准则也有其自身的不足，在使用时应当

注意。

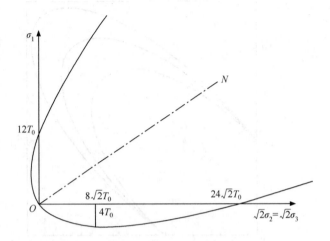

图 6.4.11　子午面上的 Murrell 强度准则

6.4.7　幂函数强度准则

Yoshinaka 和 Yamabe 在概括大量试验结果基础上,提出了幂函数强度准则[444],表示如下:

$$\frac{\tau_m}{\tau_{m0}} = a_p \left(\frac{\sigma_m}{\sigma_{m0}}\right)^{b_p} \tag{6.4.24}$$

式中,$\tau_m = (\sigma_1 - \sigma_3)/2$ 为三维应力状态岩石破坏时最大剪应力;$\sigma_m = (\sigma_1 + \sigma_2 + \sigma_3)/3$ 为平均主应力;τ_{m0} 与 σ_{m0} 分别为单轴压缩破坏时 τ_m 与 σ_m 的对应值;a_p、b_p 为材料参数。

刘宝琛利用 55 种岩石材料的单轴压缩、等围压三轴压缩及巴西劈裂试验结果,具体确定了幂函数强度准则中的参数 a_p 和 b_p。尽管试验数据的相关性很高,但其合理性仍值得商榷[445]。

幂函数强度准则可直接表达为

$$\frac{\sigma_1 - \sigma_3}{\sigma_c} = \left(\frac{\sigma_1 + \sigma_2 + \sigma_3}{\sigma_c}\right)^{b_p} \tag{6.4.25}$$

式中,σ_c、b_p 为材料参数,可通过实验数据回归得到。

在 $\sigma_m \geqslant 0$ 的应力条件下,幂函数强度准则一般都能成立,适用于岩石工程所能经常用到的各种应力状态。但是在某些应力条件和既定的参数条件下,幂函数强度准则在预测时也会带来一定的偏差。

从特定的实验结果归纳得到的强度准则,固然很难用各种应力状态下的实验结果进行验证,但应该对理论公式作尽可能的推导分析。如果推导结果与已有实验结果或常识出现明显矛盾时,那么在实际应用时就要持谨慎态度。

6.4.8　双剪统一强度准则

双剪统一强度准则是俞茂宏等提出的基于他早先提出的双剪强度准则[446]，以克服双剪不能适用于岩土类材料的缺点的一种强度准则[447,448]。双剪统一强度准则用公式表达为

$$\begin{cases} F = \tau_{13} + b_d\tau_{12} + \beta_d(\sigma_{13} + b_d\sigma_{12}) = c_d, & \tau_{12} + \beta_d\sigma_{12} \geqslant \tau_{23} + \beta_d\sigma_{23} \\ F = \tau_{13} + b_d\tau_{23} + \beta_d(\sigma_{13} + b_d\sigma_{23}) = c_d, & \tau_{12} + \beta_d\sigma_{12} \leqslant \tau_{23} + \beta_d\sigma_{23} \end{cases}$$

$$(6.4.26)$$

式中，b_d 为反映中间主剪应力作用的权重系数；β_d 为反映正应力对材料破坏的影响系数；c_d 为材料的强度参数。双剪应力 τ_{12}、τ_{13} 和 τ_{23} 及其作用面上的正应力 σ_{12}、σ_{13} 和 σ_{23} 分别等于：

$$\begin{cases} \tau_{12} = \frac{1}{2}(\sigma_1 - \sigma_2), & \sigma_{12} = \frac{1}{2}(\sigma_1 + \sigma_2) \\ \tau_{13} = \frac{1}{2}(\sigma_1 - \sigma_3), & \sigma_{13} = \frac{1}{2}(\sigma_1 + \sigma_3) \\ \tau_{23} = \frac{1}{2}(\sigma_2 - \sigma_3), & \sigma_{23} = \frac{1}{2}(\sigma_2 + \sigma_3) \end{cases}$$

$$(6.4.27)$$

经推导可得到主应力空间的双剪统一强度准则：

$$\begin{cases} F = \sigma_1 - \frac{\alpha_d}{1 + b_d}(b_d\sigma_2 + \sigma_3) = \sigma_t, & \sigma_2 \leqslant \frac{\sigma_1 + \alpha_d\sigma_3}{1 + \alpha_d} \\ F = \frac{\alpha_d}{1 + b_d}(b_d\sigma_2 + \sigma_1) - \alpha_d\sigma_3 = \sigma_t, & \sigma_2 \geqslant \frac{\sigma_1 + \alpha_d\sigma_3}{1 + \alpha_d} \end{cases}$$

$$(6.4.28)$$

式中，$\alpha_d = \sigma_t/\sigma_c$，$\sigma_t$ 为岩石的抗拉强度，σ_c 为抗压强度。

π 平面上双剪统一强度准则的形状如图 6.4.12 所示。

双剪统一强度准则具有明确的物理意义，是统一的强度理论。双剪统一强度准则有以下优点：

（1）充分考虑了作用在双剪应力单元体上的所有应力分量对材料屈服或破坏的不同影响。

（2）正确反映了中间主应力的分段效应，并且可以全域灵活地适应各种材料不同程度的中间主应力效应。

（3）随着参数的不同选择，双剪统一强度准则可以退化为 Tresca 准则、Mises 准则、双剪强度准则等。

（4）根据双剪统一强度准则还可以推演出一系列新的强度准则。

尽管双剪统一强度准则具有以上诸多优点，但是由于其与 Coulomb 准则一样具有导数不连续的角点，虽然作了改进[449]，在数值应用上的方便性还需进一步探讨，而且其精度也需要进一步考证。

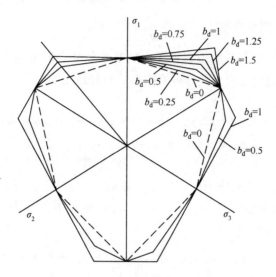

图 6.4.12　π 平面上双剪统一强度准则

6.5　中间主应力的影响

岩石类材料在地壳中所处的应力状态比较复杂,一般都处于三维应力场中。岩石的应力状态可用 3 个主应力来表示,即最大主应力 σ_1、中间主应力 σ_2 和最小主应力 σ_3。在研究岩石类材料的强度准则中,有些将中间主应力的影响忽略了,有些尽管含有中间主应力,但是其参数多数是在常规三轴应力 $\sigma_2 = \sigma_3$ 的条件下得到的,并不能真正反映岩石的本质。

中间主应力对岩石类材料的强度到底有多大影响,一直以来都是研究者们十分关注的问题,已经有学者对岩石材料进行了真三轴的研究[450~454],并取得了一些有价值的成果。

6.5.1　中间主应力对岩石强度的影响

中间主应力对岩石强度的影响跟岩石种类有关系,图 6.5.1 给出了一些岩石材料的真三轴试验结果。

由图 6.5.1 可知,对大理岩、粗面岩和石灰岩来说,中间主应力均达到了最大值 $\sigma_2 = \sigma_1$,而且对强度的影响是明显的:当 σ_2 从 $\sigma_2 = \sigma_3$ 开始增加时,试样强度随之增加,但增加幅度逐渐变缓,最后试样强度基本上维持恒定不变。对于花岗岩来说,随着中间主应力的增大,其强度存在一个先增大后减小的过程。白云岩的强度表现与花岗岩一样。由于试验机加载并不能完全保证岩石试样内部处处均匀受力,而且试样也存在各种不同的微裂隙和缺陷,所以图 6.5.1 中所示结果从某种程

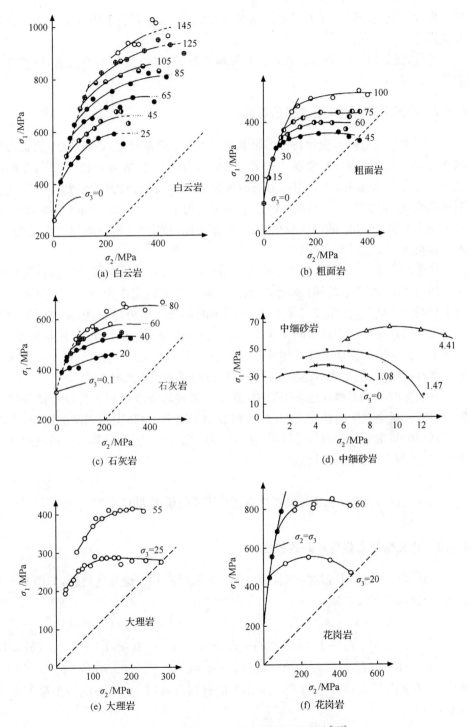

图 6.5.1 中间主应力对岩石强度的影响[432]

度上来说不能完全归于应力状态的原因,因此不能希望岩石强度准则完全符合实际试样的峰值应力。

另外,试验过程中的加载方式也会影响岩石的强度,这里不再叙述,可参考文献[315]、[456]。

6.5.2　中间主应力对岩石变形的影响

中间主应力对岩石变形特性的影响也是根源于强度特征,在试验中,通常会发现强度大的岩石变形相对强度小的岩石来说要小。试验结果表明[451~453],在保持最小主应力 σ_3 恒定时,中间主应力的增加会带来岩石试样的强度增大,而延性会明显降低,趋于脆性变形。也就是说,最小主应力增加,试样破坏前的应变增加;中间主应力增加,破坏前的应变减小,两者的作用刚好相反。这种规律在白云岩、大理岩和花岗岩上表现得很明显。

在中间主应力 σ_2 等于最小主应力 σ_3 时,σ_1 增大会使试样各个方向都会同时发生均匀屈服,所产生的塑性应变较大。如果增大中间主应力,则 σ_2 方向上岩石的承载能力将增大,在相同情况下,原来屈服的部分将不再屈服,因此也就不产生进一步的塑性变形。即在中间主应力 σ_2 增大时,需要更高的应力 σ_1 使材料屈服。中间主应力的增加会使试样的塑性变形减小,试样变形趋于脆性,这样尽管使试样的强度有所增大,但是岩石达到最终破坏所需的能量却大大减少。

在实际的采矿工程和地下工程中,造成围岩破坏的能量源于自身所储存的弹性应变能。对临空面的快速支护,在增加最小主应力、提高围岩强度的同时,也减小了其与中间主应力的差异,这样便使围岩内部受力较为均匀,围岩的屈服破坏趋于均一,有利于围岩的变形稳定。

6.6　含瓦斯煤岩强度准则

6.6.1　含瓦斯煤岩强度准则的提出

文献[21]利用 D-P 强度准则,提出了含瓦斯煤岩的失稳强度判据,如图 6.6.1 所示,用公式表达为

$$\begin{cases} F_1 = (\sigma_3 - p) - T_0 = 0 \\ F_2 = \sqrt{J_2} - k_1(I_1 - 3p) - k_2 = 0, \quad T_0 < I_2 < I_0 \\ F_3 = J_2 + (I_1 - I_0) - [k_1(I_1 - 3p) + k_2]^2 = 0, \quad I_0 < I_1 \end{cases} \quad (6.6.1)$$

式中,p 为瓦斯压力;k_1、k_2 为 D-P 准则中的材料常数;I_0 为第一应力张量不变量 I_1 的临界值。

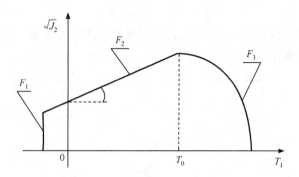

图 6.6.1　含瓦斯煤岩强度曲线

由图 6.6.1 可知，为使 D-P 准则适用于含瓦斯煤岩强度的描述，式(6.6.1)所表达的强度准则对 D-P 准则进行了如下 3 个方面的修正：

（1）考虑到三维静水压力对岩石类材料破坏的影响，引进了一帽盖强度准则，使其破坏面在三维主应力空间形成一个封闭曲面，为便于数学上的处理，帽盖选用球面。

（2）考虑到岩石类材料在拉应力状态下破坏的特殊性，认为处于拉应力状态下的岩石类材料在其拉应力达到其单轴抗拉强度时即发生破坏。

（3）考虑到实际煤层中含有瓦斯气体，而瓦斯气体对煤岩的强度也是有影响的，所建立的强度判据也要考虑瓦斯气体的影响，因此将含瓦斯煤岩的强度准则建立在有效主应力空间，以满足含瓦斯煤岩的实际情况。

我们知道 D-P 强度准则与 Mises 强度准则一样，也是一种理想塑性准则[392]，当应力达到其屈服强度时就会发生塑性流动（也就是破坏），不能反映含瓦斯煤岩的应变强化特征。从第 2 章的实验结果可知，含瓦斯煤岩具有典型的非线性强化特征。受文献[21]的启发，基于第 4 章的研究结果，作者提出了一种非线性的含瓦斯煤岩强度准则，具体表述如下。

由第 4 章的研究可知，式(4.5.18)所表达的非线性屈服准则能有效描述含瓦斯煤岩的变形及强度特性，这里重复一下式(4.5.18)：

$$F = \sigma'_{eq} - \alpha_p R_c \sqrt{A_0 \left(C_s + \frac{\sigma'_H}{R_c} \right)} = 0 \qquad (6.6.2)$$

式中所有参数所表征的内容与式(4.5.18)一样。

很显然，式(6.6.2)是一抛物线形式的屈服准则，在含瓦斯煤岩的应变强化阶段，它表征的就是加载条件。式(6.6.2)在三维应力空间表示的是一种开口形的锥形加载面，这种加载面能较好地反映岩石类材料的非线性强化特征，不过也会导致体积膨胀过大的现象。为克服式(6.6.2)所带来的体积膨胀过大的不足，在此采用非关联的塑性流动法则，以 D-P 准则为塑性势函数，公式表达如下：

$$Q = \sigma'_{eq} + 3k_1\sigma'_H - k_2 \qquad (6.6.3)$$

由式(6.6.2)、式(6.6.3)组成的含瓦斯煤岩非线性强度准则在子午平面上的曲线如图 6.6.2 所示。

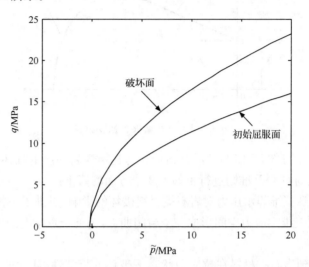

图 6.6.2　含瓦斯煤岩的非线性强度准则

图 6.6.2 中 $\tilde{p} = \sigma'_H, \tilde{q} = \sigma'_{eq} = \sigma_{eq} = q$，可见上述所提出的非线性强度准则能反映含瓦斯煤岩的非线性应变强化特征。不但能描述三轴压缩下含瓦斯煤岩非线性应变强化特性及破坏特征，而且还可以描述单轴条件下的拉伸破坏。图 6.6.2 还表明，含瓦斯煤岩的峰值应力与屈服应力之间的差值会随着 $\tilde{p}$ 的增大而增大，这与第二章中的实验结果是相吻合的。

该准则在有效主应力空间的三维表达如图 6.6.3 所示。

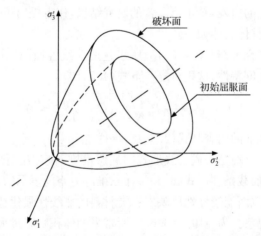

图 6.6.3　有效主应力空间含瓦斯煤岩的非线性强度准则

6.6.2　含瓦斯煤岩强度准则的实验验证

为考察 6.6.1 节中所提出的含瓦斯煤岩非线性强度准则的准确性,需要利用实验结果对其进行验证。利用含瓦斯煤岩在瓦斯压力 $p＝0.4$MPa 和 $p＝0.8$MPa 条件下的三轴实验结果对含瓦斯煤岩非线性强度准则进行验证,验证结果分别如图 6.6.4、图 6.6.5 所示。

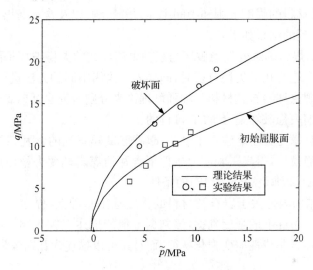

图 6.6.4　$p＝0.4$MPa 条件下的验证结果

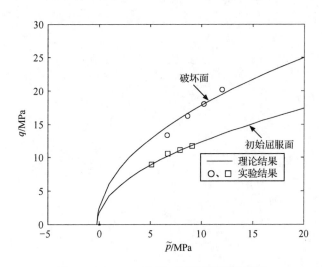

图 6.6.5　$p＝0.8$MPa 条件下的验证结果

由图 6.6.4、图 6.6.5 可以看出,实验值与理论值吻合得很好,这说明所提出的含瓦斯煤岩的非线性强度准则是合理的、有效的,可以作为含瓦斯煤岩在三维载荷条件下的失稳破坏准则。

6.7　本章小结

本章分析了含瓦斯煤岩的破坏失稳机制,初等突变理论及尖点突变模型的建立步骤,岩石类材料的强度准则和中间主应力的影响,以及含瓦斯煤岩强度准则的建立过程,所得到的结果如下:

(1) 含瓦斯煤岩的蠕变失稳破坏与三轴单调加载的失稳破坏是两种不同的失稳机制。因此在进行相关失稳分析时,同样需要采用不同的方法进行。通过分析,利用初等突变理论和岩石类材料三轴强度理论来分别研究含瓦斯煤岩的蠕变破坏失稳和三轴压缩失稳破坏是合理的、可行的。

(2) 利用初等突变理论建立了基于试验机-试样系统的含瓦斯煤岩蠕变破坏的尖点突变失稳模型,得出三轴应力条件下含瓦斯煤岩蠕变失稳破坏不仅要满足 $G_3 \leqslant 0$ 的条件,还要满足式(6.3.17)的条件。

(3) 在总结国内外关于岩石类材料的强度准则基础上,提出了一种符合含瓦斯煤岩三轴应力条件下的强度判据,该判据不但能描述三轴压缩下中间主应力的影响及含瓦斯煤岩非线性应变强化特征,而且还可以描述含瓦斯煤岩的拉伸破坏。

第 7 章　煤与瓦斯突出模拟实验研究

煤与瓦斯突出是煤矿井下开采过程中所发生的一种动力灾害,发生时将摧毁井巷设施、破坏矿井通风系统,并使煤岩和瓦斯大量涌出,造成人员窒息、煤流埋人,甚至导致严重的瓦斯爆炸事故,从而造成生产中断、人员伤亡等巨大损失。根据煤与瓦斯突出综合作用假说:煤与瓦斯突出是由地应力、瓦斯和煤的物理力学性质综合作用的结果。但是地应力、瓦斯和煤的物理力学性质在煤与瓦斯突出过程中的作用机理目前尚未研究清楚。由于煤与瓦斯突出的巨大危险性,因此在生产现场对其发生过程进行实测和研究几乎没有可能,国内外多采用实验室模拟实验和数值模拟实验的方法对之展开研究。

7.1　煤与瓦斯突出模拟实验系统的研制

7.1.1　煤与瓦斯突出模拟实验系统研制进展

国内外许多学者在煤与瓦斯突出的模拟实验研究方面,做了大量的工作[460~464]。其中,20 世纪 50 年代苏联进行了一维突出模拟实验,实验结果揭示了只有在很大的瓦斯压力梯度作用下才会发生煤与瓦斯突出;日本学者氏平增之进行了模拟抛射实验,但模型吸附性能与煤相差很大[465];国内煤科院抚顺分院的王佑安等开展了一维模拟实验研究[466];中国矿业大学的蒋承林采用一维模型模拟了理想条件下石门揭煤时煤与瓦斯突出过程[467];中国科学院力学研究所孟祥跃进行了二维模拟实验研究[468];河南理工大学蔡成功进行了三维煤与瓦斯突出模拟实验研究[469]。陈安敏等[470]研制了岩土工程多功能模拟试验装置,并对岩土材料进行了大量的模拟实验研究。但不论从实验手段还是实验设备方面,在模拟煤与瓦斯突出时存在很多问题,如突出煤样尺寸相对较小、突出口无法实现瞬间打开、载荷仅能实现均匀加载等。为此,本书研制开发了一套煤与瓦斯突出模拟实验系统,该系统可以进行三维条件下的煤与瓦斯突出模拟实验研究,能够实现分级加载、变化加载速度及大煤样、变化瓦斯压力等多种模拟情况的实验研究,且精度较高。

7.1.2　煤与瓦斯突出模拟实验系统研制思路

尽管在煤与瓦斯突出模拟实验系统的研制方面,国内外广大学者进行了大量

的、卓有成效的研究工作,但是研制的煤与瓦斯突出模拟实验系统还存在很多不足之处,归结起来主要包括以下几个方面:

(1) 现有的煤与瓦斯突出模拟实验系统的突出腔体尺寸相对采煤现场的尺寸小得多,且与相似模拟的最佳几何相似比原理相差较大。

(2) 现有的煤与瓦斯突出模拟实验系统多为一个圆柱形腔体,因此只能模拟水平煤层或近水平煤层,对于倾角较大的煤层束手无策。

(3) 现有的煤与瓦斯突出模拟实验系统所研究的"瓦斯气体"多为二氧化碳气体或氮气,很少涉及甲烷气体的煤与瓦斯突出模拟实验。

(4) 现有的煤与瓦斯突出模拟实验系统中,瓦斯气体的施加基本是通过一进气孔实现,即"点进气",无法实现面或体充气。

(5) 现有的煤与瓦斯突出实验系统,地应力的模拟均是通过各种材料实验机加载实现的,为均匀加载,因此无法模拟非均匀加载的情况。

(6) 现有的煤与瓦斯突出模拟实验系统在实现突然揭煤的瞬间方面,多采用手动,因而无法实现揭煤的瞬间化。

(7) 现有的煤与瓦斯突出模拟实验系统在实验结果的记录方面,仅能获得突出煤量、突出过程中温度变化等结果,因而无法了解煤与瓦斯突出过程的详细细节。

为了克服现有煤与瓦斯突出相似模拟系统的不足,重庆大学资源及环境科学学院根据煤与瓦斯突出发生的实际情况,并结合其他高等院校和科研院所的科研成果,研制开发了一套煤与瓦斯突出模拟实验系统。在研制该套煤与瓦斯突出模拟实验系统时,充分考虑各因素,按照以下思路进行设计和研制:

(1) 为了便于实验准备和进行实验,设计了实验翻转机构,能够实现模拟实验系统 360°旋转,并在水平位置和竖直位置设置固定装置,增加煤与瓦斯突出模拟实验系统的安全性。

(2) 为了便于煤与瓦斯突出模拟实验系统实验的准备,配备起吊设备和装卸装置,方便煤与瓦斯突出模拟实验系统的实验准备与安装。

(3) 为了便于煤与瓦斯突出模拟实验系统的试件加工,配备专门的煤样加工设备。

(4) 为了实现大尺寸和煤与瓦斯突出模拟实验且更接近最佳几何尺寸相似原理,设计研制了 5 种不同的模拟实验系统的突出腔体,且能够改变突出腔体的倾角,便于实现煤与瓦斯突出模拟实验系统中煤层的变化。

(5) 为了实现煤与瓦斯突出模拟实验系统的气体充入的面或体化,在突出腔体底部设置特殊的泡沫材料,实现由突出气体点充气向面充气的转化。

(6) 为了实现加载系统加载方式的多样化,设计研制了一套单片机控制的液压加载系统,可实现分级加载和分步加载。

（7）为了实现煤与瓦斯突出模拟实验过程中的揭煤瞬间化，设计开发了一套煤与瓦斯突出模拟实验系统的开门装置。

（8）为了了解煤与瓦斯突出模拟实验过程的详细细节和内部变化情况，设置和购买高质量的高速摄像机，对煤与瓦斯突出模拟实验过程进行全方位、全过程的拍摄。

（9）为了控制煤与瓦斯突出过程中气体压力的变化，该套煤与瓦斯突出模拟实验系统中的气体压力控制采用气瓶供气、双气压表控制，可实现煤与瓦斯突出模拟实验系统中的气体气压稳定。

7.1.3　煤与瓦斯突出模拟实验系统

根据上述研究思路，研制开发了一套煤与瓦斯突出模拟实验系统，如图 7.1.1、图 7.1.2 所示。该煤与瓦斯突出模拟实验系统由煤与瓦斯突出模具、快速释放机构、承载机构、电流伺服加载系统、翻转机构、主机支架及其附属装置组成。

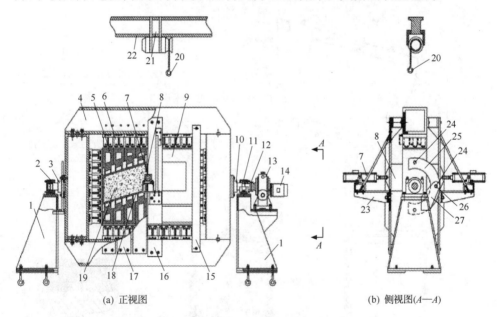

(a) 正视图　　　　　　　　　　　(b) 侧视图(A—A)

图 7.1.1　煤与瓦斯突出模拟实验系统结构示意图

1. 主机支架；2. 左轴承座；3. 左转轴；4. 承载架；5. 上压块；6. 液压千斤顶；7. 气压缸；8. 突出口侧封板；9. 支撑块；10. 右转轴；11. 右轴承座；12. 联轴器；13. 减速器；14. 步进电机；15. 固定梁；16. 气压缸支撑梁；17. 封梁；18. 突出模具；19. 突出煤样；20. 吊钩；21. 电动葫芦；22. 滑轮；23. 气压缸支架；24. 定位螺孔；25. 定位调节环；26. 定位支耳螺孔；27. 定位支耳

（1）煤与瓦斯突出模具：该实验系统的突出模具为长方体型腔体，如图 7.1.3、图 7.1.4 所示。该模具尺寸为 $400mm \times 400mm \times 500mm$，采用 30mm 厚的 Q235

(a) 控制系统　　　　　　　　　　　　(b) 实验系统

图 7.1.2　煤与瓦斯突出模拟实验系统

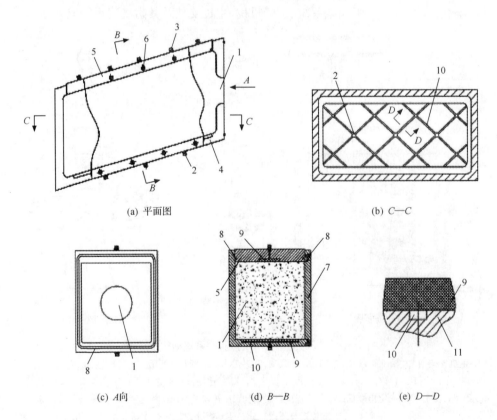

(a) 平面图　　　　　　　　　　　(b) C—C

(c) A向　　　　　　(d) B—B　　　　　　(e) D—D

图 7.1.3　突出模具结构示意图

1. 突出口；2. 进气孔；3. 出气孔；4. 模具底板；5. 模具上压板；6. 螺杆(螺孔)；
7. 模具侧封板；8. 密封圈；9. 泡沫金属；10. 刻槽；11. 钢板

钢板焊接而成；煤样顶端加三块各自独立的钢板，目的是增大煤样受力面积而使之均匀受力；钢板受力来自于加载装置和钢板之间的活塞，三组活塞可根据编组情况实现分别加载、并行加载等加载方式；顶盖密封采用密封圈、专用密封膜和螺栓密封；突出口为圆形且口径可以改变，口径尺寸分别为 30mm、60mm、100mm，突出孔洞用 PVC 板加硅橡胶密封，并在突出口两侧封板上加预应力防止突出口漏气；底部进气孔铺设 15mm 不锈钢泡沫材料，该材料允许气体渗透而煤粒无法通过，目的是实现实验系统的"面通气化"；应用前经检测该装置的气密性和安全性能均符合要求。

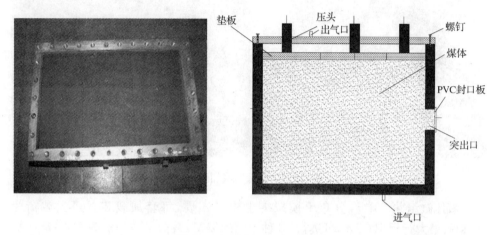

图 7.1.4　煤与瓦斯突出模具

（2）快速释放机构：主要由空气压缩机、气压缸及其附属设施组成，如图 7.1.5 所示。快速释放机构的空气压缩机为 Y132S2-2 型，压力调节范围为 0.6～

图 7.1.5　快速释放机构

1.5MPa,气缸型号为 KKP-15 型,压力调节范围为 0.05~0.80MPa;突出口两侧封板最大行程 170mm,厚度为 28mm,加工精度 $v \leqslant 0.01$mm,侧封板通过气压缸活塞杆与气压缸相连,两板对接于突出口中心,并通过施加的预应力与硅橡胶密封的突出口密封板紧密作用,通过气体压力实现瞬间开、关门来模拟石门揭煤等情况。

　　(3) 电流伺服加载系统:由计算机控制台、伺服压力站、液压缸组和MaxTest-Load实验控制软件组成,如图 7.1.6 所示。

图 7.1.6　电液伺服加载系统

　　液压缸组共 28 组,分布于模拟突出模具四周,每套加载装置最大载荷为300kN、最大行程 100mm,可进行 18 种不同的编组、载荷步数的加载方式;液压缸顶端为 400mm × 200mm × 200mm 的矩形顶板,其载荷精度为 1.0%;MaxTest-Load实验控制软件具有控制液压缸、实验数据的测量与可视化等功能,其附属设施均能满足煤与瓦斯突出模拟实验研究的精度需要。

　　(4) 翻转机构:主要由电机、减速器。轴承、联轴器、定位调节环组成,如图 7.1.7所示。

　　翻转机构电机为 YE2100L1-4 型,制动力矩 30N·m;减速器为二级蜗轮蜗杆减速器,型号为 WPEDKA;定位环兼起安全功能。通过旋转机构,可以实现水平方向准备实验、竖直方向进行煤与瓦斯突出实验。

　　(5) 附属机构:主要包括夹持机构、主机架、起重机、承载机架、高速摄像机等。其中模具夹持装置主要由液压千斤顶、上下压块、支撑块和左右侧封板组成。左右侧封板为 2 个,均为 4 块 30mm 厚的 Q235 钢板焊接而成的钢柱。突出模具左端钢板直接与千斤顶接触,突出端利用千斤顶施加于支撑块的压力将模具左右夹紧,承载框架上的上下两排千斤顶分别施加压力于上下压块使之分别与突出模具的上压板接触,将模具固定。

　　承载机架与液压缸相连,为四条钢柱围成的矩形,如图 7.1.8所示。起重机主要在试件装配过程中实现重物起吊等辅助作用,该设备位于突出模拟实验系统的正上方,额定起重力为 30kN。

图 7.1.7　翻转机构　　　　　　　　图 7.1.8　承载机架

高速摄像机主要用来拍摄煤与瓦斯突出过程,其型号为 HG100K,由美国 Rcdiakemasd 生产,该机安装方便,可研究快速运动过程,适合于煤与瓦斯突出的全过程拍摄和录制。该煤与瓦斯突出模拟实验系统在应用前,全部部件经过安全和技术检测,完全符合安全标准和技术精度要求。

7.2　煤与瓦斯突出模拟实验研究

7.2.1　煤与瓦斯突出模拟实验准备过程

利用该煤与瓦斯突出模拟实验系统进行实验时,其实验步骤如下:

1. 煤样试件制备

由于具有煤与瓦斯突出倾向的煤多为结构破碎的Ⅳ、Ⅴ类结构煤,且大部分松软、手捻可碎。因此,直接制备原煤试件难度很大,实验室常采用煤样试件来模拟原煤试件进行煤与瓦斯突出模拟实验研究。自煤矿井下取得煤样,经实验室粉碎、筛选,选取一定颗粒度的煤粉,按实验方案加水配比,记录每次加煤量并在设定压力水平,利用专门的煤样制备工具加压成型制成煤样试件,如图 7.2.1 所示。

制得煤样试件后,即可进行设备装配及密封工作。

2. 设备密封及装配

设备装配与设备密封对煤与瓦斯突出模拟实验的成败至关重要。突出腔体的密闭采用密封圈、特殊密封膜加螺栓密闭;突出口采用硅橡胶密封 PVC 板加预应

图 7.2.1　煤样制备设备及制成煤样

力密封;进、出气孔采用收缩橡胶管配螺纹、螺栓密封。装配密封后的突出腔体如图 7.2.2 所示。

图 7.2.2　突出腔密封及装配

在突出腔装配及密封过程中,应注意小心吊放突出腔体,防止煤样受震动而产生人为裂隙;特殊密封垫应展放整平,防止因特殊密封材料垫展放不平造成漏气;密封螺栓应全部均匀施力,使之压平特殊密封垫,强化密封效果。

3. 突出系统装配及突出口密封

在突出腔体密封完毕后,突出腔体经过吊运、固定、安装配套安全设施等环节安装到煤与瓦斯突出模拟系统中,如图 7.2.3 所示。

在安装过程中,要注意不能使突出腔受到太大冲击,并且注意人员安全和保护液压管路;所设计的安全防护设施必须全部安装到位,并在实验前严格检查。

(a) 吊运

(b) 安装安全措施

(c) 安装完毕

图 7.2.3　模拟实验装置装配过程

　　在突出口密封时,先将突出口清理干净,然后均匀涂抹硅橡胶并粘 PVC 板。为保证密封效果,可在 PVC 板的周围也均匀涂抹硅橡胶,待硅橡胶风干后,关闭突出口两侧的密封板并施加预应力,使之与突出腔体紧密接触,保证突出口的气密性。密封后的突出口如图 7.2.4 所示。

4. 载荷施加及瓦斯充加

　　载荷施加和瓦斯充加是在整个实验系统装配完毕后进行的最后一步。在载荷施加前,首先根据编制好的实验方案对液压缸进行编组处理,并为每组液压缸编制相应的加载程序,然后启动液压站和计算机控制软件,按设计方案对煤样进行加载。为使每组液压缸能够同时到达设定值载荷值,可在程序中不同应力水平设定一段稳压时间。控制系统软件界面如图 7.2.5 所示。

 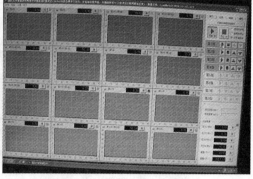

图 7.2.4　突出口密封效果　　　　　　图 7.2.5　载荷控制系统界面

在达到设定载荷后,稳压 10min 后即可充加瓦斯。充加瓦斯时,应注意瓦斯压力应缓慢上升,直到设定瓦斯压力值,其间应注意检查突出腔体是否漏气。持续充瓦斯一段时间,即可进行煤与瓦斯突出实验。

5. 煤与瓦斯突出实验

在各项准备工作就绪后,即可准备进行煤与瓦斯突出模拟实验。首先启动快速释放装置,将突出口封板控制系统打开至开门状态,然后撤离人员,在操作间内突然撤去突出口封板所受的应力,突出腔内煤体将冲破 PVC 板发生煤与瓦斯突出;实验完毕后,及时停止各液压缸的加载状态,目的是保护突出孔洞的形状。在进行实验时,应严格注意人员安全和紧急情况的处理和事故预防。

7.2.2　煤与瓦斯突出模拟实验研究

1. 实验方案

利用自行开发研制的煤与瓦斯突出模拟实验系统进行突出实验前,应编制好实验方案。本实验煤样取自松藻煤电集团打通一矿 7♯软分层,该层煤质松软、手捻可碎,曾多次发生过规模不等的煤与瓦斯突出事故,为典型的煤与瓦斯突出煤层。煤样自现场取回后,经粉碎、筛选,取颗粒度为 0.1mm 的煤粒,经加压成型制备煤样试件。同时取定量的煤样测试其含水率。载荷施加顺序为,先突出口,载荷75kN,目的是防止煤样二次受载后在突出口处发生变形,破坏突出口的密封;再施加垂向载荷,靠近突出口侧活塞载荷为 110kN,其余两个活塞 130kN,目的是在煤样试件内形成应力载荷梯度;然后施加侧向载荷,载荷值为 50kN,目的是维持系统受力平衡和保证煤样试件处于三维应力状态。根据前人研究结果,当瓦斯压力超过 0.75MPa 时,才会发生煤与瓦斯突出。因此,设定瓦斯压力值为 1.00MPa,持续通瓦斯时间设定为 24 小时,瓦斯气体为纯度 99.99% 的 CH_4。相同条件下进行几次煤与瓦斯突出实验研究。准备好的煤与瓦斯突出压力腔体如图 7.2.6 所示。

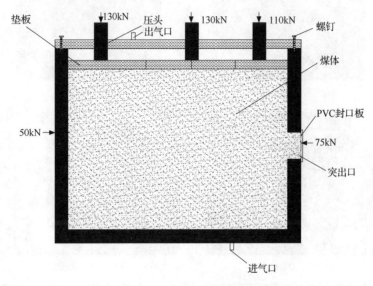

图 7.2.6　煤与瓦斯突出实验载荷施加

2. 实验结果

该煤与瓦斯突出模拟系统的实验结果具有直观性和可视性。因此,可以通过拍照对比研究的办法对实验结果进行分析。图 7.2.7 为煤与瓦斯突出实验主要实验现象的拍照和录像截图。

根据实验结果可知:

(1) 该煤与瓦斯突出模拟实验系统模拟的煤与瓦斯突出强度较大,突出煤被喷射几米远,个别较细煤粒被喷射的更远;且突出的煤粉在突出口前方的承压挡板上形成了"块",证明煤与瓦斯突出的力度较大。

(2) 该煤与瓦斯突出模拟实验系统模拟的煤与瓦斯突出的突出煤粉具有明显的分选性,在靠近突出口距离较近的地方通常为颗粒较大的煤粒,较细小的煤粒则多被喷射到离实验台较远的地方,细小颗粒的出现也证明煤粒在煤与瓦斯突出的过程中遭到了破坏。

(3) 该煤与瓦斯突出模拟实验台模拟的煤与瓦斯突出的突出孔洞基本为口小腔大的倒犁形,孔洞中心线与水平夹角为 45° 左右。

(4) 该煤与瓦斯突出模拟实验台模拟的煤与瓦斯突出的突出孔洞的容积小于

(a) 实验前(准备完毕)　　　　　　　　　　(b) 突出煤量照片

(c) 突出力度监测　　　　　　　　　　　　(d) 突出口情况

(e) 突出孔洞　　　　　　　　　　　　　　(f) 突出过程

图 7.2.7　煤与瓦斯突出实验相关照片

突出煤量的容积,基本保持在 $V_K = \left(\dfrac{1}{2} \sim \dfrac{2}{3} \right) V_C$。

（5）该煤与瓦斯突出模拟实验台模拟的煤与瓦斯突出时,快速释放机构释放的瞬间有刺耳的声响发生,为煤与瓦斯突出前的征兆。

（6）利用该系统模拟煤与瓦斯突出时,当实验条件基本相同时,得到的煤与瓦斯突出量、突出孔洞形状、突出声响大小及煤粉喷射距离差别不大。

几次条件相同的实验加煤量与突出煤量如表 7.2.1 所示。根据实验数据,把每次煤与瓦斯突出实验加煤量和突出煤量绘制成曲线进行研究,可得如图 7.2.8 所示曲线。

表 7.2.1　实验加煤量与突出煤量

实验次数	加煤量/kg	突出煤量/kg
1	89.38	16.95
2	87.57	17.02
3	88.45	16.94
4	90.25	17.12
5	87.78	16.86
6	88.84	17.02

分析表 7.2.1 可得到与上述(6)相同的结论。证明该实验系统重复性能较好,并具有较高的可靠性。

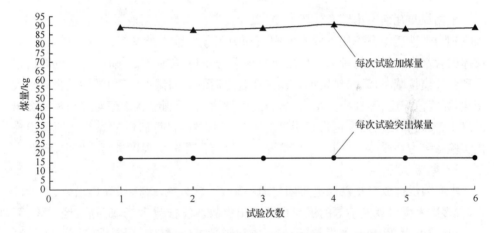

图 7.2.8　煤与瓦斯突出实验加煤量、突出量与实验次数

由图 7.2.8 可知,相同外界条件下煤与瓦斯突出强度具有较高的一致性,每次尽管加煤量有略微差别,但每次实验的突出煤量较均一,均在 17.0 ± 0.2 kg 间。加煤量不均的主要原因可能是在煤样成型的过程中煤样试件大小控制误差造成;而突出煤量的少许差别则是因为在突出后对突出煤量的收集不完全造成的。

图 7.2.9 是每次突出量与加煤量之比与实验次数关系。可见曲线基本为水平,约在 19% 左右,且起伏很小,甚至可以忽略。可见,煤与瓦斯突出的强度取决于外界条件,即瓦斯压力、应力和煤体的物理力学性质。

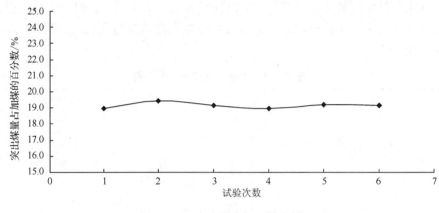

图 7.2.9　突出煤占加入煤比例

7.3　含水率对煤与瓦斯突出强度影响的实验研究

根据煤与瓦斯突出综合作用假说,煤与瓦斯突出是在瓦斯压力、地应力和煤体的物理力学性质综合作用下发生的剧烈动力现象。国内外学者的研究结果表明,煤体的含水率对煤的物理力学性质影响很大,如随着含水率的增加,煤样的峰值强度和弹性模量减小,泊松比增加。即使在含水后烘干的试件,其力学性质也有较大变化,如峰值强度、弹性模量增大,岩石的脆性增加。因此,含水率对煤与瓦斯突出的发生、发展和突出强度也将有明显的影响。本书以自行研制的煤与瓦斯突出模拟实验系统为手段,对不同含水率情况下的煤与瓦斯突出强度进行了实验研究。

1) 实验方案

本实验煤样取自松藻煤电集团打通一矿 7♯软分层,该煤层煤质松软、手捻可碎,曾多次发生过规模不等的煤与瓦斯突出事故。煤样自现场取回后,经粉碎、筛选,取颗粒度为 0.1mm 的煤粒,经加压成型制备煤样试件。同时取定量的煤样测试其含水率。载荷施加顺序为,先突出口,载荷 75kN,目的是防止煤样二次受载后在突出口处发生变形,而破坏突出口的密封;再施加垂向载荷,靠近突出口侧活塞载荷为 110kN,其余两个活塞 130kN,目的是在煤样试件内形成应力载荷梯度;然后施加侧向载荷,载荷值为 50kN,目的是维持系统受力平衡和保证煤样试件处于三维应力状态。根据前人研究结果,当瓦斯压力超过 0.75MPa 时,才会发生煤与瓦斯突出。因此,设定瓦斯压力值为 1.00MPa,持续通瓦斯时间设定为 24h,瓦斯气体为纯度 99.99％的 CH_4。

为了研究含水率对煤与瓦斯突出强度的影响,煤体的含水率分别设定为:1％、5％、10％和 15％,每种含水率情况下进行两次条件相同的煤与瓦斯突出模拟实验研究,以两次突出实验的突出煤量的加权平均数作为该含水率情况下的煤与瓦斯突出强度。

2) 实验步骤

煤与瓦斯突出模拟实验研究仍按照上节所述实验步骤进行,以图框形式表示,如图 7.3.1 所示。

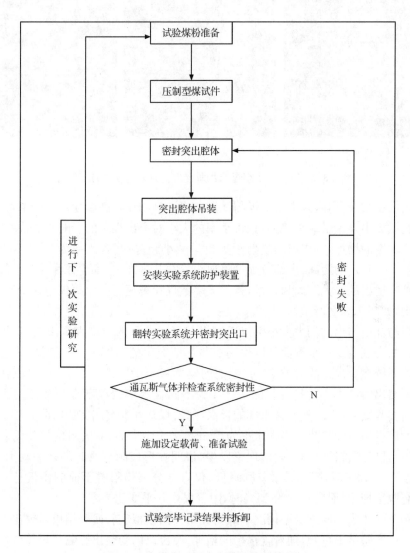

图 7.3.1　煤与瓦斯突出模拟实验流程图

3) 实验结果及分析

根据设定的实验计划进行相应实验。每次实验结束后,首先保护实验结束现场并进行拍照处理,可得到直观的实验结果,且实验结果较为理想。

图 7.3.2 为不同含水率(5%、10%、15%)时,煤与瓦斯突出模拟实验研究结束时的照片。

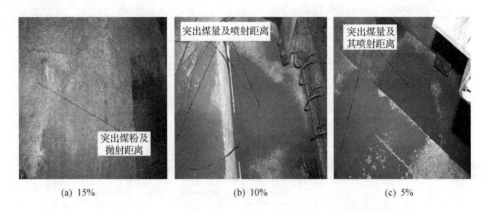

(a) 15%　　　　　　(b) 10%　　　　　　(c) 5%

图 7.3.2　不同含水率煤与瓦斯突出实验突出量与突出距离

由实验结果可知,含水率对煤与瓦斯突出影响明显。随着含水率的增加,发生煤与瓦斯突出煤量呈减小趋势,且含水率的大小对突出煤量的影响并非线性关系。随着含水率的增加,突出煤的喷射距离也呈减小趋势;当含水率为 5% 时,突出煤被喷射出十几米的距离,大部分煤量喷射距离在几米左右,而含水率为 15% 时,突出煤被喷射出的最大距离为几米,且绝大多数煤粉被喷射的距离仅为几十厘米,相对集中,如图 7.3.2 所示。

煤与瓦斯突出的动力大小可以通过煤与瓦斯突出的力度表示出来,且煤与瓦斯突出的力度也从一个侧面可以说明煤与瓦斯突出的强度大小。因此,该相似模拟实验系统在突出口的前方 50cm 处的前侧挡板上的附着煤量大小,可以作为煤与瓦斯突出力度大小的指标。图 7.3.3 为不同含水率情况下煤与瓦斯突出力度图。由实验结果可知,随着含水率的提高,每次煤与瓦斯突出完成时附着于前侧挡板上的煤量呈下降趋势。当含水率为 5% 时,突出结束后,有大量的煤粉附着于前侧挡板,且经历较长时间无脱落现象发生,说明在形成附着物时的外加动力较大;而含水率为 10% 时,附着煤量急剧降低,仅有部分煤粉附着于前侧挡板且一段时间后有脱落现象;而含水率为 15% 时,附着煤量几乎变化为零。

图 7.3.4 为不同含水率情况下煤与瓦斯突出模拟实验研究结束后突出口附近情况。由实验结果可知,随着含水率的增加,突出口内受突出影响的煤体区域呈现减小趋势。当含水率为 5% 时,受影响的煤体区域约为 20～25cm;而含水率为 15% 时的影响区域仅为 5～10cm。这也说明含水率对煤与瓦斯突出有重要影响。突出口内剩余破碎但尚未喷出口外的煤体的块度也随着含水率的增加而成增加趋势,说明煤与瓦斯突出对煤样试件的破坏程度随着含水率的增加而减小。

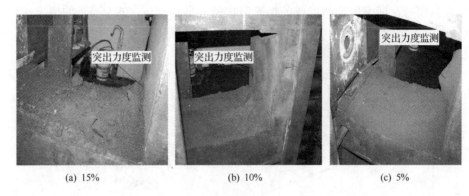

(a) 15%　　　　　　　　(b) 10%　　　　　　　　(c) 5%

图 7.3.3　不同含水率对煤与瓦斯突出力度的影响

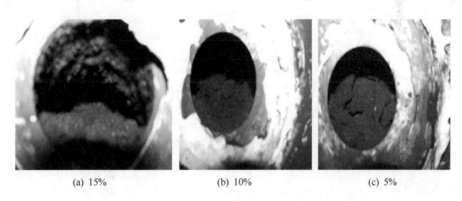

(a) 15%　　　　　　　　(b) 10%　　　　　　　　(c) 5%

图 7.3.4　不同含水率煤与瓦斯突出实验突出口情况

图 7.3.5 为突出时的瞬间录像截图。由实验结果可知,含水率对煤与瓦斯突出的影响较大。随着含水率的增加,突出的瞬间现象变化明显,突出形成的煤流呈减小趋势。含水率为 5% 时可见清晰的、强度大、宽度广的煤流突出;含水率为

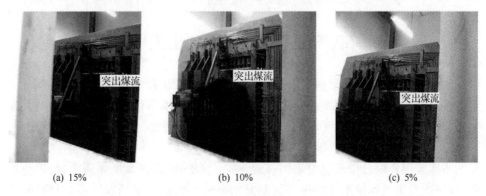

(a) 15%　　　　　　　　(b) 10%　　　　　　　　(c) 5%

图 7.3.5　不同含水率煤与瓦斯突出实验突出瞬间情况

10％时,煤与瓦斯突出瞬间形成的煤流形状和大小基本与含水率5％的情况一致,仅是强度差别较大;而含水率为15％时,突出瞬间煤流很小且为细柱状。这充分说明含水率对煤与瓦斯突出的强度有重要影响。

将不同含水率情况下的加入煤量与突出煤量绘制成曲线,得到图7.3.6所示曲线。

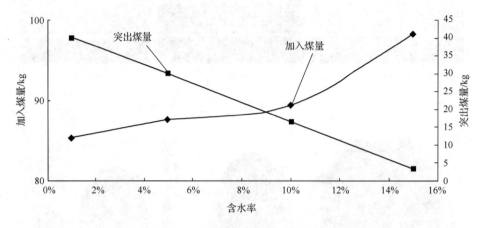

图7.3.6　突出强度与含水率的关系

由图7.3.6可知,随着含水率的增加,每次模拟实验的突出煤量呈下降趋势,但此趋势并非简单的线性关系。根据数学最小二乘法原理,可得含水率与突出煤量的关系为

$$Q = \alpha W_0^2 + \beta W_0 + \gamma \tag{7.3.1}$$

式中,α、β、γ 为拟合参数;W_0 为含水率(％)。

根据式(7.3.1)的一般形式,结合实验所得数据,可拟合得到本次模拟实验研究的含水率与突出强度的关系为

$$Q = -89.207W_0^2 - 249.97W_0 + 42.701, \quad R^2 = 0.999 \tag{7.3.2}$$

7.4　不同荷载条件下煤与瓦斯突出强度的实验研究

根据煤与瓦斯突出综合作用假说,地应力对煤与瓦斯突出有显著的影响。为了寻找地应力对煤与瓦斯突出突出强度的影响规律,本节以自行研制的煤与瓦斯突出模拟实验系统为实验手段,对不同荷载下煤与瓦斯突出进行了模拟实验研究。

1) 实验方案及实验步骤

本实验煤样取自松藻煤电集团打通一矿7♯软分层,该煤层煤质松软、手捻可碎,曾多次发生过规模不等的煤与瓦斯突出事故。煤样自现场取回后,经粉碎、筛选,取颗粒度为0.1mm的煤粒,经加压成型制备煤样试件。含水率控制在10％。

根据前人研究结果,当瓦斯压力超过 0.75MPa 时,才会发生煤与瓦斯突出。因此,设定瓦斯压力值为 1.00MPa,持续通瓦斯时间设定为 24h,瓦斯气体为纯度 99.99％的 CH_4。

为了研究不同荷载条件下煤与瓦斯突出的强度,载荷施加顺序为,先突出口,载荷 75kN,目的是防止煤样二次受载后在突出口处发生变形,破坏突出口的密封;再施加垂向载荷,分别为(70、90)、(90、110)、(110、130)、(130、150)kN,其中小值施加于靠近突出口活塞,大值施加于远离突出口两活塞,目的是在煤样试件内形成应力载荷梯度;然后施加侧向载荷,载荷值为 50kN,目的是维持系统受力平衡和保证煤样试件处于三维应力状态。

根据以往煤与瓦斯突出模拟实验研究的经验,按原有操作步骤进行实验,每种荷载组合进行两次煤与瓦斯突出模拟实验研究,所得突出量的加权平均数作为该种荷载下的煤与瓦斯突出强度值。

2) 实验结果分析

根据上述实验计划,依次进行煤与瓦斯突出模拟实验研究。根据实验结果进行拍照分析和实验数据分析。

图 7.4.1 为不同垂直荷载条件下煤与瓦斯突出模拟实验结果。由实验结果可知,垂直荷载对煤与瓦斯突出的影响很大,随着垂直荷载的增加煤与瓦斯突出的强度呈增加趋势。当垂直荷载为 110kN 时,突出煤粉仅分布于突出设备系统的两侧不远处,且突出煤粉厚层区域很小;而垂直荷载增加到 130kN 时,突出煤粉喷射距离显著增加,突出煤粉的厚层区域明显增加且距突出设备系统的距离也显著增加;当垂直荷载继续增加时,煤粉喷射距离更远,且突出煤粉厚层区域进一步增加,可观察到的煤粉分选区域明显增大。这说明垂直荷载的增加,加剧了煤与瓦斯突出的强度。

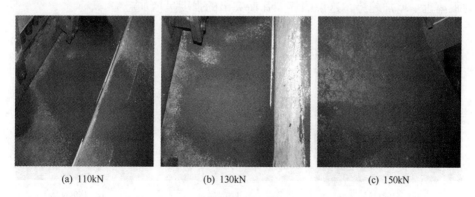

(a) 110kN　　　　　(b) 130kN　　　　　(c) 150kN

图 7.4.1　不同垂直荷载下煤与瓦斯突出情况

突出力度大小可以通过观察突出口前方挡板形成煤附着物厚度和区域大小来

判断,如图 7.4.2 所示。

(a) 110kN　　　　　　(b) 130kN　　　　　　(c) 150kN

图 7.4.2　不同垂直荷载下煤与瓦斯突出力度

　　由图 7.4.2 可知,随着垂直荷载的增加,突出设备的前侧挡板形成煤粉附着物的量呈增加趋势,且块度特点明显增加。当垂直荷载为 110kN 时,煤粉仅仅在前侧挡板形成撞击而散落于挡板前方未形成附着物;当垂直荷载增加到 130kN 时,煤粉在前侧挡板形成小规模附着物,且经过一小段时间后就脱落且形成的煤块块度很小;当垂直荷载继续增加到 150kN 后,在突出设备前侧挡板形成明显的附着物,且附着物厚度和区域较大,经过一段较长时间后脱落形成的煤块块度也较大,说明在形成附着物时的外加冲击力度较大。由以上分析可知,当垂直荷载增加时,煤与瓦斯突出的强度呈逐渐增加趋势。

　　图 7.4.3 为不同垂直荷载下煤与瓦斯突出模拟实验后形成的突出孔洞(清理松软煤后)的形状。由图可知,随着垂直荷载的增加,煤与瓦斯突出后形成的突出孔洞体积成增加趋势且形状也由等宽沟状渐变为倒犁形;从突出口到受突出影响的距离也呈增加趋势。这说明煤与瓦斯突出的强度呈增加趋势。

 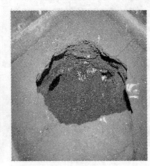 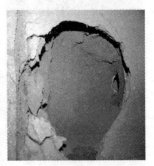

(a) 110kN　　　　　　(b) 130kN　　　　　　(c) 150kN

图 7.4.3　不同垂直荷载下煤与瓦斯突出孔洞

图 7.4.4 为不同垂直荷载条件下煤与瓦斯突出模拟实验突出瞬间的录像截图。由实验结果可以清楚地看到不同垂直荷载条件下煤与瓦斯突出的瞬间情况。随着垂直荷载的增加，煤与瓦斯突出的强度明显增大，且煤粉被喷出的距离明显增大，对煤粉产生的分选性亦明显提高。

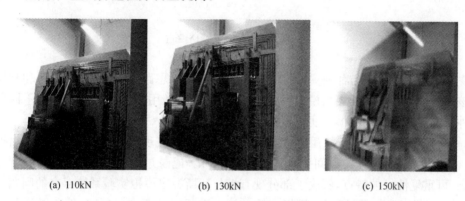

(a) 110kN　　　　　　　　(b) 130kN　　　　　　　　(c) 150kN

图 7.4.4　不同垂直荷载下煤与瓦斯突出实验突出瞬间

上述分析和研究均表明，随着垂直荷载的增加，煤与瓦斯突出的强度呈现出增加趋势。为了进一步说明垂直荷载对煤与瓦斯突出强度的影响，把不同垂直荷载条件下的煤与瓦斯突出强度求出的加权平均数值与荷载关系绘制成曲线进行研究，如图 7.4.5 所示。

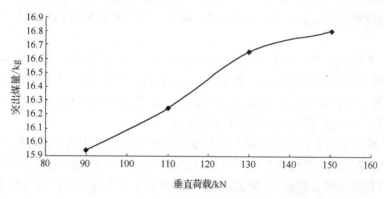

图 7.4.5　突出煤量与垂直荷载的关系

由图 7.4.5 可知，随垂直荷载的增加，煤与瓦斯突出的强度，即突出煤量成增加趋势，且垂直荷载对煤与瓦斯突出强度的影响为非线性关系。根据数学原理，可对曲线进行拟合得到其数学关系，由最小二乘法原理，垂直荷载与突出煤量的关系可表示为

$$Q = \alpha \ln F + \beta \tag{7.4.1}$$

式中，α、β 为拟合参数，与实验条件有关。

根据实验结果和数据，可对该实验条件下煤与瓦斯突出的强度与垂直荷载的关系进行拟合得到其关系式为

$$Q = 1.76\ln F + 8.03 \quad R^2 = 0.98 \tag{7.4.2}$$

7.5　本　章　小　结

本章介绍了煤与瓦斯突出模拟实验系统的研制思路、目的及设计程序和利用该系统进行煤与瓦斯突出模拟实验研究的过程，并利用该系统进行了数次不同条件下的煤与瓦斯突出模拟实验，主要得到以下结论：

（1）研制开发的煤与瓦斯突出模拟实验系统可实现加载方式多样化、突出模具大型化、突出口开关瞬间化、充气形式平面化、记录过程动态化，并具有精度较高、可重复性好的特点，解决了部分现有煤与瓦斯突出模拟实验系统存在的问题。

（2）根据煤与瓦斯突出模拟实验系统上进行的各项实验研究，编制了煤与瓦斯突出模拟实验的实验步骤与流程，该实验步骤及流程具有较强的可操作性和完备性。

（3）根据煤与瓦斯突出模拟实验系统可靠性实验研究结果可知，该模拟实验系统的模拟实验结果与真实的煤与瓦斯突出具有高度的一致性，其中对煤体的分选性、声响、突出力度及强度、突出口及孔洞形状、突出煤体体积与突出孔洞体积的关系等指标相似性最强。根据实验结果，该实验系统可以较好的模拟煤与瓦斯突出过程。

（4）根据不同含水率煤与瓦斯突出模拟实验研究结果可知：随着含水率的增加，煤与瓦斯突出的强度呈减小趋势，且突出腔内受突出影响的范围亦呈减小趋势；突出强度与含水率的关系可用二次曲线表示，根据实验结果回归得到了不同含水率情况下，煤与瓦斯突出强度的计算经验公式。

（5）根据不同垂直荷载下煤与瓦斯突出模拟实验研究结果可知：随着垂直荷载的增大，煤与瓦斯突出的强度呈增大趋势，且突出口外侧可反映煤与瓦斯突出强度的结块指标呈增大趋势；根据实验结果，得到了煤与瓦斯突出强度与垂直荷载的拟合关系式。

本书利用自行研制的煤与瓦斯突出模拟实验系统对煤与瓦斯突出进行了模拟实验研究，并探讨了不同含水率和垂直荷载对煤与瓦斯突出强度的影响。但是，该模拟实验系统还需进一步完善，特别是应进一步研究和开发与该系统配套的应力、应变、温度等各种传感器和测试方法，从而能更精确和定量的研究煤与瓦斯突出过程以及相关参数的变化规律，更深入的探讨煤与瓦斯突出的机理。

参 考 文 献

[1] Hargraves A J. Instantaneous outburst of coal and gas: A review [J]. Proc Australas Inst Min Metall,1983, 285(3):1—37.

[2] 于不凡. 煤和瓦斯突出机理[M]. 北京:煤炭工业出版社, 1985:231—268.

[3] 俞启香. 矿井瓦斯防治[M]. 徐州:中国矿业大学出版社, 1992:79—91.

[4] Lama R D, Bodziony J. Management of outburst in underground coal mines [J]. Int J Coal Geol,1998, 35(1): 83—115.

[5] 柴兆喜. 各国煤和瓦斯突出概况[J]. 世界煤炭技术, 1984,(4):11—17.

[6] 王凯,俞启香. 煤与瓦斯突出的非线性特征及预测模型[M]. 徐州:中国矿业大学出版社, 2005:1—8.

[7] Beamish B B, Crosdale J P. Instantaneous outburst in underground coal mines: An overview and association with coal type [J]. Int J Coal Geol,1998,35: 27—55.

[8] Flores R M. Coalbed methane: From hazard to resource[J]. Int J Coal Geol, 1998, 35:3—36.

[9] 于不凡, 王佑安. 煤矿瓦斯灾害防治及利用技术手册[M]. 北京:煤炭工业出版社, 2000.

[10] Farmer I W, Pooley F D. A hypothesis to explain the occurrence of outbursts in coal, based on a study of West Wales outburst coal [J]. Int J Rock Mech Min Sci,1967,4: 189—193.

[11] Kidybinski A. Significance of in situ strength measurements for prediction of outburst hazard in coal mines of Lower Silesia [C]//Proc The Occurrence, Prediction and Control of Outbursts in Coal Mines,The Aust Inst Min Metall, Melbourne, 1980:193—201.

[12] Gray I. The mechanism of, and energy release associated with outbursts [C]//Proc the Occurrence, Prediction and Control of Outbursts in Coal Mines. The Aust Inst Min Metall, Melbourne, 1980:111—125.

[13] Litwiniszyn J. A model for the initiation of coal-gas outbursts[J]. Int J Rock Mech Min Sci Geomech Abstr, 1985,22:39—46.

[14] Paterson L. A model for outburst in coal [J]. Int J Rock Mech Min Sci Geomech Abstr, 1986,23:327—332.

[15] Jagiełło J, Lasoń M, Nodzeński A. Thermodynamic description of the process of gas liberation from a coal bed [J]. Fuel,1992,71:431—435.

[16] He X Q, Zhou S N, Lin B Q. The rheological properties and outburst mechanism of gaseous coal [J]. Journal of China University of Mining & Technology,1991,2(1):29—36.

[17] 蒋承林,俞启香. 煤与瓦斯突出机理的球壳失稳假说[J]. 煤矿安全,1995,2:17—25.

[18] 赵阳升. 矿山岩石流体力学[M]. 北京:煤炭工业出版社,1994:182—253.

[19] 梁冰. 煤和瓦斯突出固流耦合失稳理论[M]. 北京:地质出版社,2000.

[20] 何学秋. 含瓦斯煤岩流变动力学[M]. 徐州：中国矿业大学出版社,1995.

[21] 鲜学福,许江,王宏图. 煤与瓦斯突出潜在危险区(带)预测[J]. 中国工程科学,2001,
3(2):39—46.

[22] 孙均,李永盛. 岩石流变力学的数值方法及其工程应用[C]//中国力学学会岩土力学专
业委员会. 第一届全国计算岩土力学研讨会论文集. 成都:西南交通大学出版社,1987.

[23] 吴立新，王金庄，孟胜利. 煤岩流变模型与地表二次沉陷研究[J]. 地质力学学报,
1997,3(3):29—35.

[24] 张学忠,王龙,张代钧等.攀钢朱矿东山头边坡辉长岩流变特性试验研究[J]. 重庆大学学
报(自然科学版),1999,22(5):99—103.

[25] Okubo S, Nishimatsu Y, Fukui K. Complete creep curves under uniaxial compression
[J]. Int J Rick Mech Min Sci Geomech Abstr,1991,28(1):77—82.

[26] 莴勇勤,徐小荷,马新民等. 露天煤矿边坡中软弱夹层的蠕动变形特性分析[J]. 东北大
学学报, 1999,20(6):612—614.

[27] Cruden D M. A Technique for estimating the complete creep curve of a sub-bituminous
coal under uniaxial compression [J]. Int J Rock Mech Min Sci Geomech Abstr,1987,24
(4):265—269.

[28] Saito M. Semi logarithmic representation for forecasting slope failure[C]//Proceedings
3rd International Symposium on Landslides, New Dehli,1980:321—324.

[29] Zavodni Z M, Broadbent C D. Slope failure kinematics [J]. Bulletin Canadian Institute of
Mining,1980,73: 69—74.

[30] Varnes D J. Time-deformation relation in creep to failure of earth materials[C]//Proceed-
ings, 7th South East Asian Geotechnical Conferrence,Hong Kong,1983:107—130.

[31] Yang C H, Daemen J J K, Yin J H. Experimental investigation of creep behavior of salt
rock [J]. Int J Rock Mech Min,1999,36:233—242.

[32] Fernandez G, Hendron A J. Interpretation of a long-term in situ borehole test in a deep
salt formation [J]. Bull of the Ass of Eng Geol,1984,21:23—38.

[33] Wawersik W R, Herrmann W, Montgomery S T,et al. Excavation design in rock salt-la-
boratory experiments, material modeling and validations [C]//Proc ISRM-Symp,
Aachen,1984:1345—1356.

[34] Haupt M. A constitutive law for rock salt based on creep and relaxation tests [J]. Rock
Mechanics and Rock Engineering,1991,24:179—206.

[35] Shin K, Okubo S, Fukui K,et al. Variation in strength and creep life of six Japanese
rocks [J]. Int J Rock Mech Min,2005,42:251—260.

[36] Dubey R K, Gairola V K. Influence of structural anisotropy on creep of rocksalt from
Simla Himalaya, India: An experimental approach [J]. J Struct Geol, 2008, 30:
710—718.

[37] Bérest P, Antoine P A, Charpentier J P, et al. Very slow creep tests on rock samples
[J]. Int J Rock Mech Min, 2005, 42: 569—576.

[38] Zienkiewicz O C, Nayak G C, Owen J D R. Composite and overlay models in numerical analysis of elasto-plastic continua [C]//Int Symp on Foundation of Plasticity, Warsaw,1972.

[39] Owen D R J, Pralash A, Zienkiewicz O C. Finite element analysis of non-linear composite materials by use of overlay systems [J]. Compute and Structure, 1974,4:1251—1267.

[40] 范厚彬,樊志华,陆耀忠. 基于层叠模型的岩土材料流变本构关系识别[J]. 岩石力学与工程学报,2005,24(5):765—773.

[41] 孙均. 岩土材料流变及其工程应用[M]. 北京:中国建筑工业出版社,1999.

[42] 耶格 J C,库克 N G W. 岩石力学基础[M]. 中国科学院工程力学研究所译. 北京:科学出版社,1981.

[43] 曹树刚,边金,李鹏. 软岩蠕变试验与理论模型分析的对比[J]. 重庆大学学报,2002,25(7):96—98

[44] 曹树刚,边金,李鹏. 岩石蠕变本构关系及改进的西原正夫模型[J]. 岩石力学与工程学报, 2002,21(5):632—634.

[45] 邓荣贵,周德培,张悼元等. 一种新的岩石流变模型[J]. 岩石力学与工程学报,2001,20(6):780—784.

[46] 韦立德,徐卫亚,朱珍德等. 岩石粘弹塑性模型的研究[J]. 岩土力学,2002,23(5):583—586.

[47] 陈沅江,潘长良,曹平等. 软岩流变的一种新力学模型[J]. 岩土力学,2003,24(2):209—214.

[48] 陈沅江,潘长良,曹平等. 一种软岩流变模型[J]. 中南工业大学学报(自然科学版),2003,34(1):16—20.

[49] 张向东,李永靖,张树光等. 软岩蠕变理论及其工程应用[J]. 岩石力学与工程学报,2004,23(10):1635—1639.

[50] 王来贵,何峰,刘向峰等. 岩石试件非线性蠕变模型及其稳定性分析[J]. 岩石力学与工程学报,2004,23(10):1640—1642.

[51] 杨彩红,毛君,李剑光. 改进的蠕变模型及其稳定性[J]. 吉林大学学报(地球科学版),2008,38(1):92—97.

[52] 尹光志,王登科,张东明等. 含瓦斯煤岩三维蠕变特性及蠕变模型研究[J]. 岩石力学与工程学报,2008,27(增刊1):2631—2636.

[53] 尹光志,赵洪宝,张东明. 突出煤三轴蠕变特性及本构方程[J]. 重庆大学学报,2008,31(8):946—950.

[54] 尹光志,张东明,何巡军. 含瓦斯煤蠕变实验及理论模型研究[J]. 岩土工程学报,2009,31(4):528—532.

[55] Boukharov G N, Chanda M W, Boukharov N G. The three processes of brittle crystalline rock creep[J]. Int J Rock Mech Min Sci&Geomech Abstr,1995,32(4):325—335.

[56] Cristescu N D, Hunsche U. Time Effects in Rock Mechanics [M]. New York:Wiley,1998.

[57]　Pellet F, Hajdu A, Deleruyelle F, et al. A visco-plastic model including anisotropic damage for the time dependent behavior of rock [J]. Int J Numer Anal Meth Geomech,2005, 29: 941—970.

[58]　Sterpi D, Gioda G. Visco-plastic behavior around advancing tunnels in squeezing rock [J]. Rock Mech Rock Engng,2007,12.

[59]　Nomura S, Kato K, Komaki I, et al. Viscoelastic properties of coal in the thermoplastic phase [J]. Fuel,1999,78:1583—1589.

[60]　Chopra P N. High-temperature transient creep in olvine rocks [J]. Tectonophysics, 1997,279:93—111.

[61]　Xu P, Yang T Q, Zhou H M. Study of the creep characteristics and long-term stability of rock masses in the high slopes of the TGP ship lock, China [J]. Int J Rock Mech Min Sci,2004,41(3):1—11.

[62]　Tomanovic Z. Rheological model of soft rock creep based on the tests on marl [J]. Mech Time-Depend Mater, 2006,10:135—154.

[63]　缪协兴,陈至达. 岩石材料的一种蠕变损伤方程[J]. 固体力学学报, 1995,16(4): 343—346.

[64]　郑永来,周澄,夏颂佑. 岩土材料粘弹性连续损伤本构模型探讨[J]. 河海大学学报, 1997,25(2):114—116.

[65]　浦奎英,范华林. 流变损伤模型及其应用[J]. 河海大学学报, 2001,29(增):17—20.

[66]　秦跃平,王林,孙文标等. 岩石损伤流变理论模型研究[J]. 岩石力学与工程学报,2002,21 (增2):2291—2295.

[67]　杨春和,陈锋,曾义金. 盐岩蠕变损伤关系研究[J]. 岩石力学与工程学报,2002,21(11): 1602—1604.

[68]　肖洪天,强天弛,周维垣. 三峡船闸高边坡损伤流变研究及实测分析[J]. 岩石力学与工程学报,1999,18(5):497—502.

[69]　任建喜. 单轴压缩岩石蠕变损伤扩展细观机理 CT 实时试验[J]. 水利学报,2002(1): 10—15.

[70]　曹树刚,鲜学福. 煤岩蠕变损伤特性的实验研究[J]. 岩石力学与工程学报,2001,22(6): 817—821.

[71]　韦立德,杨春和,徐卫亚. 基于细观力学的岩盐蠕变损伤本构模型研究[J]. 岩石力学与工程学报,2005,24(23):4253—4258.

[72]　徐卫亚,周家文,杨圣奇等. 绿片岩蠕变损伤本构关系研究[J]. 岩石力学与工程学报, 2006,25(增1):3093—3097.

[73]　朱昌星,阮怀宁,朱珍德等. 岩石非线性蠕变损伤模型的研究[J]. 岩土工程学报,2008, 30(10):1510—1513.

[74]　Chan K S, Bodner S R, Fossum A F, et al. A constitutive model for inelastic flow and damage evolution in solids under tri-axial compression [J]. Mech of Math, 1992,(14): 10—14.

［75］ Chan K S, Brodsky N S, Fossum A F, et al. Damage-induced nonassociated inelastic flow in rock salt ［J］. Int J Plasticity, 1994,(10):623—642.

［76］ Fossum A F, Brodsky N S, Chan K S, et al. Experimental evaluation of a constitutive model for inelastic flow and damage evolution in solids subjected to triaxial compression ［J］. Int J Rock Mech Min Sci & Geom Abst,1993,30:1341—1344.

［77］ Lux K H, Hou Z. New developments in mechanical safety analysis of repositories in rock salt［C］//Pro Int Conf On Radioactive Waste Disposal, Disposal Technologies & Concepts. Berlin: Springer Verlag, 2000:281—286.

［78］ Aubertin M, Gill D E, Ladayi B. An internal variable model for the creep of rock salt ［J］. Rock Mech and Rock Engin,1991,24:81—97.

［79］ Aubertin M, Sgaoula J, Gill D E. A viscoplastic-damage model for soft rocks with low porosity［C］//Proc of 8th Int Cong, on Rock Mechanics. 1995:283—289.

［80］ Yahya O M L, Aubertin M, Julien M R. A unified representation of plasticity, creep and relaxation behavior of rock salt ［J］. Int J Rock Mech Min Sci and Geomech Abstr, 2000, 37:787—800.

［81］ Betten J, Sklepus S, Zolochevsky A. A creep damage model for initially isotropic materials with different properties in tension and compression［J］. Eng Fract Mech, 1998, 59(5):623—641.

［82］ Qi W, Bertram A. Anisotropic continuum damage modeling for single crystals at high temperature ［J］. Int J Plasticity, 1999,15:1197—1215.

［83］ Bellenger E, Bussy P. Phenomenological modeling and numerical simulation of different modes of creep damage evolution ［J］. Int J Solids Struct,2001,38:577—604.

［84］ Shao J F, Zhu Q Z, Su K. Modeling of creep in rock materials in terms of material degradation ［J］. Computers and Geotechnics,2003,30:549—555.

［85］ Shao J F, Chau K T, Feng X T. Modeling of anisotropic damage and creep deformation in brittle rocks ［J］. Int J Rock Mech & Min Sic,2006,43:582—592.

［86］ Challamel N, Lanos C, Casandjian C. Creep damage modeling for quasi-brittle materials ［J］. European Journal of Mechanics A/Solids,2005,24:593—613.

［87］ Challamel N, Lanos C, Casandjian C. Stability analysis of quasi-brittle materials-creep under multiaxial loading ［J］. Mech Time-Depend Mater,2006,10:35—50.

［88］ Fabre G, Pellet F. Multiscale analysis and analytical modeling of creep and damage in argillaceous rocks［C］//Proceedings of the International Symposium of the International Society for Rock Mechanics, Eurock 2006 Multiphysics Coupling and Long Term Behaviour in Rock Mechanics,2006:403—409.

［89］ Fu Z L, Guo H, Gao Y F. Creep damage characteristics of soft rock under disturbance loads ［J］. Journal of Chian University of Geosciences,2008,19(3):292—297.

［90］ 张淳源. 粘弹性断裂力学[M]. 武汉:华中理工大学出版社,1994.

［91］ 刘文珽,郑曼中. 概率断裂力学与概率损伤容限/耐久性[M]. 北京:北京航空航天大学出

版社,1998.

[92]　方华灿,陈国民. 模糊概率断裂力学[M]. 东营:石油大学出版社,1999.

[93]　Kranz R L. Crack growth and development during creep of Barre granite [J]. Int J Rock Mech Min Sci&Geomech,1979,16(1):23—35.

[94]　Kranz R L. Crack-crack and crack-pore interactions in stressed granite [J]. Int J Rock Mech Min Sci & Geomech,1979,16(1):37—47.

[95]　Korzeniowski W. Rheological model of llard rock pillave [J]. Rock Mech Rock Bng, 1991,(24):155—166.

[96]　Chan K S, Munson D E, Fossum A F, et al. Inelastic flow behaviour of argillaceous salt [J]. Int J of Damage Mechanics,1996,(5):293—314.

[97]　Chan K S, Bodner S R, Fossum A F, et al. A damage mechanics treatment of creep failure in rock salt [J]. Int J of Damage Mechanics,1996,6(2):121—152.

[98]　Chan K S, Munson D E, Bodner S R. Creep deformation and fracture in rock salt[C]// Fracture of Rock. Boston: Southampton WIT Press, 1999.

[99]　Miura K, Okui Y, Horii H. Micromechanics-based prediction of creep failure of hard rock for long-term safety of high-level radioactive waste disposal system [J]. Mech Mater,2003, 35: 587—601.

[100]　Barpi F, Valente S. Creep and fracture in concrete: a fractional order rate approach [J]. Eng Fract Mech, 2003, 70: 611—623.

[101]　Barpi F, Valente S. A fractional order rate approach for modeling concrete structures subjected to creep and fracture [J]. Int J Solids Struct, 2004, 41: 2607—2621.

[102]　Denarié E, Cécot C, Huet C. Characterization of creep and crack growth interactions in the fracture behavior of concrete [J]. Cement Concrete Res, 2006, 36: 571—575.

[103]　Chen Y L, Azzam R. Creep fracture of sandstones [J]. Theor Appl Fract Mec, 2007, 47:57—67.

[104]　陈有亮. 岩石流变实验系统及岩石蠕变时效断裂特性的研究[D]. 上海:同济大学,1994.

[105]　陈有亮,孙钧. 岩石的蠕变断裂特性分析[J]. 同济大学学报,1996,24(5):504—508.

[106]　陈有亮,刘涛. 岩石流变断裂扩展的力学分析[J]. 上海大学学报,2000,6(6):491—496.

[107]　邓广哲,朱维申. 裂隙岩体卸荷过程及裂隙蠕滑机制模拟研究[R]. 武汉:中国科学院武汉岩土力学研究所,1996.

[108]　杨松林. 不连续岩体弹粘性力学研究[R]. 南京:河海大学,2003.

[109]　杨松林,徐卫亚. 裂隙蠕变的稳定性准则[J]. 岩土力学,2003,24(3):423—427.

[110]　徐卫亚,杨松林. 裂隙岩体松弛模量分析[J]. 河海大学学报(自然科学版),2003,31(3): 295—298.

[111]　徐卫亚,杨松林. 断续结构岩体流变力学分析[C]//首届全球华人岩土工程论坛论文集. 上海,2003:71—82.

[112]　Costin L S. Time-dependent damage and creep of brittle rock[C]//Damage Mechanics and Continuum Modeling. ASCE, New York,1985:25—38.

[113] Murakami S, Liu Y, Mizuno M. Computational methods for creep fracture analysis by damage mechanics [J]. Comput Method Appl Mech Engrg,2000,183:15—33.

[114] Pedersen R R, Simone A, Sluys L J. An analysis of dynamic fracture in concrete with a continuum visco-elastic visco-plastic damage model[J]. Eng Fract Mech,2008,75:3782—3805.

[115] 陈卫忠,朱维申,李术才.节理岩体断裂损伤耦合的流变模型及其应用[J].水利学报,1999,(12):33—37.

[116] 王思敬,杨志法,傅冰骏.中国岩石力学与工程世纪成就[M].南京:河海大学出版社,2004.

[117] 张学忠,王龙,张代钧等.攀钢朱矿东山头边坡辉长岩流变特性试验研究[J].重庆大学学报,1999,22(5):99—103.

[118] 宋飞,赵法锁,李亚兰.石膏角砾岩蠕变特性试验研究[J].水文地质工程地质,2005,3:94—96.

[119] Chen S H, Pande G N. Rheological model and finite element analysis of jointed rock masses reinforced by passive, fully-grouted bolts[J]. Int J Rock Mech Min Sci & Geomech Abstr,1994,31(3):273—277.

[120] Jin J, Cristescu N D. An elastic/viscoplastic model for transient creep of rock salt[J]. Int J Plasticity,1998,14:85—107.

[121] Nicolae M. Non-associated elasto-viscoplastic models for rock salt [J]. Int J of Engng Sci,1999,37:269—297.

[122] Munteanu I P, Cristescu N D. Stress relaxation during creep of rocks around deep boreholes [J]. Int J Eng Sci,2001,39:737—754.

[123] Grgic D, Homand F, Hoxha D. A short- and long-term rheological model to understand the collapses of iron mines in Lorraine, France[J]. Computers and Geotechnics,2003,30:557—570.

[124] Kachanov L M. On the time to failure under creep condition[J]. Izv Akad Nauk USSR Otd Tekhn Nauk,1958,8:26—31.

[125] Kachanov L M. Introduction to Continuum Damage Mechanics [M]. Boston:Mattinus Nijhoff Publishers,1986.

[126] Rabotnov Y N. On the equations of state for creep [J]. Progress in Applied Mechanics,1963:307—315.

[127] Rabotnov Y N. Creep ruptures[C]//Hetenyi M, et al. Applied Mechanics, Processing of the 12th International Congress of Applied Mechanics. Berlin:Standfod Springe-Verlag,1969:342—349.

[128] Lemaitre J, Chaboche J L. Aspect phenomenologique dela ruptrue par endommagement [J]. J Mec Appl,1978,2(3):317—365.

[129] Lemaitre J. How to use damage mechanics [J]. Nucl Eng Des,1984,80:233—245.

[130] Chaboche J L. Continuous damage mechanics: A tool to describe phenomena before

crack initiation [J]. Nucl Eng Des,1981,64:233—247.

[131] Chaboche J L. Lifetime predictions and cumulative damage under high-temperature conditions [J]. ASTM Special technical publication,1982,770:81—104.

[132] Krajcinovic D, Fonseka G U. The continuous damage theory of brittle materials-part 1, 2 [J]. ASME J Appl Mech, 1981, 48: 809—815,816—824.

[133] Krajcinovic D, Silva M A G. Statistical aspects of the continuous damage theory [J]. Int J Solids Structure,1982,18:7.

[134] Krajcinovic D. Continuum damage mechanics[J]. Appl Mech Reviews,1984,37(1): 1—6.

[135] Budiansky B. Micromechanics:Advances and Trends in Structural and Solid Mechanics [M]. Washington: Pergamon Press,1983:3—12.

[136] Gurson A. L. Plastic flow and fracture behavior of ductile material incorporating void nucleation, growth and interaction [D]. Proridence: Brown University,1975.

[137] Gurson A L. Continuum theory of ductile repture by void nucleation and growth, part I'yield criteria and flow rules for porous ductile media[J]. Eng Mater Tech,1977,99(1): 2—15.

[138] Grady D E, Kipp M L. Continuum modeling of explosive fracture in oil shale [J]. Int J Rock Mech Min Sci & Geomech Abstr, 1980,17(2):147—157.

[139] Costin L S. A microcrack model for the deformation and failure of brittle rock [J]. Geophys Res, 1983, 88(B11): 9485—9492.

[140] Hult J. Effect of voids on creep rate and strength[C]//Damage Mechanics and Continuum Modeling, ASCE,New York,1985.

[141] Gilormini P, Licht C, Suquet P. Growth of voids in a ductile matix:A review [J]. Arch Mech, 1988,40(1):43—80.

[142] Tvergaard V. Material failure by growth to coalescence [J]. Adv Appl Mech,1990,27: 83—151.

[143] Nemat-Nasser S, Hori M. Micromechanics:Overall Properties of Heterogeneous materials [M]. North-Holland: Elsevier Science Publishers,1993.

[144] Schlangen E, Garboczi E J. Fracture simulations of concrete using lattice models: Computational aspects [J]. Engng Frac Mech,1997,57(2/3):319—332.

[145] Schlangen E, Mier J G. Experimental and numerical analysis of micromechanisms of fracture of cement-based composited [J]. Cement & Concrete Comaosites, 1992,14(2): 105—118.

[146] 谢和平. 岩石混凝土损伤力学[M]. 徐州:中国矿业大学出版社,1990.

[147] 余寿文,冯西桥. 损伤力学[M]. 北京:清华大学出版社,1997.

[148] 谢强,姜崇喜,凌建明. 岩石细观力学实验与分析[M]. 成都:西南交通大学出版社,1997.

[149] 唐春安,朱万成. 混凝土损伤与断裂——数值试验[M]. 北京:科学出版社,2003.

[150] 周维垣,剡公瑞. 岩石、混凝土类材料断裂损伤过程区的细观力学研究[J]. 水电站建设, 1997,13(1):1—9.

[151] 刘齐建,杨林德,曹文贵. 岩石统计损伤本购模型及其参数反演[J]. 岩石力学与工程学报,2005,24(4):616—621.

[152] 杨小林,王树仁. 岩石爆破损伤断裂的细观机理[J]. 爆炸与冲击,2000,20(3):247—252.

[153] 肖洪天,周维垣. 脆性岩石变形与破坏的细观力学模型研究[J]. 岩石力学与工程学报,2001,20(2):151—155.

[154] 杨强,张浩,周维垣. 基于格构模型的岩石类材料破坏过程的数值模拟[J]. 水利学报,2002(4):46—50.

[155] 凌建明. 节理岩体损伤力学及时效损伤特征的研究[D]. 上海:同济大学,1992.

[156] 李广平,陶振宇. 真三轴条件下的岩石细观损伤力学模型[J]. 岩土工程学报,1995,17(1):24—31.

[157] 杨更社,谢定义,张长庆等. 岩石损伤CT数分布规律的定量分析[J]. 岩石力学与工程学报,1998,17(3):279—285.

[158] 葛修润,任建喜,蒲毅彬等. 煤岩三轴细观损伤演化规律的CT动态试验[J]. 岩石力学与工程学报,1999,18(5):497—502.

[159] 任建喜,葛修润,杨更社. 单轴压缩岩石损伤扩展细观机理CT实时试验[J]. 岩土力学,2001,22(2):130—133.

[160] 杨丽娟,邵国建. 岩石细观损伤力学模型研究若干进展[J]. 水利水电科技进展,2006,Suppl 1:171—175.

[161] Krajcinovic D. Constitutive equation for damaging materials [J]. J Appl Mech,1983,50:355—360.

[162] Rousselier G. Finite deformation constitutive relations including ductile fracture damage [C]//Nemat-nasser S. Three-Dimensional Constitutive Relations and Ductile Fracture. Amsterdam:North-Holland Publishing Company,1981:331—355.

[163] Marigo J J. Modeling of brittle and fatigue damage for elasti material by growth of microvoids [J]. Eng Fract Mech,1985,21(4):861—874.

[164] Lemaitre J. A continuous damage mechanics model for ductile fracture[J]. J Eng Material Tech,1985,107:83—89.

[165] Shen W, Peng L H, Yue Y G. Elastic damage and energy dissipation in anisotropic solid material [J]. Engng Fracture Mech,1989,33(2):273—281.

[166] Simo J C,Ju J W. Strain- and stress-based continuum damage models, part I, formulation, part II, computation aspects[J]. Int J Solid Structures, 1988, 23(3):921—969.

[167] Singh U K, Digby P J. Application of a continuum damage model in the finite element simulation of the progressive failure and localization of deformation in brittle rock structures [J]. Int J Solids Struct,1989,25(9):1023—1038.

[168] Nawrocki P A, Mroz Z. Constitutive model for rocks accounting for viscoplastic deform-

ation and damage[C]//Proc 33rd US Symposium on Rock Mechanics, Rotterdam, 1992:
619—700.

[169] Borst R D, Feenstra P H. Plasticity and damage based smeared-crack models for finite
element analysis of fracture in plain concrete and rock[C]//Dam Fracture and Damage,
International Workshop, Chambery, 1994:3—12.

[170] Chandrakanth S, Pandey P C. An isotropic damage model for ductile material [J]. Eng
Fract Mech, 1995, 50(4):457—465.

[171] Könke C. Coupling of micro- and macro-damage models for the simulation of damage
evolution in ductile materials [J]. Computers & Structures, 1997, 64(1-4):643—653.

[172] Zhao Y. Crack pattern evolution and a fractal damage constitutive model for rock [J].
Int J Rock Mech & Min Sci, 1998, 35(3):349—366.

[173] Chiarelli A S, Shao J F, Hoteit N. Modeling of elastoplastic damage behavior of a clay-
stone[J]. Int J Plasticity, 2003, 19:23—45.

[174] Salari M R, Saeb S, Willam K J, et al. A coupled elastoplastic damage model for geoma-
terials [J]. Comput Methods Appl Mech Engrg, 2004, 193:2625—2643.

[175] Challamel N, Lanos C, Casandjian C. Strain-based anisotropic damage modeling and
unilateral effects [J]. Int J Mech Sci, 2005, 47:459—473.

[176] Shao J F, Jia Y, Kondo D, et al. A coupled elastoplastic damage model for semi-brittle
materials and extension to unsaturated conditions[J]. Mechanical of Materials, 2006,
38: 218—232.

[177] Mohamad-Hussein A, Shao J F. Modeling of elastoplastic behavior with non-local dam-
age in concrete under compression [J]. Computers & Structures, 2007, 85:
1757—1768.

[178] Voyiadjis G Z, Taqieddin Z N, Kattan P I. Anisotropic damage-plasticity model for con-
crete[J]. International Journal of Plasticity, 2008, 24: 1946—1965.

[179] 秦跃平,孙文标,王磊. 岩石损伤力学模型分析[J]. 岩石力学与工程学报,2003,22(5):
702—705.

[180] 崔崧,黄宝宗,张凤鹏. 准脆性材料的弹塑性损伤耦合模型[J]. 岩石力学与工程学报,
2004,23(19):3221—3225.

[181] 韦立德,杨春和,徐卫亚. 考虑体积塑性应变的岩石损伤本构模型研究[J]. 工程力学,
2006,23(1):139—143.

[182] 尹光志,王登科,张东明等. 基于内时理论的含瓦斯煤岩损伤本构理论[J]. 岩土力学,
2009,30(4):885—889.

[183] 尹光志,王登科. 含瓦斯煤岩耦合弹塑性损伤本构模型研究[J]. 岩石力学与工程学报,
2009,28(5):993—999.

[184] 王仁. 结构的塑性稳定性[M]. 北京:中国铁道出版社,1988.

[185] Cook N G W. The failure of rock [J]. Int J Rock Mech & Min Sci,1965,2:389—404.

[186] Salamon M D G. Stability, instability and design of pillar workings [J]. Int J Rock

Mech & Min Sci,1970,7(6):613—631.

[187] Hudson J A, Crouch S L, Fairhurst C. Soft, stiff and servo-controlled testing mechanics:A review with reference to rock failure [J]. Eng Geol,1972,6(3):155—189.

[188] Bažant Z P, Panula L. Statistical stability effects in concrete failure [J]. J Eng Mech, ASCE,1978,104(5):1195—1212.

[189] Petukhov I M, Linkov A M. The theory of post-failure deformation and the problem of stability in rock mechanics [J]. Int J Rock Mech Min Sci,1979,16(2):57—76.

[190] Ottosen N S, Thermodynamic consequences of strain softening in tension[J]. J Eng Mech, ASCE,1986,112(11):1152—1164.

[191] Bažant Z P. Instability, ductility and size effect in strain-softening concrete [J]. J Eng Mech, ASCE,1976,102(2):331—344.

[192] Sture S, Ko H Y. Strain-softening of brittle geological materials [J]. Int J Num Anal Method Geomech,1978,2(3):237—253.

[193] Bažant Z P. Softening instability: part I. localization into a planar band [J]. J Appl Mech ASME,1988,55(3):517—522.

[194] Labuz J F, Biolzi L. Class I vs class II stability:A demonstration of size effect [J]. Int J Rock Mech Min Sci,1991,28(2):199—205.

[195] De Borst R, Mühlhaus H B. Gradient-dependent plasticity:Formulation and algorithmic aspects [J]. Int J Numer Methods Eng,1992,35(3):521—539.

[196] Pamin J, De Borst R. A gradient plasticity approach to finite element predictions of soil instability[J]. Arch Mech,1995,47:353—377.

[197] Zhang C H, Wang G L, Wang S M,et al. Experimental tests of rolled compacted concrete and nonlinear fracture analysis of rolled compacted concrete dams [J]. J Mat Civil Eng,2002,14(2):108—115.

[198] 唐春安,徐小荷. 岩石破裂过程失稳的尖点突变模型[J]. 岩石力学与工程学报,1990, 9(2):100—107.

[199] 金济山,石泽全,方华等. 在三轴压缩下大理岩循环加载实验的初步研究[J]. 地球物理学报,1991,34(4):488—494.

[200] 梁冰,章梦涛,潘一山等. 煤和瓦斯突出的固流耦合失稳理论[J]. 煤炭学报,1995, 20(5):492—496.

[201] 丁继辉,麻玉鹏,赵国景等. 煤和瓦斯突出的固-流耦合失稳理论及数值分析[J]. 工程力学,1999,16(4):47—53.

[202] 曾亚武,陶振宇,邬爱清. 用能量准则分析试验机-试样系统的稳定性[J]. 岩石力学与工程学报,2000,19(增 1):863—867.

[203] 潘岳,刘瑞昌,戚云松. 压桩脆坏引发的能量释放量与荷载效应的计算[J]. 岩石力学与工程学报,2002,21(2):223—227.

[204] 王学滨. 应变软化材料变形、破坏、稳定性的理论及数值分析[D]. 沈阳:辽宁工程技术大学,2006.

[205] Drucker D C. A more fundamental approach of stress-strain relations[C]//Proc 1st U S Nat Cong, Appl Mech, ASME, New York,1951:487—491.

[206] Hill R. A general theory of uniqueness and stability in elastic-plastic solids[J]. J Mech Phys Solids, 1958, 6: 236—249.

[207] Hill R. Some basic principal in the mechanics of solids without nature time[J]. J Mech Phys Solids,1959,7: 209—225.

[208] Hill R. Acceleration waves in solids [J]. J Mech Phys Solids, 1962,10:1—16.

[209] Thomas T Y. Plastic Flow and Fracture in Solids [M]. New York:Academic Press,1961.

[210] Rudnicki J W, Rice J R. Conditions for the localization of deformation in pressure sensitive dilatant materials[J]. J Mech Phys Solids,1975,23:371—394.

[211] Rice J R, Rudnicki J W. A note on some features of the theory of localization of deformation [J]. Int J Solids Structure, 1980,16:597—605.

[212] Vardoulakis I. Shear band inclination and shear modulus of sand in biaxial tests [J]. Int J Num Anal Mech Geomech,1980,4:103—119.

[213] Vardoulakis I. Bifurcation analysis of the triaxial test on sand and samples[J]. Acta Mechanica, 1979,32:35—54.

[214] Vardoulakis I. Constitutive properties of dry sand observable in the triaxial test [J]. Acta Mechanica,1981,38: 219—239.

[215] Vardoulakis I. Rigid granular plasticity model and bifurcation in the triaxial test [J]. Acta Mechanica,1983,49:57—79.

[216] Muhlhaus H B, Vardoulakis I. The thickness of shear bands in granular materials[J]. Geotechnique, 1987,37:271—283.

[217] Vardoulakis I. Shear banding and liquefaction in granular materials on the basis of Cosserat continuum theory [J]. Ingenieur Archiv,1989,59(2):106—113.

[218] Valanis K C. Banding and stability in plastic materials [J]. Acta Mechanica, 1989, 79: 113—141.

[219] Vermeer P A. A simple shear band analysis using compliance[C]//IUTAM Conference on Deformation and Failure of Granular Materials,Rotterdam,1982:509—516.

[220] Nova R. An engineering approach to shear band formation in geological media[C]//the 5th Int Conf Num Meth Geomech,Nagoya,1985:179—196.

[221] 尹光志,鲜学福,王宏图.岩石在平面应变条件下剪切带的分叉分析.煤炭学报,1999,24(4):364—367.

[222] 张永强,俞茂宏.弹塑性材料的平面应力非连续分岔[J].力学学报,2001,33(5):706—713.

[223] 曾亚武,赵震英,朱以文.岩石材料破坏形式的分叉分析[J].岩石力学与工程学报,2002,21(7):948—952.

[224] 赵吉东,周维垣,黄岩松等.岩石混凝土类材料损伤局部化分叉研究及应用[J].岩土工程学报,2003,25(1):80—83.

[225] 徐松林,吴文,李廷等.轴压缩大理岩局部化变形的实验研究及其分岔行为[J].岩土工程学报,2001,23(3):296—301.

[226] 徐松林,吴文.岩土材料局部化变形分岔分析[J].岩石力学与工程学报,2004,23(2):3430—3438.

[227] 潘一山,徐秉业,王明洋.岩石塑性应变梯度与Ⅱ类岩石变形行为研究[J].岩土工程学报,1999,21(4):471—474.

[228] 王学滨,潘一山,于海军.考虑塑性应变率梯度的单轴压缩岩样轴向响应[J].岩土力学,2003,24(6):943—946.

[229] 王学滨,潘一山.基于梯度塑性理论的岩样单轴压缩扩容分析[J].岩石力学与工程学报,2004,23(5):721—724.

[230] 尹光志,鲜学福,许江等.岩石细观断裂过程的分叉与混沌特征[J].重庆大学学报,2000,23(2):56—59.

[231] 尹光志,代高飞,万玲等.岩石微裂纹演化的分叉混沌与自组织特征[J].岩石力学与工程学报,2002,21(5):635—639.

[232] 尹光志,黄滚,代高飞等.基于CT数的煤岩单轴压缩破坏的分叉与混沌分析[J].岩土力学,2006,27(9):1465—1470.

[233] 张东明.岩石变形局部化及失稳破坏的理论与实验研究[D].重庆:重庆大学,2004.

[234] 黄滚.岩石断裂失稳破坏与冲击地压的分叉和混沌特征研究[D].重庆:重庆大学,2007.

[235] 吕玺琳,钱建固,黄茂松.基于分叉理论的轴对称条件下岩石变形带分析[J].水利学报,2008,39(3):307—312.

[236] 周世宁,孙辑正.煤层瓦斯流动理论及其应用[J].煤炭学报,1965,2(1):24—36.

[237] 郭勇义.煤层瓦斯一维流场流动规律的完全解[J].中国矿业学院学报,1984,2(2):19—28.

[238] 谭学术.矿井煤层真实瓦斯渗流方程的研究[J].重庆建筑工程学院学报,1986,(1):106—112.

[239] 孙培德.瓦斯动力学模型的研究[J].煤田地质与勘探,1993,21(1):32—40.

[240] 尹光志,李晓泉,赵洪宝等.地应力对突出煤瓦斯渗流影响试验研究[J].岩石力学与工程学报,2008,27(12):2557—2561.

[241] 尹光志,李小双,赵洪宝等.瓦斯压力对突出煤瓦斯渗流影响的试验研究[J].岩石力学与工程学报,2009,28(4):697—702.

[242] Yu C, Xian X. Analysis of gas seepage flow in coal beds with finite element method [A]. Symposium of 7th international conference of FEM in flow problems[C]. , Huntsvill, USA,1989.

[243] Yu C, Xian X. A boundary element method for inhomogeneous medium problems [C]// Proceedings 2nd World Congress on Computational Mechanics, Stuttgart, FRG. 1990.

[244] 罗新荣.煤层瓦斯运移物理与数值模拟分析[J].煤炭学报,1992,17(2):49—55.

[245] 张广洋.煤的结构与煤的瓦斯吸附、渗流特性研究[D].重庆:重庆大学,1995.

［246］ 胡耀青,赵阳升,魏锦平等.三维应力作用下煤体瓦斯渗透规律实验研究[J].西安矿业学院学报,1996,16(4):308—311.

［247］ 孙培德,凌志仪.三轴应力作用下煤渗透率变化规律实验[J].重庆大学学报,2000,23(增):28—31.

［248］ 卢平,沈兆武,朱贵旺等.岩样应力应变全过程中的渗透性表征与试验研究[J].中国科学技术大学学报,2002,32(6):678—684.

［249］ 林柏泉,周世宁.含瓦斯煤体变形规律的实验研究[J].中国矿业学院学报,1986,15(3):67—72.

［250］ 姚宇平,周世宁.含瓦斯煤的力学性质[J].中国矿业大学学报,1988,17(1):1—7.

［251］ 许江,鲜学福,杜云贵等.含瓦斯煤的力学特性的实验分析[J].重庆大学学报,1993,16(5):42—47.

［252］ 梁冰,章梦涛,潘一山等.瓦斯对煤的力学性质及力学响应影响的试验研究[J].岩土工程学报,1995,17(5):12—18.

［253］ 卢平,沈兆武,朱贵旺等.含瓦斯煤的有效应力与力学变形破坏特性[J].中国科学技术大学学报,2001,31(6):686—693.

［254］ 苏承东,翟新献,李永明等.煤样三轴压缩下变形和强度分析[J].岩石力学与工程学报,2006,supp 1:2963—2968.

［255］ 尹光志,王登科,张东明等.两种含瓦斯煤样变形特性与抗压强度的实验分析[J].岩石力学与工程学报,2009,28(2):410—417.

［256］ Terzaghi K. Theoretical Soil Mechanics [M]. New York:Wiley, 1943.

［257］ Biot M A. General theory of three-dimension consolidation [J]. J Appl Phys,1941,(12):155—164.

［258］ Biot M A. Theory of elasticity and consolidation for a porous anisotropic solid[J]. J Appl Phys,1954,(26):182—191.

［259］ Biot M A. General solution of the equation of elasticity and consolidation for porous material[J]. J Appl Mech,1956,(78):91—96.

［260］ Biot M A. Theory of deformation of porous viscoelastic anisotropic solid[J]. J Appl Phys,1956, 27(5): 203—215.

［261］ Verrujit A. Elastic storage of aquifers[C]//Flow Through Porous Media. New York:Academic Press, 1969:331—376.

［262］ 董平川,徐小荷,何顺利.流固耦合问题及研究进展[J].地质力学学报,1999,5(1):17—26.

［263］ 孙培德,鲜学福.煤层瓦斯渗流力学的研究进展[J].焦作工学院报(自然科学版),2001,20(3):161—167.

［264］ Jing L, Hudson J A. Numerical methods in rock mechanics [J]. International Journal of Rock Mechanics & Mining Sciences,2002, 39: 409—427.

［265］ Rice J R,Michael P C. Some basic stress diffusion solutions for fluid saturated elastic porous media with compressible constituents [J]. Rev Geophysics and Space Physics,

1976, 14(2)：227—241.

[266] Wong S K. Analysis and implications of inset stress changes during steam stimulation of cold lake oil sands [J]. SPE Reservoir Engineering,1988,3(1)：55—61.

[267] Settal A，Puchyr P J，et al. Partially decoupled modeling of hydraulic fracturing processes [J]. SPE Production Engineering,1990,5(1)：37—44.

[268] Lewis R W. Finite element modeling of two-phase heat and fluid flow in deforming porous media [J]. Trans Porous Media, 1989,4：319—334.

[269] Lewis R W, Sukirman Y. Finite element modeling of three phase flow in deforming saturated oil reservoirs [J]. Int J Nun Anal Methods Geoech,1993，17：577—598.

[270] Bear J. Academic Flow and Contaminant Transport in Fractured Rock [M]. San Dieo：Academic Press,1993.

[271] 王自明. 油藏热流固耦合模型研究及应用初探[D]. 成都：西南石油学院,2002.

[272] 孔祥言,李道伦,徐献芝等. 热-流-固耦合渗流的数学模型研究[J]. 水动力学研究与进展,2005,20(2)：269—275.

[273] 赵阳升. 煤体-瓦斯耦合数学模型及数值解法[J]. 岩石力学与工程学报,1994,13(3)：229—239.

[274] Zhao Y S. New advances block-fractured medium rock fluid mechanics[C]//Proceedings of Int Symp on Coupled Phenomena in Civil, Mining & Petroleum Engineering, Sanya,1999.

[275] 梁冰,章梦涛,王永嘉. 煤层瓦斯渗流于煤体变形的耦合数学模型及其数值解法[J]. 岩石力学与工程学报,1996,15(2)：135—142.

[276] 刘建军,刘先贵. 煤储层流固耦合渗流的数学模型[J]. 焦作工学院学报,1999,18(6)：397—401.

[277] 刘建军. 煤层气热-流-固耦合渗流数学模型[J]. 武汉工业学院学报,2002,2：91—94.

[278] 汪有刚,刘建军,杨景贺等. 煤层瓦斯流固耦合渗流的数值模型[J]. 煤炭学报,2001,26(3)：285—289.

[279] 丁继辉,麻玉鹏,李凤莲. 有限变形下固流多相介质耦合问题的数学模型及失稳条件[J]. 水利水电技术,2004,11：18—21.

[280] 李祥春,郭勇义,吴世跃等. 考虑吸附膨胀应力影响的煤层瓦斯流-固耦合渗流数学模型及数值模拟[J]. 岩石力学与工程学报,2007,26(增1)：2743—2748.

[281] 尹光志,王登科,张东明等. 含瓦斯煤岩固气耦合动态模型与数值模拟研究[J]. 岩土工程学报,2008,30(10)：1430—1436.

[282] 周晓军,宫敬. 气-液两相瞬变流的流固耦合研究[J]. 石油大学学报,2002,26(5)：123—126.

[283] 张玉军. 气液二相非饱和岩体热-水-应力耦合模型及二维有限元分析[J]. 岩土工程学报,2007,29(6)：901—906.

[284] 郭永存,王仲勋,胡坤. 煤层气两相流阶段的热流固耦合渗流数学模型[J]. 天然气工业,2008,28(7)：73—74.

［285］　董平川，徐小荷．储层流固耦合的数学模型及其有限元方程［J］．石油学报，1998，19(1)：33—37．

［286］　Tim Douglas J R. Finite difference methods for two-phase incompressible flow in porous media ［J］. Siam J Numer Anal, 1983, 20(4)：681—696.

［287］　Mokhtar K，Said K. Global solutions to a system of strongly coupled reaction diffusion equations ［J］. Nonlinear Analysis：Theory，Methods and Applications，1996，26(8)：1387—1396.

［288］　Lasseux M Q. Determination of permeability tensor of two phase flow in homogeneous porous medial ［J］. Theory Transport in Porous Media, 1996，24：107—137.

［289］　Bishop A W，Morgenstern N R. Stability coefficient for earth slope ［J］. Geotechnique，1960，10(4)：129—147.

［290］　陈正汉等．非饱和土的有效应力探讨［J］．岩土工程学报，1994，16(3)：62—69.

［291］　徐永福．我国膨胀土分形结构的研究［J］．海河大学学报，1997，25(1)：18—23.

［292］　江伟川，南亚林．与孔隙水形态有关的非饱和土有效应力公式及其参数的定量［J］．岩土工程技术，2003，(1)：1—4.

［293］　Éttinger I L. Swelling stress in the gas-coal system as an energy source in the development of gas burst ［J］. Soviet Mining Science，1979，15(5)：494—501.

［294］　Borisenko A. Effect of gas pressure in coal strata ［J］. Soviet Mining Science, 1985，21(5)：88—91.

［295］　赵阳升，胡耀庆．孔隙瓦斯作用下煤体有效应力规律的试验研究［J］．岩土工程学报，1995，(3)：26—31.

［296］　李传亮，孔祥言，徐献芝等．多孔介质的双重有效应力［J］．自然杂志，1999，21(5)：288—292.

［297］　George J D St，Barkat M A. The change in effective stress associated with shrinkage from gas desorption in coal ［J］. International Journal of Coal Geology, 2001，45：105—113.

［298］　吴世跃，赵文．含吸附煤层气煤的有效应力分析［J］．岩石力学与工程学报，2005，24(10)：1674—1678.

［299］　林柏泉，周世宁．煤样瓦斯渗透率的实验研究［J］，中国矿业学院学报，1987，16(1)：21—28.

［300］　Harpalani S，Chen G L. Estimation of changes in fracture porosity of coal with gas emission ［J］. Fuel, 1995，74(10)：1491—1494.

［301］　方恩才，沈兆武，朱贵旺等．含瓦斯煤的有效应力与力学变形破坏特征［J］．中国科技大学学报，2001，31(6)：686—693.

［302］　孙培德．变形过程中煤样渗透率变化规律的实验研究［J］．岩石力学与工程学报，2001，(S1)：1801—1804.

［303］　傅雪海，秦勇，张万红．高煤级煤基质力学效应与煤储层渗透率耦合关系分析［J］．高校地质学报，2003，9(3)：373—377.

[304] 李传亮,孔祥言,杜志敏等. 多孔介质的流变模型研究[J]. 力学学报,2003,35(2): 230—234.

[305] 李培超,孔祥言,卢德唐. 饱和多孔介质流固耦合渗流的数学模型[J]. 水动力学研究与进展,2003,18(4):419—426.

[306] 王学滨,宋维源,马剑等. 多孔介质岩土材料剪切带孔隙特征研究(1)——孔隙度局部化[J]. 岩石力学与工程学报,2004,23(15):2514—2518.

[307] 王学滨,宋维源,马剑等. 多孔介质岩土材料剪切带孔隙特征研究(2)——孔隙度局部化[J]. 岩石力学与工程学报,2004,23(15):2519—2522.

[308] Zhu W C, Liu J, Sheng J C, et al. Analysis of coupled gas flow and deformation process with desorption and Klinkenberg effects in coal seams [J]. International Journal of Rock Mechanics and Mining Science, 2007,44(7):971—980.

[309] Barry D A, Lockington D A, et al. Analytical approximations for flow in compressible, saturated, one-dimensional porous media [J]. Advances in Water Resources, 2007, 30: 927—936.

[310] 李春光,王水林,郑宏等. 多孔介质孔隙率与体积模量的关系[J]. 岩土力学,2007, 28(2):293—296.

[311] 隆清明,赵旭生,孙东玲等. 吸附作用对煤的渗透率影响规律实验研究[J]. 煤炭学报, 2008,33(9):1030—1034.

[312] 周世宁,林柏泉. 煤层瓦斯赋存与流动理论[M]. 北京:煤炭工业出版社,1997.

[313] 聂百胜. 含瓦斯煤岩力电效应及机制的研究[D]. 徐州:中国矿业大学,2001.

[314] 姜耀东,祝捷,赵毅鑫等. 基于混合物理论的含瓦斯煤本构方程[J]. 煤炭学报,2007, 32(11):1132—1137.

[315] 尤明庆. 岩石煤样的强度及变形破坏过程[M]. 北京:地质出版社,2000:13—85.

[316] 叶金汉. 岩石力学参数手册[M]. 北京:水利水电出版社,1991.

[317] 蔡美峰,何满潮,刘东燕. 岩石力学与工程[M]. 北京:科学出版社,2002.

[318] 周维垣. 高等岩石力学. 北京:水利水电出版社,1990.

[319] Vyalov S S. Rheological Fundamentals of Soil Mechanics [M]. New York: Elsevier, 1986:147—154.

[320] Maranini E, Brignoli M. Creep behavior of a weak rock: Experimental characterization [J]. Int J Rock Mich Min Sci,1999,36:127—138.

[321] Fabre G, Pellet F. Creep and time-dependent damage in argillaceous rock [J]. Int J Rock Mich Min Sci,2006,43: 950—960.

[322] Cogan J. Triaxial creep tests of Opohnga limestone and Ophir shale [J]. Int J Rock Mech Min Sci Geomech Abstr,1976,15:1—10.

[323] Price N J. A study of time-strain behavior of coal-measure rocks [J]. Int J Rock Mech Min Sci,1984,1: 277—303.

[324] Gasc-Barbier M, Chanchole S, Bérest P. Creep behavior of bure clayey rock [J]. Appl Clay Sci,2004,26: 449—458.

[325] Ma L, Daemen J J K. An experimental study on creep of welded tuff [J]. Int J Rock Mech Min Sci,2006; 43: 282—291.

[326] Suping P, Jincai Z. Engineering Geology for Underground Rocks [M]. New York: Springer, 2007.

[327] 任中俊,彭向和,万玲等. 三轴加载下岩盐蠕变损伤特性的研究[J]. 2008,25(2): 212—217.

[328] Li C L, Chen X F,Du Z M. A new relationship of rock compressibility with porosity [C]//SPE Asia Pacific Oil and Gas Conference and Exhibition, APOGCE, Jakarta, 2004:163—167.

[329] Timoshenko S P. History of Strength of Materials: With a Brief Account of the History of Theory of Elasticity and Theory of Structures [M]. New York: McGraw-Hill, 1953: 336—357.

[330] Carter N L. Rheology of salt rock [J]. J Struct Geol,1993,15 (10): 1257—1272.

[331] Munson D E. Preliminary deformation mechanism map for salt[C]//SAND-79-0076. Albuquerque:Sandia National Laboratory,1979.

[332] 赵延林,曹平,文有道等. 岩石弹黏塑性流变试验和非线性流变模型研究[J]. 岩石力学 与工程学报,2008,27(3):477—486.

[333] Ma L. Experimental investigation of time dependent behavior of welded Topopah Spring tuff [D]. Reno:University of Nevada,2004.

[334] Cruden D M. The static fatigue of brittle rock under uniaxial compression [J]. Int J Rock Mech Min Sci Geomech Abstr,1974,11:67—73.

[335] Kranz R L, Scholz C H. Critical dilatant volume of rocks at the onset of tertiary creep [J]. J Geophys Res,1977,82(30): 4893—4898.

[336] Seidal J P. Experimental measurement of coal matrix shrinkage due to gas desorption and implication for cleat permeability increase[C]//Proceedings Int Meeting of Petroleum Eng,Beijing,1995.

[337] Harpalani S, Shraufnagel R A. Shrinkage of coal matrix with release of gas and its impact on permeability of coal [J]. Fuel,1990,69:551—556.

[338] Butt S D. Development of an apparatus to study the gas permeability and acoustic emission characteristics of an outburst-prone sandstone as a function of stress [J]. Int J Rock Mech Min Sci,1999, 36: 1079—1085.

[339] Steve Z D H, Yu C, Xian X F. Dynamic nature of coal permeability ahead of a longwall face [J]. Int J Rock Mech Min Sci,1999,36:693—699.

[340] ASTM Standard D4525. Standard test method for permeability of rocks by flowing air, American Society for the Testing of Materials [S], 1990.

[341] 张广洋,胡耀华,姜德义等. 煤的渗透性实验研究[J]. 贵州工学院学报,1995,24(4): 65—68.

[342] 高磊. 矿山岩石力学[M]. 北京:机械工业出版社,1987.

[343] 刘雄. 岩石流变学概论[M]. 北京:地质出版社,1994.

[344] 王维纲. 高等岩石力学理论[M]. 北京:冶金工业出版社,1996.

[345] 王芝银,李云鹏. 岩体流变理论及其数值模拟[M]. 北京:科学出版社,2008.

[346] 于学馥,郑颖人,刘怀恒等. 地下工程围压稳定性分析[M]. 北京:煤炭工业出版社,1983.

[347] 徐卫亚,杨圣奇,褚卫江. 岩石非线性黏弹塑性流变模型(河海模型)及其应用[J]. 岩石力学与工程学报,2006,25(3):434—447.

[348] Ziekiewicz O C, Cormeau I C. Visco-plasticity-plasticity and creep in elastic solid: A unified numerical solution approach [J]. Int J Numer Meth Eng, 1974, 8(4):821—845.

[349] Gioda G. A finite element solution of non-linear creep problems in rocks [J]. Int J Rock Mech Min Sic Geomech Abs, 1981, 18(1): 35—46.

[350] Owen D R J, Hinton E. Finite Elements in Plasticity: Theory and Practice[M]. Swansea:Pineridge Press Limited, 1980.

[351] Zienkiewicz O C, Owen D R J, Cormeau I C. Analysis of viscoplastic effects in pressure vessels by the finite element method [J]. Nucl Eng Des, 1974, (28): 278—288.

[352] 孙钧. 岩土材料流变及其工程应用[M]. 北京:中国建筑工业出版社,1999.

[353] 李青麟. 软岩蠕变参数的曲线拟合计算方法[J]. 岩石力学与工程学报,1998,17(5):559—564.

[354] 王高雄,周之铭,朱思铭等. 常微分方程[M]. 北京:高等教育出版社,2003:249—261.

[355] Krajcinovic D,Fanilla D. A micromechanicald amage for concrete engineering [J]. Fracture Mechanics, 1986, 25(5/6): 586—596.

[356] Sumarac D, Krajcinovic D. A self-constent model for microcrack-weakened solids [J]. Mech Mater,1987, 6: 39—52.

[357] Khan A S, Huang S. Contimuum Theory of Plasticity [M]. New York:John Wiley & Sons, 1995.

[358] 匡震邦. 非线性连续介质力学[M]. 上海:上海交通大学出版社,2001.

[359] Coleman B D, Gurtin M. Thermodynamics with internalv ariables [J]. Journal of Chemistry and Physics, 1967, 47: 597—613.

[360] Lemaitre J, Desmorat R. Engineering Damage Mechanics [M]. Belin:Springer, 2005.

[361] Murakami S. Effects of cavity distribution in constitutivee quations of creep and creep damage[C]//Euro Meth Colloque on DamageMechanics,Cachan,1981.

[362] Lemaitre J. Evaluation of dissipation and damage in metals submitted to dynamic loading [C]//Proceeding of ICM-1, Kyoto, 1971.

[363] Ladeveza J, Poss M, Proslier L. Damage and fracture of tridirectional composites[C]// Proc ICCM-4,Tokyo,1982:649—658.

[364] Berthaud Y. Ultrasonic testing method: an aid for material characterization[C]//Fracture of Concrete and Rock: SEM-RILEM International Conference, Houston, 1987: 644—654.

[365] Chrysochoos A. Examination of the plastic deformations in a material with infrared thermography[C]//Direction des Recherches, Etudes et Techniques, Centre de Documentation de l'Armement, Paris, 1985.

[366] Lemaitre J. Plasticity and damage under random loading[C]//Proceeding of the U. S. National Congress of Applied Mechanics, Austin, 1986: 125—134.

[367] Lemaitre J, Desmorat R, Sauzay S. Anisotropic damage law of evolution [J]. European Journal of Mechanics, A/Solids, 2000, 19(2): 187—208.

[368] Hill R. The Mathematical Theory of Plasticity [M]. Oxford: Oxford University Press, 1950.

[369] Chen W F. Constitutive Equations for Engineering Materials: Plasticity and Modeling [M]. Amsterdam: Elsevier, 1994.

[370] Shen Z J. A granular medium model for liquefaction analysis of sands [J]. Chinese Journal of Geotechnical Engineering, 1999, 21(6): 742—748.

[371] Brown E T. Analytical and Computional Methods in Engineering Rock Mechanics[M]. Boston: Allen & Unwin Ltd. 1987.

[372] 沈珠江. 土的弹塑性应力应变关系的合理形式[J]. 岩土工程学报, 1980, 2(2): 11—19.

[373] 沈珠江. 理论土力学[M]. 北京: 中国水利水电出版社, 2000.

[374] Yong R N, Mohamed A O. Development of nonassociated flow rule for anisotropic clays [J]. Journal of Engineering Mechanics, 1988, 114(3): 404—420.

[375] Lade P V, et al. Nonassociated flow and stability of granular materials [J]. Journal of Engineering Mechanics, 1987, 113(9): 1302—1318.

[376] Lade P V, Pradel D. Instability and plastic flow of soils (I): Experimental observations [J]. Journal of Engineering Mechanics, 1990, 116(11): 2532—2550.

[377] Pradel D, Lade P V. Instability and plastic flow of soils (II): Analytical investigation [J]. Journal of Engineering Mechanics, 1990, 116(11): 2551—2566.

[378] Dafalias Y F. Il'yushin's postulate and resulting thermodynamic conditions on elastic-plastic coupling [J]. International Journal of Solids and Structures, 1977, 13: 239—251.

[379] 王仁, 熊祝华, 黄文彬. 塑性力学基础[M]. 北京: 科学出版社, 1982.

[380] 郑颖人, 沈珠江, 龚晓南. 广义塑性力学——岩土塑性力学原理[M]. 北京: 中国建筑工业出版社, 2002.

[381] 杨光华. 岩土类材料的多重势面弹塑性本构模型理论[J]. 岩土工程学报, 1991, 13(5): 99—107.

[382] 徐献芝, 李培超, 李传亮. 多孔介质有效应力原理研究[J]. 力学与实践, 2001, 23(4): 42—45.

[383] 卢平. 煤瓦斯共采与突出防治机理及应用研究[D]. 合肥: 中国科学技术大学, 2002.

[384] Brace W F. A noteon permeability changes in geologic material due to stress[J]. Pure Appl Geophys, 1978, 116(3): 627—632.

[385] Bossart P, Meier P M, Moeri A, et al. Geological and hydraulic characterization of the excavation disturbed zone in the Opalinus Clay of the Mont Terri Rock Laboratory [J]. Engineering Geology, 2002, 66: 19—38.

[386] Hansen N R, Schreyer H L. A thermodynamically consistent framework for theories of elastoplasticity coupled with damage [J]. International Journal of Solids and Structures, 1994, 31(3): 359—389.

[387] Shao J F, Rudnicki J W. A microcrack based continuous damage model for brittle geo-materials [J]. Mechanical of Materials, 2000, 32: 607—619.

[388] Jia Y, Song X C, Duveau G, et al. Elastoplastic damage modeling of argillite in partially saturated condition and application [J]. Physics and Chemistry of the Earth, 2007, 32: 656—666.

[389] Menzel A, Ekh M, Runesson K, et al. A framework for multiplicative elastoplasticity with kinematic hardening coupled to anisotropic damage [J]. International Journal of Plasticity, 2005, 21: 397—434.

[390] Cicckli U, Voyiadjis G Z, Abu Al-Rub R K. A plasticity and anisotropic damage model for plain concrete [J]. International Journal of Plasticity, 2007, 23: 1874—1900.

[391] Chaboche J L. Constitutive equations for cyclic plasticity and cyclic viscoplasticity [J]. International Journal of Plasticity, 1989, 5:247—302.

[392] Simo J C, Honein T. Variational formulation, discrete conservation laws, and path domain independent integrals for elasto-viscoplasticity [J]. Journal of Applied Mechanics,Transaction of the ASME, 1990, 57: 488—497.

[393] Simo J C, Hughes T J R. Computational inelasticity [C]//Interdisciplinary Applied Mathematics. New York: Springer, 1998.

[394] Pietruszczak S, Jiang J, Mirza F A. An elastoplastic constitutive model for concrete [J]. International Journal of Solids and structures,1988, 24(7): 705—722.

[395] Chiarelli A S. Experimental investigation and constitutive modeling of coupled elasto-plastic damage in hard claystones [D]. Lille:University of Lille,2000.

[396] Gatelier N, Pellet F, Loret B. Mechanical damage of an anisotropic rock under cyclic tri-axial tests [J]. International Journal of Rock Mechanics and Mining Sciences, 2002, 39(3): 335—354.

[397] 匡震邦,顾海澄,李中华. 材料的力学行为[M]. 北京:高等教育出版社,1998.

[398] COMSOL Multiphysics User's Guide, Version 3.3.

[399] COMSOL Multiphysics Modeling Guide, Version 3.3.

[400] 孙培德,杨东全,陈奕柏. 多物理场耦合模型及数值模拟导论[M]. 北京:中国科学技术出版社. 2007.

[401] Klinkenberg L J. The permeability of porous media to liquids and gases [J]. API Drilling and Production Practices, 1941,(2):200—213.

[402] Jones F O, Owens W W. A laboratory study of low permeability gas sands [J]. J Pet

Tech, 1980, 32(9): 1631—1640.

[403] Wu Y S, Pruess K, Persoff P. Gas flow in porous media with Klinkenberg effects [J]. Transp Porous Media, 1998, 32(11): 117—137.

[404] Thom R. Stabilité structurelle et morphogénése [M]. Paris: interEditions, 1977.

[405] Thom R. Structural Stability and Morphogenesis[M]. translated by Fowler G H. New York: Benjamin-Addison Wesley, 1975.

[406] Thompson J M T, Zeeman E C. Classification of elementary catastrophes of codimension ≤5, Structural stability, the theory of catastrophes and applications in the science [C]//Lecture Notes in Mathematics 525. Berlin: Springer-Verlag, 1976: 263—327.

[407] Thompson J M T, Hunt G W. Instabilities and Catastrophes in Science and Engineering [M]. Chichester: Wiley, 1982.

[408] Zeeman E C. Bifurcation, Catastrophes and Trubulence: New Directions in Applied mathematics [M]. New York: Springer-Verlag, 1982.

[409] Poston T, Stewart I. Catastrophes Theory and Its Application [M]. London: Pitman, 1978.

[410] 程不时. 突变理论及其应用[J]. 科学通报, 1978, 23: 513—522.

[411] 陈应天. 突变理论在力学中的应用[J]. 力学与实践, 1979, 1(3): 9—14.

[412] Saunders P T. 灾变理论入门[M]. 凌复华译. 上海: 上海科学技术文献出版社, 1983.

[413] 凌复华. 突变理论及其应用[M]. 上海: 上海交通大学出版社, 1987.

[414] Cubitt, J M, Shaw B J. Geological implications of steady state mechanisms in catastrophetheory [J]. IntAss Math Geol, 2006, 38(6): 657—662.

[415] Henley S J. Catastrophe theory models in geology [J]. Int Ass Math Geol, 2006, 38(6): 649—655.

[416] Carpinteri A. Cusp catastrophe interpretation of fracture instability [J]. Journal of the Mechanics and Physics of Solids, 2003, 52(5): 567—582.

[417] Liu D W, Wang J Y, Wang Y J. Application of catastrophe theory inearthquake hazard assessment and earthquake prediction research [J]. Tectonophysics, 2001, 167(2—4): 179—186.

[418] Cherepanov G P, Germanovich L N. An employment of the catastrophe theory in fracture mechanics as applied to brittle strength criteria [J]. Energy Conversion and Management, 2003, 51(10): 1637—1649.

[419] Wang J A, Park H D. Coal mining above a confined aquifer[J]. International Journal of Rock Mechanics and Mining Sciences, 2003, 40(4): 537—551.

[420] Magill C, Russell B, John M. VolcaNZ-A volcanic loss model for Auckland, New Zealand [J]. Journal of Volcanology and Geothermal Research, 2006, 149(3-4): 329—345.

[421] Krinitzsky E L. Earthquakes and soil liquefaction in flood stories of the ancient near east [J]. Engineering Geology, 2005, 76(3-4): 295—311.

[422] Qin S Q, Jiao J J, Wang S J, et al. A nonlinear catastrophe model of instability of planar-slip slope and chaotic dynamical mechanisms of its evolutionary process[J]. Int Ass Math Geol, 2001,38(44—45):8039—8109.

[423] 勾攀峰,汪成兵,韦四江. 基于突变理论的深井巷道临界深度[J]. 岩石力学与工程学报, 2004,23(24):4137—1411.

[424] 尹光志,王登科,黄滚. 突变理论在地表沉陷中的应用[J]. 矿山压力与顶板管理,2005, 22(4):94—96.

[425] 唐春安. 岩石破裂过程中的灾变[M]. 北京:煤炭工业出版社,1993.

[426] 徐增和. 坚硬顶板下煤柱岩爆的尖点突变理论分析[J]. 煤炭学报,1996,21(4): 363—373.

[427] 李造鼎. 岩土动态开挖的灰色尖点突变建模[J]. 岩石力学与工程学报,1997,16(2): 252—257.

[428] 潘岳,王志强. 狭窄煤柱冲击地压的折迭突变模型[J]. 岩土力学,2004,25(1):23—30.

[429] 潘岳,王志强,张勇. 突变理论在岩体系统动力失稳中的应用[M]. 北京:科学出版 社,2008.

[430] 过镇海,张秀琴,张达成等. 混凝土应力-应变全曲线的试验研究[J]. 建筑结构学报, 1982,01:1—12.

[431] 《数学手册》编写组. 数学手册[M]. 北京:人民教育出版社,1979.

[432] 尤明庆. 岩石的力学性质[M]. 北京:地质出版社,2007.

[433] 许江,尹光志,鲜学福等. 煤与瓦斯突出潜在危险区预测的研究[M]. 重庆:重庆大学出 版社,2004.

[434] Hoek E, Brown E T. Empirical strength criterion for rock masses [J]. J Geotech Engng Div, ASCE,1980,106 (GT9):10132—10135.

[435] Hoek E, Wood D. A modified Hoek-Brown failure criterion for jointed rock masses [C]//Proc Int Conf Eurock'92,Chest,1992:202—214.

[436] Nadai A. Theory of Flow and Fracture of Solids [M]. New York:McGraw-Hill,1950.

[437] Mcclintock F A, Walsh J B. Friction on Griffith cracks in rock under pressure[R]// Fourth U. S. National congress for Applied Mechanics, Berkeley, California, 1962: 1015—1021.

[438] Brace W F. An extension of Griffith theory of fracture to rocks [J]. J Geophys Res, 1960,65:3477—3780.

[439] Drucker D C, Prage W. Soil mechanics and plastic analysis or limit design [J]. Quart Appl Math,1952,10:157—165.

[440] 张鲁渝,刘东升,时卫民. 扩展广义 Drucker-Prage 屈服准则在边坡稳定分析中的应用 [J]. 岩土工程学报,2003,25(2):216—219.

[441] 朱建凯,邓楚键,陈金峰. 平面应变条件下的 M-C 准则的等效广义 Mises 变换公式及其 应用[J]. 水利学报,2006,37(7): 870—873.

[442] Murrell S A F. A criterion for brittle frature of rocks and concrete under triaxial and the

　　　　 effect of pore pressure on the criterion[C]//Pro Fifth Rock Mech Symp, University of Minnesota, Also in: Fairhurst C. Rock Mechanics. Oxford: Pergamon, 1963: 563—577.

[443]　贺永年. 关于 Griffith 准则的 Murrell 三维推广[J]. 力学与实践, 1990,12(5):22—24.

[444]　Yoshinaka R, Yamabe T. A strength criterion of rocks and rock masses[C]//Proc of the Inter Symp on Weak Rock, Tokyo,1981:613—618.

[445]　尤明庆. 岩石的强度和强度准则[J]. 岩石力学与工程学报,1998,17(5):602—604.

[446]　俞茂宏,何丽南,宋凌宇. 双剪应力强度理论及其推广[J]. 中国科学 A 辑,1985,12: 1113—1120.

[447]　Yu M H, He L N. A new model and theory on the yield and failure of material under the complex stress states[C]//Mechanical Behavior of Materials-Ⅵ, Vol. 3. Oxford: Pergamon Press,1991:841—846.

[448]　俞茂宏. 岩土类材料的统一强度理论及其应用[J]. 岩土工程学报,1994,16(2):1—9.

[449]　俞茂宏,杨松岩,范寿昌等. 双剪统一弹塑性本构模型及其工程应用[J]. 岩土工程学报, 1997,19(6):2—10.

[450]　张金铸,林天健. 三轴试验中岩石的应力状态和破坏性质[J]. 力学学报,1979,(2): 99—105.

[451]　Mogi K. Effect of triaxial stress systems on the failure of dolomite and limestone [J]. Tectono-Physics, 1971, 11: 111—127.

[452]　Mogi K. Fracture and flow of rocks [J]. Tectono-Physics, 1972, 13: 541—568.

[453]　耿乃光,许东俊. 最小主应力减小引起岩石破坏时中间主应力的影响[J]. 地球物理学 报,1985,28(2):191—197.

[454]　Brace W F. Brittle fracture of rocks[C]//Judd W R. State of stress in the earth's crust. New York: Elsevier,1964:111—174.

[455]　Chang C, Haimson B C. Two distinct modes of compressive failure in rocks[C]// Elsworth D, Tinucci J, Heasley K. Rock Mechanics in the National Interest (Vol Ⅱ). Netherlands: A Balkema, 2001:1251—1258.

[456]　Brown E T. Fracture of rock under uniform biaxial compression[C]//Proc 3rd congr Int Soc Rock Mech Denver, 1974: 111—117.

[457]　尹光志,赵洪宝,许江等. 煤与瓦斯突出模拟试验研究[J]. 岩石力学与工程学报,2009, 28(8):1674—1680.

[458]　赵洪宝,尹光志,谌伦建. 温度对砂岩损伤影响试验研究[J]. 岩石力学与工程学报, 2009,28(增1):2784—2788.

[459]　尹光志,李小双,赵洪宝. 高温后粗砂岩常规三轴压缩条件下力学特性试验研究[J]. 岩石力学与工程学报,2009,28(3):.598—604.

[460]　王路军,李守国,高坤等. 关于煤与瓦斯突出的数值模拟[J]. 煤矿安全,2008,407(10): 4—6.

[461]　徐涛,郝天轩,唐春安等. 含瓦斯煤样突出过程数值模拟[J]. 中国安全科学学报,2005,

15(1):108—112.

[462] Cao Y X, He D D, Glick D C. Coal and gas outbursts in footwalls of reverse faults[J]. Int J Geology,2001,48:47—63.

[463] 章梦涛,潘一山,梁冰等.煤样流体力学[M].北京:科学出版社,1995.

[464] Dziurzynski W, Krach A. Mathematical model of methane emission caused by a collapse of rock mass crump[J]. Archives of Mining Sciences,2001,46(4):433—449.

[465] 氏平增之.内部分か.圧じよる多孔质材料の破坏づろや.たついてか.突出た关する研究[J].日本矿业会志,1984,(100):397—403.

[466] 邓金封,栾永祥,王佑安.煤与瓦斯突出模拟实验研究[J].煤矿安全,1989(11):5—10.

[467] 蒋承林.石门揭穿含瓦斯煤层时动力现象的球壳失稳机理研究[D].徐州:中国矿业大学,1994.

[468] 孟祥跃.煤与瓦斯突出的二维模拟实验研究[J].煤炭学报,1996,21(1):57—62.

[469] 蔡成功.煤与瓦斯突出三维模拟实验研究[J].煤炭学报,2004,29(1):66—69.

[470] 陈安敏,顾金才,沈俊等.岩土工程多功能模拟试验装置的研制及应用[J].岩石力学与工程学报,2004,23(3):372—378.